KB074336

천년의 불꽃

천년의 불꽃

파이넥스와 철의 연대기

안병호 장편소설

이른아침

프롤로그

"나사 하나도 제 손으로 못 만드는 나라에서 지금 종합제철소를 짓겠다는 거요?"

일본의 총리대신 사토 에이사쿠는 포항제철의 박태준 사장에게 그렇게 물었다. 물음이라기보다는 비난, 혹은 비웃음에 가까웠다.

"각하, 하지만 우리나라에는 2천년의 제철 역사가 있습니다. 일본보다 앞선 것이고, 일본의 제철기술도 한반도에서 건너온 것입니다."

박태준은 지지 않고 응수했다.

"그게 무슨 말이요? 우리나라의 제철기술이 한반도에서 건너오다니?"

총리대신의 말은 이번에도 순수한 질문은 아니었다. 그들은 자기네 제철 역사의 뿌리를 중원, 그것도 만주 일대의 북방에서 찾고 있었다. 제철을 넘어 아예 일본 민족의 기원 자체를 북방에서 찾는 일본인 학자들도 적지 않았다. 이들이 20세기 전반에 만주국이라는 괴뢰국을 세웠던 이유도 단순한 영토 욕심만은 아니었다.

"각하, 각하께서는 연오랑세오녀 이야기를 아십니까?"

이번에도 박태준은 물러서지 않고 되물었다. 사실은 더 물러설 곳도 없었다. 앞서 도쿄와 워싱턴을 수차례 방문했지만 아무도 포항제철의 건설을 돕겠다고 나서는 곳이 없었다.

"연오랑세오녀? 그게 누구요?"

총리대신은 처음 들어보는 이름이라는 듯 심드렁하게 대꾸했다. 그런데 박태준이 막 설명을 시작하려는 찰나, 배석하고 있던 주한 일본대사 가네야마가 총리대신의 귀에 대고 잠시 무언가를 속삭였다. 아마도 연오랑세오녀에 대해 자신이 아는 내용을 전달하는 모양이었다. 다행히 가네야마는 몇 안 되는 포항제철 건설 계획의 찬성자 가운데 한 사람이었다.

"음……."

가네야마의 귓속말을 전해 들은 총리대신은 길게 한숨을 내쉬었다. 그 틈을 비집고 다시 박태준이 입을 열었다.

"한국의 제철 산업은 장차 일본의 제철 산업과 다른 산업에도 큰 도움이 됩니다. 한국이 철강을 생산하기 시작하면 건설경기가 일어날 거고, 단순 철강 제품을 제외한 모든 제품과 기술들은 일본에 의지하지 않을 수 없게 됩니다. 말하자면 한국에서 본격적인 전후 복구사업과 건설사업이 일어나게 되면 그 최대의 수혜자는 일본이 될 수밖에 없습니다."

박태준은 당근을 내밀었다.

"음……."

하지만 총리대신은 여전히 말이 없었다. 그때 옆에서 두 사람의 대화를 지켜보고 있던 외무대신이 다시 총리의 귀에 무언가를 속삭였다. 그러고도 한참 후에야 총리대신은 어렵게 입을 열었다.

"좋소. 박 사장의 열의에 깊은 감명을 받았소. 우리 일본은 한국의 종합제철소 건설에 협조하겠소. 대일청구권 자금을 전용하는 것도 문제 삼지 않겠소."

"감사합니다. 감사합니다, 각하."

박태준은 앉아있던 소파에서 벌떡 일어나 몇 번이나 허리를 굽혔다. 그때 총리대신이 다시 입을 열었다.

"단, 두 가지 조건이 있소. 첫째, 제철소 건설에 필요한 모든 기계와 설비, 자재는 한국에서 생산되는 것 외에는 모두 우리 일본의 것을 수입하여 사용하시오. 다른 나라에서 수입하는 것은 허용되지 않소. 둘째, 기술은 신일본제철과 협의하되, 한국의 제철소가 그 기술을 이용하는 동안 기술료, 특허료, 자문료를 내야 하오."

수출을 통해 자신들이 한국에 제공한 청구권자금을 고스란히 일본으로 다시 거둬들이고, 포항제철의 기술 독립을 원천 차단하겠다는 고도의 전략이 깔린 조건이었다. 하지만 박태준으로서는, 아니 당시의 한국으로서는 이를 거부할 수 없었다. 일단은 종합제철소를 완성하고 나서 그 뒤의 일을 도모할 수밖에 없었던 것이다.

그리고 20년이 흘렀다.

차 례

제1부
첨성대의 비밀

사라진 용광로

1988년 10월 10일 월요일 아침, 포항제철기술연구소의 김현오 박사는 출근을 하자마자 연구소장으로부터 호출을 받았다.

"어서 오게. 나랑 잠깐 바람이나 좀 쐬러 가지."

현오가 소장실에 들어서기 무섭게 소장이 밑도 끝도 없이 건넨 말이었다.

"어딜 가려고 그러십니까?"

뜬금없는 소장의 말에 현오는 어안이 벙벙해져서 물었다.

"별거 아니야. 그냥 나랑 차 타고 고로들이나 한 바퀴 돌아보자구."

포항제철에는 모두 네 개의 용광로가 건설되어 운용되고 있었는데, 사람들은 보통 용광로라는 말 대신 고로(高爐)라고 불렀다. 어지간한 아파트보다 높은 초대형 용광로여서 그렇게 부르는 것이다. 고로 하나가 하나의 고층빌딩과 다를 바 없었다. 문제는 연구소장이 왜 갑자기 현오를 불러 늘 봐오던 그 고로들을 새삼 보러 가자고 하느냐는 것이었다.

"고로라고요?"

여전히 소장의 의중을 짐작조차 할 수 없어서 현오는 거듭 되물었다. 하지만 소장은 대답할 마음이 없는 듯했다. 한쪽 팔을 휘익 들어 현오의 어깨에 척 걸치더니 자연스럽게 그를 끌고 현관 쪽으로 향했다. 현관에는 소장의 전용 차량이 대기하고 있었다.

두 사람이 승용차 뒷좌석에 오르자 차가 천천히 움직이기 시작했다. 이번에도 소장이 먼저 입을 열었는데, 여전히 엉뚱한 얘기였다.

"이번 올림픽을 보면서 어떤 생각이 들던가?"

그러고 보니 서울올림픽이 끝난 게 바로 일주일 전이었다. 소련의 위성 국가들인 동유럽을 포함하여 159개 나라가 참가했다고 했다. 그 이전의 어떤 올림픽보다 참가국이 많았는데, 우리나라는 금메달 열두 개를 따내며 종합 4위의 성적을 거두었다. 일주일이 지났지만 올림픽의 열기는 여전히 식지 않는 분위기였다. 텔레비전의 뉴스에서는 연일 올림픽의 성공적 개최를 자축하는 보도가 줄을 잇고 있었다.

"4위면 엄청 잘한 거죠. 안마당이라 유리했던 점도 있겠지만."

현오의 말에 소장은 한동안 응수가 없었다. 차가 몇 개인가의 건물들을 돌아 제4호 고로가 보이는 지점에 다다라 멈추었을 때에야 소장은 천천히 다시 현오를 호명했다.

"김현오 박사!"

소장은 평소 현오를 제자처럼, 혹은 아들처럼 친근하게 대했다. 그런 그가 이름 석 자와 박사라는 타이틀까지 한꺼번에 불렀다는 것은 무언가 진지한 얘기를 꺼내야 하기 때문일 터였다.

"나는 말이야, 이번 서울올림픽이 세계사를 다시 쓰게 만드는 계기가 될 거라고 생각하네."

역시 뜬금없는 얘기였다. 농담이며 흰소리도 곧잘 하는 소장이 여느 때와는 사뭇 다르게 진지하면서도 이상한 말들을 연이어 현오에게 던지고 있었다. 군에 입대하여 훈련소를 마치고 자대에 처음 가서 신고를 하던 때의 긴장감이 스멀스멀 목 뒤에서 기어 올라오는 느낌이 들었다. 현오가 아무 대꾸가 없자 소장이 계속 말을 이어갔다.

"대한민국 서울의 모습이 이번 올림픽을 계기로 소련은 물론 중국과 동구권, 중앙아시아의 여러 나라들과 남미, 아프리카에까지 모두 전파되었어. 이게 무슨 의미인지 알겠나?"

"……."

"세계의 최빈국이라고 알려져 있던 대한민국의 서울이 빌딩과 자동차로 넘쳐나는 모습을 보고 그 나라 사람들이 어떤 생각을 하겠나? 이제까지 속고 살아왔다는 생각이 우선 들겠지. 자기들이 금과옥조로 여기던 공산주의보다 자본주의가 훨씬 더 풍요로운 미래를 만들어 준다는 걸 눈으로 확인하게 된 걸세. 서울올림픽이 그걸 전 세계에 보여 준 거야. 그러니 조만간 세계사적으로 아주 중요한 일들이 연달아 벌어질 거고, 누가 말하지 않더라도 그건 서울올림픽에서 시작된 불꽃인 셈이지."

미처 생각해 보지 못했던, 아니 전혀 상상조차 해보지 못한 애기였다. 이래서 연륜이란 게 중요하구나 하는 생각이 절로 들었다. 하지만 소장이 갑자기 자신을 불러내어 용광로 구경을 가자더니 난데없이 올림픽 얘기를 꺼내는 저의는 여전히 종잡을 수가 없었다. 그렇게 현오가 잠깐 소장의 심중을 헤아리는 사이 기사가 차를 멈추고 뒷문을 열어주었다. 제4호 고로 바로 앞이었다. 대형 트럭들이 분주히 오가고, 작업자들도 저마다 바쁜 걸음을 재촉하고 있었다. 고로 주변은 언제나처럼 활기로 넘쳐났다.

두 사람은 차 밖으로 나섰다. 그리고는 동시에 목을 뒤로 한껏 젖혀서 하늘 높이 치솟은 고로의 끝을 올려다보았다. 거대하고 웅장하고 아름다운 고로였다. 차에서 내리자 웅웅웅 기계 돌아가는 소리가 귀를 때렸다. 고로가 아니라 인근에 있는 부속 공장들에서 나는 소리였다.

"지난주에 회장과 둘이서 점심을 했다네."

연구소장이 천천히 발걸음을 떼기 시작하며 다시 입을 열었다. 역시나 올림픽 얘기는 서두에 지나지 않았던 모양이었다. 현오는 말없이 소장의 곁으로 바짝 따라붙었다.

"우선 요점만 간추리지. 회장은 내게 굴뚝 없는 공장 얘기를 한참이나 하더니 갑자기 고로 없는 제철소 이야기를 꺼내더군."

"고로 없는 제철소라고요?"

소장만 뜬금없는 얘기를 꺼내는 게 아니라 박태준 회장도 그런 사람인 모양이라고 현오는 생각했다. 다소 어처구니가 없었다. 용광로 없는 제철소라니, 그건 솥도 없이 밥을 짓겠다는 아이디어나 마찬가지였다.

"그래, 고로 없는 제철소."

그런데 소장은 의외로 진지했다.

"아니, 그게 가능한 얘깁니까?"

현오는 도저히 이해할 수가 없었다. 굴뚝 없는 공장이란 것도 허무맹랑하지만 용광로 없는 제철소라니, 제정신으로 할 소리가 아니었다.

"나로서도 아직은 그런 게 가능한지 어떤지 판단할 수가 없네. 그런데 박 회장이 지멘스 회장인지 누군지에게서 그런 이야기를 얼핏 들은 모양이야."

현오는 소장의 말이 여전히 무슨 의미인지 정확히 파악되지 않았다. 그래서 거듭 되물었다.

"무슨 얘길 어떻게 들었는지 좀 더 자세히 여쭤보지 그러셨습니까?"

"물었지. 물었는데……."

"……."

"회장도 더 이상의 얘기는 들을 수 없었다다군. 아이디어 자체가 워낙 기밀인 데다가, 아직은 그쪽도 구체적인 기술까지 확보한 건 아닌 것 같다는 게 박 회장의 판단이야."

그렇다면 뜬금없는 아이디어 외에 구체적인 것은 아무것도 없다는 얘기였다. 당연히 그럴 터였다. 솥도 없고 불도 없는데 밥이 될 리가 없었다.

"회장과 만나고 난 뒤에 며칠 동안 내 나름대로 해외의 최신 기사들도 살펴보고 연구논문들도 뒤적여봤지. 하지만 오스트리아의 푀스트-알피네라는 회사가 3년쯤 전에 코렉스라는 이름의 낯선 공법을 개발했고, 작년에 이 공법을 적용한 세계 최초의 공장이 남아프리카공화국에 완공되었다는 정도의 기사밖에는 찾아내지 못했어. 물론 코렉스라는 이 공법의 내용이 무엇인지, 남아프리카공화국에 세워졌다는 제철소가 현재 어떤 상태인지 확인하지는 못했지."

"남아공의 그 새로 건설된 제철소에서 쇳물이 정상적으로 생산되고 있다면 미국의 철강신문이나 일본의 제철 관련 잡지들에 반드시 기사가 났을 텐데요?"

"나도 그렇게 생각하네. 하지만 기사를 찾지 못했어."

"그건 그 제철소가 완공은 되었는지 몰라도 아직 쇳물은 생산하지 못하고 있다는 의미일 것 같습니다만."

"그래, 동의하네. 일단은 남아프리카공화국에서 미친 짓을 했다고 판단할 수 있겠지. 하지만 말이야, 연산 30만 톤 규모를 목표로 공장을 완공했다고 하니 그동안 쏟아부은 돈이 적지 않을 걸세. 말하자면 무턱대고 푀스트의 서류만 믿고 일을 맡긴 게 아니라 나름대로 분석과 타당성 검토를 거쳤을 거란 말이지. 남아공 정부나 과학자들이 전부 바보 멍청이는 아닐 테니까 말이야. 남아공과 푀스트 사이에 분쟁이 생겼다는 기사도 없는 걸 보면 역시 아직은 시운전 단계라고 보는 게 옳을 게야."

"공장은 완공되었는데, 아직 생산은 안 된다. 하지만 어쨌든 그 것도 계획의 일부다, 뭐 그런 얘기가 되나요?"

"그래, 그렇게 볼 수 있겠지."

"그럼 그 코렉스 공법이란 게 대체 뭡니까? 어떤 신의 기술이 있길래 제철소에서 고로를 없앨 수 있다는 거죠?"

소장은 잠시 뜸을 들였다. 그 사이에 두 사람의 걸음은 다시 자 동차 앞에 이르고 있었다. 기사가 대기하고 있다가 차 문을 열어 주었다. 현오가 먼저 차 안으로 몸을 밀어 넣었다.

"남아공에 건설되었다는 제철소에 실제로 고로가 있는지 없는 지도 모르겠네. 가보지 않았으니 아직은 아무도 알 수 없지. 그 원 리와 핵심기술이 무엇인지도 아직 모른다네."

차가 천천히 출발했고, 두 사람의 대화는 거기서 멈추었다. 소 장은 의자에 깊이 몸을 파묻더니 눈을 감고 깊은 생각에 잠겨 들 기 시작했다. 묻고 싶은 말은 많았지만 함부로 질문을 던질 분위 기가 아니었다. 현오는 용궁에 끌려온 토끼처럼 갑자기 어안이 벙벙해지는 기분이었다.

제철소와 대장간

차에서 내린 뒤에 소장은 겨우 몇 마디의 말만을 덧붙였다.

"이제 곧 새로운 시대가 열릴 게야."

그건 아까 했던 서울올림픽 얘기의 뒷부분인 것 같았다.

"나는 김 박사 자네가 그 문을 여는 데 힘을 좀 보태줬으면 하네."

그렇다면 새로운 시대 어쩌고 하는 얘기는 올림픽 얘기가 아닌 모양이었다. 그럼 고로 없는 제철소 얘기란 말인가? 현오는 갈피를 잡기가 어려웠다.

"조만간 비공식 회의가 열릴 걸세. 연락이 가거든 빠지지 말고 참석해."

소장이 해준 말은 그게 다였다. 회의가 열리면 참석하라. 그 말을 하자고 월요일 아침부터 고로 구경을 갔던 것이라니, 잘 믿어지지가 않았다. 연구소 소장 자리가 그렇게 한가한 자리가 아니었다. 무언가 내막이 있을 터인데 소장은 발톱을 드러내지 않았다.

연구실의 자기 자리로 돌아온 현오는 백지 한 장을 꺼내놓고 소장과의 대화를 다시 복기하기 시작했다. 머리가 복잡하고 풀리지 않는 문제가 생길 때마다 현오가 곧잘 이용하는 방식이었다. 글자로 적거나 그림으로 그려보고 있노라면 머릿속으로 생각하는 것보다 정리가 쉽고 빠를 때가 많았다.

'고로 없는 제철소'

그렇게 써놓고 보니 도무지 말이 되지 않았다. 동그란 사각형, 각진 원, 밝은 오밤중……, 뭐 그런 말장난과 다를 바 없어 보였다.

'회장은 20년 후를 생각하는 사람이야. 지금은 괜찮지만 20년 후에도 우리가 최고의 제철소로 남을 수 있을지 걱정을 하는 건 당연하지. 그런데 그가 보기에 다른 나라들은 이미 고로 없는 제철소 건설을 시작했어. 반면에 우리는 광양에 엄청난 규모의 고로들을 추가로 짓고 있지. 서로 다른 이 선택이 20년 후에 어떤 결과를 가져올지, 회장은 확신할 수가 없는 게야. 게다가 우리의 선택이 잘못된 것이라면 그 후폭풍이 백 년은 가겠지. 우리 포철이 아니라 우리나라 전체에 미치는 후폭풍이 말이야.'

소장은 현오에게 그렇게 말했었다. 회장의 걱정도, 소장의 근심도 이해 못 할 바는 아니었다. 하지만 소장이 왜 자기만 불러서 그런 얘기를 꺼냈는지 여전히 알 수 없었다. 아니 짐작조차 할 수 없었다. 400명이 넘는 연구원들 가운데 이제 갓 30대 중반이 된 현오는 가장 젊은 축이었다. 그의 위로 날고 긴다는 선배 연구원들이 즐비했고, 직급으로 보더라도 연구원 중에는 가장 말단에 속하는 게 현오였다. 그런데도 소장은 현오만을 불러 회장과 만난 이야기를 꺼낸 것이었다. 그것도 전에 없이 진지한 말투로.

평소처럼 동료들과 어울려 점심을 하기 위해 사원식당에 갔지만 도무지 밥맛이 없었다.

"어이 김박, 무슨 걱정 있어? 말도 없이 얼굴에 수심만 한가득이네."

앞에 앉아 젓가락으로 깍두기를 집어 들던 동료 하나가 현오를 건너다보며 말했다.

"수심이 한가득인 게 정상이지. 저 나이에 총각으로 독신자 숙소에 남아있는 인간이 그럼 정상이겠냐?"

이번엔 그 옆에 앉은 동료였다.

"그러게. 생긴 것도 멀쩡한데 왜 주위가는 여자가 없냐? 여자들 눈에는 남자들의 정신상태 같은 것도 훤히 보이나?"

현오를 놀리는 게 재미있는지 다들 한 마디씩 거들며 왁자지껄하게 식사를 하고 있었다. 현오는 평소답지 않게 별로 대꾸할 마음이 나지 않았다. 고로가 사라진 제철소의 모습만 머릿속을 빙빙 맴돌고 있었다. 그건 화성에서 온 우주인들이 핵폭탄보다 무서운 첨단무기로 제철소 전체를 잿더미로 만들고 난 뒤에나 볼 수 있을 법한 풍경이었다. 누가 그런 말도 안 되는 상상을 맨 처음 했던 것인지, 회장은 왜 그런 상상에 매료된 것인지, 현오는 여전히 이해하기 어려웠다.

그렇게 얼렁뚱땅 점심 식사를 마치고 연구실에 돌아오자 책상 위에 메모지 한 장이 놓여 있었다. 포항공대의 기우식 교수가 전화를 부탁한다는 내용이었다. 현오는 곧장 수화기를 들고 버튼을 눌렀다. 신호가 몇 번 울리는가 싶더니 이내 기우식 교수가 나타났다.

"형, 현오예요."

기우식 교수는 현오의 고등학교 5년 선배였다. 학교 다닐 때는 서로 존재도 몰랐고, 대학도 서로 다른 곳을 나왔다. 게다가 현오는 전기공학이 전공이고 기우식 교수는 역사가 전공이었다. 고등학교만 같은 곳에 다녔달 뿐 사실은 별로 인연이 없었다. 그러다가 현오가 미국에서 박사학위를 마치고 연구소에 오게 되면서 안면을 텄고, 서로 동문이란 걸 알게 된 정도였다. 기우식 교수는 포항공대의 공대생들에게 역사를 가르치는 교양과목 담당 교수였고, 더러는 현오가 있는 연구소에도 인문학 특강을 하러 나타나곤 했다. 소장과는 대학교 동문이라고 했다. 소장도 포항공대에서 교수를 하다가 연구소장으로 부임했으니 둘은 그 이전부터 서로 잘 아는 사이였다. 아니, 그저 아는 정도가 아니라 퍽이나 가까운 선후배이자 술친구였다. 그렇게 얽히고설킨 인연으로 셋이서 장생포까지 고래고기 안주에 소주를 마시러 몇 번 다녀온 적도 있었다.

"그래, 김박. 오랜만이다. 괜찮으면 오늘 저녁에 소주나 한잔 하자. 좀 긴 이야기도 있고 말이야."

"긴 이야기? 그게 뭔데?"

현오가 다급하게 물었지만 기우식 선배는 애초에 대답할 생각이 없었던 모양이었다.

"만나서 얘기해. 술은 내가 산다."

대답이 짧았다. 현오는 무슨 이야기일까 궁금했지만 길게 생각하지는 않았다. 나중에 만나서 천천히 얘기하자는 걸 보면 그다지 다급한 일은 아닐 터였다.

"지난 주말에 너네 소장이랑 술을 한잔 했어."

기우식 선배는 횟집에 자리를 잡고 앉자마자 그렇게 말했다.

"너네 소장이 뭐야, 너네 소장이? 형 선배님이잖아."

"암튼, 그런데 말이야, 갑자기 나더러 너를 좀 도와주라는 거야."

그러고 보니 아침부터 밤까지, 소장이, 혹은 소장과 관련되어 계속 뜬금없는 이야기가 연속으로 들려오고 있었다. 무슨 추리소설의 주인공이라도 된 듯한 느낌이 들 지경이었다.

"나를 도와주라고? 형한테?"

선배의 잔에 소주를 따르며 현오는 그렇게 말꼬리를 잡았다. 낮에 전화로 긴 이야기를 하자고 했던 기억이 되살아났다. 자기도 모르는 사이에 소장과 선배 사이에 모종의 어떤 이야기가 오간 게 틀림없었다. 그리고 그건 아침에 고로 밑에서 소장이 했던 뜬금없는 이야기와 연관된 것이 분명할 터였다.

"그래, 처음엔 밑도 끝도 없이 무슨 얘긴가 싶었지. 그런데 설명을 들어보니 무턱대고 거절할 수는 없었어."

"거절할 수는 없었다? 무슨 부탁이었는데?"

현오는 선배의 이야기를 따라가기 위해 안간힘을 쓰고 있는 참이었다. 다들 왜 이렇게 이야기를 기승전결로 꺼내지 않고 중간 대목부터 시작하는 것인지 이해할 수가 없었다.

"너네 소장에게서 뭐 들은 얘기 없어?"

설명 대신 기우식 선배는 현오에게 되묻고 있었다.

"오늘 아침에 갑자기 날 호출하시더니 고로 앞으로 데리고 가시더라고. 그러더니 박태준 회장과 만난 얘길 하면서 뜬금없이 고로 없는 제철소 얘기를 하는 거야. 황당했지. 형이 들어도 황당하지?"

"그랬겠네."

기우식 선배의 대답에는 영혼이 없었다. 더 이상의 설명을 하려는 눈치도 아니었다. 현오는 그가 이미 소장과 자신이 나눈 이야기를 알고 있을 거라는 느낌을 받았다. 설명을 이어갈 맛이 싹 가시는 기분이었다. 두 사람은 이미 아는데 자기만 모르는 이야기, 그런데 그 이야기의 주인공이 자기인 상황이다. 어떻게든 선배의 입을 열어야 했다. 그래서 현오가 다시 채근했다.

"하여튼 그래서 종일 그 생각을 해보긴 했는데, 도대체 무슨 뜻으로, 무슨 의도로, 나한테 무얼 기대하고 그런 황당한 얘길 꺼낸 것인지 알 수가 없어. 형은 뭔가 알고 있는 거지?"

현오는 말을 짧게 끝내고 기우식 선배의 얼굴을 노려봤다.

"그래, 내가 들은 얘기부터 우선 재탕을 해보자. 너네 소장이 무얼 차근차근 설명하는 스타일이 아니란 건 너도 알고 있지?"

"알고 있지. 그래서 대학에 있을 때도 강의 못하기로 악명이 높았다며?"

"그래, 그리고 그 얘긴 아마도 내가 너한테 해준 얘기 같군. 아무튼, 그 너네 소장이 밤에 날 불러내서 하는 말이……."

"하는 말이?"

현오는 술잔을 들어 선배가 들고 있는 잔에 살짝 가져다 댔다. 얼른 마시고 다음 얘기를 해보라는 재촉이었다.

"아니다. 우선 박태준 회장 얘기부터 하는 게 좋겠다."

"박태준 회장?"

기우식 선배는 들었던 잔을 입에 대지 않고 다시 상에 내려놓았다. 평소와 달리 무언가 생각을 정리하면서 조심스럽게 말을 해야 한다는 태도 같은 것이 엿보였다.

"넌 아직 어려서 잘 모르겠지만, 박 회장이 요즘 고민이 많아. 지난 20년 동안 엄청난 업적을 이뤄냈다지만, 높은 사람들이 보기에 그건 엄청난 특혜를 등에 업고 이룬 성과에 불과할 수도 있거든."

"그게 무슨 말이야, 형?"

박태준은 포항제철에서 밥을 얻어먹는 사람들에게는 살아 있는 신화이자 전설이었다. 그가 없는 포항제철은 누구도 상상하기 어려운 것이었다.

"지난번에 전두환이 대통령이 되었을 때도 그렇지만, 이번에도 새로운 대통령이 취임하자마자 가장 먼저 챙긴 게 포철이야. 포철의 주인이 누구냐, 하고 물으니까 밑에 있던 사람들이 박태준입니다, 하고 대답했겠지. 왜 박태준이 주인이냐, 하고 다시 물으니까 아무도 대답을 못하는 거야. 아니, 안 하는 거지. 포철 회장 자리를 탐내는 인간들이 어디 한둘이겠어?"

"에이 설마. 우리 회사에 정부 지분이 있긴 하지만 자기들 마음대로 어떻게 회장을 갈아치워요? 처음에 임명한 박정희라면 모를까."

현오의 응수에 기우식 선배는 한심하다는 표정을 지었다.

"이래서 공돌이들은 지식만 있고 생각이 없다는 소릴 듣는 거야. 전두환이나 노태우 외에 박 회장을 싫어하는 정치인들이 한둘이 아니야. 개인으로서의 박태준을 싫어한다기보다는 포철 회장 자리에 앉아있는 박태준, 자기들이 볼 때는 무식한 불도저 같은 놈이 장기집권을 하고 있으니 그게 꼴 보기 싫은 거지. 그들에게 포철은 그저 덩치 큰 국영기업 가운데 하나일 뿐이니까. 게다가 이번 대통령 다음에는 YS든 DJ든 민간인 대통령이 나올 텐데, 이 사람들은 박 회장이 군인 출신이라는 게 또 맘에 안 들어. 군 출신이 대통령도 차례로 해먹고 재계까지 자기들끼리 다 해먹는다고 생각하거든."

"말도 안 돼. 나도 군바리 싫어하지만 박 회장은 좀 다른 케이스 아닌가? 군복 벗은 지가 언젠데."

현오는 여전히 기우식 선배의 말을 제대로 이해하기 어려웠다.

"이해가 안 되면 그냥 듣기만 해라, 토 달지 말고."

기우식 선배가 점잖게 한 마디 내뱉었다. 현오는 끄응, 신음소리를 한 번 내고는 다시 선배의 말에 귀를 기울이기 시작했다.

"아무튼, 이래저래 박 회장이 사면초가 신세인데, 문제는 이게 날이 갈수록 악화될 거라는 거지. 그래서인지 얼마 전부터 박 회장은 이사회 때마다 자기 뒤를 이어 포철을 책임질 사람은 반드시 포철 내부에서 나와야 한다는 말을 공공연히 한다는군. 재경부 간부들도 다 듣는 데서 말이야."

"……."

현오는 문득 자신이 정말로 전기공학 외에 세상 돌아가는 것에 대해서는 아무것도 모르는 철부지나 다름없는지 모르겠다는 생각이 들었다.

"그럴수록 청와대와 정부의 압박이 심해질 건 뻔한 일이야. 그 사람들은 이제 박 회장이 굳이 포철을 책임질 이유가 없다고 생각하거든. 포철이 워낙 잘나가니까 아무나 맡아도 지금처럼 잘될 거라고 생각하는 거지. 어리석은 인간들."

"그러게, 참 어리석은 인간들이네."

그렇게 말하면서 현오는 자기 역시 그런 사람들 가운데 한 사람일지도 모른다는 생각이 들었다. 회장이란 자가 용광로 없는 제철소나 생각하고, 연구소장이란 사람은 한술 더 떠서 그걸 구체적으로 연구할 생각이나 하고 있다면, 그런 사람들이 정상일

리가 없다고 속으로 비웃고 있던 참이었던 것이다.

"박 회장 입장에서 보자면 무언가 확실한 한 방이 필요한 시점이지. 그런데 마침 선진국들에서는 기존의 고로공법을 대체할 새로운 공법들을 개발하고 있다는 소식을 듣게 된 거야. 그런데 가만히 생각해 보면 이건 개인 박태준을 위해서가 아니라 포항제철 자체, 나아가 우리나라를 위해서도 반드시 해야 할 일인 거지."

"고로공법을 대체할 신기술 개발이?"

"그래, 나는 역사학자라 제철 산업은 잘 모르지만, 현재의 제철소들이 이미 많은 문제를 안고 있다는 정도는 알고 있어."

"그건 그래. 게다가 다른 나라 제철소에 비해 우리 포철은 문제가 더 심각해. 일단 우리나라에서 생산되는 철광석은 덩어리 형태의 괴탄이 아니라 전부 가루 형태의 분탄이거든. 그래서 우리 제철소가 사용하는 철광석은 전량 수입이야. 그런데 이 괴탄의 가격이 하루가 다르게 비싸지고 있어. 유럽이나 호주는 괴탄이 많이 생산되니까 별로 문제가 없겠지만, 우리 포철은 시간이 지날수록 수익성이 점점 더 나빠질 수밖에 없는 구조지."

현오도 포철이 당면한 문제라면 한두 마디는 거들 수 있었다. 기우식 선배가 다시 말을 이었다.

"그래, 거기다 환경문제도 나날이 심각해지고 있어. 우리나라에서 NGO 활동이 본격적으로 시작된다면 그건 아마도 환경 분야에서일 거야. 그러니 더 친환경적이고 더 수익성이 높은 재료와 기술을 찾아야 하는 건 당연한 일이지."

이 대목에서 현오가 기우식 선배의 말을 끊고 끼어들었다.

"하지만 그런 문제는 누구나 이미 다 알고 있고, 연구소에서도 그런 문제들을 하나하나 해결하기 위한 방법들을 찾고 있다고. 우리가 밥 먹고 매일 하는 일이 그거라니까. 효율을 높이고 안전을 강화하며 에너지 사용을 줄인다, 뭐 그런 거지."

"그래, 하지만 세계 여러 나라에서 이미 그런 땜질식 처방이나 순차적인 개발이 아니라 차원이 다른 기술을 찾고 있었던 거야. 그래서 고로를 없앤다거나 화성공장을 없앤다거나 소결공장을 없앤다는 식의 개발 목표를 세우고 있는 거지."

"말도 안 돼!"

고로공법을 이용하는 오늘날의 제철소에는 사실 고로라고 불리는 용광로 외에 두 개의 초대형 공장이 반드시 있어야 한다. 하나는 화성공장, 일명 코크스공장이다. 유연탄의 일종인 역청탄을 구워서 적당한 크기의 덩어리 상태인 코크스로 만드는 공장이다. 역청탄은 점결성이 높아 한번 뭉쳐서 구우면 가루로 흩어지지 않는 장점이 있다. 고로 안의 석탄이나 철광석이 덩어리 상태를 유지하지 못하고 가루로 흩어져 휘날리게 되면 아래에서 위로 치솟는 고로 안의 열기와 가스가 제대로 분출되지 못하고, 비산하는 철광석과 석탄이 상부에서 뭉쳐지는 등 용출이 불가능해진다. 이런 연유로 용광로에는 무연탄, 갈탄, 분탄 등은 아예 이용할 수가 없고, 역청탄을 뭉쳐서 구운 코크스를 넣어 주어야만 하는 것이다. 화성공장은 용광로 안에서 타는 이 연료를 생산하는 공장이며, 과거 생나무를 태워 숯으로 만들던 공정의 현대식 공정이라고 볼 수 있다.

쇳물의 원료가 되는 철광석 역시 가루 상태의 철광석은 사용할 수 없다. 가루 석탄을 사용할 수 없는 이유와 마찬가지다. 그래서 가루 철광석과 기타 물질들을 혼합하여 적당한 크기의 부서지지 않는 덩어리로 만들어 주어야 하는데, 이 과정을 소결이라 하고 그 공장을 흔히 소결공장이라고 한다. 이처럼 화성과 소결은 고로공법에서 빼놓을 수 없는 공정이다. 그런데 기우식 선배는 지금 고로뿐만 아니라 화성공장과 소결공장이 없는 제철소 이야기를 하고 있는 것이다. 그러니 현오로서는 일단 그의 말부터 끊고 재확인을 해둘 필요가 있었다.

"말도 안 돼. 고로와 화성공장과 소결공장을 없애면 제철소에 뭐가 남는데? 그냥 덩치 큰 동네 대장간이나 마찬가지가 된다고."

현오의 역정에도 기우식 선배는 별다른 반응이 없었다. 현오가 제풀에 지치기를 기다리기라도 하는 양 조용히 자기 앞에 놓인 잔을 천천히 입으로 가져갈 뿐이었다.

올가미

"나는 기술적인 건 전혀 몰라. 다만 너네 소장과 얘기를 하다 보니 현재 선진국들에서 그런 방향으로 연구가 진행되고 있다는 걸 알게 되었을 뿐이야. 고로나 화성공장이나 소결공장을 없앤 뒤에도 어떻게 제철소가 가능한지는 나도 몰라. 사실 관심도 없고."

현오가 들었던 술잔을 내려놓고 조용해지자 기우식 선배가 다시 설명을 이어나갔다.

"그런데 그걸 모르는 건 너나 나, 너네 소장이나 박 회장이나 다 마찬가지야. 아무도 지금까지 그런 방향으로 연구할 생각을 해본 적조차 없었으니까. 그렇지?"

이번에는 기우식 선배가 현오를 채근했다.

"맞아, 아무도 그런 생각은 안 했지. 바보가 아니니까."

현오는 심드렁하게 대답했다. 어쩌다 이런 이야기가 술자리의 주제가 되었는지 의아할 뿐이었다. 그저 자신이 선택한 주제가 아니라는 사실만이 분명했다.

"그런데 말이지, 너네 소장은 지금 꽤 심각해. 아마 박 회장으로부터 특별한 언질을 받은 것 같은데, 그건 내게도 말하지 않았어. 두 사람 사이에 어떤 대화가 오갔는지 나도 잘 몰라. 다만 내가 알고 있는 건 이거야. 첫째, 박 회장과 너네 소장 모두 현재의 고로공법을 대체할 신기술을 간절히 원한다. 둘째, 그 공법에 대한 연구를 어디서부터 어떻게 시작해야 좋을지 두 사람 다 아무런 아이디어가 없다. 그리고 마지막 셋째……."

거기서 기우식 교수는 말을 끊고 다시 술잔을 입으로 가져갔다.

"셋째는 뭔데?"

현오가 다시 채근했다.

"셋째는 소장이 그 첫 단추 꿰는 임무를 너에게 맡기려 한다는 거지."

입이 떡 벌어지더니 닫힐 줄을 몰랐다. 역시나 안 좋은 짐작은 반드시 들어맞는 모양이었다. 살살 올라오던 취기가 삽시간에 전신으로 퍼져나가는 기분이었다.

"말도 안 돼. 내가 왜? 내가 어떻게?"

신음인지 비명인지 모를 이상한 소리가 현오의 입에서 자기도 모르게 흘러나왔다. 술기운 때문만은 아니었다. 현오는 풀린 눈에 한껏 힘을 주고 겨우 다음 말을 내뱉었다.

"형, 나 어디 다른 데 취직 좀 시켜줘라. 나 그 일 못 해, 죽어도 못해."

회장의 관심 사업, 소장의 역점사업, 회사의 명운이 걸린 사업이었다.

"나는 그냥 전기공학자라고. 나한테 차라리 전기료 싸게 먹히는 고로를 개발하라면 네 알겠습니다, 하고 대답하겠어. 그런데 이건 아니지."

그런 현오를 기우식 선배는 한참이나 물끄러미 건너다보고만 있었다.

"소장이 나를 부른 건 사실 나더러 널 좀 도와주라는 말을 하기 위해서였어."

그제야 현오는 자리에 앉자마자 선배가 맨 먼저 했던 말이 다시 떠올랐다.

"그래, 그 얘기도 해봐. 뭘 어떻게 도와주라는 건데?"

현오는 따지듯이 덤벼들었다.

"너를 도와서 우리나라 고대 제철기술을 좀 검토해달라는 거였어."

"그게 고로 없는 제철소랑 무슨 상관인데?"

현오가 재차 물었다.

"너네 소장, 뭘 친절하게 설명할 줄은 모르지만, 생각이 깊은 사람이야."

"생각이 깊은 사람이 3년차 전기공학 전공 연구원에게 고로 없는 제철소 건설 프로젝트를 맡기나?"

현오는 술기운을 빌어 빈정거렸다. 그래도 기우식 선배는 표정에 변화가 없었다.

"박태준 회장과 너네 소장은 일단 의기투합이 된 거 같아. 문제는 다른 임원들이나 고위층들, 관리들이나 청와대를 설득해서 고로 없는 제철소 사업을 실제로 밀어붙이는 거야. 네 반응을 보니 얼마나 많은 사람들이 이 연구에 반대할지 안 봐도 훤하다."

"그건 또 무슨 말이야? 그럼 내가 꿰어야 할 첫 단추가 대통령이나 재경부 관리들이나 우리 회사 임원들을 설득하는 임무란 말이야? 그건 더 말이 안 되지. 나부터 말도 안 되는 프로젝트라고 생각하는데."

현오는 어떻게든 살길을 찾아야 한다고 생각했다. 기우식 선배를 통해 그 길이 찾아질 리는 없겠지만 지푸라기라도 잡아야 했다.

"너무 거창하게 생각하지 마. 너네 소장 말을 들어보니 일리가 있어."

"그래, 다시 본론으로 돌아갔군. 좋아, 소장이 형한테 부탁한 게 대체 뭐야? 일리가 있는지 없는지 좀 따져보자구."

"아까도 말했잖아. 우리 고대 제철사에서 너희 연구소가 진행할 신기술 개발 프로젝트의 힌트와 아이디어를 얻어내고, 그걸 기반으로 사람들을 설득할 수 있는 자료를 만드는 거."

"퍽 쉽게 말하네, 남의 일처럼. 소장님이 형한테 나를 도우라고 부탁을 했으면 형도 이제부터 책임이 있는 걸 텐데."

"난 거절했어, 일언지하에."

기가 막힐 일이었다. 열심히 소장 편을 들어 설명을 해주는가 싶었는데, 자기는 발을 담그기는커녕 손가락에 물도 안 묻히기로 결정했다는 얘기였다. 하지만 가만히 생각해 보면 이상한 일도 아니었다. 아무리 선배의 부탁이라지만 그런 부탁을 덥석 받아 물 바보는 세상에 없을 터였다.

"그래, 잘났다. 형은 그러면서 나보고는 그걸 맡으라고?"

"내가 거절한 건 적임자가 아니어서야."

"나는 적임자고?"

기우식 선배는 잠시 말을 끊더니 현오의 얼굴을 향해 잔뜩 힘이 들어간 눈길을 쏘아 보냈다.

"네가 적임잔지 어떤지는 나도 몰라. 너네 소장은 네가 이과 출신의 전기공학자인데도 어려서부터 할아버지에게 한문을 배웠고, 그 한문 실력으로 고등학생 때 이미 일본어며 중국어까지 읽어냈다는 걸 알고 있어. 옛날 책들을 읽을 수 있는 사람이 너네 연구소에는 너뿐일 테지. 전부 공돌이들이니까. 게다가 너도 알겠지만 너네 소장, 너를 퍽 좋아하잖아. 나는 이유를 잘 모르겠지만."

"그래서 나를 일번 타자로 사지에 내보낸다? 참 고맙네. 그런 사정 다 알면서 자기만 쏙 빠지는 형도 무지 고맙고."

현오의 혀가 점점 꼬이고 있었다.

"아까도 말했지만 나는 적임자가 아니기 때문이야. 그 대신 나보다 훨씬 나은 사람을 붙여줄게. 너네 소장한테도 이미 얘기해 두었어."

"다른 사람이라구? 다른 사람 누구?"

그렇게 물으면서도 현오는 그 사람이 누구일지 그다지 궁금하지 않았다. 내일 아침 출근하여 소장과 담판을 지으리란 쪽으로 이미 생각이 기울어지고 있었던 것이다.

"여자야. 나이 서른셋에 미혼. 동국대학교에 지난 9월부터 교수로 와 있어. 전공은 동양사, 그중에서도 고대사. 한국말 너보다 잘하고 얼굴은 미스코리아 뺨치는 우리 마누라보다 약간 더 예뻐."

"알겠어. 알겠다구. 보나마나 사기겠지만 젊고 예쁘고 똑똑한 여자란 거잖아. 그런데 한국말을 나보다 잘한다는 건 무슨 얘기야?"

"일본인이거든."

현오는 기우식 교수의 말이 꿈결처럼만 느껴졌다. 어디까지가 진짜고 어디까지가 거짓인지 분간하기 어려웠다. 그래서 그날의 술자리가 어떻게 끝나고 어떻게 숙소에 돌아왔는지도 기억하지 못했다.

긴급회의

다음 날 아침, 자전거를 타고 독신자 숙소를 나서면서 현오는 일단 소장부터 만나리라 다짐하고 또 다짐했다. 말이 통하지 않으면 사표를 내면 그만이라는 생각도 했다. 미국에서 같이 박사 학위를 받고 돌아온 친구 하나는 이미 서울에 있는 대학에서 강사 딱지를 떼고 교수 자리를 꿰찼다는 소식도 들렸다. 이 연구소 아니어도 갈 곳이 없는 건 아닐 터였다.

하지만 현오의 그 날 아침 결심은 하나도 실행되지 못했다. 책상에 앉자마자 전화벨이 울렸는데 간밤에 기우식 선배가 말한 바로 그 여인이었다.

"저는 하루미입니다. 기우식 교수님에게 연락처 받았습니다. 대강 얘기 들었습니다. 일단 만나서 얘기하면 좋겠습니다."

처음엔 초등학생이 교과서를 읽는 줄 알았다. 문장이 짧고 말이 느렸다. 게다가 조사들의 절반이 생략된 어투였다. 하지만 이내 그녀가 일본인이라고 했던 기우식 선배의 말이 떠올랐다. 일본인치고는 능숙한 한국어였고 발음도 나무랄 데가 없었다. 게다가 비음이 섞였으면서도 고음인 목소리 자체가 이국적인 매력을 불러일으켰다. 같은 고음이지만 말이 억세고 몹시 빠른 포항의 여자들과는 전혀 다른 느낌이었다. 수화기 너머로 겨우 수인사를 나누는 순간에 현오는 이미 그녀를 만나봐야 하리란 생각을 굳히고 있었다.

"언제 어디가 좋으시겠습니까?"

현오도 짧지만 정중하게 물었다. 어쩐지 허술한 구석을 보이고 싶지 않았다.

"오늘 오후 2시 박사님 연구소로 찾아갑니다. 기우식 교수님과 12시에 만나서 점심 먹습니다. 그 뒤 찾아갑니다."

군인 출신인가? 현오는 그런 생각이 들었다. 단순명쾌한 내용을 짧게 끊어서, 하지만 느린 고음으로 말하는 어투 때문이었다.

"알겠습니다. 기다리고 있겠습니다."

그렇게 하루미와의 첫 통화를 끝냈다. 그리고 수화기를 내려놓자마자 다시 벨이 울렸다. 이번엔 소장이었다. 현오는 두 사람이 무언가 시나리오를 짜놓고 연달아 자신에게 전화를 하고 있는 게 아닌가 싶었다. 갑자기 소장에게 어떻게 프로젝트 참여를 거절할지 머릿속이 캄캄해졌다. 아침 내내 생각하고 또 생각한 게 바로 그거였는데도 말이다.

현오가 소장실에 도착했을 때는 고로기술팀의 책임자인 최선근 박사와 화학실험실의 책임자인 이미나 박사, 그리고 행정실장도 이미 먼저 와서 자리를 잡고 있었다. 어제 소장이 말한 임시회의인지 긴급회의인지가 오늘의 이 모임인 모양이었다.

"김 박사, 어서 와요."

소장이 다분히 공식적으로 현오에게 자리를 안내했다. 현오는 다른 연구원들과도 짧은 목례를 주고받았다. 이미 심각한 얘기가 진행 중이었는지 다들 얼굴이 석고상처럼 굳어 있었다.

"현재 우리가 가진 시설과 기술을 영원무궁토록 사용할 수는 없습니다. 다들 아시는 것처럼 회사의 수익성은 날로 하강 곡선을 그리고 있고, 환경문제도 점점 심각해지고 있습니다. 게다가 제일 중요한 건 원료 부족 문제입니다. 우리가 사용하는 괴탄은 매장량이 한정되어 있기 때문에 언제 고갈될지 모르고, 언제 생산국들이 수출을 통제하게 될지 모릅니다. 한 마디로 새로운 시설과 기술이 반드시 필요합니다. 그리고 우리 연구소가 설립된 목적도 여기에 있습니다."

원고도 없이 교과서에나 있을법한 얘기를 줄줄 읊어대는 사람은 다름 아닌 행정실장이었다. 소장과 다른 연구원들은 입을 다문 채 그의 입에만 시선을 고정시키고 있었다.

"새로운 기술은 나날이 발전하는 선진국의 다른 제철소들과 경쟁하기 위해서도 필요하고, 매년 일본에 지불하는 기술료, 특허료, 고문료 등등에서 해방되어 진정한 기술 독립을 위해서도 꼭 필요합니다. 올해 안에 새로운 기술에 대한 개발 방향이 정해지고, 내년 2월에 열릴 이사회에서는 개발 요구사항이 안건으로 상정되어 추인을 받아야 합니다. 그 이후 곧바로 내년 3월부터는 실질적인 연구와 실험을 시작해야 한다는 게 회사 최고위층의 판단입니다."

회사의 최고위층이란 당연히 박태준 회장을 말하는 것일 터였다. 하지만 아무리 회장의 의중이 그렇다 하더라도 3개월도 남지 않은 연내에 신기술 개발의 방향을 결정해야 한다는 건 엄청나게 무리한 요구였다. 현오는 속으로 남의 일이 될 테니 신경 쓰지 말자고 생각하고 있었다. 그때 이번에는 소장이 입을 열었다.

"오실장 얘기대로 위에서 신기술 개발에 대한 오더가 우리 연구소에 내려왔어요. 문제는 오더만 있지 요구사항이 없다는 건데, 어떤 목표를 가지고 어떤 기술을 개발해야 하는지 현재로서는 아무도 모른다는 겁니다. 제가 오늘 세 분 박사님들을 급히 부른 건 바로 이 부분에 대한 의견을 듣고 싶어서예요. 어떻게 팀을 짜고 어떻게 연구 방향을 설정하면 좋을지 기탄없이 얘기들 좀 해보세요."

다들 으음, 하고 신음을 삼킬 뿐 입을 여는 사람은 없었다. 최선근 박사나 이미나 박사는 연구소에서 잔뼈가 굵은 베테랑인 데다가 직급도 높아서 긴급회의에 불려오는 게 하등 이상할 게 없었다. 하지만 현오는 여전히 왜 자기가 거기 앉아있어야 하는지 감을 잡을 수가 없었다. 그렇다고 먼저 나서서, 그것도 판을 깨는 얘기를 꺼낼 수는 없었다. 굿이나 보고 떡이나 먹는 수밖에 없다는 생각이 들었다.

그렇게 한동안 아무도 말이 없자 소장 다음으로 나이가 많은 최선근 박사가 어쩔 수 없다는 듯 힘겹게 입을 열었다.

"일본이나 미국, 유럽 등의 여러 제철소와 연구소들에서 지금 신기술 개발이 한창이라는 건 잘 알려진 사실입니다. 하지만 우리는 그네들이 개발하는 신기술이란 게 도대체 무언지 전혀 알지 못합니다. 이 좁은 포항에 갇혀서 기존 공법의 개량에만 매달리고 있는 게 우리 연구소의 현실이지요."

최 박사의 지적은 일견 타당한 것이었다. 하지만 연구소 책임자인 소장의 표정은 점점 어두워지고 있었다. 그것은 다분히 소장에 대한 비난을 포함한 지적이었기 때문이다.

"그러니 일단은 선진국들에서 개발하고 있다는 그 신기술들의 방향과 내용을 파악할 필요가 있겠습니다. 필요하다면 안기부의 협조를 얻어서라도 말이지요."

최 박사가 안기부 얘기를 꺼내자 다들 화들짝 놀라는 표정이었다. 국가 기간시설인 포철에 보안팀이라는 이름의 안기부 분소가 설치되어 있다는 걸 모를 사람은 없었다. 하지만 아무도 그런 얘기를 입 밖으로 꺼내지는 않았다. 소장이 최 박사의 말을 끊고 끼어들었다.

"그럽시다. 내 생각에도 그게 순서일 거 같아요. 그리고 말이 나온 김에, 그 분야의 프로젝트는 우리 최 박사가 팀을 짜서 한 번 추진해주세요. 행정실에서는 비용이든 사무실이든 집기든 최우선으로 최 박사 팀을 좀 도와주시고요."

소장의 말에 행정실장은 아무런 대답도 없이 깊이 고개만 끄덕였다. 잘 알겠다는 말이었다. 소장의 말이 다시 이어졌다.

"이미나 박사님은 현재의 고로공법을 대체할 신기술이란 게 이론적으로 가능한지, 가능하다면 어떤 원리가 적용될 수 있는지 하는 부분들에 대한 검토를 맡아주세요. 필요하다면 포항공대는 물론 미국의 칼텍 같은 연구소와도 접촉을 해보세요."

적절한 지시라고 현오는 생각했다. 그리고 보면 소장이 최 박사와 이 박사를 부른 건 이미 그의 머릿속에 나름의 구상이 세워져 있기 때문일 터였다. 하지만 전기 분야의 책임자도 아닌, 말단 직원이나 마찬가지인 자기를 끼워 넣은 건 여전히 납득이 가지 않았다. 하지만 현오가 그걸 깨닫는 데는 그리 오랜 시간이 걸리지 않았다. 소장이 현오에게로 시선을 옮기며 다시 입을 열었던 것이다.

"여러분이 동의하기 어려운 프로젝트도 하나 추진하려고 해요. 지난 며칠 이 문제로 고민을 하면서 내 나름으로 생각한 게 하나 있는데, 우리 고대 제철사에서 아이디어와 힌트를 좀 얻을 수 있지 않을까 하는 겁니다. 말하자면 완전히 새로운 판을 짜기 위해 온고지신의 자세로 먼 과거를 돌아보자는 거죠. 그리고 이 과업을 저는 우리 김현오 박사에게 맡기려고 합니다."

"전기공학자가 고대 제철기술을 연구한단 말입니까?"

소장의 말을 끊은 건 현오가 아니라 행정실장이었다. 최선근 박사와 이미나 박사도 고개를 주억거렸다. 소장의 조치가 이상하다는 생각을 소장 이외의 모든 사람들이 하고 있다는 뜻이고, 그건 현오에게 일단 좋은 징조였다. 현오는 그렇게 생각했다. 하지만 소장의 생각은 전혀 달랐다.

"나도 전에 없는 신기술 개발이라는 이 막중한 과제 앞에서 이런 프로젝트를 진행하는 게 옳은지, 또 진행해서 어떤 결과가 나올지, 아니 결과라고 할 만한 게 나오기나 할지, 아무것도 확신이 없습니다. 하지만 한편으로는 그냥 넘어갈 수는 없는 일이 아닌가 싶어요. 최 박사와 이 박사가 현재와 미래를 맡는다면, 꼭 필요한 것인지 어떤지 모르는 과거는 김 박사에게 맡겨보자는 것입니다."

현오는 기우식 선배에게 들은 얘기도 있고 해서 소장의 의중은 이미 어느 정도 짐작하고 있었다. 과거를 살펴서 미래를 계획한다는 것은 충분히 의미가 있는 일일 터였다. 하지만 전 세계에서 이미 수백 년에 걸쳐 검증이 끝난, 현재로서는 최첨단인 고로공법을 대체할 신기술을 개발하기 위해 1,500년 전에 쓰던 가야의 제철 유적을 뒤지는 게 무슨 의미가 있을지 알기 어려웠다. 더욱 우스운 건 소장도 이 일에 확신이 없다는 것이었다. 그 스스로 꼭 필요한 일인지 어떤지 모르겠다고 하고, 어떤 식으로든 결과가 나오기나 할 것인지에 대해서도 확신이 없다고 말하고 있는 것이다. 그것도 그 프로젝트를 맡길 사람 면전에서, 게다가 다른 선배 연구들이 다 듣는 상황에서 말이다. 이건 소장이 작정하고 현오를 골탕 먹이려는 게 아니라면 도저히 있을 수 없는 일이었다. 전기공학실의 실장이나 책임자급 연구원이 아니라 현오 자신이 느닷없이 차출된 이유가 그제야 대강 짐작이 되었다. 결과가 있으면 좋고 없어도 그만인 프로젝트니 가장 만만한 녀석에게 맡겨보자는 심보가 틀림없었다. 현오는 모두가 들을 수 있게 큰 소리로 끄응, 신음을 내뱉었다. 그 자리에서 차마 욕을 할 수는 없는 노릇이었다.

"김 박사, 나도 미안하게 생각합니다. 밑도 끝도 없는 주제고, 뭐가 나와야 하는지도 모르는, 누가 보더라도 좀 이상한 연구에 김 박사를 끌어들여서 말이에요. 하지만 그래서 김 박사가 맡아줘야 해요. 제일 젊고 제일 똑똑하고 제일 때가 덜 탄 사람이 우리 연구소에서는 김 박사니까."

헛웃음이 나왔다. 하는 수 없이 현오도 입을 열었다.

"이건 소장님의 일방적인 강요입니다. 가당치 않은 연구에 왜 하필 저를 차출하셨는지 여전히 이해가 안 갑니다. 게다가 저는 고고학이나 역사나……."

거기까지 말했을 때 소장이 손을 들어 휘저으며 현오의 말을 막았다.

"알아요, 나도 알아. 그래서 미안하다고 하지 않소. 하지만 한 달만, 일단 한 달만 해봅시다. 뭐가 될지 말지, 연구를 계속할지 말지, 그때 가서 정합시다. 지금부터 한 달 동안 김 박사는 다른 일에 일절 관여하지 마세요. 내가 전기공학실장에게 지시해 놓겠습니다. 대신 그 한 달 동안 김 박사는 우리가 놓치고 있던 제철 관련 역사가 있는지 없는지, 그것만 파악해 보세요. 한 달 뒤에 빈손으로 나타나서 아무것도 없다고 보고해도 내 아무 토를 달지 않겠어요. 이렇게 여러 사람들이 모인 자리에서 소장이 약속합니다."

더는 할 말이 없었다. 한 달 동안 휴가를 준다는 말이나 다름없었다.

"행정실에서는 김 박사의 출장비나 여비부터 잘 챙겨주세요. 아마 다닐 데가 적지 않을 테니까."

행정실장은 아까처럼 조용히 고개만 깊이 숙였다. 다른 연구원들도 조용히 고개를 끄덕이고 있었다. 떠맡고 싶지 않은 짐이 다행히 젊은 놈에게 넘어갔다고 확인하는 끄덕임이었다.

그렇게 회의가 끝나고, 소장은 자기가 점심을 사겠다며 일행을 일으켜 세웠다. 아무도 선약이 없는지, 아니면 소장의 눈치를 살피는 것인지, 다들 조용히 자리에서 일어나 따라나설 준비를 했다. 현오는 그럴 마음이 내키지 않았다.

"죄송하지만 저는 선약이 있어서."

현오는 소장에게 고개를 깊이 숙여 보이고는 서둘러 방을 빠져나왔다. 하지만 갈 데가 없었다. 연구실로 돌아가 다른 동료들과 와자지껄 떠들며 점심을 먹을 생각도 나지 않았다. 조용히 연구동 뒤편의 솔숲을 혼자 걸었다. 20년 동안 매끈하게 자란 소나무들이 제법 하늘을 가리고 있었다.

하루미

아침에 통화한 하루미라는 여인은 2시 정각에 현오의 연구실 옆 미팅룸에 도착해 있었다. 현관 출입을 통제하는 직원 한 사람이 그녀의 도착을 현오에게 알려왔고, 현오도 곧장 미팅룸으로 갔다. 자리에 앉아있던 여인이 현오가 나타나자 재빨리 일어서며 고개를 숙였다.

"이노우에 하루미입니다."

기우식 선배의 말대로 일단 상당한 미인이었다. 키는 보통인데 얼굴이 작았고 입만 상대적으로 커 보였다. 거리에서 남자들 눈길 꽤나 끌어 모을만한 미모였다. 나이는 스물인지 서른인지 가늠하기가 어려웠다. 말끔하게 차려입은 정장만 아니라면 대학생이라고 해도 믿어질 정도였다.

"김현옵니다. 앉으시죠."

말도 안 되는 일 때문이 아니라, 선을 보는 자리였으면 차라리 좋았겠다 싶었다. 함께 다니면 저절로 기분이 좋아질 외모와 인상의 여인이었다.

"기우식 교수님과는 잘 만나셨습니까?"

초면이라 현오는 한껏 조심스럽게 물었다. 잘 보이고 싶었고, 무례하다는 인상을 주고 싶지 않았다.

"네, 가자미 먹었어요."

"가자미 회요?"

"네, 가자미 스시 먹고 대추차 마셨어요. 대추차 맛있어요."

　한국말을 어려워하는 눈치는 아니었다. 머뭇거리지 않았고, 말 끝마다 미소를 띠었다. 하지만 전화 통화를 할 때와 마찬가지로 말이 조금 느렸다. 더위 때문에 약간 늘어진 테이프를 듣고 있는 느낌이었다. 나른해져야 정상일 텐데 톤이 높아서 그런지 저절로 집중이 되었다. 그녀 앞에서라면 누구도 화를 낸다거나 상스러운 말을 하기가 어려울 터였다.

"대추차, 저도 좋아합니다."

　현오는 속으로 대추차, 대추차, 하고 서너 번 되뇌었다. 언제 먹어봤는지 기억도 나지 않았다. 하지만 다음에 이 여인과 다시 만나게 된다면 틀림없이 대추차를 마셔야 하리라고 현오는 생각했다.

"한국 대추차 좋아요. 일본에는 없어요."

　그러고 보니 하루미는 일본인이었다.

"일본 사람이 어떻게 그렇게 한국말을 잘해요?"

　현오가 화제를 바꾸었다.

"우리 엄마, 한국 사람이에요. 조정심 여사. 일본 남자랑 결혼했는데 일찍 죽어서 혼자서 저 키웠어요. 엄마랑 항상 한국말로 대화해요."

일본인 아버지가 일찍 돌아가시고 한국인 어머니가 혼자서 자신을 키웠다는 얘기였다.

"저런, 힘드셨겠네요. 여자 혼자서."

현오는 안타까운 심정에 그렇게 말했다.

"안 힘들어요. 우리 엄마 엄청 큰 파칭코 가게 운영해요. 해마다 애인 바꿔요."

현오는 자기도 모르게 피식 웃음이 나왔다. 해마다 애인을 바꾼다는 과부나, 그런 엄마를 아무렇지도 않게 말하는 딸이나, 현오로서는 이해하기가 쉽지 않았다.

"그렇군요. 그런데 기우식 교수가 하루미 상에게는 무슨 말을 어떻게 하던가요?"

이번에도 현오가 먼저 화제를 바꾸어 본론으로 들어갔다.

"박사님이 착하고 천재고 총각이래요. 나랑 잘 지내면 좋겠대요."

참으로 엉뚱한 구석이 많은 여자였다. 그런 얘기를 당사자 면전에서 대놓고 하다니 말이다. 그러고 보니 어제오늘 상대를 바꾸어 가며 이상한 대화를 연거푸 나누고 있는 건 현오 자신이었다. 무언가 귀신 같은 거에 씌운 건 아닌지 걱정이 될 지경이었다.

"흐음, 그 얘기 말고, 일 얘기는 안 하던가요?"

"했어요, 당연히 했어요. 박사님이 옛날 쇠 만드는 기술에 관해서 연구해야 하는데, 아무도 가르쳐 줄 사람이 없대요. 제철에 관한 건 자기도 전혀 모른대요. 그래서 나보고 하래요."

대강의 설명은 하루미도 이해한 모양이었다.

"하루미 상은 고대 제철기술을 공부하셨나요?"

기우식 선배로부터 하루미가 고고학인지 뭔지를 전공했다는 얘기를 얼핏 들은 것 같은데 기억이 정확하지 않았다.

"아니에요. 저는 동양사, 그중에서도 고대사 공부했어요. 일본, 중국, 한국의 고대국가들이 어떻게 생겨났는지 배웠어요. 그 나라들이 서로 어떤 걸 주고받았는지 연구해요."

작은 눈을 깜빡이며 하루미는 진지하게 자기를 설명했다. 작은 것 하나라도 잘못 전달되면 안 된다는 표정이었다. 직업이 선생이라서 더 그런지도 몰랐다.

"아, 그러니까 백제와 야마토 정권이 어떤 관계인가, 이런 걸 연구하시는 거군요. 그럼 경주가 아니라 부여로 가야 하는 거 아닌가요?"

현오는 자신이 하루미와 충분히 대화를 주고받을 수 있을 정도로는 상식이 있다는 걸 알려주고 싶었다. 하지만 하루미는 그에 대해서는 조금도 관심이 없는 눈치였다.

"부여, 여러 번 가봤어요. 지금은 일중한의 고대국가에서 불교가 어떻게 전파되고 어떤 영향을 끼쳤는지 연구하고 있어요. 그래서 동국대학교 경주캠퍼스로 왔어요."

"그렇군요. 그런데 불교와 제철과는 별로 관계가 없을 거 같은데요. 만약 제 일을 도와주시려면 따로 공부나 연구를 해야 할 테고, 그럼 하루미 상 본인의 공부에 방해가 되지 않나요?"

혹시 돈이 필요해서 기우식 교수의 제안을 받아들인 건 아닐까 싶은 생각도 들었다. 하지만 하루미는 적지 않은 월급을 받는 대학교 교수고, 엄마가 부자라고 스스로 말하기도 했었다.

"불교와 제철기술은 한 몸일 수도 있어요."

현오는 귀를 의심했다. 어제는 고로 없는 제철소라는 말에 깜짝 놀랐는데, 오늘은 또 제철과 불교가 한 몸이라고 말하는 여인과 마주 앉아있는 것이다. 부처가 제철 기술자라도 된다는 말인가?

"하루미 상, 그게 무슨 말이에요? 난생처음 듣는 얘긴데."

그랬다. 난생처음 듣는 말이었다.

"저 가르친 일본 교수님 이름 고무라예요. 고무라 선생님 평생 불교만 연구했어요. 강의시간 외에는 스님처럼 살고 책만 봤어요. 사람들이 존경했어요. 그런데 몇 년 전부터 학생들에게 불교에서 말하는 핵심 교리가 사실은 제철기술이나 용광로 설비기술과 완전히 일치한다고 가르치기 시작했어요. 저도 배웠어요. 다른 교수님들이 싫어했어요. 그래서 쫓겨났어요. 지금 인도에서 혼자 살아요."

하루미의 말은 그 뜻이 충분히 이해되었다. 하지만 제철과 불교가 한 몸이라는 건 여전히 수긍하기 어려운 주장이었다. 하루미도 현오의 그런 미심쩍어하는 모습을 알아챈 것 같았다. 큰 입을 벌리고 씨익 한 번 웃더니 다시 말을 이었다. 도톰한 입술에 감추어진 하얀 치아가 가지런했다.

"불교와 제철의 관계 알기 전에, 박사님과 저 책을 읽어야 해요. 삼국사기, 삼국유사, 세종실록지리지, 삼국지 다 읽어야 해요."

다른 책들은 대강 짐작이 가는데 삼국지는 왜 읽어야 한다는 것인지 감이 잡히지 않았다.

"삼국지는 왜 읽어요? 유비나 조조도 제철과 관계가 있어요?"

현오의 말이 채 끝나기도 전에 하루미가 하하하, 웃음을 터뜨렸다. 재미있다는 것인지 깜짝 놀랐다는 것인지 알기 어려웠다. 하지만 기분 나빠지는 비웃음은 분명 아니었다.

"그 삼국지 아니에요. 진수라는 사람이 쓴 역사책 삼국지예요. 나관중이 그 책 읽고 소설 삼국지 썼어요."

그러고 보니 언젠가 들어본 적이 있는 이야기였다.

"좋아요. 그 책들을 읽으면 우리나라의 고대 제철기술을 배울 수 있나요?"

현오가 단도직입으로 물었다. 하루미도 망설이지 않고 대답했다.

"몰라요. 나도 몰라요. 하지만 삼국유사 읽고 깜짝 놀랐어요. 사람들이 신라를 황금의 나라라고 하는데, 내가 삼국유사 읽어보니 신라는 철의 왕국이에요."

삼국유사는 물론 현오도 잘 아는 책이었다. 거기에 단군신화를 비롯하여 우리나라 고대사의 온갖 흥미진진한 이야기들이 담겨 있다는 것도 알고 있었다. 스님이 쓴 책이라 불교 이야기도 많았다. 하지만 책 전체를 원문으로 읽어본 적은 없었다. 그건 기우식 선배 같은 사람들이 할 일이었다. 그래도 신라가 황금의 나라가 아니라 철의 왕국이라는 얘기는 어쩐지 어색하게만 들렸다. 그래서 되물었다.

"철의 왕국은 가야 아닌가요?"

이번에도 하루미는 지체하지 않았다.

"맞아요. 가야도 철의 왕국이죠. 다른 나라에 철을 수출하기도 하고 철을 화폐로도 썼어요. 그런데 신라한테 망했어요. 고대에는 누가 더 센 철을, 누가 더 많이 가지고 있는가가 전쟁의 승패를 정해요. 초기에는 몰라도 나중에는 가야보다 신라의 제철 산업이 더 세졌어요. 그래서 가야도 이기고 백제도 이기고 고구려도 이겼어요."

어쩐지 너무 과격한 해석이라는 생각을 지울 수가 없었다.

"당나라와 연합군을 결성해서 백제와 고구려를 이긴 거 아닌가요? 저는 학교에서 그렇게 배운 거 같은데."

"그것도 맞아요. 하지만 나중에 당나라도 이겨요. 당나라 몰래 철 많이 만들었어요. 철 없었으면 삼국통일 못해요. 일본도 처음에 신라에서 철 만드는 법 배웠어요."

기우식 선배가 왜 소장의 부탁을 거절하고 대신 하루미를 현오에게 보냈는지, 그제야 감이 잡히기 시작했다. 제철이나 고고학을 전공한 사람은 아니지만 철과 관련된 한중일의 고대사에 대해서는 하루미만큼 주관이 뚜렷한 사람도 없을 게 분명했다. 그러고 보니 기우식 선배는 조선시대의 과거제도 연구로 박사학위를

받은 사람이었다. 고대사나 철 관련 지식이라면 현오보다야 낫겠
지만 하루미만은 못할 것이 분명했다.

첨성대의 비밀

수요일부터는 일주일 내내 하루미가 읽으라고 했던 책만 읽었다. 우선은 삼국유사부터 시작했다. 하지만 에밀레종 같은 범종을 만드는 데 철이 몇만 근 들어갔다는 등의 몇몇 구절 외에 이 책을 왜 그렇게 자세히 읽어야 한다는 것인지 쉽게 이해가 되지는 않았다. 그래도 하루미의 부탁이라고 생각하고 적성에 맞지 않는 책을 나름대로 열심히 읽기는 했다.

그리고 돌아온 첫 토요일, 오전에 회의가 있었다. 참석자는 지난번과 똑같았다. 말하자면 나흘 만에 열리는 첫 보고 자리였다. 물론 현오는 아무런 보고할 내용이 없었고, 그저 다른 사람들의 얘기를 듣기만 했다. 먼저 해외 연구 동향의 분석을 담당한 최선근 박사가 그 사이 파악한 내용을 소개했다. 공식 보고서는커녕 회의에 참석한 사람들이 참고할 페이퍼 한 장 없었다. 최 박사의 다이어리에만 몇 줄 메모가 있을 뿐이었다. 그 메모를 봐가며 최 박사가 브리핑을 시작했다.

"호주의 리오틴토(Rio-Tinto)사와 클로에크너(Kloeckner)사가 공동으로 신기술 개발을 하고 있다는 건 이미 철강신문에 기사화

된 내용입니다. 무려 1981년부터 연구를 시작했으니 이미 8년이나 되었고, 조만간 데모 플랜트가 공개될 거라고 알려져 있습니다. 이들의 연구는 하이스멜트 공법 개발로 불리는데, 현재의 고로를 대체할 새로운 시설과 기술을 개발하는 것이 목표라고 합니다. 연구 개발 과정은 철저한 비밀에 부쳐져 있고, 그래서 더 이상의 구체적인 내용은 알 수 없습니다."

연구원들이라면 누구나 대강은 알고 있을 내용이 전부였다. 시간이 나흘밖에 없었으니 새로운 정보를 캐내기란 애초에 어려운 일일 터였다. 그래도 최 박사의 보고는 계속 이어졌다.

"오스트리아의 푀스트 알피네(VAI)사에서는 코렉스 공법을 개발했고, 이 공법을 적용한 제철소가 남아공에서 완공되었습니다. 아직은 시운전 단계인 것으로 보이고, 상업 운전의 소식은 없습니다. 일본의 경우 한 회사가 아니라 철강연맹 차원에서 디오스라는 이름으로 신기술을 개발하고 있다는 소식입니다."

누구도 특별히 토를 달거나 질문을 하지 않았다.

"이상에서 소개한 신기술 개발 사례들의 구체적인 내용은 모두 기밀로 처리되고 있습니다. 저희가 검토한 바로는 그나마 오스트리아의 알피네사가 저희와 기술 교류 혹은 공동연구가 가능할 것으로 여겨지고, 나머지 회사들은 극도로 기술 유출을 꺼리고 있습니다. 특히 최근 괄목할 성장을 이룬 우리 회사에 대해서는 다들 최악의 경쟁자로 생각하기 때문에 절대로 기술 제휴 등을 맺지 않을 것으로 판단됩니다. 우리 제철소의 건설과 운용에 기술을 지원해오던 일본 역시 신기술과 관련해서는 얘기조차 꺼내지 못하게 하고 있습니다. 조만간 현재의 고로공법으로 철을 생산하는 시스템에 있어서는 우리가 일본의 제철소들을 월등히 능가하게 될 것을 눈치챘기 때문이 아닌가 여겨집니다."

최 박사의 보고가 끝나자 이미나 박사가 입을 열었다.

"남들은 10년 전부터 기술 개발에 착수했는데, 우리는 아직 어떤 기술을 개발해야 하는지도 감을 잡지 못하고 있습니다. 이런 식으로 시간을 허비하느니 차라리 돈이 들더라도 외국의 기술을 도입하는 쪽이 합리적이지 않을까요? 맨손으로 신기술을 개발하려면 그야말로 천문학적인 연구비가 투자돼야 합니다. 대충 어림잡아도 데모 플랜트를 만드는 데에만 수백억이 들어갈 겁니다. 이런 무모한 모험을 해야 할 이유가 있는지 의문입니다."

현오도 비슷한 생각이었다. 하지만 자기까지 나설 이유는 없어 보였다. 그때 소장이 다시 입을 열었다.

"일방적인 기술 수입은 안 돼요. 진정한 경쟁력도 아닐뿐더러, 장기적으로 기술 종속의 우려가 있어요. 이번에는 어떤 어려움이 있더라도 우리 힘으로 해내야 합니다. 물론 우리는 아직 우리가 하려는 일이 무엇인지도 모르는 상태에서 일을 시작했어요. 혼란스러울 겁니다. 하지만 역으로, 길이 없기 때문에 완전히 새로운 길을 낼 수도 있어요. 그렇게 믿고 해봅시다. 저는 우선 우리의 이번 신기술 개발 프로젝트를 X공법 개발 프로젝트라고 명명할까 해요. 무언지는 모르지만 앞으로 차차 그 정체가 드러날 겁니다.

계속 애들 써주시고, 다음 주까지는 팀 구성을 마무리해주세요."

무얼 얼마나 언제까지 해야 하는지도 모르는데 어떻게 팀 구성을 하라는 것인지 이해하기 어려웠다. 현오가 손을 번쩍 들었다.

"저는 그냥 혼자서 하겠습니다. 외부 자문위원 한 분만 위촉할 수 있게 해주시고, 적절한 자문료만 회사에서 지급해주시면 좋겠습니다."

"어떤 급으로?"

그렇게 물은 사람은 행정실장이었다.

"박사학위 소지자, 4년제 대학 교수, 외국인입니다."

"박사, 교수, 외국인."

현오의 말을 반복하며 행정실장은 수첩에 그렇게 적어넣었다.

"김 박사님, 그분의 여권 사본과 통장 사본을 행정실에 제출해주세요."

그러면서 행정실장은 다시 소장에게 물었다.

"자문회의 회의록과 상세 자문 내용도 서류로 받아야……."

그러자 소장이 재빨리 그의 말을 가로막았다.

"나중에 김 박사의 보고서로 일괄 대체하는 걸로 합시다. 번잡한 행정업무는 줄이는 게 좋겠어요."

그것으로 첫 회의, 아니 두 번째 회의가 끝났다. 새로운 정보도 없고, 새로운 방향 제시도 없는 맹탕 회의라고 현오는 생각했다. 하지만 아직은 어쩔 수 없는 일이었다. 감을 잡지 못하는 건 현오가 가장 심한지도 몰랐다.

그렇게 토요일의 한나절 근무를 마친 뒤 현오는 느긋하게 샤워를 하고 시외버스에 올라 경주로 향했다.

"다음 미팅은 첨성대 앞에서 해요."

지난 화요일에 만났을 때 하루미는 그렇게 말했었다. 하지만 왜 첨성대인지에 대해서는 아무 말도 하지 않았다. 일단은 가보는 수밖에 없었다.

현오가 첨성대 앞에 도착한 시간은 만나기로 약속한 오후 5시 정각이었다. 날이 짧아진 탓에 이내 땅거미가 지기 시작했다. 그런데 한참이 지나도록 하루미는 나타나지 않았다. 현오는 5분에 한 번꼴로 시계를 들여다보았다. 그때마다 자신이 약속 시간이나 장소를 착각하고 있는 건 아닌지 의문이 들었다. 그러면서도 무려 한 시간을 기다렸다.

"하여튼 예쁜 것들은 꼭 그 값을 한다니까."

벌써 세 개비째인 담배꽁초를 구두 뒤축으로 비벼 끄며 현오는 투덜거렸다. 하루미는 6시 정각이 되어서야 나타났다.

"우리 약속이 6시였나요?"

청바지에 스웨터 차림이었다. 정장을 차려입고 연구소에 처음 찾아왔을 때와는 전혀 다른 모습이고 느낌이어서 같은 사람인가 잠깐 착각을 일으킬 뻔했다.

"아니, 5시요."

능청스럽게 대답하는데 아무런 미안함 같은 것도 느껴지지 않았다. 하여튼 좀 별난 여자라는 생각이 다시 들었다.

"일부러 한 시간 늦게 왔어요. 그 사이에 첨성대 많이 보시라고."

이해하기 어려운 핑계였다. 첨성대라면 실물이든 사진이든 현오가 하루미보다는 훨씬 더 많이 봤을 터였다.

"덕분에 첨성대 오래 보긴 했어요. 참 멋지고 근사해요."

현오가 그렇게 말하는 순간 첨성대 주변에 설치된 조명에 반짝 불이 들어왔다. 얼마 전에 설치했다는 야간 조명이었다. 사방에서 서치라이트가 첨성대를 비추자 그야말로 별다른 풍경이 펼쳐졌다. 게다가 조명은 붉은색과 푸른색으로 번갈아 들어왔는데, 마치 여인이 붉은 치마와 푸른 치마를 순식간에 갈아입는 것처럼 신비한 모습이었다. 주변 풀밭에서는 가을벌레가 요란하게 울었다.

"저 첨성대가 뭐 하는 곳이었다고 생각해요?"

주머니에 손을 찔러 넣은 하루미가 현오 옆으로 바투 다가서며 물었다.

"첨성대, 문자 그대로 별 보는 곳이죠."

현오의 대답에 하루미는 후훗, 짧게 웃었다. 매력적인 웃음이었다. 하지만 그건 분명 내 그럴 줄 알았다는, 어이없어하는 웃음이 분명했다.

"한국 사람들 대부분이 첨성대를 천체 관측소나 기우제 따위를 지내던 제단이라고 생각해요. 하지만 쇠 만드는 회사에 다니는 현오 박사님도 그렇게 생각한다니 조금 의외네요. 게다가 저걸 한 시간 동안이나 봐놓고서 말이에요."

현오로서는 여전히 이해하기 어려운 말이었다. 똑같은 첨성대를 놓고 역사학자가 볼 때 다르고 재철소 연구원이 볼 때 다르기라도 해야 한다는 말일까? 아니면 한 시간쯤 넋 놓고 바라보고 있으면 남들은 알지 못하는 첨성대의 새로운 비밀이라도 보여야만 한다는 것일까? 약속보다 한 시간이나 늦게 나타나서는 미안하다는 말 한마디 없이 적반하장으로 나오는 그녀가 얼핏 이해하기 어려웠다. 갈 길이 먼데, 이 여자를 정말 자문위원으로 위촉해도 괜찮은 것인지 갑자기 의문까지 들었다.

"아니 그럼 첨성대는 첨성대가 아니란 말이에요? 첨성대, 문자 그대로 별을 보는 곳이잖아요."

현오는 조금 쏘아붙이듯 물었다.

"후훗, 그건 후대의 누군가가 붙인 이름에 불과해요. 천체 관측소를 만들려면 경주 도심의 한가운데가 아니라 야간의 불빛이 없는 외곽의 산꼭대기에 만들어야죠. 그게 상식적이고 합리적이지 않은가요?"

하루미는 다분히 학생을 가르치는 선생의 말투가 되어 있었다. 게다가 현오의 퉁명스런 말투에는 전혀 개의치 않는 분위기였다. 알다가도 모를 여자라는 생각이 잠깐 들었다. 현오는 화를 누그러뜨리고 대화 자체에 집중해보기로 했다. 그래서 조용하고 조금은 시큰둥한 투로 대답했다.

"네, 알고 있어요. 그래서 하늘에 제사를 지내던 일종의 제단일 거라는 학설도 생겨난 거죠."

"맞아요. 하지만 제단이라고 보기엔 너무 높고 지붕도 좁아요. 무녀 혼자 올라가서 춤을 추기에도 비좁을 정도죠. 저기서 춤을 추다가 떨어지면, 에고, 살아남기가 쉽지 않을 거 같아요."

"그럼 제단도 아니라는 얘긴가요?"

점점 이상한 대화에 빠져들고 있다는 생각이 들었다. 아무리 역사에 무지하다지만 일본 여성과 첨성대의 성격을 두고 논쟁 중이라니, 도무지 자신의 처지가 믿기지 않았다. 미인이고 재치가 있는 젊은 여성이라는 사실이 그나마 다행이었다. 그렇지 않았다면 더는 대화를 나누고 싶지 않을 터였다. 그때 하루미가 다시 입을 열었다.

"저는 아니라고 생각해요."

단호한 말이었다.

"그럼 뭐라고 생각하는데요?"

현오가 재차 캐물었다. 하지만 하루미는 더 입을 열지 않았다. 현오도 채근하지 않고 묵묵히 대답을 기다렸다. 대화가 여기까지 온 이상 하루미가 그냥 아무 말도 없이 연기처럼 사라질 것 같지는 않았다.

그때 하루미가 다리를 털고 일어섰다. 그녀는 연기처럼 사라지는 대신 현오를 이끌고 앞장서서 찻집으로 들어갔다. 대추차 두 잔을 주문한 뒤 두 사람은 딱딱한 나무 의자에 마주 앉았다. 하루미가 먼저 입을 열었다.

"이걸 좀 보세요."

하루미가 가방에서 꺼내 현오에게 건네준 건 낡은 흑백사진 한 장이었다. 아니 사진이 아니라 사진을 복사한 복사물이었다.

　그림은 아니었다. 분명히 실제 상황을 촬영한 사진이었다. 그런데 어안이 벙벙할 뿐 그 사진이 무엇인지 구체적으로 알기는 어려웠다. 우선 서너 사람의 노동자가 보이고, 원통형의 꽤 큰 구조물이 보이는데 대략 사람 키의 대여섯 배쯤이다. 그 상단에 연기가 피어오르는 굴뚝 같은 것도 보였다. 원통형 구조물 옆에는 계단이 설치되어 있고, 노동자들이 등짐을 지고 그 계단을 타고 올라가 원통형 구조물 안에 무언가를 쏟아붓고 있는 것처럼 보였다.

　'첨성대를 만들고 있는 건가?'

　얼핏 그런 생각이 들었다. 첨성대 앞에서 만난 여인이, 첨성대 이야기를 하다가 보여준 사진이었던 것이다. 하지만 누가, 왜, 모형 첨성대를 저런 식으로 만들까 싶었다. 자세히 보면 첨성대의 모형도 아니었다. 실제 첨성대와 닮기는 했지만 모형이라기엔 곡선 등의 모양이 다르고 상단에 창문 형태의 구멍도 없었다. 게다가 굴뚝에서는 분명히 연기도 피어오르고 있었다.

　현오는 사진을 들고 한동안 곰곰이 생각에 잠겼다. 이 사진은 도대체 무엇을 의미하는 것일까. 그러다가 문득 하루미가 조금 전에 했던 말을 떠올렸다.

　"쇠 만드는 회사에 다니는 박사님도 그렇게 생각하신다니, 조금 의외네요."

하루미는 분명 그렇게 말했었다. 그 말은 첨성대와 쇠 만드는 일이 무관치 않다는 의미임이 분명했다. 게다가 하루미는 첨성대 비슷한 구조물에 사람들이 무언가를 집어넣고 불을 때서 연기를 피워올리는 장면을 찍은 오래된 사진 한 장을 보여주고 있었다. 그건 곧 사진 속의 첨성대 비슷한 구조물이 일종의 제철 시설, 쇳물을 토해내는 용광로라는 얘기였다.

"말도 안 돼!"

현오의 입에서 자기도 모르게 탄식이 흘러나왔다.

'내가 지금 무슨 생각을 하고 있는 거지?'

속으로 그런 생각도 들었다. 첨성대가 천체 관측이나 제천 의식을 위한 시설이 아니라 쇠를 만드는 제철 시설의 일부, 그것도 제철의 핵심 설비인 용광로였을 수도 있다는 자신의 상상이 너무나 낯설고 기이하게만 느껴졌던 것이다.

"이건 50년대 말에서 60년대 초 사이에 중국에서 찍은 사진이에요."

하루미의 설명이었다.

"박사님도 토법고로에 대해 들어본 적이 있죠?"

너무 당연한 얘기지만 확인차 묻는다는 말투였다. 하지만 현오는 토법고로란 말을 난생처음 들었다. 끝에 고로(高爐)가 붙은 것으로 보아 용광로의 일종인지도 모르겠다는 짐작이 들 뿐이었다.

"미안해요. 처음 들어봐요. 솔직히 포항제철의 기술연구소에 근무한다지만, 제철 관련 기술도 워낙 다양하고 방대해서, 제 분야 이외의 것들에 대해서는 아는 게 거의 없어요."

그렇게 대답하면서 현오는 조금 겸연쩍었다. 제철소 연구원이 역사학자에게 제철기술 관련 강의를 듣고 있는 셈이었던 것이다.

"물론 그럴 수 있어요, 당연해요. 제가 실언을 했어요. 미안해요. 모를 수 있고 모르는 게 당연해요. 각자 전문 분야가 있으니까. 그래서 연구소 하나에 연구원이 수백 명씩 있는 거 아니겠어요?"

조금 무안했던지 하루미는 그렇게 다시 말머리를 돌렸다. 그리고는 내처 사진에 대해 설명하기 시작했다. 대략 이런 내용이었다.

대륙을 석권한 중국 공산당의 마오쩌둥은 소련의 경제개발에 자극을 받아 1950년대부터 대약진 운동을 시작했다. 농업이 아니라 공업을 통해 부국강병을 이루겠다는 운동으로, 1958년부터 1962년까지 제2차 운동이 진행되는데, 이 운동을 시작하면서 마오쩌둥은 15년 안에 영국의 철강산업 수준을 뛰어넘겠다는 야심찬 계획도 함께 발표한다. 하지만 공업 입국을 목표로 했던 이 운동은 결국 실패로 돌아가고, 문화대혁명과 더불어 이 운동은 현대 중국이 시행한 최악의 정책으로 평가된다. 이 잘못된 정책의 여파로 국가 경제가 파탄 나고, 나중에 기근까지 덮치면서 수천 명이 아사하는 참극이 벌어졌다. 이런 최악의 운동 가운데 가장 대표적인 실패 사례가 바로 토법고로(土法高爐) 프로젝트였다. 말 그대로 흙벽돌로 고로, 즉 용광로를 만들어 철을 생산하자는 운동이었다. 여기에는 당시의 농촌 인구 9천만 명이 동원되었고, 마을마다 토법고로가 세워졌다. 문제는 마오쩌둥의 낙관적인 기대와 달리 흙벽돌로 만든 초미니 용광로에서는 제대로 철을 생산할수 없었다는 점이다.

물론 애초부터 원재료인 철광석을 녹여 세상에 없던 쇠를 생산하자는 것은 아니었다. 낡고 녹슨 고철들을 모아 새로운 철 제품의 원료를 만들자는 것이었다. 말하자면 고철의 재활용을 위한 고로였다. 하지만 흙벽돌로 만든 초미니 용광로에서 제철기술도 전혀 없는 농민들이 하루아침에 품질 좋은 철을 생산할 수는 없었다. 토법고로를 통해 생산된 철을 사용하여 만든 철로는 기차의 무게를 견디지 못했고, 토법고로를 통해 생산된 철을 사용하여 만든 소총의 총구는 이내 휘어져 버렸다. 당시 중국에서는 원자탄과 탄도미사일을 만들기 위한 최첨단 연구가 한창 진행 중이었는데, 여기에 사용할 나사 따위의 쇠붙이는 너무 무르거나 품질이 워낙 형편없어서 도무지 사용할 수가 없었다. 솥은 구멍이 나서 밥을 지을 수 없고, 낮은 건물조차 자기 무게를 감당하지 못해 무너졌다. 기간산업과 일상생활에 활용되는 모든 철이 이 모양이니 산업이며 경제가 제대로 돌아갈 리 없었다.

토법고로는 또 다른 문제도 야기했다. 정부에서는 마을마다 인구수를 감안하여 생산해야 할 철의 양을 정해주었는데, 대부분의 경우 우선 원료가 부족했다. 말하자면 철 생산에 필요한 고철이 모자랐다. 공업이 강조되고 농업이 방치되자 농민들은 낫과 호미

등은 물론이고 외국에서 사들인 지 얼마 되지도 않은 트랙터와 경운기 등의 농기계까지 고로에 고철로 처박았다. 멀쩡한 철 제품이 토법고로 안을 통과하여 쓸모없는 철, 고철도 아닌 쓰레기로 재탄생되는 셈이었다. 농기계와 농기구가 사라지자 양철지붕과 밥솥까지 고로 속으로 들어갔다. 그야말로 모든 쇠붙이가 고로에 빨려 들어간 것이다. 일제가 1940년대에 우리나라에서 전쟁 물자를 조달하기 위해 집집마다 뒤져 숟가락까지 공출하던 상황이나 다를 바가 없었다.

이때 사용된 연료는 숯이었다. 당연히 마을 인근의 산에서 자라던 나무들도 모두 고로 속으로 사라졌다. 민둥산에 비가 내리자 산사태가 속출했고, 쓰레기나 다름없는 철로 건설한 댐은 무너질 위기에 봉착했다. 사태가 이 지경에 이르러서야 마오쩌둥은 실패를 인정하고 정책을 철회했다. 하지만 때는 이미 늦은 뒤였다.

"이 사진은 그 무렵의 토법고로를 찍은 거예요. 중국의 마을 곳곳에 이런 식으로 초미니 고로가 세워졌죠."

하루미의 설명은 명쾌했다. 설명을 마친 그녀에게 현오가 다시 질문을 던졌다.

"하지만 하루미 상, 이 사진 속의 토법고로와 첨성대의 외관이 비슷하다고 해서 첨성대가 하루아침에 고로가 되는 건 아니잖아요. 사실 외관도 비슷하긴 하지만 완전히 똑같은 건 아니에요. 그렇다면 첨성대는 고로가 아닐 가능성이 더 크다고 봐야 하지 않을까요?"

현오의 반론에 하루미는 이렇게 응수했다.

"고로의 모양은 수백 가지로 달라질 수 있어요. 시대마다 다르고 지방마다 달랐어요. 고대의 고로들은 또 대개 흙으로 만들었고 1회용으로 사용했어요. 고로라기보다는 1회용 가마에 가까웠죠. 하지만 요즘엔 엄청나게 큰 고로를 만들어서 24시간 365일 쉬지 않고 쇳물을 생산해요. 방식이나 원리는 같지만 크기나 재질이나 모양은 완전히 달라요. 저는 첨성대가 그 중간단계를 보여준다고 생각해요. 흙이 아니라 돌이어서 재사용이 가능하고, 크기도 고대 가마와 현대식 고로의 중간 정도 사이즈죠."

현오는 하루미가 말을 하는 동안 연신 고개를 끄덕였다. 하지만 하루미의 의견에 쉽게 수긍하기는 어려웠다.

"알겠어요. 첨성대가 사실은 고로일지도 모른다는 정도로만 해두죠. 저도 생각을 좀 해볼게요."

하루미는 선선히 동의했다.

"좋아요. 그럼 우리 다음 단계로 넘어가 볼까요?"

"다음 단계가 뭔데요?"

현오가 놀라는 표정을 지으며 되묻자 다시 하루미가 대답했다.

"이번엔 물 위를 달리는 바위 이야기예요."

그야말로 점입가경이었다.

까마귀들

"물 위를 달리는 바위? 에이, 그런 게 어디 있어요?"

현오는 무슨 뜬금없는 얘기인가 싶어서 그렇게 물었다.

"박사님, 삼국유사 다 읽으셨어요?"

하루미가 되물었다. 현오는 읽었노라고 대답했다.

"좋아요. 그럼 연오랑세오녀 이야기도 기억하시나요?"

현오는 그제야 왜 하루미가 물 위를 달리는 바위라는 말을 했
는지 짐작했다. 연오랑과 세오녀는 바위를 타고 신라에서 일본으
로 건너갔다고 삼국유사에 기록되어 있었다.

"네, 물론 알아요. 자세한 내용은 잘 기억나지 않지만."

현오는 그렇게만 대답했다. 그러자 다시 하루미가 말했다.

"좋아요, 그럼 박사님이 읽은 연오랑세오녀 이야기를 우선 저
에게 들려주세요. 그럼 제가 최근에 알게 된 새로운 버전의 연오
랑세오녀 이야기를 들려드리죠."

"새로운 버전의 이야기? 역사책에 기록된 몇 줄이 다일 텐데,
무슨 새로운 버전이 있을 수 있죠?"

현오는 하루미와의 대화가 항상 조금은 기묘하게 시작되고 기

묘하게 끝난다는 생각이 들었다.

"그건 나중에 들어보고 판단하세요. 자, 박사님이 알고 계신 연오랑세오녀 이야기부터 해보세요."

말을 시작하려니, 꼭 교수님 앞에서 외운 내용을 발표하는 학생이 된 듯한 기분이 들었다. 그것도 제일 자신 없는 과목으로 말이다.

"후훗, 점수를 매기지는 않을 테니까, 그냥 아시는 대로만 얘기해 보세요."

하루미는 그런 현오의 걱정을 눈치챈 모양이었다.

"좋아요, 너무 비웃지 말고 들어주세요."

그렇게 현오는 자신이 최근에 읽은 연오랑세오녀 이야기를 다소 두서없이 설명하기 시작했다.

"옛날 신라의 바닷가 마을에 연오랑세오녀 부부가 살았어요. 그런데 어느 날 바위인지 큰 물고기인지가 나타나서 남편 연오랑을 태우고는 일본으로 가버렸어요. 일본 사람들이 연오랑을 보고는 보통 사람이 아니라고 생각해서 왕으로 세웠어요. 아내 세오녀는 남편을 찾아 바닷가로 갔고 거기서 남편의 신발을 발견해요. 그때 다시 바위인지 물고기인지가 나타나서 그녀도 태우고 일본으로 데려가요. 두 사람은 그렇게 다시 만나죠. 그런데 이렇게 두 사람이 신라에서 일본으로 옮겨가자 신라의 해와 달이 빛을 잃게 돼요. 사정을 알게 된 신라의 왕은 일본에 사신을 보내 두 사람에게 돌아오라고 요청하지만, 연오랑은 자신이 일본에 오게 된 것은 하늘의 뜻이라면서 돌아갈 수 없다고 해요. 대신 세오녀가 짠 비단을 신라 사신에게 주면서 그 비단을 바치고 하늘에 제사를 지내면 해와 달이 다시 빛을 되찾을 거라고 말해요. 신라의 사신과 왕은 그의 말대로 비단을 놓고 제사를 지냈어요. 그러자 해와 달이 다시 빛을 되찾았죠. 신라의 왕은 연못 한가운데 창고를 지어 그 비단을 보관하고 그 창고 이름을 귀비고(貴妃庫)라고 했어요. 그 제사를 지낸 곳이 영일현, 지금의 영일만이죠. 이상 끝.”

현오가 이야기를 이어가는 동안 하루미는 진지한 표정으로 듣고 있었다. 이따금 가볍게 머리를 끄덕이기도 했다. 그리고는 설명을 마치자마자 ‘짝짝짝’ 소리가 크지 않게 박수까지 쳤다.

“좋아요. 아주 잘 기억하고 계시네요. 천재인가 봐. 그럼 이번에는 제가 몇 가지 질문을 해볼게요. 생각나는 대로 대답해 보세요.”

발표로는 부족해서 구술시험까지 보겠다는 건가 하는 생각이 들었다.

“이 질문들을 통해서 제 나름대로 연오랑세오녀 이야기의 보충 설명을 해보려고 해요. 그리고 그건 아마도 박사님의 상식을 깨는 것들이 될 거예요. 그러니 우선 박사님의 상식과 고정관념을 확인해둘 필요가 있어요. 그래서 질문을 먼저 하는 거죠.”

“그렇군요. 첨성대가 제철 시설의 일부일 수도 있다는 생각을 하게 만들듯이, 일반적인 상식을 깨주기 위해서란 말이죠?”

“맞아요. 역시 박사님은 이해력이 뛰어나요. 왜 연구소 소장님이 전기공학자인 박사님에게 역사 관련 프로젝트를 맡겼는지 이해가 돼요."

"설마요? 저도 아직 이해를 못 했는데. 아무튼, 뭐, 질문을 해보세요."

"좋아요. 그럼 첫 번째 질문이에요. 연오랑세오녀 이야기는 삼국유사라는 책에서, 신라 임금들의 연대기를 나열하는 중간에 갑자기 튀어나와요. 신라의 왕이 아닌데 말이에요. 왜 그럴까요?"

첫 번째 질문이라서 그런지 비교적 쉽게 대답할 수 있을 것 같았다.

"일본에 가서 왕이 됐잖아요."

"……."

하루미는 아리송한 표정을 지으며 한동안 말을 잇지 못했다. 너무 쉽게 정답을 맞춘 것일까.

"아닌가요?"

현오가 대답을 채근하자 하루미는 마지못해 그런다는 표정으로 입을 열었다.

"물론 일본에 가서 왕이 되었기 때문에 왕들의 연대기 중간에 연오랑세오녀 이야기가 끼어든 것일 수도 있어요. 하지만 삼국유사의 저자인 일연 스님은 연오랑이 일본에 가서 왕이 되었다는 대목에 스스로 주석을 달아서 '일본의 실제 왕은 아니고 한 고을의 왕이 되었을 것'이라고 했어요. 말하자면 일본에 가서 진짜 왕이 되었기에 삼국유사에 기록하는 게 아니라고 스스로 밝히고 있는 거죠."

"그럼 뭐죠?"

"몰라요."

"모른다고요? 문제를 낸 교수님이 학생에게 모른다고 대답을 해도 되는 건가요? 이건 일종의 반칙 같은데."

"물론 제 나름의 짐작은 있어요."

"어떤 짐작이요?"

"연오랑이 신라의 왕들에 버금가는 권력을 가졌었다거나, 그만 큼 중요한 역할을 한 인물이었기 때문에 그 대목에 포함시키지 않았을까 하는 거예요."

"음, 그것도 그럴듯하긴 하네요. 두 사람이 떠나자 신라의 해 와 달이 빛을 잃었다고 했으니까. 좋아요, 그럼 두 번째 질문은 뭐죠?"

"연오랑세오녀의 이름이 뜻하는 바가 무얼까요?"

"글쎄요, 거기까지는 생각을 안 해 봤는데……. 그런데 가만히 보니 두 사람 다 까마귀 오(烏)라는 글자를 썼군요."

"맞아요. 부부인데 같은 글자를 사용했어요. 같은 일을 하는 사 람, 말하자면 역할이 같거나 비슷한 두 사람이라고 생각할 수 있 어요. 이름 끝에 있는 '랑'이나 '녀'는 물론 남녀를 지칭하는 거고 요. 그러니 연오랑은 일단 남자 까마귀, 세오녀는 여자 까마귀라 고 할 수 있겠죠. 문제는 까마귀가 뭐냐는 거예요."

"혹시 태양 속에 산다는 삼족오?"

현오의 재빠른 대답에 하루미는 짐짓 놀라는 표정이었다.

"맞아요. 역시 박사님은 훌륭한 학생이에요. 두 사람의 이름은 태양을 숭배하는 고대 종교와 연관된 것이라고 볼 수 있어요. 그런데 한 마리는 해에 살고, 한 마리는 달에 살아요. 그래서 남자와 여자인 거고, 그래서 이들이 신라를 떠나자 신라의 해와 달이 빛을 잃는 거예요."

"그렇군요. 하지만 한두 사람이 떠난다고 신라의 해와 달이 빛을 잃는다는 게 말이 되나요? 일연스님은 왜 이런 황당한 얘기를 삼국유사에 기록했을까요? 별로 신기하다거나 재미있는 이야기도 아닌데. 삼국유사는 역시 팩트를 기록한 역사책이 아니라 다양한 이야기를 모아놓은 설화 모음집 같은 거라서 그렇겠죠?"

"흐음, 제가 질문을 하기로 했는데, 이젠 박사님이 오히려 제게 질문을 하고 있네요. 뭐 아무래도 상관은 없지만."

"앗, 미안해요. 하지만 갑자기 궁금한 게 생기는 바람에."

"좋아요. 그럼 다시 처음으로 돌아가 보죠. 삼국유사에는 분명 신라의 해와 달이 빛을 잃었고, 세오녀의 비단을 놓고 제사를 지내자 다시 그 빛이 회복되었다고 했어요. 이건 당연히 하늘에 있는 물리적인 해와 달을 말하는 건 아니에요. 그렇죠?"

"네, 맞아요. 그럴 리가 없죠."

현오는 대답 잘하는 착한 학생처럼 재빨리 맞장구를 쳤다.

"그래서 일자(日者)도 신라의 왕에게 보고할 때 '일월지정(日月之精)', 다시 말해 일월 자체가 아니라 '해와 달의 기운'이 신라에서 일본으로 건너갔기 때문이라고 진단하죠. 그렇다면 연오랑세오녀가 신라에서 일본으로 가져간 일월지정이란 또 무얼까요? 해와 달이랑 연관된 무엇일 텐데, 그게 실제로 무엇이냐 하는 문제예요."

현오는 말이 막혔다. 일종의 문학적 상징으로만 이해했던 일월의 정기에 구체적인 무언가가 연관되어 있으리라는 생각은 미처 해보지 못했던 것이다. 현오가 머뭇거리자 하루미가 다시 설명을 이어갔다.

"연오랑세오녀 사건은 서기 157년에 일어난 일이라고 일연스님은 정확한 연대를 기록하고 있어요. 이렇게 연대까지 정확히 기록했는데 나머지 사건이나 이야기는 그냥 단순한 설화고 상징이다? 저는 그런 추론이 더 이상하고 합리적이지 않다고 생각해요. 정확한 연도는 연오랑과 세오녀가 실존 인물이라는 걸 말해주는 것이고, 이들이 신라에서 일본으로 가져간 일월지정이란 이들 부부만의 어떤 특정한 물건이나 재주를 말하는 것일 수밖에 없어요. 이들만이 가진, 이들이 아니면 안 되는 기술 같은 거죠. 그렇다면 이렇게 생각해볼 수도 있어요. 당시 신라에는 있었는데 일본에는 없던 것은 무얼까? 박사님은 뭐라고 생각해요?"

하루미의 설명을 듣고 있자니 현오에게도 짐작되는 바가 있었다. 그는 조심스럽게 입을 열었다.

"제철기술?"

"브라보. 맞아요. 저는 그렇게 생각해요. 연오랑세오녀 이야기는 신라의 특이한 부부 이야기가 아니고, 당시 일본산 비단에 대한 이야기는 더더욱 아니에요. 하늘의 해와 달이 빛을 잃었다가 다시 회복한 이야기도 물론 아니죠. 해와 달처럼 인간들에게 소중한 무언가가 신라에서 일본으로 유출되었고, 이것이 다시 회복되었다는 이야기죠. 그리고 이때의 해와 달처럼 귀중한 무언가란 바로 제철기술일 수밖에 없어요. 그게 바로 그 당시의 최첨단 하이테크 기술이자 국가의 운명도 좌우하는 기간산업이었거든요. 게다가 실제로 서기 157년 무렵이면 한반도와 일본열도에서 막 제철기술이 발전하기 시작할 때죠."

"그러니까, 연오랑세오녀 이야기는 신라의 제철기술 책임자 부부가 일본에 납치되거나 혹은 일본으로 망명했고, 그 기술이 다시 신라로 돌아오게 된 역사적 사실을 기록한 것이다, 뭐 그런 이야기가 되나요?"

"맞아요. 그렇다면 일본에 가 있던 세오녀가 신라 사신에게 주었다는 비단은 무얼 말하는 걸까요?"

그때 현오의 입에서 전에는 미처 생각지도 못했던 대답이 튀어나왔다.

"제철기술 시방서?"

"맞아요. 그건 비단이 아니라 비단에 적어놓은 제철기술 설명이었던 거예요. 연오랑은 신라의 사신에게 그 비단을 주면서 자신의 아내이자 일본에서 귀비가 된 세오녀가 직접 짠 비단이라고 말해요. 이건 세오녀가 그 설명서를 직접 작성했다는 뜻이지 단순히 그녀가 비단을 짰다는 이야기가 아니에요."

"그럼 세오녀도 제철과 관련해서 연오랑 못지않게 중요한 위치를 차지하고 있었다는 얘기가 되나요?"

"맞아요. 두 사람 다 까마귀니까. 그런데 저는 연오랑과 세오녀가 맡은 역할이 서로 달랐을 거라고 생각해요. 해와 달처럼 말이죠. 그리고 이건 하늘에 해와 달이 있어야 하는 것처럼, 부부인 두 사람의 기술이나 지식이 하나로 합쳐져야만 제철기술이 완성될 수 있었다는 의미일 거예요."

"말하자면 제철의 두 가지 핵심기술이군요."

"그래요, 그런데 한쪽은 해고 한쪽은 달이에요. 해는 당연히 남자고 달은 여자죠. 이 음양의 구분을 제철과 연결시키면 어떻게 해석할 수 있을까요?"

현오는 조금 생각할 시간이 필요했다. 이윽고 그의 입에서 이런 말이 튀어나왔다.

"해는 양이고 제철과 연관 짓는다면 불이에요. 달은 음이고 제철과 연관 짓는다면 불 이외의 요소, 다시 말해 제철 과정에 꼭 필요한 재료와 관련이 있을 거 같아요."

하루미의 표정이 환해지는 게 눈에 보일 정도였다.

"저도 그렇게 생각해요. 연오랑은 불을 다루는 책임자예요. 제철의 가장 중요한 핵심이 불이고, 이때의 불은 용광로 자체를 포함하죠. 반대로 세오녀는 제철에 필요한 재료, 다시 말해 철광석과 석회 등의 재료를 책임지는 기술자의 상징인 거죠. 이 재료에서 실제로 쇳물을 뽑아내는 용출의 기술을 포함해서 말이에요."

"그렇게 생각하고 보니 연오랑세오녀 이야기가 아주 현실적이고 구체적인 역사적 사실처럼 느껴져요. 그리고 이 이야기는 제철기술이 한반도에서 일본열도로 처음 전해진 역사적 사실을 전하는 기사라는 걸 알겠어요."

"그래요. 그래서 마침내 일본에서도 신라, 고구려, 백제 같은 고대국가가 생겨나게 됐어요. 중앙집권적인 왕정 국가가 마침내 세워지는 거죠. 청동기 시대의 종교와 정치가 결합된 제정일치 사회에서 마침내 벗어나게 되는 거예요."

"고대국가의 성립이 제철과 연관된다는 말인가요?"

"맞아요. 하지만 그 얘기는 우리 다음에 다시 하기로 해요. 오늘은 연오랑세오녀 이야기에만 집중해요. 아직 시간은 많으니까."

하지만 현오의 생각에 실제로 시간이 그리 넉넉한 건 아니었다. 다음 주에 다시 열릴 회의에서는 어떤 식으로든 현오도 경과보고를 해야 할 터였다.

일월제철소

 현오가 삼국유사의 연오랑세오녀 이야기에 붙잡혀 있는 사이,
연구소 안에서는 나름대로 몇 개의 새로운 팀들이 꾸려졌다. 우
선 해외 동향을 파악하기 위한 정보수집팀과 정보분석팀이 서른
명 정도의 규모로 꾸려졌는데, 최선근 박사가 팀장을 맡았다. 일
본, 미국, 독일, 오스트리아, 프랑스, 호주 등 여러 나라의 신기술
개발 프로젝트 현황에 관한 자료를 수집하고 분석하는 것이 이
들에게 주어진 임무였다. 이미나 박사가 이끌던 화학분석실을 중
심으로 한 이론연구팀도 인원이 보강되면서 사무실을 옮겼다. 기
존 고로공법의 문제점과 앞으로 발생할 가능성이 있는 문제점들
의 리스트를 만들고 대책을 강구할 고로공법분석팀도 새로 신설
되었다. 현오는 여전히 혼자서 고대기술분석을 맡기로 했다. 여
기에 보안팀원 두 명과 행정실 직원 두 명이 전담팀으로 합류하
면서 일종의 테스크포스 조직이 꾸려졌다. 실험팀과 특허팀도 미
리 준비하자는 안이 제기되었으나 이름조차 짓지 못한 신기술 개
발 프로젝트에는 아직 시기상조라는 이유로 미루어졌다. 이렇게
조직이 커진 만큼 현오의 부담감은 상대적으로 줄어들었다. 소

장 외에는 아무도 삼국유사 같은 역사서에서 고로공법을 대체할 신기술에 필요한 힌트나 아이디어가 나올 거라고는 기대하지 않는 눈치였다.

물론 현오도 큰 기대를 걸지는 않았다. 하지만 한 달 안에는 어떻게든 결과를 보고해야 했고, 하루미가 말해준 연오랑세오녀 이야기를 우선 깊이 연구하는 수밖에 다른 길이 보이지 않았다. 현오는 삼국유사 외에 수이전과 영일읍지에 실린 같은 이야기도 찾아 읽었다. 내용은 모두 대동소이했고, 그나마 삼국유사에 실린 버전이 가장 체계적이고 신빙성이 높다고 여겨졌다. 영일읍지의 연오랑세오녀 이야기는 삼국유사의 그것을 그대로 옮겨적은 것인데, 그럼에도 불구하고 삼국유사만큼 정밀하지 않았다. 수이전의 연오랑세오녀 이야기 역시 삼국유사의 그것만큼 논리적이거나 합리적이지 않다고 여겨졌다. 현오는 하루가 멀다 하고 하루미에게 전화를 해가며 연오랑세오녀 이야기의 빠진 부분, 아니 자신이 놓치고 있는 부분이 무엇인지 살피고 분석했다. 그리고 그 이야기들을 노트에 정리하기 시작했다.

"소설 형식으로 써볼까 생각 중이에요."

하루미가 연오랑세오녀 이야기를 어떻게 보고서로 꾸밀 생각이냐고 묻기에 현오는 별생각 없이 그렇게 대답했다. 도무지 형식을 갖춘 논문이나 보고서로 정리할 시간이나 자신이 없었다.

"그렇군요."

하루미는 가타부타 별말이 없었다.

"어쨌든 처음부터 이야기일 뿐이니까요. 이야기는 이야기로 전할 수밖에 없고, 소설 형식이 제일 쉬울 거 같아요."

하루미가 동의해주기를 기대하는 마음으로 현오는 그렇게 덧붙였다. 그런데 그렇게 말해놓고 보니 정말로 소설 형식도 괜찮지 않을까 하는 생각이 들기 시작했다. 말을 먼저 꺼내고 생각이 뒤따라온 형국이었다.

그렇게 일단 소설 형식으로 제철 기술자 연오랑세오녀 부부의 이야기를 정리하기로 했지만, 구체적으로 어디서부터 어떻게 시작해서 이야기를 끌어나갈지는 여전히 오리무중이었다. 현오는 작가가 아니었던 것이다. 그럴 때마다 연구동 뒤편의 솔숲 벤치에 앉아 생각을 정리하는 것이 점점 그의 일상이 되었다. 그러던 어느 날, 테스크포스 내부에서 이론팀을 이끌고 있는 이미나 박사가 혼자 벤치에 앉아있는 모습이 보였다. 누나가 아니라 이모라고 불러도 좋을 정도의 나이 차이가 나는 선배였다. 그다지 친하지도 않고 자주 대화를 나누는 사이도 아니었다. 하지만 그녀를 피해 다른 길로 돌아갈 상황도 아니었다.

"박사님, 안녕하세요?"

현오가 다가가 먼저 인사를 했다. 머리를 들어 현오를 보는 그녀의 얼굴이 퍽이나 초췌해 보였다. 눈에도 힘이 없었다.

"아, 김 박사. 앉아요."

벤치의 한쪽을 가리키며 이미나 박사가 자리를 내주었다.

"김 박사는 진도가 좀 나갔어요?"

이미나 박사는 짐짓 의연하고 태연하게 물었다.

"전혀요."

현오는 솔직하게 대답했다. 솔직하지 않을 이유가 없었다.

"전혀라고? 나랑 비슷하군. 그나마 김 박사는 혼자잖아. 우리 팀은 박사가 일곱 명이나 되는데, 다 같이 모여서 매일 손가락만 빨고 있어."

말끝에 휴우, 긴 한숨이 따라 나왔다. 현오도 답답하지만, 그녀 역시 전혀 앞길이 보이지 않는 모양이었다.

"제가 재미있는 얘기나 하나 해드릴까요?"

현오가 넌지시 그렇게 물었다. 그녀의 일을 직접 도울 수는 없지만, 무언가 힘이 되는 말 한마디라도 해주고 싶었다.

"재미있는 얘기? 좋지."

이미나 박사는 조금 심드렁하게 대꾸했다. 현오가 그렇게 유머러스한 인간이 아니라는 걸 그녀도 알고 있었던 것이다.

"지금 우리 회사가 자리 잡은 이 포항에, 2천년 전에도 제철소가 있었대요."

"풋, 2천년 전에도 포항제철이 있었다고?"

현오가 재미있는 인간일 수도 있다는 걸 이나미 박사는 처음 깨달은 모양이었다. 그다지 유쾌한 웃음은 아니지만 일단 웃기는 했다.

"포항제철은 아니구요, 이름을 굳이 붙이자면 일월제철소 정도 될까요?"

"일월제철소?"

이미나 박사도 슬슬 이야기에 빠져들고 있었다.

"네, 일월제철소. 우리 회사처럼 국가에서 세운 국립제철소였어요. 죄수들을 잡아다가 토철을 캐게 하고, 기술자들을 모아서 쇳물을 뽑아냈죠. 그리고는 농기구와 무기와 엄청나게 큰 종과 부처님을 만들었대요. 아, 종이랑 부처님 만든 건 조금 훗날의 일이긴 해요. 아무튼 그 제철소의 대장 이름이 연오랑이었어요."

"연오랑?"

그냥 호랑이 담배 피우던 시절의 얘기겠거니 했다가 연오랑이라는 구체적인 이름이 나오자 조금 놀라는 눈치였다. 그녀도 연오랑과 세오녀 이야기를 모르지는 않을 터였다.

"연오랑이 제철소 사장이었다고?"

"사장이라기보다는 제철소 기술자들 가운데 우두머리 같은 거죠."

무언가 질문이 계속될 줄 알았는데 이미나 박사는 그새 이야기에 싫증이 났는지 더 묻지 않았다. 현오도 이야기를 이어갈 힘이 빠져버렸다.

"김 박사, 고대 제철기술 연구한다고 한문책만 읽더니 머리가 좀……."

한참 만에 입을 연 이미나 박사가 한 말이었다. 중간에 누가 자른 것도 아닌데 차마 말끝을 맺지 못했다.

"그렇죠? 역시 이상한 얘기죠? 첨성대가 신라 때의 반영구적고로였다고 하면 완전히 미친놈이 되겠죠?"

이미나 박사는 아무런 대답도 없이 지긋하게 현오를 바라볼 뿐이었다. 안타까움과 애절함이 서린 눈빛이었다.

"책만 읽지 말고, 차라리 전국의 제철 유적들을 조사해서 찾아가 보는 게 좋지 않을까?"

이미나 박사는 진지하게 충고하고 있었다. 하지만 현오는 이제 생각이 조금 달라져 있었다. 폐허가 다 된 옛날 유적들에서 구체적인 힌트와 아이디어를 찾는다는 것은 사막에서 과거 바다였던 시대부터 살아온 물고기를 잡으려는 것이나 마찬가지라고 여겨졌다. 그보다는 상대적으로 당시에 훨씬 가까웠던 시기에, 눈 밝은 사람이 적어놓은 기록에 의지하는 편이 훨씬 나을 터였다. 일연스님이 엉터리 중이나 일자무식의 바보가 아니라 최고의 고승이자 최고의 지식인 학자였다고 믿고, 일단은 그의 말을 따라가보는 수밖에 없다고 생각하고 있었던 것이다.

"소설이라구?"

이미나 박사와 헤어져 소장실로 간 현오가 연오랑세오녀 이야기를 보고서나 논문이 아니라 소설로 정리해보고 싶다고 말하자, 소장은 크게 역정을 내지는 않았다. 하지만 역시 기대했던 결과를 얻어내기는 어렵겠다고 판단하는 눈치였다. 소장의 눈동자에 실망이라는 글자가 떠오르는 걸 현오는 놓치지 않았다.

"좋아. 소설이든 뭐든 상관없어. 한 달 안에만 어떤 식으로든 결과를 가져오게. 처음부터 말했듯이 결과가 없다는 보고도 괜찮아."

그렇게 소장에게 중간보고라고도 하기 어려운 보고를 마치고 자리에 돌아와 달력을 보니 어느새 새 프로젝트를 시작한 지도 이미 20일이나 지나고 있었다. 겨우 열흘 정도가 남은 셈이었다.

현오는 두꺼운 대학노트 한 권을 새로 사서 겉면에 '연오랑세오녀'라고 적었다. 소설을 완성할 수 있을지 어떨지 현오로서는 아직 짐작조차 할 수 없었다. 그래도 써보는 수밖에 다른 방도가 떠오르지 않았다.

그렇게 열흘 동안 밤낮을 매달려 써 내려간 현오의 연오랑세오녀 이야기는 이렇게 시작되고 있었다.

延烏郎　細烏女

第八阿達羅王即位四年丁酉東海濱有延烏郎　細烏

女夫婦而居一日延烏歸海採藻忽有一巖一云去負歸

日本國人見之曰此非常人也乃立為王 按日本帝記前後無新羅

人為王者此乃刀遠邑　細烏恠夫不來歸尋之見夫脫鞋

小王而非真王也

亦上其巖巖亦負歸如前其國人驚訝奏獻於王夫婦

相會立為貴妃是時新羅日月無光日者奏云日月之

精降在我國今去日本故致斯怪王遣使求二人延烏

曰我到此國天使然也今何歸乎雖然朕之妃有所織

제2부

연오랑세오녀

옛날 옛적

東海濱有延烏郎細烏女夫婦而居.
동해 바닷가에 연오랑세오녀 부부가 살고 있었다.

한반도의 남쪽, 신라의 동해안에는 제법 큰 만(灣)이 하나 있었다. 그 만의 남쪽에는 넓고 평평한 구릉지가 있는데, 이곳에 연오랑세오녀라는 이름의 부부가 살고 있었다. 그들의 조상은 본래 북방에서 떠돌던 무리로, 정착지를 찾아 헤매다가 마침내 동해의 이 구릉지를 찾게 되었던 것이다. 그들이 이곳에 정착한 것은 거기에 철의 생산에 필요한 모든 것이 갖추어져 있었기 때문이었다.

인근의 금곡(金谷)에서 철광이 났고, 해변에는 송진을 가득 품은 오래된 해송이 우거져 있으며, 구릉지 위에는 마르지 않는 연못이 있어 용수 공급도 원활했다. 용광로를 축조하는 데 필요한, 불에 잘 견디는 백토와 고령토도 인근에서 표토만 걷어 내면 쉽게 구할 수 있었다. 게다가 구릉은 누군가 닦아 놓은 듯 평평해서 수레를 운용하기에 알맞았다. 말하자면 무쇠 생산을 위한 최적의 입지조건을 갖춘 곳이었다. 그들은 바다가 보이는 구릉에 용광로와 여러 설비들을 세웠다.

이후 사람들은 이곳을 '일월(日月)'이라 불렀다. 용광로에서 밤낮없이 피어오르는 불꽃이 해의 그것을 닮았고, 둥근 형틀에 담긴 아직 식지 않은 쇳물이 밝은 달빛을 띠었기 때문이다. 자연스럽게 구릉 한가운데 자리한 연못은 일월지(日月池)라 불렀다.

하지만 일월은 애초에 무주공산이 아니었다. 연오랑세오녀의 먼 조상들이 이곳에 당도했을 때 그 땅은 이미 육부의 촌장들이 연합하여 다스리던 곳이었다. 그럼에도 그들이 이곳에 정착할 수 있었던 것은 순전히 제철기술 덕분이었다. 육부의 촌장들과 이 새로운 제철 기술자 무리는 서로 이해타산이 일치했다. 육부의 촌장들에게는 강력한 무기와 농기구가 필요했고, 북방에서 온 이주민들에게는 안정적인 정착지가 필요했던 것이다. 일월의 무리는 육부로부터 안전을 보장받는 것은 물론 생활에 필요한 물자를 공급받고, 대신 일월에서 생산된 무쇠는 육부의 촌장들에게만 독점 공급한다는 약조를 맺었다.

일월에 세워진 용광로는 큼직하게 구운 벽돌을 아래에서부터 점점 좁게 쌓아 올린 원통 형태였다. 흙을 채워 아랫부분을 메우고, 조그마한 창을 내고 다시 쌓다가 꼭대기에 정(井) 자로 된 돌을 걸친 구조였다. 원통의 안쪽에는 다시 흙을 발랐다. 옆에 난 창에는 기다란 토관을 설치하고 빈틈을 흙으로 메운 후, 토관을 풀무에 연결했다. 용광로 주변에는 여러 개의 높다란 토대를 세우고, 여기에 계단을 설치하여 꼭대기까지 짐과 사람이 오르내릴 수 있게 하였다.

연오는 이런 용광로와 설비를 짓는 우두머리였고, 세오는 각종 재료를 혼합하여 철광을 녹여내는 기술자 무리의 우두머리였다. 일월에 사는 무리는 두 사람을 함께 우두머리로 섬겼다. 말하자면 그들만의 두 왕이요 임금이었다.

연오와 세오가 일월의 제철단지를 책임지고 있던 시대에는 그 땅에 이미 신라가 세워져 있었다. 일월에서 생산된 쇠로는 우선 농기구를 만들었는데, 이는 농업 생산력의 비약적인 증가를 가져왔다. 잉여가치가 쌓이자 본격적인 정치체제의 필요성이 대두되고, 쇠로 만든 무기가 마침내 한반도에 또 하나의 고대국가를 탄생시켰다. 모두 쇠가 없었다면, 아니 연오랑세오녀 무리가 없었다면 일어나지 않았을 일들이었다.

연오랑세오녀 당시 서라벌은 대장간의 도시였고, 궁에는 대형 무쇠 창고가 있었다. 일월에서 서라벌로 가기 위해서는 토함산을 넘어야 했으므로 무쇠 덩이는 말 등에 실어 날랐다. 산을 넘으면 반듯하게 정돈된 서라벌의 정경이 펼쳐졌다. 쇠망치 두드리는 소리가 사방에서 들리는, 그야말로 '쇠 벌'이었다.

그러던 어느 해, 젊은 연오랑세오녀 부부가 서라벌의 궁에서 열린 연회에 참석하게 되었다. 복잡한 권력다툼의 과정을 거쳐 신

라의 일곱 번째 왕으로 등극한 일성이사금이 베푼 연회였다. 왕
은 연오를 가까이 오라 하여 한 손을 잡아 높이 치켜들고는 신하
들 앞에서 이렇게 외쳤다.

"이 손이 우리 계림(鷄林)을 먹여 살리는 손이오. 앞으로도 다들
잘 도와주시기 바라오."

그런 다음 왕은 연오에게도 이렇게 속삭였다.

"아쉬운 일이 있으면 짐에게 직접 고해도 좋다."

그날 왕은 연오에게 성씨(姓氏)를 하사하려고 했다. 하지만 귀
족과 대신들의 반대가 심했다. 왕족이 아닌 이주민의 자손에게까
지 성씨를 하사하면 나라의 기강이 문란해진다는 것이었다. 쇠
로 건설된 나라에서 쇠를 만드는 자를 제대로 대접할 줄 모르는
귀족과 대신들이 왕은 한심했다. 하지만 임금 혼자서 독단적으로
처리할 수는 없는 일이었다.

"그렇다면 이번에는 우선 혜(鞋)를 하사하는 것으로 하겠소."

혜는 옥구슬이 달린 가죽신이다. 임금이 왕족이나 제후 이상의
귀족들에게만 내리는 일종의 신표(信標)였다. 왕이 가죽신을 한
번 내리면 왕실의 공방에서는 해마다 새로 신발을 지어 보냈다.

연오랑세오녀 부부가 왕의 남다른 총애를 받고 있다는 소문은
신라 전역으로 퍼졌다. 시기하고 질투하는 소리가 여기저기서 터
져 나왔다. 왕의 귀에는 들어가지 않았지만 연오와 세오의 귀에
는 그런 소리가 다 들렸다. 한숨이 깊어질 수밖에 없는 일이었다.
그럴수록 연오와 세오는 일에 매달렸다. 일월의 용광로에서는 불

꽃이 밤낮없이 피어올랐다. 연오와 세오는 밤새는 줄 모르고 열심히 일했고, 일월에는 한동안 별 탈이 없었다. 그 무렵 연오와 세오 사이에서 큰아이가 태어났다.

금곡의 철장

　당시의 신라 땅에서는 고구려와 백제 사람들은 물론 바다 건너 중원 사람들도 쉽게 볼 수 있었다. 그만큼 무역이 성한 나라가 신라였다. 이러한 상인들 가운데는 물론 왜국에서 온 자들도 있었다. 신라에 왕래하기 위해 동해를 갈매기처럼 넘나들던 이들 왜국의 상인들은 밤이 되어도 꺼지지 않는 불빛이 신라에 있다는 것을 금방 알아챘다. 그 빛은 한밤중의 먼바다에서도 또렷이 보였다. 신라 사람들은 그 불빛이 쇠를 녹여내는 불빛이라고 이들에게 일러주었다.

　물론 이들도 쇠가 무엇인지 알고 있었다. 하지만 어떤 가마에 어떤 재료를 어떻게 넣고 얼마나 높은 온도의 불을 얼마 동안이나 때어야 하는지는 알지 못했다. 구리나 청동을 얻는 기술은 이미 확보하고 있었지만 신라처럼 쇠를 생산하지는 못했던 것이다. 금은이나 구리를 용출할 수 있어도 쇠를 용출할 수 없는 이유는 사실 간단했다. 금은이나 구리는 원석에 일정한 열을 가하면 해당 성분이 녹아서 저절로 흘러나온다. 하지만 쇠는 아무리 높은 열을 가해도 쇠 성분만 분리되지 않는다. 고작해야 원석의 여러 성분이 고열에 녹았다가 다시 뭉쳐져 더욱 단단한 덩어리가 되는 정도에 그쳤고, 이것은 쇠가 아니었다. 쇠가 용출되기 위해서는 단순한 고열 외에 다른 성분과 기술들이 더 필요했던 것인데 왜인들은 아직 그것이 무엇인지 알지 못했다. 말하자면 쇠의 용출 기술은 그 이전의 기술과는 차원이 다른 기술이었던 것이다.

당연히 신라는 일월의 제철기술을 철저한 기밀로 다루었고, 이들은 멀리서 보기만 할 뿐 용광로 근처에는 접근조차 할 수 없었다.

"우리나라에서도 앞으로는 쇠를 가진 자가 유일한 지배자가 될 것이다."

이처럼 무쇠의 중요성을 간파했지만 이들이 할 수 있는 일은 고작 서라벌에 가서 비싼 돈을 주고 약간의 무쇠를 사들여 본국으로 가져가는 것이 전부였다. 질 나쁘고 더 위험천만한 중원에 가서 쇠를 사오는 것보다는 그래도 서라벌이 훨씬 나았기에 이들 상인들은 하루가 멀다 하고 신라 땅에 드나들었다. 왜국의 각 지역에서 할거하는 자칭 왕들도 쇠의 중요성에 대해서는 이미 잘 알고 있었기에 이들은 어디에 가든 환영을 받았고, 많은 재물도 모을 수 있었다. 문제는 신라에서 구할 수 있는 쇠의 양이 너무 적은 데다가, 왜국 자체의 힘만으로 쇠의 용출 기술을 터득할 가망이 여전히 보이지 않는다는 것이었다. 이런 상태가 지속된다면 왜국은 한동안 신라보다 훨씬 뒤처질 수밖에 없고, 결국에는 신라의 속국이 되는 것도 시간문제였다. 쇠로 만든 창칼과 방패를

든 신라군을 막아낼 재간이 왜국에는 없었다. 신라와 왜국 사이에 다행히 바다가 놓여 있다지만, 바다는 장애가 아니라 길이 될 수도 있다는 것을 이들은 누구보다 잘 알았다.

"무슨 수를 쓰든 반드시 무쇠 만드는 기술을 알아내야 한다. 그래야 우리도 신라처럼 번듯한 나라를 세울 수 있고, 신라처럼 왕과 신하와 백성이 공존하는 새로운 세상을 만들 수 있다."

무쇠 용출 기술의 터득이 지상의 과제가 된 이들이 가장 먼저 주목한 곳은 당연히 일월의 용광로였다. 그런데 이들이 몰래 살펴본 일월의 제철단지는 우선 그 규모가 엄청났다. 무리의 수도 많았는데, 모두 우두머리의 지시에 일사불란하게 움직였다. 일월로 통하는 길에는 말과 수레의 행렬이 끊이지 않았고, 이런저런 물자들이 실려 오거나 실려 나갔다. 구릉 안에 지어진 수십 채의 집들은 크기와 모양이 가지런하고, 창고 또한 엄청나게 컸다. 일월 자체가 하나의 마을이어서 그 안에 글방도 있고 의원도 있다고 했다.

왜인들이 숨어 살핀 일월의 용광로는 원통 모양으로, 높이가 30척은 족히 되었다. 평평한 돌로 기초를 만들고 그 위에 벽돌을 쌓았는데, 아래쪽은 크고 위쪽이 좁아서 얼핏 거대한 술병처럼도 보였다.

옆구리에 난 사방 세 척의 사각형 구멍에는 토관이 끼워져 있는데, 그 토관이 풀무와 연결되어 있었다. 여러 대의 풀무가 이 토관에 이어져 있어 교대로 풀무질을 할 수 있었다. 쇠의 용출에는 구리나 납의 용출과 달리 엄청난 고열이 필요하기 때문이란 걸 왜인들도 충분히 짐작할 수 있었다.

용광로 아랫부분에는 양쪽으로 두 개의 작은 구멍이 있었다. 거기로 식지 않은 쇳물이 끊임없이 흘러나왔다. 상인이자 첩자인 왜인들은 밤마다 일월에 숨어들어 이런 광경들을 자세히 보고 그림으로도 그렸다.

자국으로 돌아간 왜인들은 청동을 다루는 기술자를 동원하여 자기들이 본 대로 용광로를 축조하고 불을 지펴 보았다. 하지만 철광은 서로 엉킬 뿐 쇳물이 되어 흘러나오지 않았다. 아무리 여러 번 시도해도 쇳물이 녹아 흐르는 대신 녹다 만 철광석 찌꺼기만 용광로 안에서 굳어 버렸다. 그렇게 용광로 안에서 철광석이 녹다 말고 굳어 버리면 그 용광로 자체를 폐기해야 했다. 용광로를 다시 축조하는 일에는 엄청난 돈과 노역이 들었다. 한 번은 폭발이 일어나 사람이 많이 다치기도 했다. 무엇이 잘못되었는지 알 수 없었다. 불을 지피고 또 지펴도 철광은 그대로 굳어 버리고, 쇳물은 흘러나오지 않았다.

"이것은 필시 불의 온도가 충분치 않기 때문이오. 게다가 우리는 용광로의 바깥쪽 모습만 보았을 뿐 내부의 자세한 정황은 아직도 알지 못하오. 이런 상태로는 아무리 용광로를 다시 짓고 불을 지펴도 허사가 될 듯하오."

이유를 알았으나 해결책은 여전히 요원하기만 하였다. 이런 상태가 한동안 지속되자 마침내 왜국의 여러 왕들이 한자리에 모여 대책을 논의하기에 이르렀다. 모임을 주선한 가장 연장의 왕이 좌중에 제안했다.

"우리는 지금까지 각자의 힘으로 저마다 용광로를 세우고 무쇠를 생산하려 해왔소. 하지만 내가 알기로는 아직까지 아무도 성공하지 못하였소. 아마 누군가 이미 성공을 했다면 그 사람이 우리 중의 왕, 그야말로 왕 중의 왕이 되었겠지요. 그리고 여기 모이신 분들이 다들 그런 미래를 꿈꿀 것이라 짐작하오. 나부터 그랬으니까. 하지만 그렇게 해서는 절대 아무도 성공할 수 없다는 것이 점점 분명해지고 있소. 그러니 이제부터는 오늘 모인 우리 모두가 한 편이 되어 이 일을 공동으로 추진하는 것이 어떻겠소?"

여기저기서 찬동의 소리가 흘러나왔다. 다들 자기가 가장 먼저 무쇠 용출의 기술을 터득해서 열도 전체를 지배하리란 꿈을 품고 있지만, 그럴 가능성이 희박해지고 있다는 것도 동시에 깨닫고 있는 참이었던 것이다. 연장자의 제안이 끝나기 무섭게 한 사람이 다시 말을 이었다.

"찬동합니다. 게다가 이렇게 무쇠 용출 기술을 확보하지 못하는 상태가 계속된다면, 그래서 우리가 제대로 된 무기를 갖추지 못한다면, 이 열도 자체가 남의 손아귀에 넘어갈 수도 있습니다."

이어 열띤 토론이 벌어지기 시작했다.

"아니, 그건 무슨 말이오? 신라가 바다 건너 이 열도에 침범이라도 한단 말이오?"

"내가 알기론 신라는 아직 그럴 생각이 없을 겁니다. 신라 역시 여러 성씨의 귀족들이 모여 만든 나라인지라 왕권이 충분히 튼튼치 못합니다."

"그럼 뭐가 문제요? 백제나 고구려가 문제요?"

"백제야 우리의 보호자나 마찬가지고, 고구려 역시 같은 반도 안에 있는 백제와 신라를 놔두고 우리 열도까지 오지는 않겠지요. 그보다는 중원, 특히 북방의 민족들이 문제입니다. 우리가 사는 이 비옥한 열도에 아직 철이 없다는 걸 알게 된다면, 이들이 새로운 터전을 찾아 여기까지 오지 말란 법도 없지요."

"나도 걱정이 많습니다. 게다가 우리에게 주어진 시한이 얼마나 남았는지도 알 수 없지요. 한시가 급합니다. 무쇠 용출의 기술을 하루라도 빨리 확보해야 합니다."

여기저기서 찬동의 소리가 들리고 고개를 끄덕이는 자들이 많았다. 하지만 구체적인 방안을 내는 자는 없었다.

"군사들을 몰고 가서 신라의 일월인가 하는 곳을 아예 점령하는 것은 어떻겠소? 들으니 일월을 지키는 신라 군사가 있긴 해도 몇 안 된다고 하던데……."

한동안 침묵이 이어졌다. 비슷한 생각을 해본 자들이 적지 않다는 의미였다. 그때 연장자가 다시 나섰다.

"아니 될 말이오. 우선 우리는 신라가 얼마나 많은 병사를 두고 있는지 알지 못하오. 게다가 그들이 만약 모두 무쇠로 만든 창과 방패와 칼을 사용한다면, 우리의 무기는 그야말로 추풍낙엽 신세가 되고 말 것이오. 전투에서 이기기도 어렵고, 이긴다고 하더라도 용출과 관련된 일자(日者)들이 우리에게 협조할 리가 없소."

여기저기서 다시 탄식과 한숨이 터져 나왔다. 그때 서라벌에 수시로 드나들던 상인의 우두머리가 나섰다.

"용광로를 짓고 쇳물을 용출하는 일자들 얘기가 나온 김에 한 말씀 올리겠습니다. 우리가 수시로 드나들고 그나마 가장 가까이 접근할 수 있는 곳은 신라의 일월입니다. 백제나 고구려는 모두 내륙 깊숙한 곳에 용광로가 있어 접근조차 쉽지 않습니다. 중원이나 북방에도 용광로가 있다지만 더더욱 가기 어렵습니다. 여기 모이신 분들이 한마음으로 힘을 모아주신다면 제가 일월을 한 번 더 본격적으로 공략해볼까 합니다."

모두의 시선이 상인의 얼굴 위로 모였다. 그 순간, 누군가 다그치듯 그에게 따져 물었다. 노기가 가득 서린 음성이었다.

"지금까지도 우리는 많은 비용을 들여 당신들의 일에 협조했소. 그런데 아직 아무런 소득도 없지 않소. 그러면서 더 많은 비용을 내라는 말이오?"

분기탱천한 그를 향해 가장 연장자인 왕이 손을 내둘렀다.

"그만 진정하고 얘기를 마저 들어봅시다. 무슨 복안이 있긴 하오?"

"저희는 이제까지 일월에만 신경을 써왔습니다. 거기에 용광로가 있고 쇳물이 거기서 생산되기 때문이지요. 그런데 이 일월이라는 곳은 우리가 비집고 들어갈 틈이 없어 보입니다. 신라의 왕과 일월의 책임자인 연오의 관계도 아주 원만하지요. 그래서 다시 기회가 주어진다면 이번에는 쇳물의 원료가 되는 토철을 생산하는 철장 쪽을 좀 자세히 살펴볼까 합니다."

"음……."

가장 연장자인 왕은 한동안 말이 없이 긴 신음만 내뱉었다. 그러다가 어렵게 입을 열었다.

"나는 저 자의 생각에 찬동합니다. 더 좋은 복안이 있는 분은 말씀을 해보시오."

한동안 침묵이 이어졌고, 다시 연장자가 나섰다.

"우리가 합심해서 인력과 비용을 지원합시다. 그것만이 우리가 같이 살 수 있는 길입니다. 각 왕들께서 지원한 인력과 비용을 정확히 기록해 두었다가, 나중에 무쇠를 나눌 때 그 비율대로 하면 어떨까 하오."

반대하는 자가 없었다. 다른 방도가 있을 리 없었던 것이다.

을의 반란

신라 땅에 당도한 왜국의 첩자들은 일월의 남쪽, 철광석을 캐내는 금곡을 살폈다. 금곡은 개울물이 검붉어 먹을 수가 없었다. 산 위에 올라가서 보니 철광석을 캐내는 곳은 일종의 구릉지로, 여기저기 지표가 벗겨져 있고 구덩이가 파여 있었다. 일꾼들은 곡괭이로 파낸 철광을 들것에 담아 수레에 싣고 있었다. 그렇게 수레에 실린 철광석이 일월로 옮겨졌다.

첩자들이 좀 더 가까이 가서 살펴보니 땅을 파고 철광석을 나르는 일꾼들은 대부분이 죄수인 모양이었다. 머리는 봉두난발이고 옷은 걸레처럼 헤졌으며 신발조차 신지 않은 모습이었다. 이들이 기거하는 집 또한 일월의 그것과는 비교도 할 수 없을 정도로 초라하고 열악했다. 비바람을 막기에도 버거워 보이는 움막이 대부분이었다. 게다가 작업장 곳곳을 창날을 높이 치켜든 관리들이 지키고 있었다.

첩자들은 인근의 주막에 머물면서 며칠을 더 살폈다. 금곡 철장의 책임자는 서라벌에서 내려온 벼슬아치라고 했다. 포섭하기 어려울 것 같았다. 그 벼슬아치 밑에서 땅 파고 짐 나르는 일을 실질적으로 관리하는 수하는 을(乙)이라는 자였다. 관리도 아니지만 죄수도 아니었다.

며칠의 탐문 끝에 첩자들은 을에게 노망이 난 노모가 있다는 것을 알아냈다. 그 노모는 인근의 마을에 혼자 살고 있고, 을은 주로 철장에서 기숙하다가 열흘이나 보름에 한 번씩 노모에게 다녀간다고 했다.

"노망 난 그 노모 때문에 을은 장가도 못 들고 있다오."

주막의 주모가 묻지 않은 정보까지 알려주었다. 왜국의 첩자는 그 주모에게 부탁하여 여자 일꾼 하나를 샀고, 그녀에게 을의 노모를 돌보게 했다.

철장에서 보름 만에 돌아온 을은 달라진 어머니의 모습에 깜짝 놀랐다. 얼굴이며 입성이 깨끗한 것은 물론 집안도 가지런히 정리되어 있고 양식과 반찬도 넉넉히 마련되어 있었다. 어머니를 보살피는 여인에게 물으니 자신은 주모의 부탁을 받고 일을 해준 것일 뿐, 그 이상은 아는 게 없다고 했다. 을은 주막으로 갔다. 주모는 키가 훤칠한 왜국인 장사치 하나를 데려오더니 모두 그가 시킨 것이라고 했다. 을이 물었다.

"무슨 연유로 우리 어머니를 보살폈소? 토철을 사러 왔다면 헛수고요!"

을은 그들이 필시 얼마라도 몰래 철광석을 사려고 온 가야 출신의 장사치인 줄 알았다.

"그대를 만나기 위함이었소."

첩자는 주저하지 않고 말했다.

"숨길 게 뭐가 있겠소. 나는 바다 건너 왜국 땅에서 온 장사치요. 주로 무쇠를 사러 서라벌에 오지요. 당신도 알다시피 무쇠는 신물이어서 값이 퍽 비싸다오. 온갖 값진 것을 가져와도 신물은 아주 조금밖에 구할 수 없소. 그런데 우리나라에서 가장 유명한 점쟁이가 내게 말하기를, 당신과 내가 힘을 합치면 나라도 세울 수 있다고 하였소. 그대가 철장의 수령이 되고, 일월의 연오와 함께 우리와 손을 잡으면 그대도 나도 연오도 모두 왕이 된다는 예언이었소. 일월의 연오는 이미 우리와 함께하기로 약조하였소!"

처음에 그 말을 들을 때는 모두 헛소리라고 생각했다. 땅 파는 죄수들이나 관리하는 자기에게 왕 운운하는 것도 우습고, 일월의 연오가 서라벌을 배신하고 왜인들과 손을 잡기로 했다는 말도 전혀 믿기지 않았다. 그런 의심을 토해내려는 순간 왜인이 그의 입을 막기라도 하듯 다시 재빨리 말을 쏟아냈다.

"우리는 왜국에서 여왕을 모시고 있소. 그대가 우리와 협조하여 마침내 왕이 되시면 우리는 동맹의 징표로 우리 여왕의 자매와 당신이 혼인을 하도록 주선할 것이오."

말을 마치기 무섭게 왜국의 첩자는 을에게 거사에 필요한 자금을 내보였다. 평생 구경해보지도 못한 거금이었다. 그 순간, 을은 며칠 전 시장에서 만난 점쟁이와의 일을 떠올리고 있었다. 을이 자발적으로 점을 보려던 것은 아니었다. 난전 앞을 지나는데 점쟁이가 오히려 을을 보고는 가까이 와보라며 불러 세웠다. 생년월일을 묻고 얼굴을 자세히 들여다보던 점쟁이는 갑자기 벌떡 일어나더니 을에게 큰 절을 하며 이렇게 중얼거리는 것이었다.

"오, 왕이시여! 불쌍한 백성을 고깔 쓴 귀신들에게서 해방시키러 오신 왕이시여, 개구리가 울면 곧 그 징조가 있을 것이오! 주저하지 마시고 백성을 구하소서! 아, 벌써 개구리의 울음소리가 들리는구나! 개구리가 운다! 개구리가 운다!"

점쟁이가 아니라 미친년이라고 치부하고 잊고 있던 일이었다. 그런데 왜국에서 왔다는 상인이 지금 그 앞에서 거액을 내놓으며 그 점쟁이가 했던 말을 떠올리게 만들고 있는 것이다. 을은 '점쟁이의 말이 이렇게 신통할 수가 있나' 하고 속으로 감탄하였다. 하지만 이 상인의 말을 어디까지 믿을 수 있을지 아직은 확신할 수가 없었다. 을이 불안한 기색을 보이자 첩자가 다시 일렀다.

"만에 하나, 거사가 실패로 돌아간다면 배를 마련해 당신과 어머니를 왜국으로 모시겠소."

을의 표정이 점점 밝아지기 시작했다. 옆방에서 벽에 귀를 대고 둘의 대화를 엿듣고 있던 시장판 점쟁이의 표정도 점점 밝아지기는 마찬가지였다.

금곡의 철장으로 돌아간 을은 죄수들의 형계를 풀어주고 금화며 은화를 나누어주었다. 평생 차꼬를 하고 땅이나 파는 노예 신세일 줄 알았던 죄수들은 이내 을을 두령으로 삼고 반란을 일으켰다. 땅을 파던 연장으로 철장의 책임자를 때려죽이고 몇 되지 않는 간수 겸 관리자들의 목을 매달았다. 철장의 점령에는 하루 저녁도 걸리지 않았다.

이어 인근 관아로 몰려가 곳간의 문을 열었다. 수령은 달아나기 바빴고, 늘상 배가 고프던 백성들은 관아의 열린 곳간으로 개미 떼처럼 몰려들었다. 첫 고을이 무너지자 두 번째 고을은 더 쉽게 무너졌다. 반란은 마른 들판의 들불처럼 사방으로 번졌다.

금곡 철장에서의 이 반란 소식이 서라벌에 도착한 것은 일성왕 재위 13년 겨울 음력 10월의 어느 날 새벽이었다.

"금곡에서 전령이 와서 말하기를, 그제 금곡의 죄수들이 반란을 일으켜 수령과 형리들을 모두 살해하고 이어 어제는 인근 고을 두 곳의 관아를 점령했다고 합니다."

왕은 금곡이 어디인지 몰랐다.

"어디서 무슨 일이 일어났다고?"

"토철을 캐는 철장에서 죄수들이 난을 일으켰다고 하옵니다."

"서라벌에서 얼마나 떨어졌는고?"

"남으로 오십여 리 되옵니다."

왕은 오십여 리라는 궁인의 말을 듣고서야 긴박함을 깨닫고 는 침상에서 벌떡 일어났다. 한동안 생각에 골몰하던 왕이 명령했다.

"대신들을 소집하라! 아니, 그 전에 시위대장을 불러라."

이어 시위대장이 나타나자 왕이 조용히 일렀다.

"금곡 철장의 죄수들 반란은 쉽게 진압될 것이다. 한 줌도 안 되는 놈들이지. 하지만 만약에 금곡과 일월이 연합한다면, 그래서 그놈들이 철광과 용광로를 동시에 손에 넣는다면 일이 걷잡을 수 없이 커질 수 있다. 너는 즉시 날랜 군사들 몇십 명을 뽑아서 일월로 보내라. 우선은 일월의 연오가 금곡의 반란군과 합세하지 않았는지 파악하고, 아직 합세하지 않았다면 즉시 일월의 경비를 강화하고 안팎의 출입을 엄히 통제하도록 하라."

"예!"

시위대장은 왕의 명령에 짧게 대답하고 다급히 왕의 침소를 뛰쳐나갔다.

금곡 철장의 반란 소식은 사실 임금에게보다 연오에게 먼저 전해졌다. 금곡과 일월 사이를 오가는 짐꾼들 가운데 연오에게 신세를 진 사람들이 적지 않아서 곧바로 소식을 전했던 것이다. 연오가 일월의 원로들을 모두 모아놓고 금곡의 반란에 대해 회의를 시작하려 할 때 남문을 지키는 수문장이 다급하게 뛰어와 보고했다.

"간, 천곡에서 사람이 왔습니다."

무리들은 연오를 '간(干)'이라 불렀다. 간, 칸, 한, 가한 따위의 말들은 본래 북방의 민족들이 통치자를 부르던 한 뜻의 말이었다. 천곡(天谷)이란 신물의 원료가 되는 철광석을 캐내는 금곡을 달리 부르는 말이었다. 반란이 일어난 금곡에서 사람이 왔다는 말은 곧 반란군 측에서 연통을 해왔다는 의미였다. 어쩌면 금곡의 반란군들이 이미 일월의 남문 밖에 떼로 몰려와 몰래 숨어 있는지도 모를 일이었다. 반란의 사정과 목표를 알지 못하고 서라벌의 대책도 알지 못하는 상황에서 어떻게 처신해야 좋을지 갈피를 잡기 어려웠다. 분명한 한 가지는 반란군의 연락책을 직접 만나서는 안 된다는 것이었다.

"구(九)를 불러라."

구는 연오의 오른팔 역할을 하는 수하였다. 일월의 대소사며 연오의 가정사에 이르기까지 그가 간여하지 않는 일이 적을 정도로 다양한 일들을 맡아서 처리해주고 있었다. 믿을 수 있는 수하인 것은 물론 말을 잘 알아들어서 어떤 일이든 서로 긴 말이 필요치 않았다.

"조용히 보내야 하네."

연오는 구에게 그렇게만 지시했다. 우선은 비밀을 유지해야 했다. 금곡의 반란군에서 자신에게 사람을 보낸 걸 서라벌에서 알게 되면 일월의 무리 모두가 생명을 부지하기 어려울 수도 있을 터였다.

그리하여 연오는 구를 시켜 금곡에서 온 사자를 일월 밖으로 내보내게 했다. 사자로 온 자는 일월에 수레를 몰고 자주 오던 자였다. 안면이 있고 대화도 여러 번 나눈 사이였다. 그랬으니 사자로 오기도 했을 터였다. 구가 그런 그를 데리고 일월 밖으로 나갔다. 나중에 돌아온 구에게 연오가 물었다.

"어찌하였느냐?"

연오는 구가 그의 목숨을 거두었을 것이라 짐작했다.

"금곡으로 돌아가지 말고, 북문으로 나가 강 건너 멀리 피하라고 일렀습니다."

"말을 잘 듣더냐?"

"……."

구는 대답하지 않았다. 도끼 하나 만들 수 있을 만큼의 쇳덩이만 있어도 평생을 먹고 살 수 있으니, 아마도 구가 그에게 쇳덩이하나 정도는 집어준 것인지도 모를 일이었다.

"데리고 온 군사는 없었더냐?"

"군사는 없었습니다. 간, 을이 이미 여러 고을을 점령하여 세력을 키워가고 있답니다. 간에게 이 사실을 아뢰면 아실 것이라 하더랍니다."

하지만 연오로서는 아는 바가 전혀 없었다. 왜 을이 그런 얘기를 했는지도 알기 어려웠다. 다만 을이 자신을 적이 아니라 한 편으로 여기고 있으리라는 짐작만 할 수 있을 뿐이었다. 조용히 생각에 잠긴 연오에게 다시 구가 머뭇거리며 아뢰었다.

"간, 저들이 우리 일월의 표식을 그려 가지고 다닌답니다."

연오는 기가 막혔다. 을이 일월의 무리를 한 패로 여기고 있다는 것이 더욱 명백해지고 있었다. 서라벌에서 이런 정황을 파악하게 된다면 여간 난처한 일이 아닐 터였다.

"우리가 가지고 있는 깃발과 문양을 모두 없애라!"

구는 서둘러 밖으로 나갔다. 연오는 사태가 처음 짐작한 것보다 점점 심각해지고 있음을 깨달았다. 무엇을 어찌해야 좋을지 알 수 없어 고민을 하고 있던 차에 서라벌에서 달려온 군사들이 물밀 듯이 일월로 들이닥쳤다. 행길에 모래 먼지가 뽀얗게 일었다.

"반란의 무리가 이곳을 차지하거나 공을 납치라도 할지 몰라 급히 달려왔습니다. 이제 안심하십시오."

안심을 해도 좋은 것인지 어떤지 알 수 없는 채로, 서라벌에서 달려온 군사들은 일월의 모든 것을 접수하였다. 일월의 모든 작업이 중지되고, 용광로의 불도 꺼졌다. 남문과 북문에 병사들이 창검을 들고 도열했고, 아무도 나가거나 들어올 수 없었다.

그렇게 일월의 용광로 불이 꺼졌다. 밤이 되자 불빛이 사라진 일월에 짙은 어둠만이 깔렸다. 며칠이 지나자 연오보다 세오가 더 초조한 빛을 띠기 시작했다.

"앞으로의 일을 어떻게 하지요?"

저녁 밥상에서 세오가 연오에게 물었다. 그러나 연오는 대답 대신 수저를 놓으며 큰아이를 불렀다.

"상아, 요즘 글방에서는 무얼 공부하고 있느냐?"

"네, 순명(順命)에 대해 배우고 있습니다."

"그래 오늘은 무얼 배웠지?"

큰아들 상이 잠시 생각하더니 대답했다.

"자왈(子曰) 사생유명(死生有命)이요 부귀재천(富貴在天)이라, 하는 구절을 배웠습니다."

"그래, 그게 무슨 뜻인고?"

연오가 대견해 하며 묻자 다시 상이 대답했다.

"공자께서 말씀하시기를 죽고 사는 것은 천명에 있고, 재물과 신분은 하늘에 있다고 하심입니다."

"만(萬)이가 공부를 잘 가르치는구나!"

만이는 글방의 훈장이자 역시 연오의 수하이기도 했다. 성현의 이런 말씀이 북방에서 여기까지 전해지는 데는 수백 년이 걸렸다. 연오의 선대가 갖고 내려온 궤 속에는 쇠를 녹이는 비법을 기록한 문서와 함께 성현의 말씀을 적은 이런 서책도 있었던 것이다. 연오는 용광로를 만드는 방법이나 쇠를 용출하는 기술 못지않게 이런 가르침과 지식이 중요하다고 생각했다. 그래서 해마다 서책을 베껴 쓰게 하고 아이들에게 가르치도록 했다. 용광로의 불이 꺼진 지금은 그나마 글방에서 들려오는 아이들의 글 읽는 소리가 유일한 낙이자 위안이 되었다.

아이들의 글 읽는 소리 외에 을의 반란과 관련된 소식들도 더러 들려오긴 했다. 바람결에 전해진 소문에 의하면 두령으로 임명된 자들은 대부분 무거운 죄를 지은 죄수들이라고 했다. 누구도 그들의 앞을 가로막지 못한다고 했다. 철장의 도구들이 무기로 변했고, 반란군이 아니라 폭도라고도 했다.

서라벌의 진압군이 신중을 기한답시고 머뭇거리는 사이, 을의 점령지는 점점 넓어졌다. 그러자 을의 손이 닿지 않는 곳도 생겼고, 두령 중에는 자기가 바로 을이라고 행세하는 자까지 나타났다. 이들은 마을 사람들을 인질로 삼고 관군과 맞섰다. 반란군과 관군 사이에 전선은 형성되었지만, 관군은 무리한 진압을 하지 못했다. 백성들과 뒤섞인 반란군과 싸우기가 쉽지 않았기 때문이다. 반란군의 점령지 안에 사는 백성들은 지옥이 따로 없었다.

반란의 진행은 모두의 애초 예상과는 달랐다. 서라벌에서는 얼마 되지 않는 죄수들만 잡아들이면 반란이 쉽게 진압될 거라고 여겼지만 반란은 해를 넘겨도 진압되지 않았다. 왕실에서는 끝없이 문제들이 불거졌고, 그 문제들을 해결하는 것이 몇 개 고을의 반란을 해결하는 것보다 다급했다. 그렇게 시간이 냇물 흘러가듯 덧없이 흘러갔다.

을의 경우 연오 무리가 쉽게 동조할 것으로 생각했다. 왜국의 장사치가 그렇게 말하기도 했었다. 하지만 연오의 무리는 을의 무리에 합세하지 않았다. 몇 차례나 사자를 보냈지만 아무도 연오를 만나지 못하고 돌아왔다. 게다가 연오는 서라벌의 진압군을 위해 군비를 보태는 등 을과 완전히 반대편에 서 있다는 게 점점 명백해졌다. 연오가 없으면 쇠를 만들 수도 없으니, 을의 애초 계획은 반란이 성공하더라도 결국엔 성공할 수 없는 이상한 것이 되어 있었다.

연오의 입장에서도 을의 반란은 전혀 예기치 못한 방향으로 흘러갔다. 쉽게 진압이 되지 않는 것은 물론, 을의 반란군은 자신들이 연오와 함께하고 있다는 사실을 백성들에게 끝없이 전파했다. 을을 앞세우는 대신, 반란이 성공하면 연오가 왕이 될 거라는 소문을 퍼뜨렸고, 일월의 문양을 깃발에 그려 가지고 다녔다. 서라벌의 군사들이 일월을 에워싸고 있는 덕분에 그나마 궁에서는 연오를 덜 의심했지만, 많은 귀족과 대신들이 연오와 을의 내통을 의심했다.

그렇게 얼마간의 시간이 흘러 서라벌의 왕궁이 안정을 되찾자, 임금은 대대적인 반란군 토벌 작전을 개시했다. 각지에 군사들을 징발하라는 임금의 명이 하달되었다. 이처럼 사정이 다시 긴박해지던 어느 날, 구가 원로들과 함께 연오를 찾아왔다. 원로 중의 한 사람이 아뢰었다.

"간, 현명히 처분하실 줄 아오나, 지금의 정세로는 일월에서도 사람들을 서라벌에 보내야만 할 것 같습니다. 여기에는 최소의 인력만 남겨놓고 진압군을 도와야 할 것 같은데, 어떠십니까?"

연오 역시 그런 고민을 하던 참이었다. 을이 일월의 문양을 그려서 들고 다니는 판이니 그렇게라도 해야 사람들의 의심이 가실 터였다. 연오는 잠시 머뭇거리다가 대답했다.

"사형들의 의견을 따르겠소. 구야, 챙겨보아라!"

연오는 원로들의 의견을 무시한 적이 없었다. 항상 그랬다. 이것저것 준비가 되자, 자원한 일월의 무리들이 서라벌로 갔다. 그들과 함께 일월을 지키던 서라벌의 병사들도 돌아갔다. 이제 일월에는 노약자와 여인들, 아이들만이 남게 되었다.

연오 무리의 자원 소식을 접한 일성왕은 난리 통에도 오랜만에

기분이 좋았다. 제후들과 신하들의 연오에 대한 의심이 줄어들게
되는 것도 그로서는 반가운 일이었다.

그렇게 서라벌로 간 일월의 무리들은 가진 재주 대로 진압군
을 도왔다. 막사를 지어주기도 하고, 부러진 무기를 고쳐주기도
하였다. 진압군은 조금씩 전선을 조여갔다. 머지않아 소문이 돌
기 시작했다.

"을이란 자가 죽었다더라."

"배를 타고 도망갔다더라."

"가야로 갔다더라."

시간이 흐르자 소문 따라 반란은 진압되었다. 일월의 무리는
떠난 지 한 해가 지나서야 돌아왔다. 다행히 다친 자는 있어도 죽
은 자는 없었다.

반란의 근거지였던 금곡은 출입금지 구역으로 지정되어 폐쇄
되고, 인근 마을의 주민들도 모두 남쪽으로 이주시켰다.

불 꺼진 용광로

一日延烏歸海採藻
하루는 연오가 해조를 따서 돌아오고 있었는데

나라 사람들은 용광로의 용출이 멈추고 무쇠의 생산이 중단되었으나 당장 아쉽지는 않았다. 그러나 온 나라에 가난이 숫돌 닳듯 스며들었다. 도끼 한 자루는 백 아름의 나무요, 괭이 한 자루는 백 포대기의 양식이고, 베틀의 무쇠 지렛대 하나가 백 필의 옷감이었다. 하루만 쇳물이 생산되지 않아도 엄청난 손실이 생겼다. 손실의 파장은 멀리 갈수록 커졌다. 변방에서는 접전이 잦아지고 사방에서 도적이 날뛰었으며 민심이 점점 흉흉해졌다. 연오와 세오의 가슴에도 근심이 쌓여갔다.

그러던 어느 날 서라벌에 다녀온 수하가 급히 아뢰었다.

"간, 일성왕께서 많이 편찮으시답니다."

반란 세력의 진압으로 정국이 회복되어 가는가 싶더니 왕이 병들었다는 소식이었다.

"태자께선 별 탈이 없으시던가?"

"그런데 그게, 참, 태자의 행방이 묘연하다고 하옵니다."

지금의 태자는 어릴 때 얼마간 일월에서 지낸 적이 있었다. 그 아버지 일성왕이 아직 왕이 되기 전이었고, 왕족 사이의 파벌 싸움에 밀려 그 아들이 일시적으로 일월에서 피난 생활을 했던 것이다. 그런데 그 태자가 지금은 아예 보이지도 않는다는 얘기였다.

"서라벌의 귀족들 사정은 어떻던가?"

"제후들이 군사를 대동해 서라벌로 모여들고 있었습니다. 군사들끼리 서로 싸웠다는 말도 있습니다."

서라벌의 피비린내 나는 싸움은 여전히 그치지 않은 모양이었다.

그 무렵, 용광로의 불이 꺼지자 일월의 무리는 생계를 걱정할 처지로 내몰렸다. 하는 수 없이 각자 주변으로 흩어져 저마다의 재주 대로 생계를 유지해 갔다. 이웃 마을까지 가서 집을 지어주거나 연장을 벼려주고 식량을 얻어오는 축이 가장 많았다.

게다가 일월에는 을의 반란 이후 오히려 식구가 늘어나 있었다. 난리 통에 데려온 고아며 노인들이 더해졌기 때문이다. 연오는 이들을 위해 일월의 구릉 아래 있는 청림이라는 숲 옆에 우선 거처를 지어주었다. 일월의 버려진 자재로 부모 잃은 아이들과 자식 잃은 노인들의 거처가 마련되었다. 그러고 보니 옆으로 작고 맑은 시내가 흘러 생활하기 좋고, 모래톱의 뒤편이라 채소밭을 일구기도 좋았다. 아직 시집가지 않은 일월의 처녀 둘이 아이들과 노인들을 돌보겠다고 나서서 그리하도록 하였다.

처녀들 외에 이들에게 가장 큰 힘이 되는 사람은 구였다. 구는 여러 가지 재주가 있었는데, 특히 환자들을 잘 돌봐주었다. 일월에서 대동배로 가는 길목에 약재 시장이 섰는데, 구는 이 시장에서 여러 약재를 구해다가 병이 난 사람들을 고쳐주곤 하였다. 그런데 그의 치료 솜씨가 뛰어나다는 소문이 백 리 밖까지 퍼지게되어 멀리서도 사람들이 돈이며 식량을 싸 들고 청림까지 찾아오게 되었다. 구는 아예 청림의 문간방 하나에 자리를 잡고 들어앉아 찾아오는 병자들을 맞았다. 구가 앉아서 얻는 양식이 청림의고아와 노인들에게 큰 도움이 되었다. 세오도 틈이 나면 청림에들러 처녀들의 일을 도왔다.

그렇게 두 해가 넘도록 용광로의 불은 꺼져 있었다. 용광로에불을 다시 지피기 위해서는 용광로는 물론 다른 시설들도 모두새로 손을 봐야 했는데, 시간이 지나도 서라벌에서는 소식이 없었다. 우선 언제 어디에 철장을 다시 열겠다는 소식이 있어야 할터인데 해가 바뀌고 다시 바뀌어도 아무런 소식이 없었던 것이다. 그렇게 없는 소식을 하염없이 기다리며 연오는 아침 일찍 바닷가에 나가 미역 줍는 일로 시간을 떼우곤 했다. 해변에 처음 해초를 주우러 다니기 시작할 무렵에는 바다 일에 능한 시노인을데리고 다녔다. 연오를 도와 용광로를 쌓는 장인인데도 바다 일

을 잘 알았다. 해조며 조개의 이름들과 어부들이 잡아 온 고기의
이름들을 배웠다.

연오는 보통 새벽 일찍 집을 나서 홍문(紅門)이 설치된 북문
을 통해 바닷가로 갔다. 사람들이 그다지 많이 이용하지 않는 문
이요 길이었다. 그런데도 이곳에만 유일하게 홍문이 있다는 것
은 본래는 이곳이 일월의 정문이었음을 말해주는 것이었다. 지
금은 대부분의 사람들이 남문이나 서문을 이용해 일월에 출입하
고 있었다.

북문을 지나 구릉에서 내려오면 개울이 하나 나왔다. 이 개울
은 바다로 이어지는데, 물길은 바다에 닿지 못하고 백사장에서
모래 속으로 스며들어 사라져버렸다. 그래서 이 개울 근처의 마
을 이름이 몰개울이었다.

몰개울에는 마른 어물이며 식량을 파는 가게들과 주막이 하나
있었는데, 주막 이외에는 반듯한 집이 없었다. 주막에는 손님들
이 자고 갈 수 있는 방이 서넛 되었다. 일월에서 북문을 나와 바
닷가로 가려면 이곳을 지나게 되어 있고, 주막을 지나면 송림 너
머로 눈이 부시도록 하얀 모래 해변이 펼쳐졌다.

그렇게 주막을 지나 바닷가로 해초를 주우러 다니던 어느 날,
연오는 주막에 기거하고 있다는 왜국 상인 한 사람과 마주치게
되었다. 용광로의 불이 꺼진 뒤 하릴없는 촌부로 살아가는 연오
를 오래 지켜보던 자였다. 주막에서 마주친 그날 상대는 거침없
이 자신의 신분을 밝혔다.

"간, 저는 바다 건너 왜국에서 온 상인 미우라(三浦)라고 합니다."

신라 말이 유창하고 태도에 엄숙한 데가 있었다. 그렇게 연오에게 인사를 올린 미우라는 곧장 선물 보따리부터 풀었다. 덩어리로 된 은이었다. 팔아서 식량으로 바꾼다면 몇 달 치는 살 수 있을 듯했다.

"이런 귀한 물건을 무슨 연유로 내게 주시오?"

연오의 질문에 미우라는 표정을 더욱 엄숙하게 가다듬더니 낮은 목소리로 대답했다.

"북방의 왕, 해 속에 사는 세 발 달린 까마귀의 계승자께, 이 정도 물건이 무슨 대수겠습니까. 식솔들이 많으신데 도움이 되면 더없이 기쁘겠습니다."

북방의 왕족이나 세 발 달린 까마귀 이야기는 연오도 어릴 적부터 하도 많이 들어서 잘 알고 있는 내용이었다. 하지만 식솔도 아니고 무리에 속하지도 않은 자가, 그것도 멀리 바다 건너 왜국에서 왔다는 자가 그런 말을 한다는 게 신기하게만 여겨졌다. 그렇다고 그의 말에 거부감이 생기는 것은 아니었다. 이제는 아무도 해주지 않는 얘기, 연오 자신도 아이들에게 함부로 들려줄 수 없는 얘기였다.

"당치도 않은 얘기요. 그저 전해지는 말일 뿐……."

연오가 말끝을 흐리자 미우라도 더 말을 보태지 않았다.

"그대는 서라벌에도 왕래를 한다지요? 서라벌은 요즘 어떻소?"

연오는 말머리도 돌릴 겸 미우라에게 서라벌의 소식을 물었다.

"일성왕의 병환이 위중하다 하옵니다."

"언제나 나라가 안정되어 용출을 다시 하게 될지……."

연오는 혼잣말로 중얼거렸다. 왕이 병석에 있으니 일월의 일은 언제 다시 거론될지 모르는 것이었다. 미우라는 연오의 얼굴에 드리우는 어두운 그림자를 놓치지 않았다.

이후 미우라는 수시로 연오를 찾아왔다. 일월의 길목을 지키던 서라벌의 군사들은 돌아간 지 이미 오래였다. 올 때마다 미우라는 신라 땅에서 보기 어려운 온갖 진기한 물건들을 들고 나타났다. 금은이나 옥 같은 보석류는 물론이고 담비나 곰 같은 털가죽도 많았다. 여우며 늑대의 털가죽은 신라에서 볼 수 있는 것과 비슷하면서도 전혀 달랐다. 삭힌 생선이나 말린 과일, 비단 따위도 신라의 그것과는 영 달랐다. 일월의 무리들은 미우라가 가져다주는 먹거리에 환호했고, 그가 가져다주는 금은보화를 팔아 식량 걱정을 덜 수 있었다. 그런데 하루는 미우라가 이상한 말을 꺼냈다.

"간, 제가 지금까지 가져다드린 선물들은 저 혼자 힘으로 마련한 것이 아닙니다."

"아니, 그럼 선물을 보낸 사람이 따로 있다는 것이오?"

"예, 그렇습니다. 바로 저희 왕이십니다."

"왕이라……."

연오는 말끝을 흐렸다. 그저 자신의 과거를 알아주는 왜국 상인이 가져오는 선물 정도로 생각하고 있었는데 그게 아닌 모양이었다. 게다가 왜국의 왕이 자신의 존재를 알고 있고, 선물까지 보냈다니 도대체 무슨 일이 일어나고 있는 것인지 연오로서는 종잡을 수가 없었다. 내막을 아는 자는 미우라뿐일 터였다. 그를 상대로 하나하나 실마리를 풀어야 했다.

　"나는 왜국에 대해 아는 게 없소. 우리 신라와 견주어서 어떤 나라인지 내게 설명을 좀 해줄 수 있소?"

　연오가 묻자 미우라는 봇물 터진 듯 이야기를 풀어내기 시작했다. 연오가 듣기에는 그저 신기하고 이상한 얘기들이 대부분이었으나, 보지 않았으니 그의 말을 의심만 하기도 어려웠다.

　미우라는 우선 왜국의 땅덩어리가 신라의 열 배도 넘는다고 했다. 일년 내내 눈이 녹지 않는 북쪽에서부터 일년 내내 뙤약볕이 내리쬐는 남쪽까지 크고 작은 수천 개의 섬들이 이어져 있고, 나라의 역사는 179만 년이 넘는다고 하였다. 그 긴 역사에서 나라가 새로 생기거나 없어진 적이 없으며, 오로지 하나의 혈통에 의해 왕권이 한 줄기로 이어지고 있다고도 했다.

　"물론 반란도 일어나고 왕실이 힘을 잃기도 합니다. 나라가 워낙 넓으니 여기저기서 호족들이 스스로 왕을 칭하는 경우도 많습니다. 지금도 왕을 칭하는 자들이 나라 안에 백 명이 넘을 것입니다."

　미우라는 왜국의 정세를 자세히 설명하려고 애를 썼다. 하지만 연오로서는 이해할 수 없는 대목이 너무 많았다.

"어떻게 한 나라에 여러 임금이 있단 말이오? 진짜 왕은 왜 가짜 왕들을 그냥 두는 것이오?"

연오의 질문에 미우라는 잠깐 미간을 찌푸리며 생각에 잠긴 시늉을 했다. 그러더니 천천히 입을 열었다.

"간께는…… 솔직히 말씀을 드리겠습니다. 지금 우리 왜국의 왕은 노쇠한 데다가 오랜 전란에 지쳐 환자와 다름없는 상태입니다. 여기저기서 왕을 칭하는 자들이 출몰하지만 이들을 정벌할 여력이 없지요. 그런데 다행히도 이들 가짜 왕들은 저희들끼리 싸우느라 우리 임금을 직접 공격하지는 않습니다. 이것은 우리 왜국의 오랜 전통으로, 왕실의 존재 자체만은 아무도 부정하거나 이를 무너뜨리려고 하지 않습니다. 다만 왕실의 힘이 약해지면 권력을 잡아 왕 대신 나라를 다스리는 것입니다. 지금은 뚜렷하게 권력을 잡은 자가 없고, 여기저기서 서로 다투고 싸우느라 나라가 도탄에 빠진 상황입니다."

"혹 왜국의 그런 사정 때문에 바다의 도적들이 우리 신라 땅에까지 넘어오는 것이오?"

연오는 동쪽과 남쪽의 바닷가 마을들이 왜국의 해적들로 인해 큰 골치를 앓고 있다는 소식을 자주 듣고 있었다. 곡식이며 가축, 의복을 빼앗기는 것은 물론 목숨을 잃는 백성도 한둘이 아니라 했다.

"그렇습니다. 난리 통에 갈 곳 잃은 자들이 배를 타고 떠돌다

가 신라와 백제의 해안까지 밀려오게 되고, 약탈과 노략질밖에
할 수 없으니 도적이 되는 것입니다. 서라벌에서 방비를 한다지
만 이들은 바다에서 나고 자란 놈들이라 언제 어디로 들이닥칠지
알 수가 없습니다. 우리 왜국이 조용해지지 않는 이상 신라와 백
제의 바닷가도 조용할 수가 없을 것입니다."

"음……, 듣고 보니 그럴듯합니다. 그런데 그처럼 급박한 상황
에도 불구하고 왜국의 왕께서 내게 일일이 선물까지 챙겨 보내는
연유는 무엇이오? 그 돈으로 군사들을 모으고 무기를 마련하는
게 급한 일일 것 같은데."

"우리 왕께서는 멀리 내다보시는 분입니다. 저나 일반 사람들
이 생각하는 것과는 전혀 다른 생각을 하시는 분이지요. 우리 왕
께서는 현재의 난리를 걱정하는 것이 아니라, 보다 근본적으로
나라를 태평하게 할 방법을 찾고 계십니다. 가짜 왕들이 생겨나
지 않고, 백성들이 피를 흘리는 게 아니라 땀을 흘려 일할 수 있
는 세상을 꿈꾸시는 것입니다."

"그것은 아주 훌륭한 생각으로 여겨집니다."

"그렇습니다. 그리고 우리 왕께서는 그 일을 마치기 위해 간의
도움을 청하고 있는 것입니다."

"음……. 나의 도움이라……."

연오는 더 말을 잇지 못했다. 왜국의 왕이 자신에게 무엇을 기
대하는지는 어렵지 않게 짐작할 수 있었다. 왜국의 평화가 신라
의 평화에 기여할 것도 쉽게 어림잡을 수 있었다. 하지만 왜국이

라니……, 그건 한 번도 생각해본 적이 없는 일이었다. 비록 자신과 세오의 무리가 북방에서 왔고, 그래서 신라의 왕족과는 피 한 방울 섞이지 않았다지만, 그래도 수백 년이 흐르는 동안 같은 말을 쓰고 같은 생각을 하게 된 것이 사실이었다. 말하자면 이제는 신라가 자신의 나라요 신라의 임금이 자신의 왕이었다. 그리고 자신도 신라 사람이었다.

연오가 복잡한 생각에 빠져 있는 사이, 미우라가 들고 왔던 봇짐에서 비단으로 싼 물건 하나를 꺼내어 그의 앞에 내놓았다.

"이것이 무엇인지 간께서는 아시겠지요?"

비단을 풀어보니 돌덩이가 하나가 얌전히 앉아 있었다. 한눈에 봐도 철광석이었다. 퍽 단단히 뭉쳐진 돌덩어리 형태였다. 그 돌덩이를 집어 드는 순간, 연오의 온몸에는 전율이 일었다. 이제까지 보지 못한 돌이었다. 세오와 함께 신라 땅 곳곳을 수없이 돌아다니면서도 찾아내지 못한 철광석이었다. 신라에서 가장 쉽게 구할 수 있는 철광석은 우선 냇가에서 파내는 사철이었다. 파낸다기보다는 모래와 함께 침전된 철광석을 긁어모으고 걸러낸 것이었다. 찾기도 쉽고 채취하기도 쉽지만 그 양이 적었다. 그다음은 금곡과 같은 철장에서 캐내는 토철로, 땅에서 캐내는 철광석 역시 모래처럼 부서지기는 마찬가지였다. 그런데 미우라가 철광석 덩어리를 들고 나타난 것이었다.

"아니, 이걸 어디서 주웠소?"

놀라서 묻는 연오의 질문에 미우라는 천천히 대답했다.

"간께서도 짐작하시겠지만, 우리 왜국에서도 무쇠를 얻기 위해 이미 오래전부터 많은 힘을 쏟고 있습니다. 왕께서 직접 챙기시는 가장 중요한 사업 가운데 하나가 바로 쇳물의 용출입니다. 당연히 전국을 돌며 쇳물에 필요한 재료들의 산지를 파악해두었지요. 이 돌은 그렇게 파악된 철장 중의 한 곳에서 가져온 것입니다."

"음……."

연오는 다시 긴 한숨을 내쉬었다. 신라의 왕은 병석에 누워 일월의 사업을 잊고 있는 반면, 왜국의 왕은 반란과 내란에 휩싸인 와중에도 쇳물 용출을 위한 사업에 정력을 쏟고 있음이 분명했다.

"이런 돌이 얼마나 많이 있소?"

"지천이랍니다."

연오의 질문에 미우라는 짧게 대답했다. 신라에서는 구경조차 하기 힘든 덩어리 형태의 철광석이 왜국에서는 지천이라고 했다.

"물론 돌덩이가 아니라 신라에서 산출되는 것과 같은 모래 철광석은 더더욱 많습니다."

미우라는 덩어리 형태의 철광석과 모래 형태의 철광석 가운데 어느 것이 용출에 더 수월하고 좋은지 알지 못했다. 둘 모두가 왜국에 많다는 말로 연오의 의심과 걱정을 덜어볼 심산이었던 것이다.

아야코

忽有一巖(一云一魚)負歸日本
갑자기 바위 하나(혹은 한 마리 물고기라고도 한다)가
(연오를) 싣고 일본으로 돌아갔다.

  그날도 연오는 새벽 일찍 해조를 줍기 위해 바다로 나갔다. 그런데 구릉을 내려와 막 개울을 건너려는데 개울가에 쓰러진 여인 하나가 보였다.
  "거기 누구요?"
  연오는 다급하게 달려가며 물었다.
  "으음, 음."
  여인은 대답 대신 고통에 찬 소리만 냈다. 신발은 벗겨져 있고 머리도 풀어 헤쳐져 있었다.
  "어디 많이 다쳤소?"
  양손으로 발목을 부여잡고 있는 걸 보니 다리를 다친 모양이었다. 주변을 둘러보았지만 그 새벽에 인기척이 있을 리 없었다. 연오는 여전히 신음뿐인 여인을 등에 업었다. 집을 물으니 대답 대신 손가락으로 주막을 가리켜 보였다. 연오는 주막까지 한달음에 내달렸다. 다행히 작고 가벼운 여자였다.

주막에 당도하자 주모가 기다렸다는 듯이 버선발로 뛰어나왔다. 내쳐 방으로 들어가 여인을 등에서 내려 이불 위에 뉘었다. 그제야 신음을 멈춘 여인이 머리칼을 매만지며 연오를 돌아보았다.

"고맙습니다, 간."

젊고 아리따운 여인이었다. 게다가 얼굴이며 몸가짐에서 곱게 자란 티가 역력하게 보였다. 이런 여인이 왜 주막에 거처하고 있는지 알기 어려웠다.

"제 조카딸이랍니다. 며칠 다니러 왔는데 갑자기 이런 봉변을 당해 간께 폐를 끼쳤습니다."

주모가 나서서 여인의 정체와 저간의 사정을 말해주었다. 그러고 보니 주모와 그 젊은 여인은 몸매며 눈매가 닮은 듯도 싶었다. 하지만 작은 주막에서 주모 노릇을 하는 이모라는 여인과 귀한 집 여식임이 분명한 조카딸의 관계는 아무래도 쉽게 납득이 되지 않았다. 그렇다고 더 캐물을 수도 없는 노릇이었다.

젊은 여인이 누운 방의 문을 닫아주고 마루로 나오니 소박한 상이 차려져 있었다. 주막이라서 항상 손님 맞을 준비가 되어있는 것이려니 생각했다.

"일월의 불빛을 본 지가 3년은 넘은 듯싶습니다. 언제 다시 쳇물이 나오는지요?"

대접에 동동주를 따르며 주모가 넌지시 물었다.

"나로서도 알 수 없다오."

연오는 어쩐지 기어드는 목소리가 되었다. 죄를 지은 것도 아닌데 마음이 편치 않았다.

"간께서는 오로지 용광로를 지어 쇳물 용출하는 것으로 업을 삼고 낙을 삼으셨는데, 그래서 신라가 이만큼이라도 기틀을 다질 수 있었던 것인데, 이제는 새벽마다 미역 줍는 것으로 낙을 삼으시니, 참으로 보고 있기가 민망합니다."

주모의 말이 아니어도 연오의 가슴은 이미 새까맣게 탄 지 오래였다. 누군들 하루라도 빨리 용광로의 불을 다시 지피고 싶지 않겠는가. 하지만 그건 서라벌에서의 연락이 있은 연후에나 가능한 일이었다.

"우선 목을 축이시지요. 오늘은 저 아이 때문에 시간이 지체되어 이미 해조를 줍기가 어려울 듯합니다."

주모의 말대로 해가 이미 바다 위로 한 뼘은 올라와 있었다. 파도에 밀려와 해변에 들러붙은 해조류는 해가 뜨기 전에 주워야 했다. 해가 떠서 말라버린 해조는 이미 썩기 시작하여 아무 쓸모가 없었다. 연오는 주모의 말대로 첫 잔을 길게 들이켰다.

"우리 조카가 청림에 있는 아이들과 노인들 돌보는 일에 손을 보태고 싶다고 하는데, 그래도 괜찮을지요?"

동동주 한 사발을 들이켜고 나니 주모가 다시 말머리를 돌렸다. 외지에서 며칠 다니러 왔다는 여인이 청림의 고아들과 자식

없는 노인들을 위해 손을 보탠다니 고마운 일이 아닐 수 없었다.

"그 연약한 몸으로 무얼 할 수 있겠소? 그냥 아이들이랑 노인들 말벗이나 하면 모를까."

연오는 심드렁하게 대답했다. 그런데 의외로 주모의 반응은 격했다.

"보기엔 연약해도 절대로 약한 아이가 아니랍니다. 두고 보시지요."

그렇게 주모와 두런두런 대화를 나누는 사이 연오는 두 번째와 세 번째 잔까지 들이켰다. 그동안 막혀 있던 속이 얼마간 뚫리는 듯도 싶었다. 그러다가 그만 까무룩 잠이 들고 말았다. 평소 술을 즐기지는 않지만 그렇다고 동동주 두세 잔에 정신을 잃을 연오가 아니었다. 술맛이 평소와 다르다는 느낌도 없었는데, 참으로 이상한 일이었다.

그렇게 잠이 들었다가 한참만에 깨어보니 낯선 방이었다. 조금 더 정신을 차리고 자세히 보니 아침결에 다친 여인을 데려다가 뉘어준 주막의 바로 그 방이었다. 분명히 그 방이고, 여인 역시 그 방에 그대로 누워 있었다. 여인도 연오도 속옷 차림이었다. 연오의 기척에 깨었는지 여인이 자리에서 부스스 일어나며 머리를 매만졌다. 그 차림 그대로, 여인은 연오를 향해 반절을 올리더니 처음으로 입을 열었다.

"아야코라 하옵니다."

그날 이후, 연오는 주막을 멀리 돌아서 바다에 다니기 시작했다. 찾아오는 미우라와도 상종하지 않았다. 하지만 청림에 사는 아이들과 노인들을 보러 갈 때면 아야코를 완전히 피하기가 어려웠다. 그녀는 어느새 청림의 아이들이며 노인들과 더없이 좋은 친구가 되어 있었다. 상냥하고 겸손한 데다가 생각이며 동작이 재빨라서 이제는 청림의 가장 중요한 식구 가운데 한 사람이 되었노라고 노인들이 칭찬했다. 애초에 그녀를 청림에 들이지 말았어야 한다고 생각했지만, 그건 이미 늦은 후회였다.

"주막집 주모의 조카가 정말 열심히 잘해주고 있다는군요. 얼굴도 예쁜 아이가 그렇게 열심일 수가 없대요. 나중에 누가 데려갈지 모르지만 참 복 받은 남자일 거예요."

저녁상머리에서 세오가 그런 말을 꺼냈을 때는 어딘가로 도망이라도 치고 싶었다. 그러다가도 청림에서 실제로 아야코와 눈이라도 마주치면 저도 모르게 얼굴이 달아올랐다. 미워할 수도 없고 사랑할 수도 없는 여인이었다.

그렇게 세월이 흐르던 어느 날, 그날도 연오는 새벽에 일어나 바닷가로 향했다. 홍문을 지나는데 잠을 설친 까마귀가 '깍깍' 하고 울었다. 아직 새들이 깨어날 시간이 아니었다. 개울을 건너 주막을 멀리 돌아 해변으로 나갔다. 지난밤에 바람이 크게 일더니 해조류가 많이 밀려와 있었고, 망태는 금방 채워졌다. 해가 뜨려면 아직도 시간이 꽤 많이 남아 있었다.

같은 시각, 일월의 시노인은 이상한 꿈을 꾸다가 깜짝 놀라 잠에서 깨었다. 용광로가 벼락을 맞아 순식간에 허물어지는 꿈이었다. 깜짝 놀라 자리에서 일어나 밖으로 나가보니 용광로는 아무렇지도 않았다. 다행이라 생각하며 눈길을 바다로 돌리니 멀리서 해조를 줍고 돌아오는 연오의 모습이 아득하게 보였다.

"일찍도 나가셨구나. 얼마나 무료하시면 저러실까?"

시노인은 혼자 중얼거렸다. 그렇게 중얼거리며 이제 막 해가 떠오르려 하는 바다 쪽으로 눈길을 돌렸다. 그런데 바다 위에 평소에는 보이지 않던 무언가가 있었다. 얼핏 보니 시커멓고 커다란 모양이었다. 부지런한 어부인가 싶었지만 아무리 봐도 고기잡이 배가 아니었다. 게다가 그 검은 물체는 연오가 있는 해변을 향해 빠른 속도로 다가오고 있었다. 한두 사람이 노를 저어서 낼 수 있는 속도가 아니었다. 그런데도 연오는 태연히 평소의 걸음 그대로 해변을 따라 일월을 향해 걷고 있었다. 바다 위에 떠 있는 물체를 알아차리지 못한 게 분명했다. 머리칼이 쭈뼛 서는 긴장이 시노인의 뒷덜미를 덮쳤다.

시노인은 눈을 비비고 다시 보았다. 바위처럼도 보이고 고래처럼도 보였다. 고깃배는 아니었다. 빠르게 해변으로 향하던 그 물체는 이내 연오 앞에 당도했고, 이어 무슨 그림자 같은 것들이 연오의 주변에서 어른거렸다. 어둠과 밝음이 교차하는 순간이라 무엇인지 잘 분간하기 어려웠다. 그런데 다음 순간에 보니 연오가 그 바위인지 고래인지에 오르는 것 같았다.

시노인은 홍문을 나서 해변으로 내달렸다. 단숨에 해변에 닿았으나 그의 눈에 띈 것은 팽개쳐진 연오의 망태뿐이었다. 마침 태양이 수평선에서 나오기 시작하였는데, 붉은 해 말고는 아무것도 보이지 않았고 눈이 부셔 바로 볼 수도 없었다. 실눈을 뜨고 겨우 살피니 작고 검은 점 하나가 태양 속으로 빨려 들어가고 있었다. 고래인지 바위인지 혹은 다른 헛것인지 분간하기 어려웠다.

연오가 고개를 떨군 채 해변을 걷고 있다가 자신에게 다가오는 검은 물체의 존재를 알아차린 것은 해가 막 뜨기 직전이었다. 파도가 아닌 다른 소리가 들리는 듯하여 바다 쪽으로 눈을 돌리자 온통 검은 천으로 뒤덮인 흑선 하나가 조용히 자신을 향해 다가오고 있는 모습이 보였다. 얼핏 보기에는 고래 같기도 하고 검은 바위 같기도 했다. 배에 대해 아무것도 모르는 연오지만 첫눈에 보기에도 이상하고 낯선 배임에는 분명했다.

얼떨결에 잠시 걸음을 멈춘 사이, 배에서 장정 몇 명이 얕은 물가로 내려서더니 급히 연오를 향해 달려오기 시작했다. 연오는 무언가 잘못되었다는 사실을 직감하고 육지 쪽을 향해 내달리기 시작했다. 신발 하나가 벗겨져 나갔지만 신경 쓸 겨를이 아니었다. 게다가 장정들은 연오보다 훨씬 빠른 속도로 달려오고 있었다. 연오는 들고 있는 망태기를 벗어 코앞까지 다가온 검은 옷의 장정들을 향해 힘껏 내던졌다. 픽 하는 소리와 함께 장정 하나가 그 망태기에 정통으로 맞아 땅에 쓰러졌다. 하지만 그 와중에 연오도 발이 엇갈려 그만 주저앉고 말았다.

"간!"

연오를 둘러싼 무리 중의 하나가 그를 불렀다. 익숙한 목소리였다. 고개를 들어보니 검은 천으로 얼굴을 감싸고 있던 자들 중의 하나가 막 얼굴에서 두건을 벗겨내고 있었다. 역시나 미우라였다.

"간, 죄송합니다. 이렇게라도 간을 모셔가야 하는 저희 처지를 헤아려주시고, 부디 제 말을 믿어주십시오."

"무슨 말을 믿으란 말이오?"

"저희는 간을 납치하려는 게 아니라 정중히 모셔가려고 합니다. 전에도 말씀드린 것처럼 우리 왕께서는 간을 애타게 기다리고 계십니다. 부귀와 명예가 함께 기다리고 있지요."

"나는 그런 걸 바란 적이 없소."

"바라지 않아도 주어지는 것들이 있고, 원하지 않아도 얻어지는 것들이 있는 법입니다. 게다가 간께서도 일월에는 더 희망이 없다는 걸 아시지 않습니까. 이제는 저희와 함께 가셔서 또 다른 나라를 세우셔야지요. 그게 하늘의 뜻입니다."

"음……."

미우라의 말은 거창하였으나 무슨 내용을 말하는 것인지는 불분명했다. 그나마 다행인 것은 미우라와 그 수하들의 행동이 거칠지 않다는 것이었다. 잘만 하면 위기에서 벗어날 방도가 생길지도 몰랐다.

"아야코님께서도 지금 저기서 기다리고 계십니다."

아야코라는 이름을 듣는 순간 연오는 눈앞이 깜깜해지는 기분이었다. 미우라도 아야코도, 어쩌면 주막의 주모까지도 모두 한패인지 몰랐다.

"간은 아직 잘 모르시겠지만, 아야코님은 우리 왜국의 왕녀이십니다. 우리의 왕과 왕실에서 간을 얼마나 중요하게 생각하는지, 얼마나 후하게 대접하려 하는지 짐작하실 수 있으실 겁니다."

다 터무니없는 얘기처럼 들렸다. 주모의 조카딸이라던 아야코가 왜국의 왕녀라니, 도무지 믿을 수가 없었다. 하지만 그 말이 사실이 아니라는 증거도 없었다. 아야코에게 직접 듣기 전에는 알 수 없는 일일 터였다. 연오는 온통 검은 옷으로 치장한 장정들의 부축을 받아 자리에서 일어났고, 비척비척 걸음을 옮겨 검은 배에 올랐다.

검은 돛을 올린 배는 쏜살같이 태양이 막 솟아오르는 수평선을 향해 동쪽으로 내달렸다. 배가 마치 태양 속으로 빨려 들어가는 것 같았다. 눈 깜짝할 사이에 떠나온 육지는 보이지 않고, 사방이 바다뿐이었다. 아래쪽 선실에서 여인 하나가 나오는데 아야코였다.

"간!"

아야코가 낮은 비음으로 연오를 부르며 그의 가슴에 달려와 안겼다. 그녀의 눈길을 피하자니 망망한 바다밖에는 보이지 않았다.

연오가 사라졌다는 소문은 그날 점심때를 넘기지 않아 일월과 청림에 파다하게 퍼졌다. 시노인이 새벽에 본 것을 세오에게 알렸다.

"간께서 해변을 걸어 돌아오시는데, 검은 바위 하나가 다가왔습니다. 간께서 거기에 오르시니, 금새 수평선 너머 해 속으로 사라져버렸습니다."

"바위가 배처럼 물에 떠서 간을 싣고 갔단 말이오?"

"새벽이라 잘 분간할 수 없었습니다. 바위처럼 보이지만 실은 고래인지도 모르겠고 혹은 검은 배인지도 모르겠습니다."

"간께서 직접 그 검은 바위에 스스로 올라가시던가요?"

"잘 모르겠습니다. 간 주변에 무언가가 어른거리더니 해변에서 사라지셨습니다."

얼마 지나지 않아 연오가 버리고 간 망태기와 신발 한 짝이 세오에게 전해졌다. 세오는 한쪽뿐인 신발을 부여잡고 눈물을 떨구었다. 하지만 고래가 삼킨 것인지 누가 붙잡아간 것인지조차 알 수 없는 탓에 통곡은 나오지 않았다. 아직은 살아있을 거라고, 내일이면 돌아올 거라고 믿고 싶었다.

하지만 이틀이 지나고 사흘이 지나도 연오는 돌아오지 않았다. 검은 바위인지 고래인지도 다시 나타나지 않았다. 흉흉한 소문들만 바람처럼 일월을 훑고 서라벌에까지 전해졌다.

"일월의 연오가 미쳐서 바다에 빠져 죽었다더라."

"빠져 죽은 게 아니라 검은 바위가 와서 해 속으로 싣고 간 것이라더라."

"바위가 아니라 귀신고래가 나타나서 싣고 갔다고 하더라."

"왜놈 해적들이 붙잡아 간 것이라더라."

온갖 소문들이 돌았지만 진상을 아는 자는 아무도 없었다. 소문은 궁궐에도 전해졌지만 신료들은 앓아누운 왕에게 도움이 될 소식이 아니라고 여겨서 아예 보고조차 하지 않았다. 신라의 임금 외에 이제는 연오가 사라진 소식을 모르는 자가 없었다. 소문은 발이 없어도 천 리를 갔다.

세오가 주막집의 주모를 의심하기 시작한 것은 연오가 사라지고 나서도 한참이 지난 뒤였다. 오로지 연오에 대한 걱정으로 식음을 전폐했던 그녀가 아이들과 노인들이 걱정되어 청림에 가보니 늘상 보이던 아야코가 보이지 않았다. 일하는 다른 처녀에게 물으니 열흘 전쯤부터 오지 않았다고 했다.

"열흘 전이라면 간게서 사라지신 무렵입니다."

옆에서 시중을 들던 방울어멈이 깜짝 놀라는 표정을 지으며 그렇게 뇌까렸다. 세오는 얼른 그녀의 입을 막았다.

"시끄럽소."

그러면서도 세오는 한 가닥 희망이 생기는 듯하였다. 연오가 자신을 버리고 아야코와 어딘가로 떠났다면, 그건 연오의 안위에 큰 문제가 없다는 의미였다. 자신과 아이들을 버리고 떠날 연오가 아니지만, 아야코와 무슨 사연이 있는지는 아무도 모르는 일이었다.

세오는 방울어멈을 물리고 혼자서 주막으로 향했다. 그녀가 나타나자 주모는 안절부절못했다. 그러면서도 대강의 설명을 사실대로 고해바쳤다.

아야코가 사실은 왜국의 지체 높은 집안 딸이고, 이미 연오와 정분을 통했으며, 연오가 사라진 날 아야코도 사라졌으니, 자기 생각에도 둘이서 함께 있을 것 같다는 얘기였다.

일월로 돌아오는 세오의 걸음이 무거웠다. 가벼운 경련이 일었다. 불 꺼진 용광로가 원망스러울 뿐이었다. 일월의 일이 멈추지만 않았더라면, 연오가 새벽마다 바다에 나가는 일도 없었을 것이고, 주막에서 아야코를 만나는 일도 없었을 것이고, 바위인지 고래인지에 실려 해 속으로 사라지는 변고도 일어날 리 없었다.

세오는 밤마다 연오가 남기고 간 외짝의 신발을 부여잡고 울었다. 아이 셋이 엄마를 부여잡고 함께 울었다.

비상한 인물

國人見之曰此非常人也, 乃立爲王.

(按日本帝記前後無新羅人爲王者此乃邊邑小王而非眞王也.)

그를 본 나라 사람들이 '이분은 범상한 분이 아니다!' 하고,

이에 왕으로 삼았다.

(『일본제기』를 살펴보면 전후로 신라인 가운데 왕이 된 자가 없으니,

이는 변방 읍의 왕이고 진왕은 아닐 것이다.)

망망대해에서 아야코를 안은 연오에게는 여러 생각이 스쳐갔다. 미우라가 선물을 싸 들고 접근할 때부터 대강은 짐작했으나 이런 지경에 이를 줄은 몰랐다. 그러나 어찌 보면 바라던 일이었다. 뱃전에서 바닷물을 보니 가만히 출렁이기만 하는 줄 알았던 시퍼런 바닷물이 어디론가 쏜살같이 흐르고 있었다.

한밤이 다가왔다. 망망대해의 밤은 신비로웠다. 하늘도 일월의 하늘과 같은 하늘인데 어딘가 달랐다. 별이 뱃전으로 쏟아져 내리기도 하고 배가 별 속으로 빨려들기도 하였다. 바다를 건너는

것이 아니라 은하수를 건너는 것 같았다.

그러다 잠이 들었는데, 이내 속이 울렁거려 다시 깨었다. 잠들지 않은 아야코가 연오의 머리를 자신의 무릎 위에 올리더니 손으로 배를 쓸어주었다. 울렁거림이 조금은 가시는 듯했다. 하지만 길고 긴 밤이었다. 배는 옆으로도 흔들리고 앞뒤로도 흔들렸다. 어디로 향해 가는지 알 수 없었다.

바람은 낮과 밤을 바꾸어 불어왔는데, 사공들은 돛을 돌려가며 배를 몰았다. 배는 바람을 타고도 가고, 헤쳐서도 갔다. 그렇게 며칠을 가자 연오와 아야코를 태운 검은 배 앞에 드디어 높다란 산들이 보이기 시작했다. 하지만 배는 해안선을 끼고 다시 내륙 속의 바다를 며칠이나 더 나아갔다. 내해에서의 항해는 파도가 높지 않아 편했으나 물결과 바람이 달라 더뎠다. 여러 날 만에 마침내 배가 닻을 내렸다.

"여기가 어디요?"

연오가 아야코에게 물었다.

"사스마반도의 노마미사키라 합니다."

참으로 신기하였다. 먼바다를 돌아 다시 일월의 앞바다로 돌아온 것만 같았다. 이렇게나 흡사할 수가 있을까 싶을 정도로 닮은 곳이었다. 우선 넓은 구릉지가 바다를 향하고 있는데, 일월을 닮은 게 아니라 거의 똑같았다. 뱃전에 서서 눈을 가늘게 뜨고 자세히 보니 하얀 해변 옆의 길게 늘어선 푸른 해송까지 청림의 그것을 옮겨심은 것만 같았다. 바람의 냄새도 같았다. 마중 나온 사람들의 옷차림만 달랐다.

"오시느라 노고가 많으셨습니다."

신라 말을 유창하게 하는 나이 지긋한 노인이 연오를 정중히 맞았다. 나중에 안 일이지만 연오 주변에 나타난 자들은 하나 같이 신라 말에 능했다. 연오는 왜국인들이 자기를 맞이할 준비를 이렇게까지 철저하게 한 것에 놀랐다.

"나를 이렇게까지 데려온 이유는 역시 신물 때문이겠지요?"

나이 지긋한 노인에게 연오가 물었다.

"그렇습니다. 우리에게도 신물이 있어야 새로운 세상을 열 수 있기 때문입니다."

역시나 그랬다. 그들은 자기들이 신물이라고 말하는 무쇠가 필요했던 것이고, 그래서 연오를 여기까지 데려온 것이었다. 그것도 3년 넘는 세월을 준비해서.

"저희가 신물을 만들려는 이유는 누군가의 부귀영화를 위함이 아닙니다. 작게는 이 나라의 안위가 걸린 일이고, 크게는 천하의 백성이 사느냐 죽느냐 하는 중요한 문제이기 때문입니다. 여기까지 오신 이상, 도와주셔야 되겠소이다. 오시는 길에 무례가 있었겠으나 그만 잊어주시지요."

그것은 분명 부탁이었다. 하지만 단순한 부탁만은 분명 아니었다. 위협과 엄포가 서린 부탁이었다. 부탁이 언제 명령으로 바뀔지 연오로서는 알기 어려웠다.

"우선 처소로 옮겨 노독을 푸시지요."

연오 일행이 마차를 타고 구릉에 올라보니 화려하지는 않지만 깨끗하게 정돈된 숙소가 마련되어 있고, 데워진 목욕물과 하인들이 기다리고 있었다. 연오가 입을 비단옷과 버선, 새 신발 따위도 빠짐없이 마련되어 있었는데, 꼭 들어맞았다. 하인들은 아야코는 물론 연오 앞에서도 함부로 허리를 펴지 못하였다.

다음 날, 연오는 아야코와 함께 숙소 밖으로 나가 구릉의 가장 높은 곳으로 올라갔다.

"이게 다 무엇이오?"

발밑에 펼쳐진 구릉 일대를 굽어보는 순간 연오의 입에서는 탄성이 절로 튀어나왔다. 아야코가 지체없이 대답했다.

"일월의 용광로며 창고 등을 최대한 그대로 여기에 다시 지었습니다. 길 하나까지 일월의 것을 보고 그대로 닦았습니다."

아야코의 얼굴에는 자랑스럽다는 표정이 서려 있었다. 실제로도 놀라운 광경이었다. 우선 일월의 용광로와 똑같은 로가 우뚝 세워져 있었다. 눈을 의심할 정도로 같았다. 여기저기 숯이 흩어져 있고 철광석과 회가 쌓여 있었다. 그들이 수차례 용출을 시도했던 흔적도 역력하였다.

그렇게 한참 동안 일대를 바라보고 있자니 그간의 모든 상념이 사라지고 고향에 온 것 같은 기분마저 들었다. 천직과 다시 만난다는 것이 이런 것인가 싶었다.

"간, 어려우시겠지만 이곳을 맡아주셔야겠어요."

아야코가 거듭 연오의 다짐을 받아내려 재촉했다. 하지만 연오는 쉽게 대답할 수가 없었다. 게다가 누구에게 물을 수도 없다는 사실이 가슴을 답답하게 만들었다.

"그리고, 드릴 말씀이 하나 더 있어요. 나중에 드려도 되겠지만……."

숨기는 게 별로 없다고 생각했는데, 아야코가 이번에는 말꼬리를 길게 늘였다. 연오가 고개를 돌려 그녀의 얼굴에 시선을 고정하자 고개를 숙이며 아야코는 어쩔 수 없다는 투로 말을 이었다.

"저는 참으로 복이 많은 사람이에요. 왕실에 태어나 어릴 적부터 무엇 하나 부족함이 없었지요. 그러다가 아버님 병환이 심해지고, 나라 안에 소요가 끊이지 않는다는 현실을 알게 되었어요. 어떻게든 아버님께 도움이 되고 싶었어요. 그러다가 신라에서 간을 모셔 오자는 논의가 있다는 걸 알게 되었고, 제 발로 직접 뛰어들었어요. 다행히 간께서 저를 싫어하지 않으셔서 여기까지 함께 오게 되었는데, 어젯밤 의원으로부터 간의 아이까지 얻게 되었다는 소식을 들었어요."

"아이라고 했소?"

"그래요, 아이. 우리 둘의 아이죠."

연오는 말문이 막혔다. 단 한 번의 동침으로 아야코가 임신을 했다는 것이었다. 왜국의 왕녀인 그녀가 자신의 아이를 가졌다는 것이었다.

"너무 걱정하지 마세요. 간을 평생 이 땅에 모셔둘 생각은 없으니까요."

"그건 무슨 말이오?"

"간에게는 부인과 아이들이 있잖아요. 돌아가셔야죠. 여기서 용출만 성공시켜주시면 제가 반드시 간을 고향으로 다시 모시고 갈게요."

아비 없는 아이를 혼자 키우겠다는 것인지, 아니면 자기를 따라 다시 신라로 가겠다는 것인지, 알 수 없는 얘기였다.

'왜의 여인들은 생각하는 방식이 신라 여인들과 이렇게나 다른가?'

하지만 그런 말은 차마 입 밖에 꺼낼 수가 없었다. 아야코가 아무리 왕녀라지만 연오의 평생 안위까지 책임질 수 있을지 어떨지도 알 수 없었다. 우선은 용광로의 일부터 마무리를 해놓고 사태의 추이를 지켜볼 도리밖에는 없는 듯싶었다.

"준비를 좀 해주시오. 우선 하늘에 제부터 지내야겠소."

연오가 말하자 아야코가 서둘러 하인들을 부르더니 제사 준비를 지시했다.

다음 날, 연오는 해가 뜨는 동쪽을 향해 상을 차리고 제를 지냈다.

"해의 열기와 달의 정기를 품어 물보다 부드럽고 바위보다 단단하며 만물을 살리는 무쇠를 구하고자 하오니……."

연오가 축문을 읽는 동안 아야코와 무리들은 미동조차 하지 않았다. 엄숙하기가 일월에서의 그것과 조금도 다를 바가 없었다.

이어 연오는 구릉을 둘러보고 큰 그림을 다시 그렸다. 야철장을 세우는 작업은 그리 간단한 것이 아니었다. 전체의 그림을 그리고 용광로의 위치와 철광을 쌓는 창고와 숯을 굽는 공장과 쇳물을 옮기는 길과 쇳물 담을 형틀 만드는 공장 등 큰 그림이 완성되자 그에 따르는 세부적인 계획의 수립과 작업이 이어졌다. 이미 있던 창고와 용광로가 헐리고 다시 지어졌으며, 재료들이 제자리를 찾아 다시 쌓였다. 거대한 송풍장치가 만들어지고 각 공정별로 일꾼들이 배분되었다. 작업은 물 흐르듯 진행되고 막힘이 없었다. 그 사이 새로운 제철단지가 서서히 제 모습을 갖추었고, 아야코의 배도 점점 불러왔다.

옆에서 이를 지켜보던 왜국의 여러 왕들은 연신 놀라움에 입을 다물지 못했다. 자신들이 짐작조차 하지 못했던 시설과 설비들이 척척 들어서는 것만 보아도 쇳물의 용출은 이제 시간문제인 것처럼 보였다.

그러던 어느 날, 마침내 왜국의 왕들이 여럿 한자리에 모이게 되었다. 지난번에 상인 미우라와 모여 연오를 데려오기로 모의하던 그 왕들이 아니었다. 이번에 모인 자들은 아예 왕실의 존재 자체를 부인하면서 스스로 왕을 칭하는 자들이었다.

"지금 노마미사키에서 어떤 일이 진행 중인지 다들 잘 아시리라 믿소. 왕녀 아야코가 주동이 되어 신라의 용출 기술자를 데려다가 무쇠의 용출을 준비하고 있다는 소식이오. 벌써 몇 달째 공사가 진행되어 이제는 용출이 눈앞에 다가온 듯하오."

"나도 소문은 들었소이다. 그런데 그게 사실이라면 우리의 처지가 아주 곤란하게 될 겁니다. 나뿐만 아니라 여기 모이신 분들은 모두 스스로 왕을 칭하고 있으니, 만약 저들이 무쇠를 대량으로 생산하여 이를 무기로 만든다면 우리 모두가 힘을 합쳐도 당해내기가 어렵게 될 겁니다."

"그렇소. 그러니 당장 달려가서 그 용광로를 때려 부수고 그 소굴을 불 질러야 합니다."

"아니요, 그건 단견이오. 이제 세상은 무쇠의 시대요. 중원은 물론이고 반도에서도 이제 쇠는 일상의 것이 되고 있소. 저들은 오래전부터 쇠로 만든 호미와 보습으로 농사를 짓고, 쇠로 만든 작살과 그물로 고기를 잡고 있소. 저들의 부가 쌓이고 군세가 강해지는 것은 모두 무쇠 덕분이요. 그런데 아직 우리 열도에서만 쇠를 생산하지 못하고 있으니, 이는 우리 열도가 조만간 중원이나 반도의 속국이 되기에 딱 알맞게 된다는 뜻이오. 우리가 가진 쇠로 만든 병장기가 얼마나 되겠소. 고구려와 백제는 물론 신라와 싸운다고 하더라도 우리가 결코 이길 수 없을 것이오."

"그럼 어쩌자는 말이오?"

"우리도 쇠를 얻어야 하오. 그건 자명한 일입니다."

"그건 나도 그리 생각합니다. 문제는 노마미사키의 실권을 장악한 아야코 왕녀 무리가 우리를 적으로 여기고 있으니 그 쇠가 우리에게까지 나누어질 일은 절대로 없을 거란 것이지요."

"그렇소. 그렇다고 감이 떨어지기만 기다리고 있을 수는 없는 일이니, 방책을 찾아보자는 겁니다."

"무슨 방책이 있겠소?"

"서로 자기만 살겠다는 생각을 버려야만 다 같이 살아날 계책이 나오겠지요."

"그건 또 무슨 말이오?"

"예전 신라 땅에서 처음 쇠를 생산하게 되었을 때의 이야기가 도움이 될 것 같소이다. 당시 신라는 여섯 촌장들이 나누어 다스리고 있었다는데, 말하자면 지금의 우리와 비슷한 상황이오. 그런데 그들 여섯 촌장들은 쇠를 어느 한 촌장이 독점할 수 없다는 법을 만들고, 쇠를 용출하는 자를 아예 최고 권력을 가진 왕으로 추대했답니다. 거기서 나중의 신라가 생겨난 겁니다."

"아니, 그럼 신라에서 왔다는 연오인가 하는 자를 우리의 왕으로 세우기라도 하자는 말이오?"

"음, 꼭 그런 얘기는 아니요."

"그럼 무슨 얘기요?"

"우리에게도 왕은 이미 충분히 많습니다. 이름을 왕으로 하든 촌장으로 하든 말이지요. 이렇게 많은 왕들이 계시는데, 하나 더 만든다고 뭐가 크게 달라질까요?"

한동안 침묵이 흘렀다.

"그 전에 해결해야 할 문제도 있어요. 아야코 왕녀를 비롯한 왕실이나 노마미사키 무리와는 어떻게 협정을 맺을 수 있겠소? 우리를 원수처럼 여기는 자들인데."

"그래서 시간이 촉박하오. 아직은 무쇠가 용출되지 않았으니 우리가 합심해서 저들을 압박한다면 저들도 어쩔 수 없이 우리의 계책을 따르게 될 것이오. 하지만 용출이 시작되면 곧바로 우리와는 상대도 하지 않을 것이오. 그러니 서둘러야 합니다."

"음, 저들을 협박하고 압박해서 굴복시킬 수 있겠소?"

"물론 우리 모두가 힘을 합친다면 가능합니다. 그러나 여기 모인 우리 모두가 군사들을 하나로 모아 협공을 한다는 계획 자체가 성사되기 어렵겠지요. 다들 계산하는 바가 다를 테니 말입니다. 또 우리 중에는 아야코 왕녀와 그 왕실에 대해 친근한 정을 느끼는 분들까지 있으니 말입니다."

여기저기서 몇 차례 헛기침 소리가 났지만 말은 계속 이어졌다.

"노마미사키의 쇳물 용출 일에서 중요한 자리를 차지하고 있는 자 가운데 미우라라는 장사치가 있습니다. 이 자를 통하면 창칼을 들지 않고도 저들과 협상을 벌일 수가 있을 듯하오."

"방법만 있다면 반대할 이유가 없지요."

"나도 찬동이오."

"나도 미우라라는 자를 조금 아는데, 우리를 함부로 속일 자는 아닙니다."

그리하여 며칠 후, 스무 명도 넘는 자칭 왕들이 노마미사키에 방문하게 되었다. 창검을 든 자들이 호위하였으나 애초의 약속에 따라 이들은 구릉 아래의 해안에 정박한 배에 남고 왕의 대표들만 구릉으로 올라왔다.

"아야코 왕녀의 건강을 기원합니다."

무리들이 돌아가며 아야코에게 인사를 올렸다.

"미우라를 통해 그대들의 뜻은 전해 들었습니다. 만약 전쟁을 멈추고 백성들로 하여금 병장기 대신 호미와 어망을 들게 한다면 나와 국왕이신 우리 아버님 역시 그대들과 더불어 화평을 도모할 뜻이 있습니다."

"아야코 왕녀님, 그건 이미 저희가 약조를 드린 것입니다. 만약 저희에게도 정당한 무쇠가 분배되기만 한다면 우리는 당연히 전쟁을 멈추고 백성들이 생업에 종사할 수 있도록 부추길 것입니다. 물론 그 전에 왕실을 대표하여 왕녀께서 저희에게 앞으로 무력을 사용하지 않을 것과, 철을 공평무사하게 배분해주실 것을 약속하셔야 합니다."

"음, 좋소. 나와 아버님은 약속을 지키겠소."

"그렇다면 이 문서를 좀 봐주시지요."

대표자들이 들고 온 문서는 각지의 왕들이 이미 연명을 마친 각서였다.

'우리는 어떠한 경우에도 노마미사키를 공격하지 않으며 그 왕실의 보전에 힘을 보탠다'는 문구 밑에 스무 명 남짓한 왕들의 서명이 첨부되어 있었다. 그리고 그 밑에 여백이 있었다.

"저희들의 연명 밑에 왕녀께서 쇠를 공평무사하게 배분하기로 약조한다는 말을 적어주시면 됩니다."

아야코는 하인들을 시켜 먹을 갈도록 일렀다. 아야코의 서명이 끝나자 방문자 중의 연장자가 다시 입을 열었다.

"이것은 왕실 왕녀로서 아야코님이 해주신 약속의 증명입니다. 저희는 가능하다면 한 사람의 약속을 더 받고 싶습니다."

"우리 아버님을 말하는 것이오?"

"아닙니다. 바로 용출을 책임지는 연오입니다."

"뭐라고요? 간의 약속을 받아달라는 얘기요?"

"그렇습니다. 실질적으로 무쇠를 용출하는 책임자의 약조도 필요합니다."

"간은 우리 왜국 사람이 아니고, 여러분과도 아무 관련이 없습니다. 무슨 자격과 책임으로 약조를 한단 말이오?"

"연오가 없으면 용출도 없다는 정도는 저희도 알고 있습니다. 나라 전체의 죽고 사는 문제가 걸린 일인데, 그 책임자에게 그만한 대접을 하는 것은 당연합니다. 우리는 연오에게 우리와 동급의 왕 자리를 주십사고 왕녀에게 청합니다. 여기 노마미사키를 책임지는 왕으로 말입니다."

"으음."

아야코는 말을 잇기가 어려웠다. 전혀 예상치 못한 일이었던 것이다.

"게다가 왕녀께서 연오의 아이를 잉태하셨다는 소문도 들었습니다. 충분히 왕이 되실 자격이 있는 것이지요."

아야코는 이들이 왜 연오를 왕으로 앉히려는 것인지 알기 어려웠다. 다만 자신과 이들 사이의 중간에 연오를 개입시킴으로써 무언가 새로운 관계를 맺으려는 계략일 것이라는 짐작만 할 뿐이었다. 방문자의 대표는 계속 말을 잇고 있었다.

"저희도 연오에 관한 소문은 익히 알고 있습니다. 이곳의 모든 도로와 시설들을 일일이 새로 짜고 새로 지었다는 것도 압니다. 보통 사람이 할 수 있는 일이 아니지요. 연오는 보통 사람이 아니라 아주 비범한 사람입니다. 그러니 이곳의 왕을 칭하더라도 전혀 허물이 아닙니다. 또 왕녀께도 더욱 큰 힘이 되지 않겠습니까."

아야코 역시 연오의 중요성을 누구보다 잘 알았다. 그가 아니면 쇳물의 용출이 불가할 것도 알았다. 게다가 자신과 함께 지내다 보면 자연스럽게 왕이 될 수도 있는 사람이 연오였다. 이미 그런 자격을 얻은 인물이었다. 그녀의 앞에 앉은 자들처럼 자격도 없이 왕을 칭하는 무리에 끼일 이유가 없었다. 아야코가 그런 생각에 빠져 있는 사이 미우라가 그녀의 귀에 속삭였다.

"간께서도 왕의 지위를 얻으시면 여러 모로 좋을 것입니다. 모두 아야코님의 수하들이긴 하지만, 공식적인 직함이 있으면 간께서 이들을 부리기도 훨씬 수월할 것이고, 이 사업에 관련된 제후며 귀족이며 대신들을 상대하기도 훨씬 부드러워질 게 아닙니까."

듣고 보니 미우라와 방문자들 사이에서는 이미 연오를 왕으로 추대할 계획이 합의된 모양이었다. 그렇다면 아야코가 말린다고 될 일도 아니고, 굳이 말려야 할 이유도 별로 없을 터였다.

"알겠소. 그리하겠소."

그리하여 이번에는 연오가 아야코와 왕들이 담판을 벌이고 있는 방으로 불려오게 되었다.

"왕이라니요?"

처음에는 어이가 없어서 장난인 줄 알았다. 하지만 누구의 표정이나 말투에서도 장난기를 찾아볼 수 없었다. 눈을 감고 한참을 생각하던 연오는 마침내 붓을 들어 '노마미사키의 왕 연오'라 적고 수결까지 마쳤다.

연오의 신발

細烏怪夫不來歸尋之見夫脫鞋, 亦上其嚴 嚴亦負歸如前.

세오는 남편이 오지 않음을 괴이하게 여겨 가서 찾아보니,

남편이 벗어놓은 신발이 있었다.

역시 그 바위에 올라가니 바위가 또한 전과 같이 싣고 돌아갔다.

연오가 사라진 지 서너 달이 지났을 때, 주모가 전복죽을 끓여 들고 일월까지 세오를 찾아왔다.

"어제 왜국의 상인들이 다녀갔습니다. 얼마 전 왜국의 바닷가에 이상한 바위가 닿았다는 소문을 들었다고 합니다."

"바위만 보았다던가?"

"사람도 타고 있었다고 합니다."

"더 자세한 소식은?"

"아마도, 간께서는 살아계신 듯하옵니다."

"아야코 소식은 없소?"

"미우라를 따라 본국으로 간 것 같사옵니다."

그날 들은 소식은 그게 다였다. 분명한 것은 없고 소문일 뿐이었다. 이렇게 아무것도 분명하게 밝혀지는 것 하나 없는 가운데 세월은 화살처럼 재빨리 흘러갔다. 그러는 동안 일원은 점점 더 피폐해졌고 점점 더 가난해졌다. 먹고살 방도가 전혀 없어 청림에 의탁했던 고아들 가운데 제법 머리가 굵어진 아이들이 하나둘 어디론가 달아나기 시작한 것도 이 무렵이었다. 비단옷만 입고 살던 세오까지 기운 옷을 입어야 했고, 반찬은커녕 아침저녁으로 끼니를 걱정해야 할 정도였다.

한편, 왕이 된 연오가 지휘하는 노마미사키의 공사는 전보다 더 순조롭고 빠르게 진행되었다. 각지 왕들이 너도나도 나서서 아야코와 연오의 일을 적극 후원했던 것이다. 용광로와 거대한 풍로들이 지어지고 바닷가에는 애초에 생각했던 것보다 규모가 크고 번듯한 항구가 건설되었다. 용출이 시작되기 전인데도 나라는 이미 태평을 되찾아가고 있었다.

"간, 이게 다 간의 덕분입니다. 이제 용출만 성공하면 이 나라도 신라나 백제처럼 백성들이 사람답게 사는 나라가 될 것입니다."

아야코가 어느 날 저녁을 먹다가 새삼 연오를 치켜세웠다. 불룩해진 배가 불편한지 자세를 똑바로 하지 못했다.

"그래야지요. 그나저나 이제는 용출을 지휘하고 감독할 기술자들을 모아야 하오. 전국에서 경험이 있는 자들을 모두 불러모아 주시오."

연오는 다른 얘기를 꺼냈다. 이제는 본격적인 용출에 나설 시간이 다가오고 있었던 것도 사실이었다.

그리고 다시 며칠이 흘렀다. 전국에서 용광로에 불을 지펴 본 경험이 있는 자들이 수십 명 노마미사키로 모여들었다.

"전체 공정을 지휘할 최고 책임자를 우선 정해야 하오. 누가 나서겠소?"

연오가 좌중을 향해 물었을 때, 아무도 선뜻 나서지를 않았다. 수많은 용출 실험을 했을 것이 분명한 자들인데, 아무도 나서지를 않는 것이었다.

"그 일이라면 간께서 직접 해주셔야지요."

아야코가 나서서 동그래진 배를 쓰다듬으며 말했다. 그때가 되어서야 연오는 자신이 무언가를 착각하고 있었다는 사실을 깨달았다.

"아니 될 말이오. 나는 용광로를 짓고 풍로와 형틀을 만드는 사람이지 용출의 기술은 알지 못하오. 이 나라에도 수백 년 동안 무르고 단단한 각종 쇠들을 용출한 기술자들이 있다고 들었는데, 무쇠 용출 전체를 알고 있는 사람이 정녕 아무도 없다는 말이오?"

곧 일어날 무쇠 용출에 잔뜩 기대를 품고 있던 좌중에 일순간 찬물이 뿌려진 듯 고요가 찾아왔다. 아야코와 다른 왜인들은 연오가 각종 설비를 짓는 것은 물론 용출도 직접 하는 것으로 여기고 있었고, 연오는 용출의 기술자는 왜국에 따로 있으려니 하고 믿고 있었는데 그게 아니었다.

"난감한 일이오. 경험 있는 자가 없다면 용출은 반드시 실패할 것이오."

여기저기서 한숨 소리가 터져 나왔다.

"일월에서는 어찌하셨는지요?"

여전히 침착함을 잃지 않은 아야코가 연오에게 물었다.

"일월에는 세오가 있었지요. 그녀가 모든 일을 주관했다오."

"그랬군요. 하지만 간께서도 오랫동안 그 일을 보셨을 테니 직접 한 번 해보시는 것은 어떤지요?"

"아니 될 말이오. 그건 한두 마디 설명이나 어깨너머 배운 지식으로 할 수 있는 일이 아니오. 오랫동안 무쇠 용출에 실패한 사람들이라면 잘 알 것이오."

더 이상 아무도 말을 꺼내는 자가 없었다. 실패하더라도 일단 용광로에 불을 지펴보자고 나서는 자도 없었다. 한 번의 실패는 곧 용광로의 폐기를 의미하고, 모든 공정을 처음부터 다시 시작해야 한다는 것을 그들도 이미 잘 알고 있었던 것이다.

"하는 수 없습니다. 간을 모셔 온 것처럼 세오님을 모셔 오는 수밖에……."

그렇게 말한 건 미우라였다. 그에게 연오가 물었다.

"그게 가능하겠소?"

"안 되면 납치라도 해야겠지요. 최대한 정중하게 모셔오겠습니다."

"당치 않소. 세오를 납치한다고 될 일이 아니오. 무쇠의 용출에는 경험 외에도 수백 가지 기술과 지식이 필요하고, 그건 한 사람의 머릿속에 다 들어갈 수 있는 것이 아니오. 세오는 수십 년 동안 용출을 해왔지만 항상 조상들이 물려준 문서와 기록에 따라서만 일을 시키고 재료들을 배합했소. 수많은 사람이 동시에 힘을 쏟아야 하는 일이니 당연히 수십 가지, 아니 수백 가지 일이 동시에 진행되고, 그걸 한 사람이 다 살필 수도 없소. 과정마다 책임자를 두고, 그 책임자를 미리 가르치는 것도 세오의 일이었소. 그러니 그녀의 몸이 여기에 온다고 용출의 기술이 따라오는 것이 아니오. 그녀의 궤짝과 문서와 그림들이 함께 와야만 하오. 그러니 힘으로 그녀를 데려오는 것은 무의미한 일이오."

연오의 설명에 좌중에서는 다시 침묵이 흘렀다. 한참 만에야 아야코가 입을 열었다.

"간께서 그녀를 부르시는 것은 어떻습니까? 세오님 역시 지아비를 몹시 찾고 있을 것입니다. 그러니 간께서 부르시면 혹시 오실지도……."

연오도 아래위로 머리를 조금 흔들었다. 현실적인 방법은 그것뿐이었다.

"장담할 수는 없으나 그리 해봅시다."

"그럼 편지를 한 장 적어주시지요."

이번에는 미우라가 나서서 말했다. 연오는 잠시 생각한 뒤에 다른 말을 꺼냈다.

"편지는 다른 사람이 대신 쓸 수도 있으니 믿지 않으려 할 것이오. 차라리 내 신표를 보이면 믿지 않을까 싶소."

"신표라고요?"

"그렇소, 나의 신발이오."

연오는 일월의 해변에서 한쪽을 잃어버리고 남은 신발 한 짝을 미우라에게 건네주었다.

며칠 후, 미우라는 상선을 타고 미리 신라로 갔다. 연오가 준 신발을 가슴에 품고 일월의 주막으로 갔다. 밤이 되기를 기다려 주모를 대동하고 일월로 올라갔다.

"아씨! 남의 눈을 피하느라 늦은 시간에 왔습니다."

주모가 세오에게 미우라를 소개시켰다.

"미우라라 하옵니다. 왕께서 보내서 왔습니다."

"왕이라니, 어느 왕을 말하는 것이오?"

"간께서 저희들의 왕이 되셨습니다."

"무슨 말인지 알아듣기 어렵군요. 게다가 왕까지 되셨다면 어찌 직접 오지 않고 공을 보냈소?"

"간께서 왜국에서 왕이 된 일과, 제가 이번에 세오님을 찾아온 일을 서라벌에서 알게 되면 아이들과 여기 사는 무리들의 안위가 걱정된다 하시어 비밀리에 일을 처리하고자 하셨습니다."

"무슨 일을 말이오?"

"간께서, 아니 왕께서 왜국에서 세오님을 기다리고 계십니다."

"도무지 믿기지 않는군요. 당신이 간이 보낸 사람인 걸 어찌 믿지요?"

미우라가 품에서 연오의 신발 한 짝을 꺼내 보였다.

"이걸 증표로 보이라 하셨습니다."

세오는 연오의 신발을 보자마자 오열이 터져 나왔다. 그렇게 생사만이라도 확인하고 싶었던 남편이 왜국에 가서 왕이 되었다고 했다. 자기나 연오나 옛날 북방의 왕족이었다는 사실이 이제는 기억이 아니라 전설처럼만 느껴지는데, 연오가 실제로 왕이 되었다는 것이었다.

"간께서는 왜 공처럼 몰래 오시지 못합니까? 내가, 아이들이, 여기 까마귀 무리가, 보고 싶지도 않으시답니까?"

울음 끝에 세오가 물었다.

"왕께서는 하루도 편히 주무시는 날이 없습니다. 하지만 지금은 공사가 워낙 급하게 진행 중이라 여기까지 다녀가실 수는 없습니다. 그러니 세오님께서 가셔야 합니다."

"나더러 왜국에 같이 가자는 말인가요?"

"그렇습니다. 모레 새벽에 배가 올 것입니다. 그 전에 보경과 서책의 궤를 챙기시지요."

세오는 입을 열려다가 그만두었다. 미우라가 가지고 온 것은 틀림없이 연오의 신발이었다. 게다가 서책이 든 궤는 몰라도 보경 이야기는 사실 세오 자신과 연오 외에는 아는 자가 없는 비밀이었다. 그 보경의 존재를 알고 있다는 사실만으로도 미우라가 연오의 지시를 받은 것은 분명해 보였다.

다음 날 아침, 며칠 동안 서라벌에 다녀온 시노인이 문안을 왔다. 안부를 마치자 다소 뜬금없는 말을 꺼냈다.

"서라벌에서는 온통 아교(阿膠) 이야기로 들떠 있습니다."

"아교라면, 고래풀 말인가요?"

신라의 남쪽 바다도 그렇지만 일월이 있는 동쪽 바다에서는 고래가 제법 많이 잡혔다. 버릴 게 없는 물고기 가운데 하나가 고래였는데, 그 가죽으로 기름을 짜서 약한 불에 오래 고면 아교라는 강력한 접착제가 되었다. 다른 나라의 고래잡이들은 이 풀 만드는 법을 몰랐고, 아교 만드는 기술이 있는 곳에서는 고래가 잡히지 않았다. 당연히 서라벌이 아교의 최고 산지로 떠올라 사방에서 이를 구하려는 사람들이 몰려들었다.

"그 고래풀을 구하려고 먼 아라비아라는 나라의 상인들까지 온답니다. 안이 온통 투명하게 보이는 신기한 유리구슬이며 금은보화 같은 걸 들고 와서 그 아교풀을 사간답니다."

"그래서 서라벌 백성들은 그 아교풀을 팔아서 입에 풀칠을 한다는 건가요?"

"풀칠을 하는 정도가 아닙니다. 금은보화가 넘쳐나는 모양입니다. 농사짓던 사람들까지 고래잡이에 나서고, 그 많던 대장간들이 전부 아교풀 고는 공장으로 변했습니다."

"그래서야 나라가 제대로 돌아가겠습니까? 먹고살 것부터 생산해야지요."

"서라벌에는 금은이 넘쳐나니 그런 걱정이 없는 모양입니다. 아무도 지방의 농사일이나 고기잡이에는 신경을 쓰지 않습니다."

서라벌에 금은보화가 쌓이는 건 사실인 모양이었다. 하지만 금은으로는 농기구를 만들 수 없고 곡식을 만들어낼 수도 없는 것이 아닌가. 금은보화에 취해 대장간을 없애고 고래풀만 만든다면 필시 머지않아 다른 문제들이 생길 게 뻔했다.

그렇게 시노인이 돌아간 뒤 세오는 마음이 더욱 심란해졌다. 간밤에 찾아온 미우라에게 아무런 약속도 하지 않았지만, 자꾸만 그를 따라가야 하는 게 아닌가 싶은 생각이 들었던 것이다.

"그래, 한번 가보기나 하자. 여의치 않으면 돌아오면 될 터!"

무엇보다도 자신을 기다리고 있는 일이 있다는 사실이 자석처럼 그녀를 당겼다.

"그래, 일을 해야 한다. 일다운 일을. 백성을 살리는 일을."

세오는 일만 있다면 세상 어디라도 달려갈 수 있을 듯했다. 거기에 남편 연오가 있다면 더더욱 마다할 이유가 없었다. 그가 하고 있는 일에 힘을 보태는 것은 일종의 의무처럼 여겨지기까지 했다.

그렇게 한번 가보기나 하자고 작정한 일이지만 주변의 정리는 한두 가지가 아니었다. 무엇보다 세 아들이 걱정이었다. 무리들에게 아이들을 흩어 맡기고 당부를 했다.

"상아! 수야! 곤아! 당분간 유모와 같이 지내야겠다."

사내아이들이라 의젓했다. 남편이 살아있다는 것을 직접 확인하기 전에는 아이들을 데리고 갈 수 없었다. 수하를 불러 무리의 일을 당부했다. 그러면서 '혹시라도 관원이 묻거든 바위에 실려 갔다고 하거나, 큰 고기에 실려 갔다고 하라'고 일렀다. 이어 서고의 궤를 정리하여 꼭 필요한 것만 챙겼다. 아비가 물려준 보경도 챙겼다. 마지막으로 연오의 옷 몇 벌을 챙겼다.

"해가 바뀌기 전에 돌아올 것이다."

아무도 듣지 않는 인사를 남긴 뒤 세오는 야음을 틈타 일월을 내려갔다. 주막에서 주모가 동행할 준비를 끝내고 그녀를 기다리고 있었다.

새벽이 오기 전에 검은 옷을 입은 자들이 주막에 나타나 궤를 울러 메고 세오를 따랐다. 아직 해변에는 어둠이 깔려 있었다. 멀리 보니 큰 바위 같은 것이 있었다. 세오가 배에 오르자 궤를 메고 온 자들도 따랐다. 순식간에 일어난 일이었다.

검은 배의 선원들은 노련하였다. 동이 트려 하고 있었다. 검은 바위 같은 배가 금방 수평선을 향해 떠나갔다. 붉은 해가 솟아오르는데 배가 그 해 속으로 빨려 들어가는 것 같았다.

세오는 태어나서 배를 처음 타보았다. 육지가 보이지 않는가 했더니 이내 속이 울렁거리기 시작하였다.

"배에 타지 말 걸 그랬나?"

세오는 뱃길이 이렇게 위험한 줄 몰랐다. 다시는 배 타는 일이 없었으면 했다. 먹은 것이 없는데도 속의 것을 모두 토했다.

"저희들이 잘 모시겠습니다."

신라 말을 하는 왜국의 여인들이 세오의 시중을 들기 위해 배 안에 대기하고 있었다. 주막의 주모까지 동행해서 그나마 덜 무서웠다. 한낮이 지나고 밤이 오자 칠흑 같은 어둠이 깔리더니 비가 왔다. 배가 어디로 가는지 몰랐다.

그렇게 밤새 흔들리더니 아침이 되자 비가 개고 하늘이 맑게 개었다. 작은 돌고래들이 놀이라도 하는 듯이 검은 배를 따랐다. 그런데 신기하게도 바람이 한 결로 불었다. 뱃전을 스치는 물결도 한 결로 흘렀다. 강물만 흐르는 줄 알았는데 바닷물도 흐르고 있었다.

"이런 걸 해류라고 하지요. 바닷물에도 흐름이 있답니다."

하염없이 흐르는 물결을 보고 있는데 주모가 다가와 말해주었다. 참으로 신기하였다. 그러고 보니 따르던 것이 돌고래만은 아니었다. 갈매기도 있었는데 흰 갈매기만 있는 줄 알았는데 검은 갈매기도 있었다.

한낮이 되니 갈매기는 어디론가 사라지고 보이지 않았다. 돌고래는 여전히 뱃전 가까이서 따라왔는데, 끼니때가 되자 선원들이 먹이를 주었다. 그들이 부리는 돌고래들이었다.

돌고래 먹이 주기를 마친 선원들이 큰 돛을 올리더니 이리저리 바삐 움직였다. 그러자 신기하게도 바람이 점점 거세졌다. 배는 쏜살같이 치달았다.

"이렇게 빠를 수가 있을까?"

세오는 그들의 배 모는 솜씨가 신기하기만 했다.

그렇게 며칠이 지났다. 가물가물 육지가 보이기 시작하더니 이내 사라졌다가 다시 나타나곤 하였다. 나타나면 그대로 있어야 할 텐데 한참이나 가물거렸다. 그러다가 마침내 제법 또렷이 여러 섬이 나타나더니 배가 한 섬의 해안에 닿았다. 섬에 닿자 미우라는 비둘기를 날렸다. 비둘기는 하늘을 한 바퀴 돌더니 방향을 잡아 날아갔다.

"무사히 건너오셨다고 왕께 보고하기 위해 비둘기를 먼저 보냈습니다."

섬에 닿자 일행은 배에서 내려 잠시 쉬기로 했다. 그런데 배에서 내리자 이번에는 땅이 울렁거렸다. 한참을 앉아 있다가 세오는 겨우 정신을 차리고 주변을 돌아보았다. 처음 보는 바다와 산천이 그리 낯설지 않았다.

'사람 사는 곳이란 게 다 거기가 거기인가?'

그런 상념에 빠진 사이 일행은 관아인지 민가인지 모를 숙소에 도착했다. 잠시 쉬어가는 숙소치고는 깨끗하게 단장되어 있었다. 그들은 빈틈없이 세오의 시중을 들었다. 그렇게 숙소에서 하루를 쉬고는 다시 뱃길을 재촉하였다.

"피곤하지는 않으신지요?"

"괜찮소."

그들은 내해를 따라 배를 몰았다. 섬들 사이로 배가 가기도 하고 다시 대해로 나가는 듯이 하다 섬과 육지가 둘러싸곤 하였다.

옅은 안개가 낀 날이 마침내 맑아지더니 어느 해안에 다시 배가 정박했다.

"지루하셨지요? 드디어 도착입니다."

"여기가 어디지요?"

세오는 어디냐고 물어보면서 눈 앞에 펼쳐지는 모습이 일월만과 너무나 흡사한 데 놀랐다.

"사스마반도의 노마미사키라 하옵니다."

세오는 하얀 모래 해변마저 일월의 해변과 같음이 신비스러웠다. 빨간 해당화까지 똑같이 피어 있었다.

배가 부두에 닿아 내리려고 하는데 생쥐 한 마리가 세오의 발밑에서 맴돌았다.

"생쥐가 어떻게 배에 있지?"

"어쩌다 먼 바닷길을 따라왔을까?"

세오는 하인들을 시켜 잡아 죽이려다가 생각을 바꾸어 허리를 굽혀 손을 내밀었다. 생쥐가 겁도 없이 그녀의 손바닥을 타고 올라왔다. 측은한 생각이 들어 가슴에 품었다. 콩닥거리는 생쥐의 심장 고동이 전해져 왔다. 고동은 한 결이 아니었다. 새끼를 밴 암컷이었다. 세오는 생쥐를 버릴 수가 없었다.

"그래 데리고 가자!"

생쥐를 품은 채 배에서 내렸다.

부두에 배가 닿자 기다리던 수레에 궤를 실었다. 가마도 기다리고 있었다.

"먼 길에 노고가 많으셨습니다. 가마로 모시겠습니다."

세오를 맞이하러 나온 하인들은 하나같이 신라 말을 하였다. 여기가 왜국인지 신라인지 알 수가 없을 지경이었다.

귀비 세오녀

其國人驚訝 奏獻於王 夫婦相會 立爲貴妃.

그 나라 사람들이 놀라 왕에게 아뢰니,

부부가 서로 만났고, (세오를) 귀비로 삼았다.

"부인, 어서 오시오. 기다리고 있었소."

가마에서 내리자 연오가 버선발로 달려왔다. 하지만 세오는 멀뚱히 서서 한참을 바라보기만 하였다. 죽은 줄 알았던 남편이 거기 서 있었다. 어느 날 갑자기 사라진 남자였다. 자기와 아들 셋을 모두 버리고, 왜국인 여자와 달아나버린 남자였다. 미우라와 주모를 통해 전해 들은 이야기가 많았지만, 여전히 묻고 싶은 것도 많았다. 하지만 말이 되어 나오지를 않았다.

연오가 다가와 조용히 세오의 어깨를 감쌌다. 돌처럼 굳어 있던 그녀의 어깨가 이내 아래위로 흔들렸다. 두 사람은 아랫것들을 물리고 조용히 방으로 들어갔다. 그저 조용히 둘만의 시간을 보낼 생각이었다. 실제로 그 방에서는 새벽까지 불이 꺼지지 않았고 낮은 탄식과 소곤거리는 말소리가 끊이지 않았다.

다음 날 아침, 연오를 중심으로 회의가 열렸다. 여러 명의 왕들을 자처하는 자들이 모였고, 구릉에서 중요한 일들을 맡은 자들도 빠짐없이 참석했다. 세오는 참석하지 않았다.

"우선 세오님이 무사히 오신 걸 감축드립니다."

연장자 한 사람이 인사부터 올렸다. 연오는 흐뭇한 미소를 띠고 대답했다.

"고맙소. 다들 걱정해준 덕분이오."

그러자 여기저기서 축하의 말들이 쏟아졌다. 무엇보다도 세오가 지니고 온 궤에서 나온 서책들이 화제의 중심이 되었다. 그들이 보기에 궤 안에 든 기록들은 참으로 놀랄만한 것이었다. 누구도 정확히 이해할 수는 없지만, 그것이 용출과 관련된 세밀한 지침이란 것만은 짐작할 수 있었다. 그런데 그 기록이 무척이나 방대하고 세세했다.

"그렇게 방대한 기록이 필요한 일인 걸 몰랐습니다. 우리가 여태 실패한 것은 어쩌면 당연한 일이었다고 여겨집니다."

"전에도 말했듯이 누구 한 사람의 머릿속에 넣어둘 수 있는 것이 아닙니다."

"이제야 모든 것이 이해되었습니다. 그런데 간께서도 저 기록들을 해독할 수 없다는 게 사실입니까?"

누군가 그렇게 물었다. 연오는 선선히 대답했다.

"그렇소. 저 기록의 해독이나 보경의 사용법은 오로지 세오녀

만이 할 수 있는 일이오."

"그렇다면 세오님이야말로 무쇠 용출에 없어서는 안 될 가장 중요한 분이 아닙니까. 그저 단순히 왕의 부인으로만 모실 분이 아닙니다."

"그렇다면 어찌하면 좋겠소?"

"왕도 그러시지만 세오님도 범상한 인물이 아닙니다. 마땅히 그에 합당한 작위가 있어야 할 것입니다."

"무엇이 좋겠소?"

"세상에서 가장 귀한 여인이요 왕의 부인이시니 귀비(貴妃)라 하고 모시면 어떻겠습니까?"

여기저기서 찬성의 소리가 울렸다. 연오는 미소를 띤 채 사람들의 의논을 조용히 지켜보고만 있었다.

며칠 후, 귀비가 된 세오의 새로운 거처가 마련되었다. 왕이 된 연오의 거처 못지않게 크고 반듯한 집이었다. 더 큰 침상이 마련되고 더 큰 회의실도 있었다. 남녀 하인들도 여럿 배정되었다. 이런 모든 준비를 아야코가 나서서 직접 챙기고 독려했다.

"어서 오십시오. 저는 아야코라 합니다."

세오가 새로운 거처로 옮기던 날, 아야코가 대문 밖에서 기다리고 있다가 세오를 맞았다. 세오는 그녀에게 눈길조차 주지 않았다. 그러다가 대문 안으로 들어선 뒤에야 몸을 돌리지도 않고 한마디를 던졌다.

"내가 고양이를 몹시 싫어합니다."

아야코는 조용히 머리를 조아리고 물러갔다.

"귀비궁 근처에는 고양이가 얼씬거리지 못하게 하라!"

이내 아야코로부터 하인들에게 새롭고 이상한 명령이 하달되었다. 그 명령은 마을 전체로도 하달되었다.

"이 일대에서는 아예 고양이를 키우지 못하게 하라!"

이 낯선 명령에 모두 머리를 조아렸고, 세오는 밥과 반찬을 조금씩 떼어 벽장 안의 생쥐에게 먹였다.

며칠 후, 귀비 즉위식을 마친 세오는 아야코를 앞세우고 구릉 가장 높은 곳에 설치된 전망대에 올랐다. 귀비궁의 상징을 그려 창끝에 매단 자들이 호위했다.

전망대에 올라간 세오는 적잖이 놀랐다. 연오의 솜씨가 아니고는 나올 수 없는 거대하고 아름다운 용광로와 야철장이 완성되어 있었다. 가슴이 벅찼다. 얼마 만에 만나보는 용광로인가! 게다가 일월의 그것보다 몇 배는 커 보였다. 가슴이 마구 뛰었다.

전망대에서 거처로 돌아온 세오는 즉시 일자들을 불러 회의를 시작했다. 그들이 모두 신라 말을 알아듣는다니 퍽 다행이었다.

세오는 우선 용광로에 투입되는 원료 배합의 비율과 순서 등을 설명하고 일일이 작업 지시를 내렸다. 일자들은 세오의 지시에 따라 움직이면서 연신 놀라움을 감출 수 없었다. 그것은 이제까지 그들이 들어본 적도 없고 실험해본 적도 없는, 완전히 새로운 방식이었다. 사실 새로운 방식이 아니라 가장 올바른 방법이었는데, 왜국의 일자들이 알지 못한 것일 뿐이었다.

그렇게 며칠의 준비 과정을 거쳐 마침내 용광로에 불을 지폈다. 그 순간부터 세오는 더욱 바빠졌다. 풀무질을 하는 자들의 우두머리, 숯을 투입하는 자들의 우두머리, 석회를 담당한 자들의 우두머리, 철광석 투입을 담당한 자들의 우두머리가 수시로 번갈아 세오의 처소에 들락거렸다. 세오 역시 하루에도 몇 번씩 용광로 주변을 맴돌며 이것저것 사소한 것들을 챙겼다. 첫날밤에는 아예 뜬눈으로 밤을 새워야 했다.

잠시도 쉬지 않고 연료와 원료를 용광로에 집어넣고, 강약을 조절하며 풀무질을 해야 하는 작업이었다. 똑같은 작업을 종일 반복하는 것도 아니어서, 시간과 불의 온도에 따라 재료를 넣는 양이며 풀무질을 하는 강도가 달라져야 했다. 세오가 아니면 작업 전체를 지휘할 수 없다는 걸 모두가 이해했다. 풀무질에만 수십 명이 동원되었고, 각 조마다 맡은 풀무가 달랐으며, 같은 풀무라도 시간에 따라 강도를 조절해야 했다. 또 같은 시간에 똑같은 풀무질을 하더라도 이 풀무와 저 풀무의 강도가 달랐다. 보이지 않는 용광로 안의 상황을 훤히 꿰뚫어 보지 않고서는 도무지 감을 잡을 수조차 없는 작업이었다. 이 작업을 맡은 자가 동시에 이루어지는 다른 작업의 내용을 알기 어려웠고, 저 작업을 하는 자가 이쪽에서 지금 무엇이 이루어지고 있는지 알기 어려웠다.

그렇게 용광로에 불을 지피기 시작한 지 이틀이 지나자 밝은 달빛을 띤 쇳물이 마침내 용출되기 시작했다. 용광로 밖으로 흘러나온 쇳물이 서서히 식자 드디어 무쇠의 형태가 드러났다. 모두가 아무리 해도 할 수 없었던 일을 이제 막 도착한 세오가 거뜬히 해낸 것이었다.

"와! 해냈다."

"야호! 쇳물이다."

그렇게 첫 용출이 있고 사흘 뒤, 아야코가 세오의 처소로 핏덩이 아이를 안고 찾아왔다. 아야코는 아직 부기가 빠지지 않은 초췌한 얼굴로 세오 앞에 갓난아기를 내밀었다. 세오는 아이를 안았다. 두고 온 아이들 생각이 났다. 막내 곤이가 불현듯 보고 싶었다. 아기를 꼭 안았다. 아이가 세오의 품에 찰싹 달라붙었다.

"왕의 핏줄이니 귀비님의 자식이기도 합니다. 어여삐 봐주세요."

세오는 굳어 있던 마음이 삽시간에 녹아내림을 느꼈다. 쇳물이 무사히 흘러나왔기 때문인지도 몰랐다. 이제는 연오와 신라로 돌아갈 수 있을지도 모르는 일이었다. 세오는 아이를 다시 아야코에게 건넸다. 아야코는 큰절을 하고 아이를 안은 채 물러갔다.

그렇게 첫 용출에 성공하고 아야코가 무사히 출산을 마무리하자 용광로의 일들은 더욱 분주해지고 더욱 바빠졌다. 각지의 왕들이 일꾼이며 재물을 싸 들고 인근으로 몰려들었다. 그들의 열정과 욕심은 무서웠다. 아야코를 따르는 제후들의 지원도 더욱 열렬해졌다.

엄청난 인원과 물자가 몰려들고, 여기저기서 광산의 채굴이 신속하게 진행되었다. 품삯을 넉넉히 준다는 소문에 사람들이 자원해서 몰려왔다. 나라는 분주한 가운데 평화로웠고, 평화로운 가운데 바삐 옷을 갈아입었다. 왕국으로서의 모양새가 서서히 갖추어지고 기강과 기틀이 서는 모습이 여기저기서 확인되었다. 모두 무쇠가 있기에 가능한 일이었고, 모두 연오와 세오가 있기에 가능한 일이었다. 아무도 두 사람을 함부로 대하지 않았으며 아무도 그 명을 거역하지 않았다.

그렇게 몇 달이 흐르는 동안, 마침내 연오와 세오에게도 서서히 쉴 수 있는 짬이 생기게 되었다. 그 짬에 연오는 흰 비단을 마련하여 막대한 분량의 공정도와 원료의 배합 비율, 각 공정의 핵심기술을 소상히 재정리했다. 용광로의 규모가 달라진 만큼 많은 면에서 새로운 기술이 적용되었던 것이고, 이를 정리해두지 않으면 안 되었던 것이다. 용출 때마다 조금씩 달라지는 결과가 어떤 연유에서 그렇게 된 것인지도 소상히 기록해 두었다.

이렇게 생산된 무쇠는 왕과 제후들에게 그 기여도에 따라 정확히 배분되었다. 미우라와 아야코가 그 일을 맡아서 처리했다. 연오와 세오는 오로지 일에만 열중할 뿐 구릉에 얼마나 많은 부와 권력이 쌓이는지 알지 못했다. 아니 알고 싶지도 않았다. 필요한 만큼의 인력과 원료와 재물은 충분히 그들에게 주어지고 있었고, 그 나머지를 더 바랄 이유는 없었던 것이다. 그건 일월에서도 마찬가지였다. 부와 재물이 쌓인다면 백성들에게 혜택이 돌아가려니 생각했다.

실제로 백성들에게도 많은 혜택이 생겨났다. 각지로 분배된 무쇠는 왜국 땅 전역으로 운송되어 여기저기 들어선 대장간에 공급되었다. 대장간에서는 우선 농기구를 만들었다. 이어 솥을 만들고 건축에 필요한 쇠붙이들을 만들었다. 배분된 무쇠로 사사로이 칼이나 화살촉 등의 무기를 만드는 자들이 더러 있었으나 언약을 맺은 왕들과 제후들에 의해 즉시 제압되었다.

이렇게 무쇠와 철이 전국에 공급되자 농민들은 하루에도 이전보다 몇 배의 이랑을 갈았고, 척박한 땅도 일굴 수 있게 되었다. 더 많은 농산물이 생산되고 고기가 잡혔으며, 그렇게 쌓인 재화는 각 지역 왕들의 곳간에 쌓였다.

"살다 보니 이런 세상도 오는구나!"

찌든 가난이 걷히자 왜국의 백성들은 모두 연오와 세오를 칭송하고 나섰다. 여러 왕들도 수시로 찾아와 감사의 뜻을 표했다.

"연오 왕께서 이 나라에 오지 않았으면 어찌할 뻔했소이까!"

"그러게요, 하늘이 이 나라에 복을 주신 겁니다."

그렇게 나라의 기틀이 갖춰지고 백성들의 생활이 눈에 띄게 나아지는 동안, 연오와 세오는 오로지 일에만 열중했다. 밤낮없이 흘러나오는 쇳물을 보는 것이 이들의 유일한 기쁨이자 낙이었다. 그러던 어느 날 세오가 연오에게 평소 잘 꺼내지 않던 말을 꺼냈다.

"요즘 우리 골짜기를 지키는 군사들의 수가 부쩍 늘었습니다. 아야코에게 물으니 변방에서 우리가 만들어 준 무쇠로 창검을 만드는 자들이 다시 늘어나고 있다고 합니다. 그들을 방비하기 위해 군사들의 숫자를 늘렸답니다."

"쇠가 창검이 되는 것은 피할 수 없는 운명이겠지. 아무리 힘센 권력이라도 쇠가 창검이 되는 걸 막기는 어려울 게요. 밤이 오고 겨울이 오는 걸 막을 수 없는 것처럼 말이오."

"사람들에게서 욕심이 사라지지 않는 한 그렇겠지요. 그런데 우리는 어쩌면 좋을까요? 여기서 이렇게 계속 무쇠 용출만 하고 있으면 지금처럼 영원히 왕으로 대접받으며 호의호식할 수 있을까요? 우리는 그렇다 치더라도 아이들은 어쩔 셈인지요?"

세오의 지적에 연오는 끙, 신음을 내며 돌아누웠다. 자기도 고민이 없는 것은 아니었다. 하지만 뾰족한 방도가 보이지도 않았다.

"내일이라도 아야코와 미우라를 만나 상의해보겠소."

그렇게만 말하고 연오는 눈을 감았다. 쉬 잠이 오지 않았다.

다음 날, 연오는 미우라와 마주 앉았다.

"짐이 그대를 부른 것은 일월의 일 때문이오."

"하문하시지요."

"아무래도 짐이 일월에 한 번 다녀와야겠소."

"아직은 때가 이르옵니다."

"견디기 어렵소. 방도를 좀 찾아보시오."

연오가 미우라와 만난 날 저녁부터 처소를 지키는 군사들의 숫자가 더 늘어났다. 세오의 처소 역시 마찬가지였다. 그러고 보니 그 군사들은 모두 아야코에 딸린 군사들이었다. 연오와 세오가 어찌할 수 없는 자들이었다. 친절하고 상냥했으나 자신의 수하는 아니었다. 명목은 왕이지만 그들에게 갇혀 지내는 꼴이었다.

일월의 정기

是時新羅日月無光, 日者奏云 日月之精降在我國
今去日本故致斯怪.

이때 신라에서는 일월이 빛을 잃었다.

일관(日官)이 아뢰기를, 일월지정이 우리나라에 내려와 있었는데,

이제 일본으로 가버린 이유로 이런 변괴가 일어난 것이라 하였다.

한편, 연오랑세오녀가 왜국으로 건너가 대형 야철장을 만들고 무쇠를 생산하는 사이, 서라벌에서는 7대 일성왕이 서거하고 8대 아달라 왕이 등극했다. 아달라는 등극하자마자 신라의 실권을 쥐고 있던 정적들 가운데 이날이란 불한당을 우선 처단했다. 왕의 수하 부장이 낮잠을 자고 있던 그를 체포하여 궁으로 끌고 가다가 저잣거리에서 그대로 목을 날렸다. 이후 정국은 서서히 평정되었지만, 아달라의 입장에서는 안팎으로 수습해야 할 일이 많았다. 그런 와중에 연오랑세오녀의 소식이 궁에도 전해졌다.

소문은 넓은 바다도 막지 못해서, 서라벌에 드나들던 왜국 상인

들의 입에서 뜻하지 않은 이야기가 흘러나왔다.

"왜국은 쇠를 어디서 구합니까? 요즘엔 서라벌에서도 쇠 보기가 어려운데 말이오."

누군가의 질문에 왜국 상인 하나가 이렇게 대답했다.

"저희 나라도 이제 쇠를 용출한답니다."

"그래요? 무쇠의 용출은 누구도 가르치거나 배울 수 없는 것이라던데, 누가 누구에게 그걸 배웠단 말이오?"

"일월에 살던 간이 우리 왜국에 와서 야철장을 세웠답니다."

"일월의 간이 살아있단 말이오?"

"살아있는 정도가 아니라 철장과 용광로와 무쇠를 다스리는 왕이 되었다고 하더군요."

"아니, 그게 대체 무슨 말이오? 간이 왕이 되다니……."

"나도 더 자세한 내막은 모르오. 간 부부가 우리 왜국에 와서 쇠를 용출한다는 얘기만 들었을 뿐이오."

"아니 그럼 세오녀도 왜국에 있단 말이오?"

"그리 들었소."

왜국 상인은 더 이상 말이 없었다. 아는 게 더 없는지도 몰랐다.

이처럼 이상한 소문이 돌자, 그동안 일월의 무쇠 용출에 대해 전혀 신경을 쓰지 못하던 아달라왕은 그제야 황급히 연오를 데려오라 명했다. 군졸들이 일월로 달려가는 동안 아달라왕은 자신이 어린 시절에 머물던 일월의 구릉을 떠올렸다.

아달라왕이 어릴 때, 한동안 일월에서 지낸 적이 있었다. 그리 긴 시간은 아니었다. 태자인 아버지가 아직 왕위에 오르기 전이었고, 누가 왕이 될 것인지를 둘러싸고 내분이 일던 시기였다. 아버지가 왕이 되는 것이 당연한 순리였지만 서라벌의 정치는 순리대로만 되는 것이 아니었다. 만약 태자이면서도 왕이 되지 못한다면 그 자신은 물론 아들인 아달라까지 누구 손에 칼을 맞을지 알 수 없는 상황이었다. 그런 상황에서 한 동안을 숨어지낸 곳이 일월이었다. 그때 몇 살 위의 연오와 세오도 만났다. 몇 번인가 서실에서 같이 글을 읽은 기억도 났다. 거기서 수리도 배우고 지리도 익혔다. 연오와 세오의 조상들이 먼 북쪽에서부터 가지고 내려온 서책들에 실린 내용들이라고 했다. 그 내용들에 따르면 세상에는 신라만 있는 것이 아니었다. 더 넓은 세상이 있다는 것을 배웠다. 일월에서나 서라벌에서나 그때는 아무도 후일 아달라가 왕이 될 걸 몰랐다.

그런 상념에 잠겨 있는 사이 신하들이 모여들었다. 아달라왕은 신하들에게 무쇠 용출의 일을 꺼냈다.

"짐이 들으니 요즘 서라벌 바깥에 사는 백성들의 곳간에는 쥐조차 들락거리지 않는다고 하오. 이런 궁핍으로부터 나라를 구제할 방법은 무쇠의 용출을 늘리는 수밖에 없을 듯하오. 그래야 삽과 곡괭이와 낫을 만들 것이 아니요? 그러니 공부에서는 우선 반란으로 폐쇄되었던 금곡 철장이 지금 어떤 상황인지 자세히 살펴서 보고해 주기 바라오."

"네이~."

공부를 맡은 아찬이 길게 대답했다. 다시 왕이 말을 이었다.

"철장보다 중요한 것이 용광로여서 내 우선 사람을 보내어 연오를 급히 들라 하였소. 이제 곧 도착할 것이니 같이 상의를 해보도록 합시다."

왕의 말이 끝나자 늙은 신하 하나가 헛기침을 두어 번 내뱉고는 어렵사리 입을 열었다.

"전하, 아뢰옵기 황송하오나 연오는 올 수 없을 것이옵니다."

"그게 무슨 말이오? 연오가 죽기라도 했단 말이오?"

"죽었는지 살았는지 알 수는 없으나 이미 오래전에 일월을 떠났다고 하옵니다."

"어디로 갔단 말이오?"

"온다 간다 말도 없이 사라졌다는데, 다만 ……."

"다만… 무엇이오?"

"소문에 따르면 왜국으로 건너가서 거기서 무쇠 용출을 하고 있다 하옵니다. 그 부인인 세오녀 역시 왜국으로 갔다는 말도 들립니다."

"이런…, 이런 낭패가 있나. 경의 말이 사실이라면 정말로 큰일이 아니오? 그들 두 사람이 없으면 누가 무쇠를 용출한단 말이오? 내 잘은 모르나 무쇠 용출은 대대손손 핏줄로만 전수된다고 하던데 말이오."

"그러하옵니다. 허나 아직 우리나라에는 쇠가 크게 부족하지 않으니…….”

“그만두시오.”

왕이 서둘러 신하의 입을 막았다. 어리석은 신하들이 지금까지 무쇠의 중요성을 깨닫지 못하여 나라가 이처럼 빈궁한 처지에 몰렸다고 생각하니 기가 막힐 따름이었다.

“다 짐의 부족함 때문이오. 진작에 일월을 돌보았어야 하거늘.”

대신들은 종종걸음으로 대전에서 물러갔다. 이어 들어온 사람은 연오 대신 나타난 구였다.

“너는 일월의 구가 아니냐?”

왕은 구를 첫눈에 알아보았다.

“네, 전하!”

구는 예전부터 자상한 자였다. 왕이 평민으로 일월에 있을 때 병이 난 적이 있었는데 구가 풀뿌리를 삶아주어 나은 적이 있었다. 하지만 지금은 그런 옛날이야기나 나눌 상황이 아니었다.

“연오와 세오가 어찌 된 것인지 자세히 말해보아라.”

구는 이야기를 풀어가기 시작했다. 을의 반란이 일어나 일월 용광로의 불이 꺼진 게 벌써 10여 년 전이라고 구는 말했다. 왕은 그렇게나 오래되었나 싶어 깜짝 놀랐다. 부왕이 승하하고 아달라가 새로운 왕이 된 지도 이미 6년째였다.

구는 용광로의 불이 꺼진 뒤 3년인가 4년이 지나던 해에 연오와 세오가 바닷가에서 사라졌다고 말했다. 누구와 어디로 어떻게 갔는지는 알지 못하며, 다만 최근에 왜국 상인들로부터 연오와 세오가 왜국에서 왕이 되어 무쇠의 용출을 지휘하고 있다는 소문을 들었노라고 했다. 그건 앞서 신하에게서 들었던 말과 같았다. 왕은 마지막으로 지금의 일월이 어떤 상태인지 물었다.

"용광로와 창고는 무너진 지 오래고, 남아 있던 철광석이며 석회도 비바람에 흩어졌습니다. 저희 남은 무리들은 간, 아니 연오와 세오가 돌아오기만을 기다리며 질긴 목숨을 보전하고 있습니다."

"연오와 세오 부부에게 아이들은 몇이나 있었느냐?"

"아들만 셋이고, 지금은 제가 돌보고 있습니다."

왕은 한참을 혼자서 생각했다.

"그래, 알았다. 돌아가서 내 분부를 기다리거라."

구가 돌아갈 때 왕은 병사 몇 명을 딸려 보냈다. 구나 일월의 무리가 걱정되어 보낸 것은 아니었다.

세오녀의 비단

王遣使求二人. 延烏曰 我到此國 天使然也 今何歸乎.
雖然朕之妃有所織細綃 以此祭天可矣. 仍賜其綃.

왕이 사자를 보내어 두 사람을 찾으니, 연오가 말하기를
"우리가 이 나라에 온 것은 하늘이 시킨 것이니, 지금 어찌 돌아갈
수 있겠는가? 그러나 집의 비가 짠 고운 비단이 있으니 이것으로
하늘에 제사를 지내면 될 것이다"하면서 그 비단을 주었다.

구를 돌려보내고 난 아달라왕은 침통한 기분에 사로잡혔다. 지
난 10년 동안 일월의 불빛을 꺼뜨린 것은 분명히 선왕과 자신의
잘못이라고도 할 수 있었다. 하지만 제 나라 임금과 백성은 물론
자식들마저 버리고, 언제 적국이 될지 모르는 왜로 넘어가 무쇠
를 용출해 준다는 것이 쉽게 이해되지 않았다. 나라 안에 오직 그
들 두 사람만이 무쇠 용출의 비밀을 알고 있다는 것도 납득하기
어려운 일이었다. 그토록 중요한 일이라면 왕실에서 관리하는 것
이 너무나 당연한 일처럼도 여겨졌다.

"어쩌다가 이 지경이 되었는가."

왕은 홀로 탄식하고 울부짖었다. 백성들이 겪는 고통의 원인이 불 꺼진 일월의 용광로에 있다고 생각하니 연오와 세오가 더더욱 괘씸하게만 여겨졌다.

"나의 사정을 뻔히 알 터인데, 어찌 한마디 상의도 없이……."

그렇게 밤새 뒤척이던 아달라왕은 동이 트자마자 시위하는 군사 하나를 불렀다.

"지금 즉시 일월로 달려가서 어제 먼저 간 병사들과 함께 연오의 아들들을 서라벌로 데려오도록 하라."

군사가 달려나가자 이번에는 별군의 대장을 불러들였다. 정규군이 아니라 세작을 관리하는 등 특수임무를 맡은 부대의 대장이었다.

"아무래도 너희가 왜국에 다녀와야겠다. 무슨 수를 쓰든 연오와 세오를 다시 데려오라. 필요하다면 수하들을 무장시켜서 데려가도 좋다. 연오와 세오만 데려오면 된다."

새벽부터 흥분한 왕에게 별군의 대장은 이렇게 아뢰었다.

"전하, 황송하오나 더 좋은 계책이 있습니다."

"더 좋은 계책? 어디 말해보라."

"우선 제가 수하들을 데리고 왜국에 건너가더라도 남몰래 연오 부부의 행방을 찾는 데에는 상당한 시일이 소요될 것이옵니다. 또 찾는다 하더라도 납치나 강압으로 해결할 수 있을지, 혹은 그들 부부가 순순히 따라나설지 알 수 없사옵니다. 게다가 쇳물의 용출은 왜국의 입장에서도 국운을 건 사업인지라 우리가 몰래 연오 부부를 데려온다면 장차 두 나라 사이에 전쟁의 명분이 될 염려가 있사옵니다. 게다가 연오는 그 나라의 왕이라지 않습니까. 그러니 왜국과의 마찰도 방지하면서 확실하게 연오 부부를 데려올 방법을 찾아야 하옵니다."

"그래, 그대의 뜻은 알겠다. 그런데 그 방법이란 게 대체 무엇이냔 말이다."

왕의 언성이 높아졌으나 별군 대장은 여전히 차분하게 설명했다. 아직 혈기 왕성한 임금을 어떻게 다룰지 잘 아는 자였다.

"연오가 왜국에서 왕이 되었다 하니 그 축하사절을 가장하면 어떨까 하옵니다. 왜국에서도 마다할 명분이 없고, 연오 부부를 가장 쉽게 만날 수 있는 방법이옵니다. 그 이후의 일은 연오 부부의 뜻을 살펴 정하면 될 것이옵니다."

왕은 한동안 생각에 잠겼다가 그의 의견을 지지해주었다.

"짐의 생각이 짧았다. 그대의 방책대로 일을 추진하라."

왕의 명이 떨어지자 곧장 사신이 왜국까지 타고 갈 배의 건조가 시작되었는데, 가야 출신 조선공들을 데려다가 다벌국 넓은 해변에서 건조하게 하였다. 배가 완성되자 화려하게 장식까지 하였다. 이어 사신 일행이 온갖 선물 보따리를 배에 싣고 왜국으로 향했다. 왜국에서 왔던 장사치들이 뱃길을 안내했다.

왜국의 장사치들을 앞세웠지만 연오가 있는 곳까지 가기 위해서는 여러 차례의 검문과 통관을 거쳐야 했다. 신라에서 온 축하사절이란 사실이 신라 임금의 도장이 찍힌 문서로 확인이 되어야 겨우겨우 다음 목적지로 이동할 수 있었다.

그렇게 긴 항해를 거쳐 신라 사신 일행은 마침내 노마미사키에 도달했다. 신라에서 축하사절이 도착했다는 소식을 들은 연오와 세오는 부두까지 달려 나와 사신들을 맞이했다.

"서라벌의 임금님은 강녕하신가?"

연오가 먼저 신라 왕의 안부를 물었다. 왕이 일월에서 지낼 때는 형과 아우처럼 지내던 두 사람이었다.

"그러하옵니다. 저희 왕께서 왜국의 왕이 되신 연오님을 축하하기 위해 저희를 보내셨습니다."

"고맙소, 정말 고맙소. 왕께서 이렇게 먼저 축하사절을 보내시니 내가 어찌할 바를 모르겠소."

그렇게 말하는 연오를 보니 신라에 대한 배신으로 왜국행을 택한 것은 아님이 분명해 보였다. 그렇다면 연유를 찾아내어 빈틈을 공략해야 할 것이었다. 사신이 그런 생각을 하고 있을 때 연오가 다시 물었다.

"그런데 내가 왜국에 있다는 소식은 어떻게 아셨소?"

"왕께서는 모든 사실을 알고 계시나이다."

"그대들도 보셨겠지만, 난 이미 갈 수 없는 처지가 되어버렸소."

연오가 먼저 나서서 선수를 쳤다.

"왕께서는 두 분을 꼭 모시고 오라 하셨사옵니다."

"오신 목적이 그러리라는 것은 진작에 짐작하였소."

연오는 몹시 난처했다. 그래서 말머리를 돌려보았다.

"일월의 우리 무리나 우리 아이들 소식은 혹시 아는 게 있소?"

사신은 짐짓 시간을 끌었다.

"일월은 새로 정비를 시작했고, 아드님 세 분은 왕궁에서 기거하고 있습니다."

왕궁에 기거한다는 말이 왕자처럼 지냈다는 말은 아님이 분명했다.

"볼모가 된 셈이군요."

"볼모라기보다는……. 뭐, 아무튼 왕께서는 아이들 데려오는 일에 반대하셨으나 조정의 중신들이 결정한 일인지라."

연오는 조용히 고개를 끄덕였다. 서너 달, 길어야 일이 년이면 돌아갈 줄 알았던 게 잘못이었다. 시간이 이렇게 지체되고 다시 돌아갈 길마저 완전히 끊길 줄 알았더라면 절대로 오지 않았을 것이었다.

"알겠소. 사신들은 며칠 쉬고 계시오. 나와 귀비가 어떻게든 방책을 찾아볼 것이오."

"돌아가시는 방법 외에 무슨 방책이 더 있을는지……."

못을 박아두기 위한 것인지 사신이 거듭 중얼거렸다.

그런 사신을 뒤로하고 연오는 세오의 거처로 갔다. 그의 손에는 사신이 건네준 그림 석 장이 들려 있었다. 훌쩍 자라난 세 아이들의 얼굴을 그린 그림이었다.

세오는 그림을 받아들자마자 가슴에 품더니 이내 자리에 쓰러져 통곡하기 시작했다.

"상아! 수야! 곤아!"

"……."

"이 어미가 너무 멀리 와버렸구나. 너무 멀리 왔어."

한참을 흐느껴 울고 나서야 세오는 진정이 되기 시작했다. 연오는 내내 그녀의 등을 문지르며 소리 없이 울었다.

"어떻게 하면 좋겠소?"

연오와 세오는 서로를 바라볼 뿐 누구도 선뜻 대답을 내놓지 못했다.

다음 날 아침, 연오와 사신 일행이 잠에서 깨어보니 구릉 일대는 물론이요 부두까지 군사들의 경계가 자못 삼엄하였다. 수상한 낌새를 차린 모양이었다. 신라의 사신 일행은 눈살을 찌푸렸다. 연오와 세오는 짐작하고 있던 일인지 담담한 표정이었다.

아침을 먹은 뒤에 연오가 수하들을 불러 사신들에게 구릉을 구경시키라고 일렀다. 꼭대기에 설치된 전망대에 오른 사신들은 입이 쩍 벌어졌다. 우선 규모가 엄청났다. 용광로의 크기도 컸다. 용광로의 크기가 크니 바람을 불어 넣는 풀무의 크기도 컸다.

큰 풀무에는 굵고 긴 동아줄이 연결되어 있고, 양편에서 여러 사람이 매달려 이리 당기고 저리 당기고 하였다. 언뜻 보면 줄다리기 시합을 하는 것 같았다. 가운데에서 고깔을 쓴 자가 흥을 돋우며 장단을 맞추고 있었다. 뒤편에 대기하고 있던 자들이 지친 자들과 자연스럽게 교대도 하고 있었다. 센 바람이 용광로 속으로 끝없이 몰려 들어갔다.

용광로 꼭대기 높이까지 둘러싼 토대에는 사다리가 걸쳐져 있고, 인부들이 무언가를 지고 올라가서 쏟어 붓고 있었다. 철광과 연료인 모양이었다. 철광과 연료를 부을 땐 풀무질을 약하게 하는지 흥 돋우는 소리가 작아졌다. 용광로의 불꽃은 태양의 그것만큼 붉고 밝고 뜨거워 보였다.

마침 용출이 일어날 때가 되어 용광로에서 쇳물이 흘러나오는 것을 본 사신들은 놀라움을 금할 수 없었다. 풀무의 동아줄을 당기던 무리들은 쇳물이 흘러나오자 환호성을 질렀는데 왜국 말인지 신라 말인지 알아듣기 어려웠다. 한 무리는 튀기는 불꽃과 함께 흘러내리는 쇳물을 받아 그릇에 담고 있었다.

물자를 싣고 구릉을 오르내리는 수레의 행렬 또한 대단하였다. 구릉에서 일하는 인부도 개미떼 같이 많았다. 사신들은 연오가 왕이 되었다는 말을 실감했다.

그날 밤에 사신들을 놀라게 만드는 작은 소란이 일어났다. 군사들이 급히 움직이는가 싶더니 사방이 횃불로 밝혀졌다. 사신들은 심히 불안하여 안절부절못하였다.

"무슨 일이 일어난 거요?"

"혹 우리를 해치려는 게 아닐까요?"

시간이 지나자 밖이 더 밝아졌고 군사들은 점점 그 수가 많아지는 것 같았다. 소란은 새벽이 되어서야 멈추었다.

"지난밤에는 좀 소란스러웠지요?"

신라 말을 잘하는 자가 와서 걱정스럽게 물었다.

"무슨 일이 있었소이까?"

"네, 고양이가 한 마리 나타났었답니다."

사신은 기가 찼다.

"아니, 고양이가 나타났는데 그런 소란을 피운단 말이오?"

"귀비궁의 명입니다."

사신은 알다가도 모를 일이라고 생각했다. 하여간 별것 아닌 일이고 자신들과는 관계없는 일이라서 다행이었다. 그럼에도 사신들은 이 일 역시 빠짐없이 일지에 적어 넣었다.

이튿날 밤, 세오는 밤이 깊도록 잠들 수 없었다. 온갖 상념만이 끝없이 머릿속에서 흘러 다녔다. 처음엔 자신의 결정을 후회했다가 나중에는 서라벌의 임금을 원망하기도 했다.

연오나 세오 마음대로 이곳에 온 것이 아니었다. 선대가 먼 북방에서 무리를 이끌고 진한 땅 일월까지 오게 된 것이나, 연오와 자기가 먼바다를 건너 이곳까지 오게 된 것은 천명임이 분명했다. 그랬다. 모두가 하늘의 뜻이 아니고는 이루어지지 않았을 일들이었다. 문제는 하늘의 뜻을 사람이 짐작할 수 없다는 것이었다. 운명을 거스를 수도 없다. 그 끝이 무엇일지 세오는 두렵고 슬펐다.

처음 바다를 건너올 때 뱃전을 스쳐 지나가던 바닷물의 흐름이 생각났다. 바닷물도 어디서 와서 어디로 가는지 모르는데, 자신 또한 어디서 와서 어디로 가는지 모르는 게 아닌가 싶었다. 그러다가 문득 더 먼 예전의 일도 떠올랐다.

철장에서 을이 반란을 일으킨 후 어느 누구도 일월을 거들떠 보지 않았다. 아니 남편 연오와 일월의 무리를 을의 동조자들이 아닌가 끊임없이 의심하기 바빴다. 그들은 이후 십 년이 넘도록 정쟁에만 매달려 자기 눈앞의 이익만 좇았다. 나라와 백성의 일 은 아랑곳하지 않았다. 언제 한 번 일월이 허물어지는 것에 관심 이라도 가졌던가? 대체 버려둘 때는 언제고 이제 와서 돌아오라 면 어쩌란 말인가?

그럼에도 갈 수만 있다면 돌아가고 싶었다. 다른 무엇보다 아 이들이 걱정이었다. 연오와 자기 없이 사신들만 돌아가게 된다면 아이들의 목숨은 없는 것이나 마찬가지였다. 부모의 반역죄를 들 어 아이들의 목숨을 거둔다면 아무도 말릴 사람이 없을 터였다. 그 아이들을 구할 수만 있다면 지옥에라도 뛰어들 수 있었다. 하 지만 지금은 지옥으로 가는 길마저 막힌 상황이었다. 왜인들이 연오와 세오를 밖으로 내보내 줄 리가 없었다. 사신들과 모의하 여 도주라도 한다면 다 함께 죽음을 맞을 것이 뻔했다.

'아야코에게 빌면 무슨 방책이 생길까?'

그런 생각을 하다가 새벽녘에야 세오는 잠깐 잠에 빠졌다. 그리고는 꿈을 꾸었다. 바닷길을 건너 일월에 돌아가서 커다란 용광로를 짓고 달빛이 나는 쇳물을 용출하는 꿈이었다. 꿈에 아이들도 보이고, 풀무장 만이도 보이고, 구도 보였다. 그런데 돌아가신 아비도 그곳에 함께 있었다. 그들은 궤에 담긴 비단 폭을 꺼내 살피면서 새로운 용광로를 짓고 있었는데, 가만히 보니 자신이 이곳에서 새로이 기록한 것이었다.

"이건 예전 기록에 있던 것보다 새로운 것이로군!"

아비가 말하고 있었다. 구와 만이도 비단 폭을 봐가며 금방 용광로를 완성하였다. 불을 지피니 용출이 일어났다. 세오는 깜짝 놀라 잠에서 깼다. 이른 시간이지만 연오의 처소로 건너갔다.

"당신도 잠을 설친 모양이구려."

연오가 잠자리를 정리하다가 문을 열고 들어서는 세오의 얼굴을 살피더니 그렇게 안부를 물었다. 세오는 다짜고짜 자기 생각을 말했다.

"사신들에게 제 비단을 들려 보내는 것이 좋겠어요."

세오의 말을 듣고도 연오는 잠시 무슨 말인가 싶었다. 세오가 다시 입을 열었다.

"신라 왕께서 바라시는 것은 우리 부부의 귀환이 아니라 일월의 재건이에요."

"그야 그럴 테지."

"우리가 없어도 일월의 용광로를 재건하고 쇳물을 용출할 수만 있다면 우리 아이들의 안위도 보장되겠지요?"

세오가 간절한 눈빛으로 연오의 동의를 구하고 있었다.

"그야 그럴 터이지만, 우리 없이 어찌 일월의 재건이 가능하겠소?"

잠시 뜸을 들인 세오가 다시 입을 열었다.

"제가 얼마 전부터 이곳에서 용출을 하는 틈틈이 비단에 새로운 기록을 해두었다는 것을 알고 계시지요?"

물론 연오도 잘 알고 있었다.

"제가 가진 기술과 관련된 내용도 있지만, 서방님이 맡은 용광로며 여러 설비들에 관한 내용도 제가 관찰하고 측정해서 모두 상세히 기록해 두었어요."

"그게 정말이오? 용광로 짓는 법까지 말이오?"

"그래요, 하지만 벽돌 굽는 가마며 불을 때는 시간과 온도 등에 대해서는 제가 아는 바가 적어서 제대로 적지 못했어요. 형틀에 대해서도 모양과 크기만 언급했을 뿐 자세히 적지 못했지요."

"음…, 그 비단을 저 사신들에게 주어 보낸다는 말이오?"

"그래요."

"하지만 그 기록을 읽을 줄 아는 사람이 없을 터인데."

"구와 만이에게 몇 가지 요령을 가르치면 가능할 수도 있어요. 워낙 오랫동안 우리 일을 도왔던 사람들이니 그림을 보고 글자들을 꿰어맞추면 충분히 가능할 거라고 여겨져요. 또 남은 며칠

동안 제가 그들이 이 기록을 차질없이 읽을 수 있도록 추가 설명을 보태려고 해요. 그 사이에 당신도 제가 모르는 부분에 대해서 구와 만이가 이해할 수 있도록, 하지만 다른 사람은 알 수 없도록 기록을 해주면 좋겠어요."

"그거 좋은 생각이오. 그런 연후에 구와 만이에게 우리 아이들에게 용출의 비법을 전수하도록 부탁합시다. 어찌 이리 좋은 생각을 떠올리셨소?"

"꿈을 꾸었습니다."

"꿈? 그거 참 현몽이구려. 이제야 길이 보이는 것 같소."

"그나저나 우리의 계획이 이 나라 사람들에게 알려지면 어쩌죠? 가만두지 않을 것 같은데."

"우리가 신라 왕에게 큰 선물을 받았으니 답례로 비단을 보내는 것으로 합시다. 그러면 큰 의심을 사지 않을 것이오."

이로부터 사흘 동안 연오와 세오는 비단의 기록을 추가하는 데 온 정성을 기울였다. 낮에는 본래 하던 일이 있으므로 밤에 주로 작업을 해야 했다. 세오의 기록을 넘겨보던 연오는 그녀의 꼼꼼하고 세심한 기록에 연신 혀를 내둘렀다. 그녀의 기록에 비하면 자신이 첨가할 내용은 그다지 많지 않았다. 벽돌 굽는 가마를 짓는 요령이나 소성의 온도 정도라면 구가 혼자서도 해낼 수 있을 터였다. 층마다 다른 벽돌의 크기며 쌓는 위치와 방향, 송풍구의 위치와 크기 등에 대해서만 세오의 기록에 몇 가지를 보충하면 충분할 듯했다.

구와 만이가 기록을 읽고 이해할 수 있도록 돕는 길잡이 글들은 세오가 별도의 비단에 따로 적었다. 그것도 구나 만이가 아니면 무슨 말인지 알 수 없는 내용이었다.

사신들이 떠나기로 한 전날 밤, 연오는 마지막 만찬을 베풀었다. 만찬이 끝날 무렵에는 사신단의 최고 책임자를 따로 내실로 불렀다.

"미안하외다. 누차 설명한 것처럼 나와 비는 여기에 일이 있으니 그대들과 같이 갈 수도 없고 멀리 배웅할 수도 없소."

사신의 얼굴에는 근심이 서려 있었다.

"저희가 빈손으로 돌아가면 왕과 비의 아들들이 무사하지 못할 것은 물론 저희의 목숨까지 어찌 될지 알 수가 없습니다."

사신의 목소리는 기어들 듯 작아져 있었다. 문밖에 엿듣고 있는 자가 있다는 걸 그도 알고 있었다. 반면에 연오의 목소리는 평소와 다름이 없었다.

"너무 걱정하지 마시오. 내가 신라 임금의 노여움을 풀어주기 위해 자그마한 선물을 준비했소. 아니, 내가 아니라 짐의 비가 준비한 것이오. 그것을 가져다가 왕께 바치되, 일월의 구와 만이를 그 자리에 불러서 조금만 나누어주면 고맙겠소."

"어떤 선물이기에 그러시는지요?"

"그것은 내일 날이 밝은 뒤에 만인 앞에서 밝힐 것이오. 약소하긴 하지만 신라의 임금께서도 달게 받아주실 것이라 믿소."

그렇게 짧은 대화를 마치고 사신은 자기 처소로 돌아갔다. 연오와 세오는 그들에게 들려 보낼 비단 궤짝을 밤새도록 다시 살펴보고 또 살펴보았다.

이튿날 날이 밝자 떠날 채비를 마친 사신들이 연오의 처소 앞으로 모여들었다. 세오와 아야코, 미우라와 다른 무리도 마당 한가득 모여들었다.

"이제까지의 환대에 감사드리옵니다."

사신의 태도는 엄숙하고 예의 바른 것이었다. 간밤에 연오가 전한 말에 조금은 안심을 하는 눈치이기도 했다. 사신의 인사에 연오가 내처 말했다.

"신라의 왕께서 짐에게 좋은 선물을 많이 보냈으니 짐도 답례를 하지 않을 수 없소. 짐의 비가 마침 신라에서는 구하기 어려운 비단을 여러 필 짜둔 게 있으니 이를 신라의 왕께 전해주시오."

이어 수하들을 시켜 궤짝을 내오게 했다. 여러 개의 궤짝이 마차에 실렸다.

"왕께서는 부디 강령하소서."

신라의 사신이 마지막 인사를 건넸다. 세오의 눈에는 어느새 방울방울 눈물이 맺히고 있었다.

"사신들께서는 돌아가거든 우리 부부가 여기 평생 머물 것임을 왕께 잘 아뢰어 주시오. 그리고 구와 만이를 불러 꼭 짐과 비의 안부를 전해주시오. 먼 길에 고생하실 듯하여 안타깝소."

연오는 짐짓 큰 목소리로 말했다. 자기 부부가 떠날 뜻이 없음을 대외적으로 선포하는 셈이었다. 그가 아들들 대신 구와 만이를 불러 안부를 전하라는 말에 신경을 쓰는 왜인들은 없었다.

이어 사신들의 행렬이 출발했고 부두에 닿자마자 배에 올랐다.

"날씨가 좋지 않으니 궤를 선창 가장 안쪽에 싣고 뚜껑을 잘 덮어라."

비단이 담긴 궤의 틈은 아교로 메웠다. 궤는 다섯 개나 되었다. 왜국의 병사들은 왕이 하사한 단순한 비단이려니 여기고 궤짝을 열어보지 않았다.

며칠에 걸쳐 열도의 내해를 통과한 배는 이내 동해로 접어들었다. 그렇게 다시 몇 날을 갔다. 하루는 사신이 갑판에서 별을 보고 있는데 별들이 비처럼 쏟아지더니 궤가 있는 선창으로 몰려들었다. 헛것을 보는가 싶고 꿈인지 생시인지 분간하기가 어려웠다. 그 모습이 마치 연오가 보여준 용광로의 불똥과도 같았다.

사방에서 바람이 번갈아 불었지만 항해는 비교적 순조로웠다. 다행히 큰 바람도 없고 큰 파도도 없었다.

일월의 불꽃

使人來奏, 依其言而祭之然後日月如舊.
사신이 돌아와서 아뢰고, 그 말대로 제사를 지내자
이후 일월이 전과 같이 되었다.

배가 일월만의 선착장에 닿자 사신 일행은 기다리고 있던 마차에 궤를 싣고 서라벌로 향했다.

"전하, 다녀왔사옵니다."

"……."

연오와 세오가 사신들과 함께 오지 않았다는 것을 이미 파악한 왕은 대꾸도 하지 않았다. 사신들이 궤짝을 들이자 왕은 더욱 의아하게 여기면서 물었다.

"이 궤짝은 무엇이냐?"

"비단이 담긴 궤이옵니다."

"두 사람을 데려오지 않고 겨우 비단만 들고 오면 무슨 소용이 있느냐?"

왕이 노하여 소리쳤다. 사신은 목을 움츠리고 그간의 일을 자세히 아뢰었다. 왕은 석연치 않았지만 궤 하나를 풀어서 비단 한 폭을 꺼내 보았다. 깨알 같은 글씨가 가득하였다. 더러 도표 같은 것도 있고 그림도 그려져 있었다. 왕은 자세를 고쳐 앉으며 혼잣말을 내뱉었다.

"이건 예사로운 비단이 아니구나!"

이어 사신의 말에 따라 구와 만을 궁궐로 불러들였다.

"이것이 있으면 일월의 정기를 되살릴 수 있겠느냐?"

구가 비단을 조심스럽게 펴보고는 깜짝 놀라며 왕께 아뢰었다.

"너무나 상세히 적어놓아 두 분이 마치 저희와 함께 계시는 것 같사옵니다."

구는 일월의 재건이 가능할 것이라 아뢰었다. 구의 말을 듣고 왜국에 다녀온 사신은 안도의 숨을 내쉬었다. 이어 왕은 곧바로 대신들을 불러 모았다.

"일월의 재건을 시작할까 하오."

대신들이 모이자 왕은 첫마디부터 단도직입으로 본론을 꺼냈다. 그러자 여기저기서 반론이 튀어나왔다.

"지금 백성들이 모두 궁핍을 면치 못하고 있사온데, 그런 대역사를 시작하면 죽어 나가는 자들이 더욱 많아질 것이옵니다."

"지금 우리 계림에 필요한 것은 쇠붙이가 아니라 곡식이요 가축입니다. 우선은 급한 불부터 꺼야 할 때지, 다른 불을 피울 때가 아니옵니다."

"사방에서 도적이 출몰하고 고구려와 백제의 변방 침입도 잦아지고 있습니다. 이러한 때에 국력을 다른 곳으로 돌리심은 매우 위험한 일이옵니다."

왕은 한동안 듣고만 있었다. 모두 맞는 말인 듯도 싶지만 모두 틀린 말이었다. 굶주리는 백성들을 먹여 살리기 위해서도 쇠는 필요하고, 도적이며 외적을 막아내기 위해서도 쇠는 필요했다. 문제는 쇠를 용출하기 위해서는 기술자 외에도 수많은 인력과 물자가 동원되어야 한다는 것이고, 위기상황에서 계림에 그런 여력이 있는가 하는 것이었다. 왕은 침묵 끝에 겨우 입을 열었다.

"경들의 말이 합당하오. 그러나 짐의 귀에는 아름답게 들리지를 않소. 서라벌과 계림을 이렇게 서로 갈라지게 만들고 싸우게 만든 게 누구요? 나와 경들 아니오. 생업에 종사해도 기근에 시달려 살아남기 어려운 백성들을 동원하여 고대광실 집을 짓고 연못을 파게 한 자들이 누구요? 나와 경들 아니오. 그러다가 마침내 백성들에게서는 더 이상 짜낼 고혈마저 없어졌고, 이제는 도적과 왜구의 노략질에도 방비할 힘마저 잃어버렸소. 만약 지금 고구려나 백제가 쳐들어온다면 이 나라가 어찌 되겠소? 계림이 무너지고 서라벌이 잿더미가 된 뒤에도 나와 그대들이 살 길이 있겠소?"

왕은 한동안 침묵을 지켰다. 아무도 나서는 자가 없자 왕이 다시 입을 열었다.

"경들에게 짐이 처음으로 명이 아니라 부탁을 하겠소. 계림을 살리고 서라벌을 지키기 위해서는 반드시 일월을 재건해야 하오. 그것도 가장 빠른 시일 안에 말이오. 그러니 제발 협조해주시오. 우리가 내쫓은 것이나 마찬가지인 연오와 세오는 바다 건너 왜국에서도 우리를 돕고 있소. 제발 부탁하겠소."

다시 한동안의 침묵이 이어졌다. 한참 만에야 아찬이 나서서 아뢰었다.

"전하, 참으로 황공하옵니다. 우리 대신들은 임금과 백성을 제대로 섬기지 못한 책임을 지고 목숨을 내놓아야 마땅할 줄로 아옵니다. 그런데도 성은으로 기회를 주신다면 일월의 재건에 남은 힘을 모두 보태는 것이 지당한 일이옵니다."

그제야 여기저기서 힘을 보태겠다는 자들이 다투어 나섰다.

이렇게 대신들과의 합의가 이루어지자 아달라왕은 즉시 계림 전체에 총동원령을 내려 용광로의 축조를 시작하였다. 일월의 재건이 본격적으로 시작된 것이다.

작업에 앞서 왕은 본래부터 일월에 있던 무리를 우선 격려할 필요가 있다고 여겼다. 연오와 세오가 없는 상황에서 용출을 성공시키려면 이들 경험자들의 도움이 무엇보다도 절실했다. 왕은 쓰러진 관사를 새로 지어주고, 사택도 고쳐주었다. 친히 일월에 들러 무리를 위로하기도 여러 번이었다. 그러다가 하루는 일월의 원로들과 무리의 우두머리에 대한 이야기가 화제로 떠올랐다. 이야기를 먼저 꺼낸 것은 왕이었다.

"일월의 우두머리는 오래 비워둘 수 없다. 짐은 연오의 장자를
오랑(烏郞)으로 삼는 게 어떨까 싶은데, 그대들의 의견은 어떤가?
혹시 이 무리만의 관습이나 비밀의 규칙이 있어서 다른 사람이
맡아야 한다면 짐도 그를 존중하겠다."

"연오의 장자가 오랑이 되는 것은 아무 문제가 없을 듯하오나,
아직은 나이가 너무 어려서……."

누군가 나서서 상의 나이 문제를 꺼냈다. 하지만 왕은 그의 의
견을 듣지 않았다.

"원로들이 도와주면 된다!"

그리하여 일월의 재건이 시작될 무렵 연오의 장자 상은 오랑이
되었다. 임금은 직접 옥새를 찍어 상을 오랑으로 임명했고, 오랑
이 된 상은 원로들과 함께 서라벌의 궁에서 왕께 충성을 서약했
다. 왕의 관심과 배려에 오랑의 무리는 크게 고무되었다.

오랑이 된 상이 원로들과 처음 결의한 것은 공사 자재를 훔치
는 자는 그 양의 과소를 막론하고 중형으로 다스리겠다는 것이
었다. 팔이 잘리고 다리가 잘리고 목이 달아나는 일이 없도록 하
라는 것이었다. 이제야 겨우 일월의 야철장을 재건하려는데 누
군가 도둑질을 하여 공사를 할 수 없게 된다면 그런 낭패가 어
디 있겠는가!

물론 도둑이 아니어도 공사가 순조롭게 진행되지만은 않았다.

닦은 터가 잘못되어 다시 닦아야 하는 일이 생기기도 하고, 쌓던 건물을 헐고 다시 지어야 하는 일도 생겼다. 다행히 모두가 열심히 하여 일월 구릉은 차차 옛 모습을 되찾아갔다. 세오의 비단에 적힌 대로 하나하나 공사가 진행되었다. 각 설비가 들어설 터전도 전보다 더 넓히거나 좁히는 등 조정이 많았다.

용광로의 위치가 제일 중요했는데, 이곳을 손바닥 보듯이 잘 아는 연오와 세오가 그린 그림이 있으니 걱정할 게 없었다. 그림은 우선 큰 형태부터 그려져 있었다. 용광로의 위치, 숯을 굽는 가마의 위치, 사철을 숯과 뭉치는 창고의 위치, 횟가루를 굽는 창고의 위치, 쇳물을 담는 형틀을 만드는 공방의 위치, 오랑이 거처할 관사의 위치, 마장과 일꾼들의 숙소 위치 등을 우선 큰 그림으로 보여주었다.

그런 위치와 관련된 그림 가운데 특히 눈길을 끄는 것은 일월 야철장의 중앙에 위치한 대형 연못이었다. 일월에 있는 본래의 연못은 그보다 훨씬 작은 못에 불과했는데, 세오가 그린 그림에는 대형 연못으로 묘사되어 있었던 것이다. 여러 사람이 그림을 보며 실제 지형과 맞추어 보았지만 연못의 의미를 알기가 어려웠다. 하지만 며칠이 지나지 않아 연못과 관련된 의문이 쉽게 해소되었다. 새로운 구릉의 모든 설비를 완성하려면 막대한 양의 고령토가 필요했는데, 그 연못의 위치가 바로 고령토가 나는 곳이었던 것이다. 흙을 파내어 벽돌을 만들고 나면 그 자리는 저절로 큰 못이 될 터였다. 그만큼 세오의 그림은 정확하고 정밀했다. 게

다가 그렇게 형성된 연못의 물을 어떻게 활용할 수 있는지까지 소상히 설계에 반영되어 있었다.

그런 대강의 그림에 이어 하나하나 세부적인 상세도가 실려 있는데, 참으로 기막힐 정도로 세밀하였다. 설비를 쌓아가는 벽돌 크기와 성분은 물론이고 어느 지점에서 다른 설비와 이어지는 부속품이 필요한지도 모두 적혀 있었다. 뿐만 아니라 그 설비의 모양과 재질은 물론이고 이의 제작에 필요한 연장과 조립방법, 가설재의 구성까지 세세하게 그려져 있었다. 미처 상세도를 그리지 못한 부분에는 자세한 설명이 첨가되어 있었다. 큰 그림에 천지현황 순으로 부호를 붙이고, 상세도에 다시 일이삼사로 세부 분류를 매겨 그림이 흩어져도 찾을 수 있게 되어 있었다. 설비에 필요한 토관을 만드는 데도 어떤 흙을 어떠한 비례로 섞어 가마에서 얼마나 소성시켜 만들라는 내용까지 적혀 있었다. 이음새에 필요한 재료는 무엇이어야 하는지, 돌은 어떠한 것이 불을 먹어도 깨어지지 않는지 모두 적혀 있었다. 세오의 비단은 요술 두루마리처럼 펴도 펴도 끝이 없었다. 이제까지 쓰지 않던 수식도 나열하며 크기에 따라 한 변만 적으면 다른 변의 크기를 알 수 있는 공식도 적혀 있었다.

용출에 관한 것은 더욱 자상하였다. 사철과 회의 배합, 소나무 숯의 적절한 배합 비율은 물론이고 어떠한 순서와 배열로 쌓은 후에 불을 붙여야 하는지와 고온을 얻기 위한 다양한 방법들이 고스란히 적혀 있었다. 피어오르는 불길을 보고 얼마의 온도에 이르렀는지 판단하는 방법에 대해서도 붉은 글씨로 상세한 설명이 달려 있었다. 어려운 기술이지만 차근차근 다가가면 알 수 있게 적혀 있었고, 그 순서뿐만 아니라 그렇게 되는 이유까지 적혀 있었다.

이런 세오의 비단을 토대로 일월의 무리는 본격적인 용광로 설비에 들어갔다. 그러나 설명이 아무리 자세해도 처음 해보는 일이라 아무래도 쉽지만은 않았다. 특히 풀무의 제작이 어려웠다. 용광로의 크기가 전과 달라 풀무의 크기도 엄청 커졌는데 제작 방법과 작동방법이 옛것과 달랐다. 만들긴 했는데 바람이 나오지 않았다. 다시 만들어 보아도 바람이 세게 나오지는 않았다. 야철장의 제일 핵심 시설은 용광로이다. 그 용광로 중에 가장 중요한 것이 풀무다. 이 부분이 해결되지 않으면 다른 설비가 완성되어도 소용이 없었다. 아무래도 연오를 만나 물어야 했다. 그러려면 왜국에 다녀와야 하는데 왕의 허락이 있어야 했다. 보고를 받은 아달라왕은 풀무장 만이가 왜국에 다녀오는 것을 허락했다.

"전하, 그동안 강녕하셨습니까?"
"오 만이, 어서 오게."
만이가 왔다고 하자 세오도 달려왔다.
"안녕하시었소?"
세오는 만을 보자 반가워 어쩔 줄을 몰랐다.
"새로운 풀무의 제작을 배우러 왔습니다."

"그래, 그것은 걱정하지 말게. 내 모든 것을 일러주지. 그나저나 비단에 적은 내 설명이 부족한 탓에 만이 자네가 애를 먹었겠군, 미안하네."

연오가 그렇게 만이를 위로하는 동안 세오가 대화에 끼어들었다.

"그건 그렇고, 우리 아이들은 요즘 어찌 지내고 있소?"

만이가 지체하지 않고 대답했다.

"기쁜 소식이 있습니다."

"무슨 소식이오?"

"상 도련님께서 오랑이 되셨습니다. 왕께서 직접 임명하셨습니다."

"그래요?"

"정말 고마운 일이군."

연오와 세오는 아들이 일월의 우두머리가 되었다는 소식에 너무나 기뻤다. 얼마 전까지 생존을 걱정하던 아이였다.

이튿날, 연오는 만이를 데리고 바로 풀무 있는 곳으로 갔다.

"새로운 용광로의 핵심은 풀무의 작동에 있다네."

구릉에 올라 아래를 내려다본 만이는 연오와 세오가 이룩해 놓은 거대한 설비에 우선 놀랐다. 모든 것이 놀랍지만 풀무가 특히 놀라웠다. 용광로의 허리께에 뚫린 구멍으로 연결된 토관으로 많은 양의 공기를 세차게 불어 넣기 위해 풀무 축에 굵은 동아줄을 연결하고, 양쪽에서 여러 명이 줄을 당기고 있었다. 가운데 편장이 가락을 하며 무리를 지휘하고 있었다. 한쪽에서 당겼다가 다른 쪽에서 당겼다가 하면서 거대한 풀무를 돌리고 있었다. 만은 무릎을 쳤다.

'바로 저것이구나! 내가 몰랐던 것이!'

수수께끼의 해답은 줄다리기였다. 줄을 당기다 지친 자가 생기면 자연스럽게 교대를 하였다. 용출을 하려면 이틀이고 사흘이고 줄을 당겨야 하고 용광로에 불을 피우는 한 줄다리기는 쉴 수 없는 것이었다.

만이 왜국에 다녀온 지 얼마 지나지 않아 일월의 용광로에도 불이 지펴졌다. 왕이 긴 작대기에 단 횃불을 용광로 구멍의 관솔에 댕기자 송진이 엉킨 관솔은 숯에 불을 옮겼다. 모두가 숨죽여 지켜보았다. 이어 용광로에 바람을 불어넣기 시작했다.

용광로의 크기가 예전과 달리 커지자 바람을 불어넣는 풀무의 크기도 커졌고, 풀무를 돌리는 방법도 달라졌다. 풀무의 양 끝을 굵은 동아줄로 이어서 양쪽에서 여러 사람들이 이리 당겼다 저리 당겼다 하는 방식이었다.

"어여차!"

한쪽에서 힘을 주면 다른 한쪽에서 줄을 풀었다.

"어여차!"

이번에는 다른 한쪽에서 힘을 주었다. 풀무의 부레가 커졌다 작아졌다 하며 센 바람을 용광로로 밀어 넣고 있었다. 편장은 두 편의 힘을 조절하며 바람을 불어넣게 했다. 여러 장정들이 대기하고 있다가 앞 조가 지치면 다음 조가 나섰다. 왕은 불을 댕긴 후 일월의 본부 막사에 올라앉아 피어오르는 불꽃을 이틀 밤낮으로 지켜보았다. 밤이 되니 용광로에서 튕기는 불똥이 성군(星群)을 이루었다. 그렇게 이틀이 지나자 불의 세기가 극에 달했다. 용광로 안에서 일어나는 일을 아무도 짐작하지 못했지만, 세오가 적어 보낸 비단에는 언제 어느 시기에 용탕의 끓음이 극에 달하니 그 순간에 구멍을 뚫으라고 정확히 적혀 있었다. 그녀가 적어놓은 시각에 용광로의 밑구멍에 구멍을 뚫으니 용탕에 고여 있던 쇳물이 용출되었다. 달빛을 띤 쇳물을 준비한 주형에 받아 왕에게 가져가자 왕이 이를 보고 환호했다.

"쇠오! 쇠오! 쇠오!"

왕이 이렇게 외치자 모두가 따라 했다.

"쇠오! 쇠오! 쇠오!"

신하와 오랑우들이 모두 함께 왕을 따라 환호했다. 용출이 일어났다. 달빛을 띤 쇳물이 쏟아져 내리기 시작했다. 일자가 왕에게 보인 첫 쇳물을 제단으로 가져가자 왕이 제단에 올랐다. 왕은 이를 하늘에 고하고 신라의 백성들을 보살펴주신 하늘에 감사의 제사를 올렸다.

그렇게 다시 용출되기 시작한 무쇠는 전보다 질이 더 좋아 보였다. 이후에도 불꽃은 밤낮없이 타올랐다. 무쇠는 말 등에 실려 토함산을 돌아 서라벌의 궁으로 갔다. 궁에 간 무쇠는 각 지역의 대장간으로 보내졌다. 서라벌을 비롯하여 전국에서 쇠 벼리는 소리가 다시 울려 퍼졌다.

　오래지 않아 온 나라에 스민 가난이 씻기고 풍요가 찾아오기 시작했다. 몇 년이 지나자 언제 가난이 있었는지 모를 정도로 나라의 모습이 변모되었다. 일월에는 돌아온 무리뿐 아니라 새로이 많은 사람들이 살러 모여들었다. 일월에서 일하는 사람만 삼백이 넘었고 딸린 식구며 장사치들을 합하면 구릉 주변 여기저기 모여 사는 사람의 수가 이천도 넘었다.

귀비고

藏其綃於御庫爲國寶 名其庫爲貴妃庫.

祭天所名迎日縣, 又都祈野.

그 비단은 임금의 창고에 감추어 보관하고 국보로 삼았으며,

그 창고의 이름을 귀비고라 하였다.

하늘에 제사를 지낸 곳은 영일현, 또는 도기야라고 이름하였다.

"이 비단은 나라의 보배요. 어고를 지어 보관함이 마땅할 것이오."

용출이 있고 얼마 지나지 않아 왕은 대신 몇 사람과 일월의 원로들을 불러놓고 회의를 열었다. 회의 첫머리에서 왕은 세오의 비단을 국보로 삼고 어고를 지어 보관하자고 제안했다. 국보로 삼고 어고에 보관한다는 것은 나라에서 창고를 지음은 물론이고 군사를 상주시켜 지키게 한다는 의미였다. 아무도 반대할 사람이 없었다.

"어디에 어떤 어고를 지으면 좋을지 안을 내보시오."

왕이 말하자 몇 사람이 차례로 나서서 의견을 냈다.

"어고라면 당연히 궐 안에 있어야 할 것이옵니다."

"국보이긴 하나 일월에서는 더러 이 비단을 펼쳐보지 않을 수 없을 것이온데, 일월에서 가까운 곳에 지어야 하옵니다."

"도적의 침탈을 막기 위해서는 부득이 접근이 어려운 깊은 산중에 지어야 할 것이옵니다."

왕은 대신들의 의견에 연이어 고개를 끄덕였다. 모두 그럴듯하다는 의미였다. 그때 오랑이 되었으나 아직 약관도 되지 않은 상이 나섰다.

"비단으로 된 국보이니 도적의 침탈보다 화마의 습격이 더욱 염려되옵니다. 물 가운데 두심이 어떤지요?"

"물 가운데라고 하였느냐?"

모두의 시선이 오랑 상에게 쏠린 가운데 왕이 재차 물었다.

"일월지 한가운데 어고를 세우고 그 안에 보관하는 것은 어떨는지요?"

이번에는 왕이 크게 고개를 끄덕였다.

"그거 참 좋은 생각이다."

일월지(日月池)는 본래 조그만 연못이었는데 일월을 재건하면서 이곳의 흙을 파서 벽돌을 만들다 보니 큰 못이 되어 있었다. 못을 가로지르는 다리를 놓고 못 가운데 누각을 짓고 창고를 만든다면 퍽 특이하면서도 실용적인 어고가 될 것이었다. 도둑의 방비가 쉬운 것은 물론 화마에서도 가장 안전한 창고가 될 터였다.

"그래, 그럼 그 어고의 이름은 무어라 함이 좋을꼬?"

"저희 어미이자 왜국의 귀비께서 보내신 것이니 귀비고(貴妃庫)라 함이 어떨지요."

"그래, 참 좋은 이름이구나."

이리하여 일월지 한가운데 정자 모양의 창고가 지어졌다. 나무로 다리를 놓으니 다니기도 좋았다. 얼핏 보기에는 풍류를 즐기기 위한 정자처럼도 보였다. 다른 사람들은 거기에 무엇이 보관되어 있는지 알지 못했다. 그런데도 밤낮으로 병졸들이 지켰다.

며칠 후에는 일월에 다시 왕의 특명이 떨어졌다. 무쇠를 생산하는 곳이자 국보를 보관하는 어고가 있는 곳을 다른 지역과 같이 대우할 수 없으므로 왕의 직할 통치구역으로 삼는다는 명령이었다. 이에 따라 고을의 이름도 바뀌었다. 새로 생긴 이름은 영일현, 되찾은 해를 맞이하여 걸어둔 곳이라는 의미였다. 이때부터 일월만도 영일만으로 불리게 되었다. 영일만 주변의 빈 땅들에 제철 관련 시설이 들어서고 사람들이 모여 살게 되면서 전에 없던 지명들도 생겨났다. 오천, 도구, 일월, 광명, 세계, 금광, 중명, 금오 같은 지명들이다. 모두 쇠, 혹은 제철과 관련된 지명들임을 지명 자체에서 충분히 미루어 짐작할 수 있다.

제철이 국가적 관심사가 되고 일월, 아니 영일이 왕의 직할 통치지역이 되면서 자연스럽게 많은 변화가 일어났다. 가장 큰 변화는 일월에서 용출된 무쇠로 생철을 만드는 공장이 야철장 인근에 하나둘씩 늘어가는 것이었다. 무쇠를 가지고 대장장이들이 벼려 생철을 만드는 공장이 여러 개 생기다 보니, 각기 만들어내는 생철의 질이 조금씩 달랐다. 그들 중에는 무쇠를 다시 녹인 뒤 무언가를 첨가하면 금방 무쇠가 강철로 변한다는 것을 알아낸 자도 있었다. 이로써 무한 반복으로 두들겨야만 만들 수 있던 강철을 더 쉽게 만들 수 있게 되었다. 왕이 그 소식을 듣고 직접 보러 오기도 했다. 그렇게 만들어진 강쇠는 이전의 그것보다 더욱 강하여 왕의 도구, 즉 무기를 만드는 데 더없이 좋았다.

하루는 아달라왕의 명으로 일월의 야철장에서 이상한 작업이 진행되기도 했다. 한창 열기를 품고 있는 용광로를, 그 옆의 짐 나르는 토대에 올라간 인부들이 찬물을 뿌려 재빨리 식혔다. 용출을 앞둔 용광로에 이렇게 찬물을 뿌려 식히는 것은 있을 수 없는 일이었다. 용출이 멈출 뿐만 아니라 용광로 자체를 못 쓰게 되기 때문이다. 용광로 하나를 다시 지으려면 엄청난 인력과 재물이 필요했다. 하지만 일꾼들은 왕의 명령이니 따르지 않을 수 없었다. 무언가 자기들이 짐작하지 못하는 계획이 있으려니 하고 생각할 뿐이었다. 뜨거워진 용광로 외벽에 계속해서 찬물을 뿌리자 수증기가 엄청나게 피어올랐고 이내 용광로가 식기 시작했다. 그러자 왕은 식은 용광로를 밖에서부터 차례로 뜯어내게 했다. 어차피 버린 로이니 뜯어내는 것도 이치에 맞았다. 하지만 용광로의 외벽을 이루는 내화벽돌을 차례로 뜯어내는 작업도 만만한 것은 아니었다. 작업이 서서히 진행되자 마침내 로 안의 형상이 나타났다.

붓을 든 화상이 몇 날에 걸쳐 로 안의 형상을 정교하게 그렸다. 껍질을 벗긴 용광로, 용출 직전에 멈춘 로 안의 모습은 짐작과는 많이 달랐다. 그제야 사람들은 왕이 왜 다 된 밥에 재를 뿌렸는지 이해할 수 있었다. 화상이 그린 그림은 용광로 안에서 가장 불길이 셀 때 어떠한 모습으로 철광과 연료가 엉키고 그 변화의 과정이 어떠한가를 보여주는 것이었다.

그런데 그림을 본 자들 가운데 이 그림이 얼마 전 중원에서 신라에 처음 들어온, 신선들이 산다는 수미산의 형상과 너무나 닮아 있다고 말하는 자들이 있었다. 두 그림을 모두 보지 않은 자들은 믿지 않았지만, 왕은 로 안의 형상을 그린 그림과 수미산을 그린 그림이 서로 다르지 않을 것을 짐작하고 있었다. 중원에서 흘러들어온 수미산 형상도는 중원의 일자들이 용광로 안의 모습을 보고 그린 것임에 분명하다고 왕은 믿었다. 그에게 수미산 그림은 단순한 상상의 그림이 아니었던 것이다.

로 안의 상황을 그린 그림을 바라보던 왕은 왜국의 연오에게 몰래 사람을 보내어, 자기가 했던 것과 똑같은 작업을 해보도록 부탁했다. 연통을 받은 연오가 뜨거워진 로를 급히 식히고 해체하면서 그 안의 상황을 그림으로 그리게 했다. 신라의 사신이 들고 온 그림과 비교해보니 거의 차이가 없었다. 연오는 왜에서 그린 용광로 안의 형상을 다시 똑같이 그리게 하여 신라 사신에게 들려 보냈다. 신라 왕도 연오의 그림을 받아 보았고, 이로써 용광로 안의 변화가 신의 도우심 덕분이 아니라 원료와 불의 정확한 활용에 의해 결정되는 것임을 믿어 의심치 않게 되었다. 그러나 그것은 확실히 신의 섭리가 아니고는 설명하기 어려운 것이었고, 그만큼 복잡하고 정교한 것이었다. 중원의 무리들이 야철 작업에 신선이며 온갖 다른 신들의 이름을 붙인 것은 결코 우연이 아니었다. 여러 종교와 신은 불, 용광로의 그 거대하고 뜨거운 불길 속에서 태어나고 있었던 것이다. 그것이 신선이든 불사조 피닉스든 말이다.

이런 일이 있은 후, 신라의 제철공업은 놀랍게 발전했다. 딱딱한 무쇠에 무언가를 혼합하자 쇠의 성질이 연해졌다. 잘 펴지고 잘 휘어져 얇은 철판을 만들 수도 있고 철사까지 만들 수 있었다. 나무로 만든 바퀴에 철판을 씌우니 수레는 더 많은 짐을 싣고도 더 빠르게 달릴 수 있었다. 여러 가지 연장이 무쇠나 생철로 만들어지면서 모든 것이 급격하게 변해 갔다.

그런 변화 중에는 사람들이 쇠와 관련된 것이라고 알아차리기 어려운 것도 있었다. 예컨대 일월 용광로의 불길이 다시 피어나고부터 그 앞바다에 미역 풍년이 들었다. 미역을 비롯한 해초가 많이 자라자 작은 고기떼들이 몰려오고, 작은 고기떼들이 몰려오자 큰 고기들도 모여들었다. 고래도 많아졌다. 해초는 전복의 먹이이니 자연 전복이 많이 자랐다. 어업을 담당한 관리가 바닷가 노인들의 말을 듣고 왕에게 '용광로의 작업 과정에서 버려지는 쇠똥성분이 바다로 흘러 그렇다'고 아뢰었다. 소문을 들은 농

부들이 야철장에서 쇠똥을 얻어다가 밭에 뿌렸다. 그러자 채소에
단맛이 더 나기 시작했다. 일월 인근에서 자란 시금치는 잎이 두
껍고 단맛이 많이 나서 서라벌 사람들이 가장 좋아했다.

아달라왕은 철의 생산뿐만 아니라 금과 은의 채굴에도 소홀하
지 않았다. 특히 연(鉛)의 채굴을 살폈는데, 연은 채굴만 하면 약
한 불에도 잘 녹아 가공이 쉬웠다. 연은 민가에서 납이라 불렸는
데, 바다를 접한 신라에서는 상당히 유용한 광물이었다. 이 납은
가공이 쉬워 고기잡이 그물의 추로 사용되었는데, 그물의 끝이
빨리 가라앉아 많은 고기가 쉽게 잡혔다.

동(구리)은 이미 오래전부터 생산하던 광물이었다. 동은 금과도
섞이고 아연과도 섞이는데, 합금이 되면 단단한 성질로 변했다.
그래서 그릇이나 연장, 수레바퀴의 축에도 쓰였다.

이처럼 아달라왕의 광산 경영이 활발해지면서 신라는 전에 없
던 부를 다시 쌓기 시작했다. 농업과 어업 생산량이 크게 늘고, 산
간벽지와 바닷가 오지가 개간되었으며, 대장간과 우마차 수리점
등의 공업이 발전하였다. 당연히 금은의 세공 기술이 촉진되고,
새로운 철제 신무기들도 속속 만들어졌다. 새로운 집들이 들어서
고 도로가 정비되었으며 여기저기 다리가 놓였다. 새로운 신라가
탄생하기 시작한 것이다.

일월사당

한편, 아야코에게서 태어난 아이가 성장하자 왜왕들 사이에서는 이제 연오를 폐하고 새로운 왕을 세우자는 움직임이 나타나기 시작했다. 이러한 움직임은 신라에 다녀온 첩자들이 일월의 재건을 알려오면서 더욱 본격화되었다. 그러다가 연오와 세오가 신라의 왕과 몰래 내통하고 있다는 소문까지 퍼지자 왕을 바꾸자는 성화가 아야코에게 빗발쳤다. 아야코는 이런 청을 단박에 묵살했다.

왜왕들은 연오와 세오 밑에서 일하는 일자들을 시켜 신라에 보낸 비단의 그것과 흡사한 기록을 몰래 만들도록 했다. 한 필의 기록이 넘어오면 그들은 몇 필의 비단을 똑같이 복제했다. 이를 사방에 흩어 보낸 뒤 각지에 노마미사키와 같은 형태의 새로운 야철장을 건설하게 했다. 연오와 세오는 물론 아야코도 몰랐다. 대신 미우라가 이들과 한패가 되어 연오와 세오에게서 정보를 캐내고 각지의 건설 상황을 감독했다.

그러는 중에 아야코와 연오 사이에서 둘째 아들이 태어났다. 왜왕들은 이 틈을 놓치지 않았다.

"후계자를 정해야 하옵니다."

왜왕들은 연오의 후계자에 대해 거론했다.

"아직 왕이 건재하신데, 무슨 그런 불충한 말이오?"

누군가 나서서 말리는 시늉을 했다.

"신라에서도 오랑이 다시 정해졌다고 하오."

"그 일과 아국의 일이 무슨 상관이 있소?"

"왜 상관이 없소이까?"

왕들은 서로 다투었다. 연오는 난감하였지만 그들의 논쟁에 끼어들고 싶지 않았다.

"아직은 그 일을 논하지 마시오."

아야코가 왜왕들에게 일렀다. 그런데 세오가 나서서 말했다.

"왕들의 말이 맞소. 후계자를 정함이 옳을 줄 아오."

노마미사키의 후계자라면 아야코의 소생밖에 없었다. 그렇게 되면 종래의 왕녀인 아야코의 입지가 더욱 강화될 것이 당연했다. 연오의 입장에서 그건 나쁜 일이 아니었다. 세오 또한 권력의 소용돌이에서 벗어나고 싶었다. 그럴 수만 있다면 모든 것을 털고 신라로 돌아가고 싶었다.

그 무렵, 가야에서 쪽배를 탄 여인 일행이 험한 바다를 건너 왜국으로 왔다. 그들은 신물을 만들 줄 안다고 했다. 실제로 가야 왕을 도와 무쇠를 만들던 여인들이었다. 가야에서는 왕이 죽으면 왕을 돕던 여인들도 함께 묻었는데, 이는 제철기술이 새어나가지 못하게 하는 방책 가운데 하나였다. 모시던 왕이 병석에 눕자 다급해진 여인들은 살아남을 길을 찾았다.

몰래 묻어두었던 무쇠를 내어주고 배와 사람을 샀다. 왕이 숨을 몰아쉬는 것을 보고는 궁을 빠져나와 배에 탔다. 처음엔 신라로 가려고 했다. 그런데 점쟁이가 신라는 제철에서 아쉬울 것이 없고, 따라서 가야와 분쟁을 일으킬 수도 있는 이 여인들을 받아주지 않을 것이라고 일러주었다. 여인들은 하는 수 없이 왜국으로 방향을 돌렸다.

왜국의 해안을 지키는 관리가 여인들의 도래를 상부에 보고했고, 왕실에서는 이 여인들의 도래를 비밀에 부쳤다. 제철을 주관하는 왕인 연오에게 보내는 대신 북쪽으로 보냈다. 연오와 세오몰래 왜인들이 만들고 있던 또 다른 노마미사키 가운데 한 곳이었다. 그녀들은 돌로 탑을 쌓아 신라의 그것과는 다른 용광로를 만들었다. 그 안에 연료와 사철을 넣고 풀무질을 하자 적은 양이지만 쉽게 무쇠가 용출되었다.

얼마 후, 왜왕들의 의도대로 아야코의 큰아들이 연오를 이을 후계자로 봉해졌다. 그리고 다시 얼마 지나지 않아 연오는 상왕으로 물러나고 아야코의 아들이 왕의 자리를 계승했다. 왕의 어미인 아야코는 대비가 되었으나 세오는 여전히 귀비로만 불렸다. 이어 귀비궁 하인의 수가 줄었다. 새로운 왕은 연오와 세오를 찾지 않았고, 귀비궁에 더러 들르던 아야코도 점점 발길이 뜸해졌다. 그러더니 어느 날인가는 연오가 북쪽으로 옮겨가게 되리라는 말이 돌았다. 노마미사키보다 더 질 좋은 사철과 더 우거진 산림이 있는 지역이 새로 발견되었다고 했다. 하지만 용광로를 짓는 일은 이미 연오의 손을 떠난 지 오래였다. 용출 일도 세오의 손을 떠나 있었다.

그래도 왜왕들 중에 연오와 세오의 편에 선 자들이 몇 되었다. 이들은 불모의 땅에 제철기술을 전해준 이들을 박대하면 재앙이 오리라고 믿었다. 그러나 대부분의 왜인들에게 연오와 세오는 이미 지나간 세월일 뿐이었다. 그들은 새로운 권력과 부를 좇아 아야코와 신왕의 밑으로 불나방처럼 모여들었다.

신왕은 세오를 따르는 자들을 몰아내고 자기들 편에 선 자들만 영주로 삼았다. 어느 날인가는 세오의 귀비궁에 수십 마리의 고양이가 밤중에 들이닥쳐 쥐를 쫓기 시작했다. 놀란 생쥐들이 세오의 침실로 도망을 오자 고양이들이 침실까지 쫓아와 쥐를 잡았다. 귀비궁이 난장판이 되고 노마미사키 전체가 난데없는 홍역을 치른 후, 무사들이 들이닥쳐 세오에게 말했다.

"귀비께서는 내일부터 다른 곳에 가서 지내셔야겠습니다."

그들은 세오에게 귀비궁을 비우라 했다.

"왕녀이자 대비이신 아야코님의 배려로 목숨을 부지하신 줄 아셔야 합니다."

세오는 급히 연오를 찾았지만 이미 북쪽으로 떠난 뒤였다. 어쩔 수 없이 그들을 따라 배를 타고 외딴섬에 있는 한 신사로 갔다. 그러나 말이 신사지 아무것도 없었다. 어딘지도 알 수 없었다. 전혀 예상치 못한 일은 아니었다. 세오는 곧 체념했다. 신라로 돌아가고 싶었지만 이미 그럴 수 없는 몸이었다. 얼마 가지 않아 세오가 죽었다. 어떻게, 왜 죽었는지 알려지지 않았다. 그저 귀비가 죽었다고만 했다.

세오가 죽은 후에 거처하던 낡은 신사를 허물로 새 신사를 지었다. 신사가 지어지자 아야코의 아들인 신왕이 와서 참배했다. 아야코는 오지 않았다. 연오도 오지 않았다. 풍문에는 연오가 이미 늙고 병들어 사람을 알아보지 못한다고 했다.

세오가 죽자 왜국의 전역에 전염병이 돌았는데, 세오를 모신 신사에 가서 참배하면 병에 걸리지 않는다고 했다. 사람들이 이름 없는 작은 섬의 신사로 몰려들어 세오의 목상 앞에 간절히 빌었다.

세오가 죽은 후, 왜국의 여인 하나가 일월의 야철장으로 오랑인 상을 찾아왔다. 몰개울의 주막집 주모이자 노마미사키에서 내내 세오를 모시던 여인이었다. 그녀는 상에게 편지 두 통을 내밀었다. 하나는 아들 상에게 보낸 것이고, 다른 하나는 아달라왕에게 보내는 것이었다. 세오는 아들에게 보내는 편지에 이렇게 적었다.

"상아 보아라. 나는 너를 두고 바다를 건넌 죄 많은 어미란다. 사람들은 지아비를 찾아간 열부라고 하지만 나는 욕심 때문에 바다를 건넜단다. 일을 하고 싶다는 핑계로, 지아비를 빼앗기지 않으려고, 바다를 건넜단다. 왜국에 오니 부와 권력이 눈앞에 있었단다. 무쇠 용출에 항상 따라다니는 것들이지. 지금 와서 이 자들의 배신을 탓한들 무엇 하겠느냐. 그들은 나의 용출 기술을 훔치기 위해서 나를 귀비로 추앙했단다. 이제 그들은 내게서 모든 것을 앗아가고 나를 외딴 섬에 가두었다. 너희 아버지의 소식 또한 끊긴 지 오래란다. 너무 외롭고 무섭구나. 그들은 필시 나의 목숨까지 노릴 것이다. 그것은 내가 신라 사람이기 때문이란다. 그러니 아들아, 너는 어떤 일이 있어도 신라를 떠나지 말거라. 죽을 일이 있으면 신라에서 죽거라. 어미의 전철을 밟지 말아라. 보고 싶구나, 너무나 보고 싶구나. 부디 어미의 말을 명심하거라.”

상은 어미의 편지를 읽으며 몇 번이고 읽기를 멈추고 눈물을 훔쳤다. 다 읽고 나자 통곡이 쏟아졌다. 상은 다른 한 통의 편지를 들고 서라벌로 가서 왕을 만났다. 무엇이 적혔는지 왕의 눈가에도 이슬이 어렸다. 읽기를 마친 왕이 상에게 말했다.

“시신은 없으나 마땅히 사당을 지어야 할 것이다.”

얼마 후, 연오가 죽었다는 소식이 바다를 건너왔다. 아들 상은 사당을 지어 두 사람을 모셨다. 이름을 ‘일월사당’이라 했다.

제3부
쑥과 마늘

갈림길

현오가 연오랑세오녀 이야기를 정리하느라 비지땀을 흘리고 있는 사이에 연구소에서도 적지 않은 일들이 일어났다. 우선 해외 동향 분석을 담당한 팀의 연구원들이 두셋씩 짝을 지어 직접 해외로 나갔다. 일본에서 공부한 연구원은 일본으로 가고, 호주 제철소의 고로담당 책임자와 하버드에서 같이 공부한 적이 있는 연구원은 호주로 가는 식으로 팀을 짜서 내보냈다. 이미나 박사가 지휘하는 이론팀에는 다시 화성공정과 소결공정의 새로운 이론을 탐색할 팀이 보강되었다. 팀 아래에 다시 팀이 생기는 응급조치가 계속되면서 테스크포스 조직의 전체적인 규모도 이미 50명에 육박하고 있었다. 아직 이름도 정해지지 않은 신기술 개발에 이렇게 많은 연구원이 투입되는 것은 창사 이래 처음이었다. 이제는 소장이 팀의 구성이나 연구내용을 일일이 점검하기도 어려울 지경이 되었다. 팀원들 가운데는 서로 이름조차 모르는 사람도 있었고, 현오의 존재나 그가 맡은 연구의 내용을 아는 사람도 극소수에 불과하게 되었다. 소장이 열흘 동안이나 한 번도 현오를 따로 부르지 않은 것도 그런 사정과 관련이 있을 터였다.

아무도 그가 어디서 무얼 하는지 이제는 관심조차 두지 않았다.

그래도 현오는 11월 두 번째 토요일의 팀장회의에 참석했다. 팀장 이름을 단 연구원들만 열 명이나 되었기 때문에 회의는 소장실이 아니라 소회의실에서 진행되었다. 회의는 팀장들이 순서대로 지난 1주일 동안의 진척 상황과 다음 주의 계획을 발표하는 식으로 진행되었는데, 여전히 팀의 구성이나 운용계획이 주로 논의되었다. 아직도 구체적인 연구의 방향이 잡히지 않고 있다는 얘기였다.

"저는 따로 보고드릴 내용은 없습니다. 소장님께 이 노트를 제출하는 것으로 갈음하겠습니다."

마지막으로 자기 차례가 돌아왔을 때 현오는 테이블 위에 꺼내두었던 노트를 소장 쪽으로 밀어주며 그렇게만 말했다.

"이게 그 소설이군요."

소장이 질문인지 대답인지 알기 어려운 투로 물었다. 갑자기 소설이라는 단어가 튀어나오자 좌중이 술렁이기 시작했다. 다들 그게 무슨 뜻의 단어인지 모르겠다는 표정들이었다.

"소설이라니요?"

소장 곁에 앉아있던 팀장 한 명이 현오가 아니라 소장을 바라보며 물었다.

"모르시는 분도 있을 텐데, 김현오 박사가 우리 고대 제철기술에 관한 연구를 진행하고 있어요. 거기서 우리가 진행할 신기술 개발의 방향에 대한 힌트나 아이디어를 얻어보자는 생각으로 제가 지시한 연굽니다. 그런데 다들 짐작하겠지만 우리 옛 문헌에서 제철기술 관련 자료를 찾아낸다는 게 현실적으로 쉽지 않지요. 그런데 우리 김현오 박사는 제철이나 철이라는 단어가 없어도, 사실은 제철과 관련된 기록들이 상당히 많다고 합니다. 그중 하나가 대표적으로 연오랑세오녀 이야기예요. 일본으로 건너간, 아니 잡혀간 신라 부부의 이야기인 건 다들 아실 겁니다. 그런데 김 박사는 이 부부 이야기가 사실은 신라의 제철기술이 일본에 전해지는 과정을 보여주는 사실적 기록이라는 겁니다. 철이라는 글자는 한 번도 나오지 않지만 연오랑세오녀가 제철 기술자고, 이들을 통해 신라의 제철기술이 일본에 전해졌다는 것이지요. 내가 증거를 대라고 재촉했어요. 그랬더니 지금 그 증거를 가지고 온 겁니다. 하지만 다들 짐작할 수 있는 것처럼 그런 증거가 있을 리 없죠. 그래서 김 박사가 찾아낸 방법이 소설로 재창작하는 거였어요. 눈 밝은 사람이라면 연오랑세오녀 이야기가 제철기술의 도일에 관한 사실적 기록이란 걸 알 테고, 어리석은 사람이라면 여전히 믿지 않을 테지만, 그래도 그렇게라도 증명하고 싶었던 것이지요. 김 박사, 내 설명이 맞아요?"

그러면서 소장은 현오를 건너다보았다.

"네, 뭐, 대강, 그런 거 같습니다."

사실 소장의 설명은 현오 자신조차 하기 어려운 것이었다. 하루미의 설명을 듣고 연오랑세오녀 이야기가 제철기술과 관련된 이야기라는 생각을 굳히게 된 것도 사실이고, 그걸 학문적으로

나 과학적으로 설명할 수 없으니 소설로 써보자고 생각한 것도 사실이었다. 하지만 소장의 말처럼 그것이 누군가에게는 확신을 주는 설득력 있는 문장이 되리라고는 현오도 미처 생각하지 못하고 있었던 것이다. 이미 알게 된 이야기고, 달리 할 일이 없으니 한 일일 뿐이었다.

"하지만 소설로 고대의 제철기술을 분석한다는 게 어불성설 아닙니까. 게다가 연오랑세오녀가 제철 기술자였다니, 그건 전부 상상 아닙니까? 그럼 이건 공상과학이지요."

처음에 질문을 던졌던 팀장이었다. 현오는 무어라 대꾸해야 좋을지 머릿속을 뒤적였다. 하지만 답변은 쉽게 찾아지지 않았다. 다행히 소장이 나서주었다.

"일단 제가 먼저 읽어보겠습니다. 읽어본 뒤에 김현오 박사의 연구를 계속할지 중단할지 제가 결정하겠어요. 어차피 김 박사의 프로젝트는 공식적이라기보다는 제가 따로 부탁을 드린 거였습니다. 그러니 다른 팀에서는 괘념치 마시고, 각자 맡은 프로젝트의 진행에만 박차를 가해주세요. 앞으로 한 달 안에는 최소한 우리가 추진할 신기술 프로젝트의 이름이 정해져야 합니다. 이름이 정해진다는 것은 방향이 정해졌다는 뜻이기도 하지요. 다들 서둘러서 이 미친 프로젝트에 이름을 지어줍시다. 이상입니다."

그렇게 마무리를 해주는 소장이 현오는 고마웠다. 지난번에는 퍽 실망하는 모습이더니 그 사이 마음이 조금 느긋해진 게 아닌가 싶기도 했다.

이틀 후의 월요일 아침에 소장이 현오를 찾았다. 소장실의 다탁 위에 현오의 그 노트가 놓여 있었다.

"잘 썼더군. 재미는 없지만, 상당히 그럴듯했어."

현오가 자리에 앉자마자 소장이 내놓은 평이었다. 칭찬인지 뭔지 알기 어려웠다.

"그런데 말이야, 연오랑세오녀 이야기 외에 더 쓸 얘기가 있나?"

소장은 현오가 무어라 말을 꺼내기도 전에 다시 이어서 질문을 던졌다. 그리고 그것은 소장이 현오 자신에게 프로젝트를 계속 진행할 의사가 있는지 없는지 묻는 것이기도 했다. 현오에게 그걸 묻는다는 것은 소장 자신은 이미 계속 추진하게 할 의사가 있다는 뜻일 터였다.

"그렇지 않아도 주말에 이것저것 뒤적이다가 몇 가지를 찾아냈습니다."

"예를 들면?"

"고구려, 백제, 신라, 가야, 부여 같은 고대국가들은 모두 철기문명을 바탕으로 건국되었습니다. 그런데 또 특이하게도 그 건국자들이 전부 알에서 태어납니다. 알에서 사람이 나와 나라를 세운다는 것은 퍽 신화적인 얘기죠. 그런데 제 생각에 이 신화들 속에 무언가가 감추어져 있는 것 같습니다. 그걸 파헤치다 보면 또 연오랑세오녀같이 무언가가 걸리지 않을까 싶습니다."

소장은 미간을 찌푸린 채 잠시 생각에 잠겼다. 그리고는 한참이 지나서야 겨우 다시 입을 열었다.

"좋아! 알인지 뭔지 한 번 파보게. 하지만 이제 소설은 더는 안 되네. 다음엔 꼭 우리에게 필요한 구체적인 아이디어가 나와야 할 거야. 그렇지 않으면 자네는 물론 내 입장도 퍽 곤란해질 테니까."

현오는 소장의 걱정과 바람이 무엇인지 알 수 있었다. 하지만 그게 가능할지 어떨지는 아직 알 수 없었다. 그저 부옇게 무언가가 보일 듯 말 듯한 상황인 것이다. 현오는 고개만 숙여 보이고는 가타부타 말없이 소장실 문을 열고 나왔다.

해돋이 뜰

그날 오후, 현오는 조퇴계를 제출하고 연구소를 나섰다. 그리고 는 무작정 경주행 버스에 몸을 실었다. 다행히 하루미는 학교 연구실을 지키고 있었다. 노크를 하자 하루미가 문을 열었고, 놀란 허수아비처럼 입을 벌린 채 한동안 부동자세로 서 있기만 했다.

"아니, 현오 씨, 갑자기 어떻게?"

한참 만에야 하루미는 겨우 입을 열었다. 현오가 연오랑세오녀 이야기를 소설로 정리하는 동안 수십 번 통화를 했지만 직접 만나지는 못한 둘이었다.

"보고 싶어서 왔어요."

하루미는 놀라는 표정이더니 이내 환하게 웃었다.

"농담하지 마세요, 괜히 설레게."

현오가 장난을 치고 있다고 생각하는 모양이었다.

"일단 들어오세요."

하루미는 커피가 아니라 일본 녹차를 우려서 내주었다. 따뜻하고 쌉싸름하면서도 달콤하고 조금 비린 풀냄새가 났다.

"이거 한 번만 읽어주세요."

현오는 가방에서 노트를 꺼내 하루미 앞으로 내밀었다. 하루미는 손을 대는 대신 눈길만 노트 겉장에 고정시키고 있었다. 거기엔 '연오랑세오녀'라는 여섯 글자가 적혀 있었다.

"저녁에 읽어볼게요."

그게 그날 하루미에게서 들은 대답의 전부였다. 하루미는 오후에 수업이 있었고, 저녁에는 모임이 있다고 했다.

"제가 힌트 하나 드릴게요. 보고 싶은 사람을 찾아갈 때는 논문이 아니라 꽃을 들고 가는 거랍니다."

현오는 다시 포항으로 돌아왔고, 저녁에 동기생 연구원과 술을 마셨다. 밤에는 검은 고래를 타고 검은 바다를 헤엄치는 꿈을 꾸었다. 꿈에서 고래가 큰 소리로 울었다. 포효에 가까웠다. 고래가 왜 그런 소리를 내는지 몰랐다. 그런데 알고 보니 그건 고래의 포효가 아니라 전화벨이었다.

"깨워서 미안해요. 근데 갑자기 너무 보고 싶어서."

하루미였다. 시계를 보니 새벽 3시가 조금 넘은 시간이었다. 꿈도 현실도, 하루미의 말도 도무지 진짜 같지가 않았다. 꿈이 현실이고 현실이 꿈 같았다.

"내일 저녁 7시에 경주 하이얏트 호텔에서 만나요. 제가 예약해 놓을 테니 카운터에 제 이름을 대고 방 번호를 물어보세요."

새벽 3시에 전화를 걸어 느닷없이 너무 보고 싶다고 말하는 여자, 얼굴을 마주 대한 게 겨우 서너 번인데 곧장 호텔방에서 보자는 여자를 어떻게 이해해야 할지 현오는 난감했다. 머리가 지끈 지끈 아픈 건 간밤의 술 때문만은 아닌 모양이었다.

다시 잠을 청했지만 쉽게 잠이 들지도 않았다. 그렇게 아침이 왔고 현오는 평소처럼 연구실에 나갔다. 하지만 일이 손에 잡히지 않았다. 소장의 말 때문인지 하루미의 전화 때문인지 알 수 없었다. 힘겹게 하루를 때우고 현오는 급히 연구소를 나와 경주행 버스에 몸을 실었다. 하루미는 호텔방에 먼저 도착해 있었다.

"새벽에는 미친 소리를 해서 미안해요. 누군가 내 전화를 엿듣고 있을지도 모른다고 생각하니 정신이 나갔었나 봐요."

만나자마자 하루미는 그렇게 말했다. 현오는 무슨 말을 하는 것인지 이해할 수가 없었다.

"누군가가 하루미 상의 전화를 엿듣는다고요?"

현오가 물었을 때, 하루미는 한동안 말을 잇지 못했다. 어디서부터 어떻게 설명을 해야 좋을지 알 수 없다는 표정이었다.

"그냥 짐작이에요. 하지만 그런 생각을 하는 것만으로도 전화통을 잡을 때마다 경련이 일어나요. 그래서 새벽에도 헛소리를 했던 거예요. 엿듣는 사람에게 들으라고 일부러. 이해하죠?"

하지만 하루미는 여전히 현오의 질문에는 답을 하지 않은 상태였다. 현오는 더 기다렸다.

"부산, 대구, 울산, 포항, 경주 등등 경상도 지역에 사는 일본인들이 한 달에 한 번 모이는 정기모임이 있어요. 어제 거기 갔다가 이상한 얘길 들었어요."

"이상한 얘기라면?"

하루미는 침을 한 번 꼴깍 삼키더니 다시 말을 이었다. 그녀가 침을 삼킬 때 목젖 근처가 크게 한 번 출렁였다. 만져보고 싶다는 생각이 잠깐 현오의 머리를 스쳤다.

"일본회의라는 조직에 대해 들어본 적 있어요?"

"아니, 없어요."

무색무취의, 퍽 성의 없이 지은 이름이라는 느낌만 들었다.

"말하자면 보이지 않는 일본의 실세들 모임이고, 과거 일본제국의 영광을 재현해야 한다고 믿는 멍청이들의 모임이에요."

그런 모임이 있다는 얘기는 난생처음 들었다.

"한국지부장도 있는데, 서울에 있어야 할 이 사람이 최근 포항에 자주 나타난대요. 게다가 혼자가 아니라 여럿이서. 포항에서 무언가 일을 도모하고 있다는 얘기죠."

"그리고 그건 아마도 우리 회사의 신기술 개발 프로젝트와 연관된 일일 것이다, 그게 하루미 상의 생각인 거죠?"

하루미는 천천히 고개를 끄덕였다.

"맞아요. 하지만 확실한 건 아니에요. 그냥 제 짐작이죠."

현오는 하루미가 애초의 자기 질문을 잊은 게 아닌가 싶어 다시 되물었다.

"근데 도청 얘긴 뭐죠?"

이번에도 하루미는 한참이나 뜸을 들이다가 힘겹게 입을 열었다.

"부산의 영사관에서 근무하는 다케다라는 친구가 있어요. 일본에서도 저랑 알고 지내던 사람이죠. 그 친구가 어제 저를 따로 부르더니 이상한 말을 하는 거예요."

"이상한 말?"

"현오 씨 이름이 그 친구 입에서 갑자기 튀어나왔어요. 대뜸 나랑 무슨 관계냐고 묻더군요. 뭔가 느낌이 좋지 않아서 애인 사이라고 대답했어요. 그랬더니 비웃는 표정이 되는 거예요. 말은 안 하지만 믿을 수 없다는 거죠. 그러면서 자기들은 한국에 사는 일본인들의 모든 것을 알 수 있다고, 언제 누구와 만나고 누구와 무슨 전화를 하는지도 모두 알 수 있다고 했어요. 그러니 조심하라고."

"그게 무슨 말이죠?"

"감시와 도청이 일상으로 이루어진다는 말이겠죠."

현오는 도무지 믿을 수가 없었다.

"그 친구는 나를 걱정해서 하는 말이라며 조심하는 게 좋겠다고 했어요. 일본회의의 한국지부장이 영사관에 와서 저에 대한 얘기를 묻고 돌아갔는데, 그 과정에서 현오 씨 얘기도 나왔다고 했어요."

그제야 현오는 대강의 사정이 짐작되었다. 하지만 일본영사관이든 일본회의든 왜 하루미와 자신에게 관심을 가지는 것인지 여전히 이해할 수가 없었다.

"일본인들이 내게 관심을 가지는 이유가 뭘까요?"

현오의 물음에 하루미는 잠깐이지만 어이없다는 표정을 지었다.

"말했잖아요. 일본회의 쪽에서 포항제철의 신기술 개발 프로젝트에 대해 상당한 관심을 가진 것 같다고. 그러니 그 핵심 멤버 가운데 한 사람인 현오 씨도 그들의 레이더망에 노출된 거죠."

"글쎄요. 나는 확실히 핵심 멤버는 아닌 것 같은데."

그제야 하루미는 그날 처음으로 후훗, 예의 그 맑은 웃음소리를 흘렸다. 그러더니 갑자기 가방에서 현오의 노트를 꺼내고는 말머리를 돌렸다.

"그나저나 현오 씨 글씨 좀 엉망이었어요. 생긴 거와 달리."

이제는 표정도 많이 밝아져 있었고 목소리에는 어리광의 기운마저 어려 있었다.

"흐흐, 미안해요. 읽을 수 있었어요?"

노트로 향했던 얼굴을 들어 올리며 하루미는 다시 눈웃음을 지었다.

"읽을 수 있었어요. 우리 엄마 글씨보단 나으니까."

현오는 대답하지 않았다. 엄청나게 큰 파칭코 가게를 하는 과부, 해마다 애인을 바꾸는 여자는 글씨도 퍽 악필인 모양이라고만 생각했다.

"훌륭했어요, 정말 훌륭했어요. 이렇게까지 잘 쓰실 거라고는 생각 못했어요."

하루미가 다시 본론으로 돌아왔고, 현오의 입가에는 씨익 얕은 주름이 패었다. 소장과 하루미 외에는 아직 누구도 구경하지 못한 원고였다. 어떤 평을 들을지 내심 긴장하고 걱정하던 참에 칭찬임이 분명한 말을 들으니 속이 뻥 뚫리는 것 같았다.

"다 하루미 상 덕분이에요. 칭찬은 고맙지만 저는 사실 썩 잘된 것 같지도 않구요."

"뭐가 제일 마음에 안 들어요?"

현오가 잠시 생각하다가 대답했다.

"내가 논문이나 리포트 대신 소설을 쓰기 시작한 건, 전에도 말했듯이, 우리 역사에 감추어진 제철 이야기를 찾아내고 재조명하기 위해서예요. 하루미 덕분에 알게 된 연오랑세오녀 이야기는 아주 훌륭한 소재가 됐어요. 하지만 제가 쓴 소설만으로 연오랑세오녀 이야기를 단순한 전설이 아니라 신라 제철기술의 일본 전파와 관련된 역사 기록으로 사람들이 정말 믿어줄지 자신이 없어요. 말하자면 설득력이 부족하달까."

하루미도 잠시 생각할 시간이 필요할 듯했다. 현오는 그녀 앞에 놓인 빈 잔에 거품 나게 맥주를 따랐다. 하루미가 잔을 들어 입으로 가져갔다가 다시 내려놓았는데 맥주는 전혀 줄어들지 않은 상태였다.

"음, 제 생각엔 책에 기록된 역사만 역사인 건 아니에요."

"글자로 기록된 역사만 있는 건 아니다?"

"그래요, 예를 들면 땅에 기록되는 역사도 있어요."

"무덤 같은 거?"

"물론 그건 더할 나위 없이 명백한 기록이죠. 하지만 그런 역사 말고 땅의 이름으로 기록된 역사도 있어요."

"그래서 나도 소설에 금곡의 철장이며 영일만과 영일현의 지명 유래, 일월지의 지명 유래 같은 걸 포함시킨 것이긴 해요."

"잘했어요. 하지만 일월의 야철장이 현오 씨 말대로 당시로서는 초대형 제철소였다면, 그 인근의 지명들에도 그 흔적이 남아 있을 거예요."

"그렇겠군요. 혹시 기억나는 이름이라도?"

"우선 소설에서는 영일현이라는 공식 지명에 대해서는 어느 정도 설명을 하고 있어요."

"그래요, 사라졌던 해를 다시 찾아서 걸어둔 고을이라는 의미로 해석했죠."

"맞아요. 적당한 해석이에요. 어떤 사람들은 영일을 단순히 해맞이를 하는 곳이라는 의미로 여기지만, 삼국유사에는 분명히 연오랑세오녀 이야기 끝에 이 지명이 생겨났다고 적고 있어요. 연오랑세오녀 이전에도 여기서 해맞이를 했을 수는 있겠지만, 저는 영일이라는 이름이 생긴 뒤에 이곳에서 사람들이 해맞이하는 풍습을 만들어낸 게 아닌가 싶어요."

"해맞이를 하던 곳이어서 영일이 된 게 아니라, 영일이라는 이름이 생기고 이를 기념하기 위해 해맞이를 해야 하는 곳이 되었다는 말이군요."

"역시, 똑똑해요. 우리 학생들도 이렇게 빨리 알아들으면 좋을 텐데."

"그런데 우리, 영일현 얘기를 하려던 게 아니었던 거 같은데."

"아, 맞아요. 영일이 아니라 도기야(都祈野) 이야기를 하려던 참이었어요."

하루미의 말을 듣는 순간 현오는 가슴이 뜨끔했다. '도기야'는 분명 중요한 상징을 띤 지명임이 틀림없었다. 하지만 그 의미를 추리하기 어려웠고, 이야기를 급히 마무리 짓느라 미처 하루미에게 문의도 하지 못한 채 은근슬쩍 넘어간 부분이었다. 그런데 하루미는 곧바로 도기야 이야기를 꺼내고 있는 것이었다.

"사실 도기야가 무슨 의미인지 짐작할 수가 없었어요. 그래서 소설에 한 줄도 쓰지 못한 거죠."

현오의 자백을 들으며 하루미는 다시 짧게 후훗 하고 소리 내어 웃었다. 그러더니 갑자기 몸을 기울여 한 손으로 현오의 어깨를 툭 쳤다.

"너무 기죽지 마세요. 다른 데는 다 훌륭하니까."

"그런가요, 쩝!"

현오는 다시 하루미의 이야기에 귀를 기울였다.

"저도 처음엔 도기야가 무슨 의미일지 전혀 감을 잡을 수가 없었어요. 글자 하나하나, 한자 자체에서만 의미를 찾았기 때문이죠. 그러다가 한국이든 일본이든 여러 지명에 나타나는 한자가 사실은 단순한 발음기호에 불과한 경우가 많다는 사실을 생각하게 됐어요. 영어인 아시아를 한자로 아세아(亞細亞)라고 적는 경우가 그래요. 이때의 한자 '아'나 '세'는 단순한 발음기호일 뿐 사실 아무런 의미가 없는 거죠."

"맞아요. 우리나라 고유의 지명을 한자로 옮길 때도 그런 일이 많았다고 들었어요."

"그래서 저는 도기야도 그런 경우가 아닌가 싶어 국문과 교수님께 질문을 드려봤어요."

"그랬더니요?"

"제 짐작이 맞았어요. 그 선생님 말에 따르면 '도기야'는 한국말 '돋이 뜰'이나 '돋이 벌'을 한자로 표기한 것일 가능성이 높대요. 해돋이 뜰, 해가 돋는 들판, 뭐 그런 의미일 거라는 거죠."

"영일이라는 말과 같은 말이네요."

"맞아요. 영일이 도기야고 도기야가 영일이에요. 삼국유사가 적고 있는 내용도 정확히 그렇고요."

"그렇군요. 그 얘긴 다음번에 소설 퇴고할 때 꼭 다시 넣을게요."

"추가할 지명들이 몇 개 더 있어요."

"도기야 말고 더 있다고요?"

"음, 우선 포항의 도구(都丘)라는 동네는 잘 아시죠?"

"네 물론 알아요. 삼국유사에는 연오랑세오녀를 모신 일월사당 얘기가 없는데 제가 소설 마지막에 이 사당 이야기를 넣은 건 사실 포항시 도구면에 실제로 일월사당이 있기 때문이에요. 그 동네에서 연오랑세오녀는 전설이 아니라 역사거든요."

"맞아요, 잘 찾아내셨네요. 그런데 이 도구라는 지명과 도기야가 닮았다고 생각되지 않으세요?"

현오는 속으로 도기야와 도구를 연거푸 발음해보았다. 분명히 하나의 지명에서 분화된 것이 틀림없었다. 영일이 도기야고 도기야가 도구였다. 그리고 도구는 선돌과 고분군이 있는, 철기시대 이전부터의 유구한 역사를 지닌 마을이기도 했다. 현오는 하루미의 질문에 여러 차례 고개를 끄덕이는 것으로 대답을 대신했다.

"영일이라는 지명도 그렇지만, 포항 주변에는 유난히 해와 관련된 지명이 많아요. 우선 까마귀 오(烏) 자가 쓰인 오천읍(烏川邑)이 대표적이죠. 연오와 세오 이름에 나오는 글자고 태양을 상징하는 글자예요."

"......"

현오는 입이 딱 벌어질 정도였다. 일본에서 역사학을 전공했다는 사람이 한국의 지명에 대해 이처럼 소상히 알고 있다는 사실이 놀라울 뿐이었다. 그러거나 말거나 하루미는 설명을 계속해나갔다.

"포항에는 히날재라는 고개도 있어요. 한자로는 백일령(白日嶺)이라고 하죠. 신라 때 해가 빛을 잃었다가 다시 밝아졌다는 전설이 있는 고개예요. 흰날재, 히나리재라고도 불린대요."

"희날재 얘긴 저도 들은 적이 있어요. 인근에 벤토나이트(bentonite)를 채광하는 광산이 몇 곳 있어서 가본 적도 있거든요."

"벤토나이트?"

하루미가 눈을 동그랗게 뜨고는 현오에게 물었다.

"하루미가 모르는 것도 있다니, 정말 다행이에요. 벤토나이트는 흔히 백토(白土)라고도 불리는 광물이에요. 모두 흰색은 아니지만 흰색인 경우가 많거든요. 철광석 생산에도 쓰이고 석유 정제에도 쓰이고 도자기를 만들 때도 쓰이는 아주 중요한 광물이에요. 제 생각에 영일에 야철장이 있던 연오랑세오녀 시대에는 쇳물을 받는 주형을 만들 때 이런 광석을 이용하지 않았을까 싶어요."

"음, 왜 연구소장님이 박사님에게 이 일을 맡기셨는지 저는 충분히 이해가 돼요. 저는 역사에는 어느 정도 지식이 있을지 몰라도 제철에는 문외한이라 도저히 박사님처럼 구체적으로 생각해낼 수가 없거든요."

"칭찬인가요? 비웃는 것처럼 들리기도 하는데⋯⋯."

"에이, 설마!"

두 사람은 모처럼 소리 내어 웃었다. 겨우 네 번째 만남인데도 현오는 하루미가 더는 어렵게 느껴지지 않았다. 오랜 친구 같기도 하고, 무엇이든 물을 수 있는 과외 선생님 같기도 했다.

"중명골이라는 동네도 있어요. 중매골이라고도 부르죠. 여긴 영일만과 더불어 연오랑세오녀 전설이 직접 전해지는 동네예요. 일본에 사신이 다녀온 뒤 세오의 비단을 놓고 제사를 지내자 해가 다시 빛을 발하기 시작했는데, 그 햇빛이 비치는 한가운데에 있던 마을이 이곳이라고 해요. 그래서 마을 이름이 중명(中明)이

되었대요. 포항과 경주의 경계에 있는 마을이죠."

"아니 언제 그렇게 포항의 지명 연구까지 다 했어요?"

"기다려 보세요. 광명(光明)이라는 마을도 있어요. 이 마을에도 연오랑세오녀 전설이 전해지는데, 세오녀가 준 비단으로 제사를 지낸 뒤 떠오른 해가 가장 먼저 비춘 곳이 바로 이 마을이라고 해요. 그래서 광명이죠."

"좋아요, 알겠어요. 그런데 제 질문에는 아직 답을 안 했어요. 언제 그렇게 포항의 지명들에까지 관심을 가지게 된 거죠?"

"최근에요, 현오 씨가 소설을 시작한 뒤에. 이과 출신에 전기공학 박사님이니 지명 같은 데에는 크게 신경을 쓰지 않을 것 같아서 제가 좀 찾아봤어요. 도움이 되셨나요?"

현오는 하루미가 한없이 고맙고 사랑스러웠다.

"물론이죠, 물론 큰 도움이 됐어요. 다음번에 퇴고할 때 그 지명들 이야기도 꼭 넣을게요. 정말 고마워요."

하루미를 바라보는 현오의 눈빛이 점점 흐려지고 있었다. 밤이 늦어 졸리기 때문만은 아닐 터였다.

천마도의 비밀

"박물관에서 천마총 특별전이 열리고 있대요. 우리 같이 가
봐요."

간만에 일요일의 여유로운 아침잠을 즐기고 있는데 하루미가
전화로 잠을 깨웠다. 어딘지 약간 들뜬 목소리가 여전히 나른한
상태의 현오 귀에는 더없이 활기차고 귀엽게 들렸다. 다음부터
는 철저히 연인 행세를 하기로 약속하고 헤어진 두 사람이었다.
현오는 은근히 그게 위장이 아니라 실제면 좋겠다고 생각했었다.
하루미의 전화를 받고 나니 그런 생각이 더욱 간절해졌다.

"네, 좋아요. 얼른 갈게요. 터미널에서 버스 시간 확인하고 전
화할게요."

포항과 경주는 지척이어서 시외버스가 많았다. 10분도 기다리
지 않아 차를 탔고, 점심시간이 되기 전에 경주에 도착했다.

"경주엔 맛있는 집이 별로 없어요. 맛있는 걸 사드리고 싶은
데……."

식당을 찾아 두리번거리다가 현오가 별 의미 없이 내뱉은 말
이었다.

"저는 현오 씨랑 먹으면 다 맛있던데……."

하루미는 투덜거리는 현오가 귀엽다는 듯 대수롭지 않게 응수
했다. 두 사람은 한참을 헤맨 끝에 겨우 초밥집 하나를 찾아 점심
을 때웠다. 그리고는 서둘러 버스를 타고 박물관으로 향했다. 박
물관 초입부터 '천마총 발굴 특별전'을 알리는 대형 현수막과 포
스터가 여기저기 나붙어 있었다.

두 사람은 입장권을 사고 특별전 안내 팸플릿도 챙겼다. 팸플
릿은 천마총에 대해 이렇게 설명하고 있었다.

천마총은 경주시 황남동에 위치한 고분이다. 1973년에 발굴되
었으며, 기존의 명칭은 경주 155호분이었다. 천마총의 발굴은 경
주관광개발사업의 일환으로 시작되었는데, 본래는 그 옆에 있는
황남대총을 발굴하기 전에 일종의 시범 발굴로 155호 고분을 먼
저 발굴해보기로 하였다. 그런데 발굴 결과 놀라운 유물들이 대
량으로 출토되었다. 금관(국보 제188호로 지정), 금모(국보 제189호
로 지정), 속칭 천마도(국보 제207호로 지정) 등이 대표적이며, 각종
마구류를 포함하여 현재까지 수습된 유물만 1만 점이 넘는다. 이
에 경주박물관에서는 별관을 따로 짓고 이들 유물을 보관하고 있
다. 천마총에서 발굴된 금관은 지금까지 발굴된 것 중 가장 대형
이며, 단군 이래 한국인이 고스란히 발굴해낸 최초의 금관이기도
하다. 이 무덤은 주인이 누구인지 확인할 수 없고, 이에 가장 대표
적인 발굴품의 이름을 따서 '천마총'이라 부르고 있다.

그런 설명에 이어 가장 대표적인 발굴품이라는 천마도에 대한 설명이 이어지고 있었다.

천마총에서는 채색화가 그려진 장니도 발굴되었다. 장니(障泥)란 말을 탄 사람의 발이나 정강이에 흙이 튀지 않도록 말안장 옆 양편에 늘어뜨려 놓는 가죽제 마구(馬具)를 말한다. 천마총에서 발굴된 장니는 자작나무 껍질을 누벼 만든 것으로, 가장자리에만 가죽을 둘렀다. 그 크기는 세로 53cm 가로 75cm이고, 이 장니에 천마 그림이 그려져 있다. 신라는 고구려나 백제와 달리 벽이 있는 무덤을 축조하지 않아 고분 벽화가 거의 남아 있지 않으며, 따라서 천마총의 이 장니 천마도는 신라의 가장 오래된 회화 작품으로 평가된다. 그려진 시기는 대략 5~6세기경으로 추정된다. 마구인 장니에 그려진 그림이자, 하늘을 나는 천마의 형상이어서 '천마도'로 부르게 되었다.

천마총 발굴 이야기는 지난 몇 년 동안 신문에 떠들썩하게 소개된 것이어서 현오도 대충의 사정을 알고 있었다. 얼마나 대단한 금관이고 그림인지 드디어 실물로 확인할 수 있게 되었다는 생각에 가슴이 뛰었다. 그런데 흥분은 하루미가 더 심한 것 같았다. 주말이라 그런지 인산인해를 이룬 사람들의 틈바구니를 뚫고 하루미가 현오의 손을 끌어당겼다.

"그렇게 천천히 움직이다가는 전시실을 다 돌지도 못하고 쫓겨날 거예요."

하긴 1만 점도 넘는 유물이 쏟아져 나왔다니 전시 역시 초대형
으로 이루어질 것이 뻔했다. 실제로 전시실은 그 큰 넓이에도 불
구하고 몹시 비좁고 혼잡스러웠다. 너무 많은 유물을 모아놓은
데다가 관람객도 많았기 때문이다.

"아이고, 이래 가지고야 어디 제대로 구경이나 할 수 있을
지……."

현오가 투덜거리는 사이 하루미는 이미 저만치 앞서가고 있었
다. 하지만 이내 고개를 돌리고 현오를 기다렸다. 현오는 사람들
을 뚫고 그녀 쪽으로 서둘러 걸음을 옮겼다.

"안 되겠어요. 제 손 잡으세요."

자꾸만 뒤처지는 현오가 답답했는지 하루미가 다시 현오의 손
을 잡고 이끌었다. 부드럽고 따뜻한 손이었다. 얼마나 힘을 주어
잡아야 할지 조금 난감했다. 두 사람은 이내 발굴 과정과 천마총
의 개요를 설명하는 입구 부분을 지나 꽤 큰 홀에 도착했다. 그
중앙에 천마총에서 나온 초대형 금관, 새로 국보가 되었다는 바
로 그 금관이 전시되어 있었다. 잘 모르는 사람이 보기에도 위엄
과 화려함이 돋보이는 초대형 금관이었다. 전시물 앞에 놓인 짧
은 설명문에는 이런 글귀가 적혀 있었다.

천마총 금관(국보 제188호)은 현재까지 발굴된 금관 가운데 가
장 대형(1,262g)이다. 신라의 금관은 산(山) 모양의 장식을 겹쳐 올

려 출(出) 자 형태로 3단을 이루는 것이 보통인데, 이 천마총 금관은 4단으로 되어 있다. 사슴뿔 모양의 장식과 봉황 장식 등이 있으며, 많은 곡옥으로 꾸며져 있다.

"그거 알아요? 금관은 대부분 한국에서만 발굴되고, 특히 신라 지역에서 많이 발굴된다는 거?"

하루미는 금관에서 눈을 떼지 못한 채 현오에게 물었다. 멈춰서 있는데도 두 사람은 여전히 손을 잡고 있었다.

"글쎄요, 잘 몰랐어요. 워낙 이쪽에는 아는 게 없어서."

현오는 그렇게 말끝을 흐렸다.

"지금까지 전세계에서 발굴된 금관이 겨우 열 개 조금 넘어요. 그중에 여덟 개인가가 한국에서 발굴되었죠. 그리고 가야의 금관 한두 개를 빼면 모두 신라의 금관이에요."

현오로서는 놀라운 얘기였다.

"그래서 신라를 황금의 나라라고 하는가 보죠?"

이번에는 현오가 물었다.

"맞아요. 하지만 신라는 황금의 나라가 아니라 그냥 금(金)의 나라일지도 몰라요."

"그냥 금이라면, 온갖 쇠붙이의 나라라는 말인가요?"

"그래요, 황금만이 아니라 온갖 쇠붙이에서 당시 최고의 생산력과 기술력을 가진 나라가 신라였을 거에요."

"……."

"저 정교한 세공 기술을 보세요. 몇십 년에 한 번, 왕이 죽을 때 순금으로 왕관 하나씩을 급하게 만들어서는 도저히 저런 기술력을 확보할 수가 없어요."

"그게 무슨 말이에요? 왕이 죽을 때만 금관을 만들었다는 게?"

그제야 하루미가 눈길을 돌려 현오를 보았다. 궁금증에 달아오른 현오의 얼굴을 보자 하루미의 입가에 미소가 번졌다.

"금관은 왕이 평소에 쓰는 모자가 아니에요. 우리가 만져볼 수는 없지만 사실 저 금관은 너무나 얇은 판으로 되어 있어서, 혼자 힘으로는 제대로 서 있지도 못할 정도예요. 머리에 쓴다고 그 형태가 유지될 리 없죠."

"그럼 일종의 부장품으로만 만든 거라는 얘기군요."

"맞아요. 그러니까 역사 드라마나 영화에서 금관을 쓰고 나오는 왕의 모습은 사실 정확한 게 아니에요."

"그렇군요."

심드렁하게 대답하면서 현오는 조금 부끄러운 기분을 느꼈다. 전세계에서 출토되는 금관의 대부분이 경주에서 나온 것이고, 그것이 왕을 비롯한 특별한 계급의 전용 부장품이란 걸 현오는 이제까지 전혀 모르다가 일본인에게서 처음 그런 얘기를 듣고 있는 것이다. 아무리 상대가 역사학을 전공한 사람이라지만 한국인으로서 부끄러운 마음이 들지 않을 수 없었다.

"이제 천마도를 보러 갈까요?"

하루미가 다시 현오의 손을 잡아끌었다. 두 사람은 이내 인파 속으로 들어갔다. 천마총에서 발굴된 각종 기물이며 마구 등의 유물들이 전시장을 빼곡하게 채우고 있었다. 한참을 지나서야 두 사람은 천마도 앞에 이르렀다. 그런데 천마도 자리에는 진품 유물 대신 카메라로 촬영하여 인화한 대형 사진이 걸려 있었다. 사람들이 쉽게 알아볼 수 있도록 실물 크기보다 훨씬 크게 확대한 사진이었으나, 실물을 보지 못하는 아쉬움은 컸다.

"아니, 국립박물관의 특별전에 사진을 걸어놓는다는 게 말이 되나요?"

현오가 투덜거리자 하루미는 다시 후훗, 하고 가소롭다는 듯이 웃었다.

"실물은 절대 수장고에서 밖으로 나올 수 없을 거예요. 무슨 일이 있더라도."

"손상될 게 걱정돼서 그러겠죠?"

"맞아요. 게다가 천마도가 그려진 장니는 자작나무의 얇은 껍질을 벗겨서 여러 겹 덧붙여 만든 거예요. 그게 최소한 1,500년 동안이나 무덤 안에서 썩지 않고 있다가 발굴이 된 거죠."

"그 얘기는 저도 신문에서 읽은 기억이 나요, 전세계 고고학자들이 다들 기적이라고 했다면서요?"

"그래요. 그러니 그건 함부로 공기 중에 노출시킬 수가 없는 거예요. 당장 바스러질 테니까."

하루미의 설명을 듣고 나니 이해가 갔다. 현오는 확대된 사진에 시선을 고정시켰다.

사각의 틀 안 중앙에 흰색으로 날개 달린 천마를 그렸는데, 말 갈기와 꼬리털을 날카롭게 세우고 하늘로 오르는 형상이었다.

"아름다워요. 저게 1,500년 전 그림이라니……."

하루미는 그림에 심취해서 한참을 들여다보고 있었다. 쉽게 말을 붙이기 어려울 정도로 심각한 표정이었다. 그렇게 한참을 있다가 눈길도 돌리지 않은 채 하루미가 다시 입을 열었다.

"신비롭기도 하지만 어쩐지 비밀이 많은 그림처럼 보여요, 제게는. 1,500년 전의 신라 사람들은 왜 저런 그림을 그렸을까요?"

현오는 잠시 망설이다가 자신의 생각을 털어놓았다.

"자기가 탄 말이 천마처럼 빠르고 날쌔기를 바라는 마음을 담은 게 아닐까요?"

"맞아요. 저도 그렇게 생각해요. 하지만 말의 입에서 토해지는 열기며 말 주변을 감싸고 있는 불꽃무늬는 뭘까요?"

현오는 더 이상 할 말을 찾을 수 없었다. 하늘로 날아오르는 한 마리의 말 그림에 또 무슨 뜻이 담겨 있을 수 있는지 짐작조차 어려웠다.

"그만 가요, 이제 다리도 아프네."

한참 만에야 하루미는 다시 현오의 손을 잡아끌었다. 둘은 여전히 사람들로 북적이는 특별전시실을 천천히 빠져나오기 시작했다. 그러다가 전시실 끝부분에 설치된 안내판 하나에 두 사람의 눈길이 동시에 멈추었다. 그것은 어떤 유물에 대한 구체적인 설명이나 안내문이 아니라 전시 전체를 아우르고 마무리하는 일종의 에필로그 성격을 지닌 한 편의 시를 적은 대형 액자였다.

　〈천마 — 천마총 천마도〉
　　_ 백우선(시인)

　하늘을 날아라
　임금알을 품었던
　가슴으로 날아라
　태양의 불갈기
　치켜세운 꼬리의
　불꽃으로 날아라
　희열 충만
　눈 활짝 열어 뜨고
　내뿜는 불숨,
　하늘 뜻 푸르른
　세상을 날아라
　백화 숲을 넘어
　인동 당초의 꽃밭
　피안까지 날아라.

　현오는 노트를 꺼내 재빨리 시를 옮겨적기 시작했다. 그런 현오
를 하루미는 은근한 눈길로 말없이 바라보고 있었다.

쑥과 마늘

"아까 그 시, 저는 보는 순간에 전율이 느껴졌어요. 현오 씨도 그랬죠?"

박물관 앞의 전통찻집에 마주 앉아 대추차를 한 잔씩 시키자마자 하루미가 다시 질문 공세를 퍼부을 기세로 물었다.

"글쎄요, 저도 어떤 떨림 같은 게 느껴지긴 했는데, 그걸 전율이라고 할 수 있을지는 잘 모르겠어요."

"좋아요, 그럼 그 시의 전체적인 주제를 뭐라고 요약할 수 있을까요?"

"너무 어려운 질문이에요. 저는 문학에는 통 아는 게 없어서……."

"알겠어요. 그럼 하나씩 생각해보죠. 천마가 임금알을 품었었다는 게 무슨 의미일까요?"

"음…, 어려운 질문이지만 그래도 최근에 주워들은 풍월이 있으니 대강은 얘기할 수 있을 거 같아요. 신라를 비롯한 고대국가의 첫 임금들은 알에서 태어났다는 전설이 있어요. 박혁거세, 석탈해, 김알지, 수로왕, 동명성왕 등등이죠. 시인은 이처럼 알에서 태어난 임금이 세운 나라인 신라를 지키고 보호하는 수호신이 천마라고 생각한 게 아닐까요?"

"브라보, 정말 훌륭해요. 현오 씨는 전기공학이 아니라 역사나 문학을 전공했어도 정말 잘해 냈을 거 같아요. 좋아요, 그럼 다음 질문이에요. 그 시에 '불'이라는 글자가 몇 번 나오죠?"

현오는 노트를 펼쳐 들고 숫자를 헤아리기 시작했다.

"불갈기, 불꽃, 불숨…… 모두 세 번이네요."

"짧은 시 안에 '불'이라는 글자가 세 번이나 나오다니, 이상하지 않아요?"

그때 두 사람이 주문한 차가 나왔고, 대화는 잠시 중단되었다. 현오는 재빨리 다음 대답을 준비했다.

"그러네요. 시의 제목도 분명 천마도고, 일반적인 이름도 천마도에 천마총인데, 시의 실제 내용은 천마가 아니라 화마(火馬)가 된 격이랄까? 이상하다면 이상하군요."

"저는 이 시인에게는 우리와 다른 눈이 있거나 혹은 신기(神氣) 같은 게 있는 게 아닐까 싶어요."

"신기? 무당의 기운 같은 거?"

"그래요. 그렇지 않고는 불이라는 말을 이렇게 여러 번 썼을 리가 없다고 저는 생각해요."

"조금 더 구체적으로 설명해 줘봐요, 내겐 좀 어려워서……."

현오는 대추차 한 모금을 재빨리 마시고는 어린아이처럼 채근했다.

"시를 보는 순간 저는 사실 그림의 실체가 확연히 느껴졌어요. 그래서 전율이 일었다고 한 거예요."

"어떤 실체요?"

"천마도는 단순한 말 그림이 아니라 제철 왕국 신라의 상징이에요."

"……."

현오는 무어라 대꾸할 말을 찾기가 어려웠다. 고구려가 태양의 세 발 까마귀를 상징으로 삼아 깃발에 그려 가지고 다녔다는 얘기는 들어봤지만 신라가 천마를 그런 상징으로 삼았다는 얘기는 들어본 적이 없고, 그 천마가 제철 왕국의 상징이라는 얘기 역시 난생처음이었다.

"시인이 본 것처럼 천마는 단순한 말이 아니라 신라의 잉태자이자 수호신이고, 그 자체가 불꽃이에요."

"일월의 용광로에서 피어오르던 그 불꽃?"

"맞아요. 이제 다시 대화가 통하네요. 그리고 사실, 천마는 용광로의 불꽃이자 용광로 자체이기도 해요."

"잠깐만요. 좀 천천히 해보죠. 그러니까 천마도의 말이 용광로고, 말이 알을 품었다는 얘기는 곧 제철소의 용광로에서 신라 최초의 임금이 나왔다는 얘기가 되는 건가요?"

"그래요, 제 생각은."

"어지럽네요. 말이 알을 낳았고, 그 알에서 최초의 임금이 나왔는데, 말은 사실 말이 아니라 용광로였다? 그게 무슨 의미죠?"

"현오 씨 스스로 이미 다 말했어요. 저한테 물을 일이 아닌 듯 싶어요."

그러면서 하루미는 예의 그 콧소리가 섞인 웃음소리를 냈다.

"아니, 저는 혼란스러워요. 우선 말이든 용광로든 알을 낳는 생물은 아니죠. 알에서 사람이 나와 나라를 세운다는 것도 일종의 설화지 실제일 리는 없고요."

"물론 그래요, 그래서 상징인 거죠. 말은 용광로와 용광로의 불꽃을 상징하는 거고, 거기서 나오는 알은 우리가 알고 있는 알이 아니라 또 다른 무언가의 상징이겠죠."

"무엇의 상징이죠?"

"용광로에서 나오는 게 뭐죠?"

"철이죠."

"맞아요, 알은 무쇠의 상징이에요."

"알이 무쇠의 상징이라고요?"

"그래요, 알에서 나온 사람이 나라를 세운다는 얘기는 제철기술을 확보한 사람이 고대국가를 세웠다는 말과 같은 뜻이에요."

"알은 쇠고, 쇠를 지닌 자가 나라를 세웠다?"

"맞아요. 게다가 알에서 나온 사람이 나라를 세운다는 얘기는 세계 도처에 존재하지만 특히 한반도와 북방민족들 사이에서 널리 퍼진 설화예요. 한반도의 철기문명이 대체로 북방에서 유래되었다는 건 박사님도 알고 있죠?"

"알아요. 그래서 연오랑세오녀 이야기를 쓸 때도 그 먼 조상을 북방에서 온 것으로 상정하고 이야기를 풀어나갔어요."

"잘하셨어요. 사서에 기록된 사실이 아니니 단정할 수는 없지만, 한반도 특히 신라의 제철기술은 북방에서 유래했을 가능성이 아주 높아요. 그러니 연오랑세오녀의 조상이 본래 북방민족의 왕족이었을 것이라는 설정은 상당히 설득력이 있는 거죠."

"다행이네요. 그렇게까지 깊이 고민해서 설정한 건 아닌데."

"후훗, 현오 씨는 천재라니까. 제 말을 믿어도 돼요."

"에이, 그만 해요. 그건 그렇고, 임금이 나오는 알이 무쇠라는 얘기를 조금 더 자세히 설명해 줄 수 있어요?"

"물론이에요. 하지만 저는 고대의 제철기술에 대해서는 잘 몰라요. 그러니 제가 하는 설명을 토대로 현오 씨가 기록들을 다시 찾아 읽으며 연구를 좀 해야 할 거예요. 그래야 김수로왕을 낳은 제철기술과 박혁거세를 낳은 제철기술 사이의 차이를 구분할 수 있게 될 거고, 그래야 한반도 고대의 제철기술에 대해서도 파악할 수 있을 테니까."

"그렇겠군요. 그리고 그게 바로 제가 맡은 이번 프로젝트의 핵심 과제이기도 하고요."

"좋아요, 그럼 우리 하나하나 퍼즐을 맞춰 볼까요? 단군신화부터 말이에요."

"단군신화라고요? 설마 기원전 2,333년에도 한반도에 제철기술이 있었다는 얘기를 하려는 건 아니죠? 그건 첨성대가 용광로였다는 주장보다 더 파격적인데?"

하루미는 짐작하고 있었다는 듯이 대답 대신 예의 그 후훗, 짧은 웃음만을 흘렸다.

"저는 잘 모르겠어요. 하지만 고대의 모든 나라들은 철기, 혹은 청동기를 기반으로 수립되었어요. 특히 철기가 없으면 나라를 건설하고 유지하기가 아주 어려웠죠. 왕이 다스리는 국가라는 것은 일단 어느 정도 규모가 갖추어져야 하고, 농업 생산력이 뒷받침되어야 해요. 돌멩이를 깨거나 갈아서 만든 농기구로는 국가 경영에 충분한 생산력에 절대 도달할 수 없어요. 동양이든 서양이든 마찬가지죠. 또 철제무기가 아니고는 충분한 영토를 확보할 수 없어요. 철이 있어야 백성도 다스리고 외적도 막아내고 농사도 지을 수 있다는 얘기고, 그래서 고대국가의 성립은 철기문명과 함께 본격적으로 시작될 수 있었어요."

"하지만 청동기 시대에도 농사를 짓고 국가가 있었잖아요."

"맞아요. 하지만 청동기로는 농기구나 무기를 만들지 못해요. 기껏해야 장식용이죠. 엄밀한 의미에서 국가가 세워지려면 반드시 철, 다시 말해 농기구와 무기가 있어야 해요. 그 이전에도 소규모의 집단들이 있고 왕을 칭하는 자가 있었을 수는 있지만, 그건 엄밀한 의미의 국가가 아니거나 만들어진 신화일 가능성이 높죠."

"그래도 단군 시대에 제철기술이 있었다는 얘기는 너무 심한 비약 아닌가요? 히타이트 사람들이 인류 최초의 제철기술을 발견한 게 그보다 천년쯤 뒤라고 알고 있는데."

"맞아요. 기록으로는 그렇죠. 하지만 그건 지금까지 밝혀진 기록일 뿐이에요. 언제 어떤 기록이 또 발견되어 고대사가 달라질지는 아무도 모르죠. 그리고 또 하나, 우리가 놓치고 있는 게 있어요."

"그게 뭐죠?"

"우리는 한반도나 일본열도의 문명이 중국, 그러니까 황하문명에서부터 시작되었다고 흔히 생각해요."

"아닌가요?"

"그런데 만리장성 북쪽, 그러니까 티베트에서 지금의 연해주와 사할린에 이르는 광대한 지역에 황하문명이나 중화문명과는 전혀 다른 고대문명이 있었어요."

"거긴 그저 오랑캐들의 땅 아니었던가요?"

"그렇게 배웠죠. 하지만 최근의 고고학적 발굴에 의하면 거기에 중원과는 전혀 다른 별개의 고대문명, 그것도 아주 찬란한 문명이 있었다는 거예요."

"처음 들어보는 얘기에요."

"그럴 거예요. 중국 학자들이 발굴조사는 열심히 하지만 아직 대외적으로 발표는 하지 않고 있으니까요."

"그렇군요. 근데 그 제2의 고대문명이 고조선과 관계가 있다는 건가요?"

"아직 알 수 없어요. 그 문명의 실체가 아직 외부로 알려지지 않았으니까. 하지만 이 문명이 현오 씨 말처럼 제2의 문명이 아니라 어쩌면 제1의 문명인지도 몰라요."

"그건 또 무슨 얘기죠?"

"중국 학자들이 이 문명의 유적지들을 대규모로 발굴하고도 그 결과를 감추는 건, 이 서하문명이라고 명명된 문명이 자신들이 절대적이라고 믿는 중화문명보다 더 일찍 꽃을 피웠기 때문일 거라고 많은 일본 학자들이 짐작하고 있어요."

"그럼 그 서하문명이 오히려 중화문명을 일으키는 단초가 되었을 수도 있다는 말인가요?"

"맞아요. 제철을 예로 들면, 중화문명에서 제철기술이 생겨난 게 아니라 서하문명에서 생겨난 제철기술이 중화문명으로 전파되었을 가능성도 있다는 거죠."

"같은 맥락에서, 서하문명의 제철기술이 중국을 거치지 않고 곧바로 고조선에도 전해졌을 수 있다는 얘기인가요?"

"그럴 수 있죠. 고조선도 서하문명의 범위 안에 들어가는 지역에서 일어난 나라고, 만리장성의 바깥에 있던 나라니까."

"조금 어지럽네요. 우리가 모르는 서하문명이라는 북방의 문명이 있는데, 중화문명보다 훨씬 이른 시기에 그 꽃을 피웠을 수도 있다. 그러니 기원전 2333년에 얼마든지 고조선에도 철기문명이 있을 수 있었다는 얘기가 되는 거죠?"

"맞아요. 보다 구체적인 건 서하문명에 대한 중국 학자들의 발굴조사 결과가 공표되어야 확인할 수 있겠지만."

"그렇군요. 그리고 우리가 여태 얘기한 북방에서 온 철기문명의 전래자들이 사실은 이 서하문명에 연결될 수도 있겠네요."

"그래요. 그건 중국의 역사책에는 기록되지 않은 문명이고, 이제까지 누구에게도 실체를 드러내지 않은 문명이죠. 얼마나 이른 시기에 철기문명에 도달했는지도 지금은 알 수 없어요. 기원전 2333년이라고 해서 안 된다는 법도 없죠."

"으음, 퍽 재미있는 학설이에요."

현오는 잠시 숨을 가다듬었다. 대화가 너무 빠르게 이어지는 바람에 따라잡기가 숨가빴던 것이다. 하지만 하루미는 그럴 생각이 없는 듯했다.

"또 하나는 고조선의 건국 시기가 꼭 기원전 2333년은 아닐 수도 있다는 사실이에요. 단군이 고조선을 세운 게 기원전 2333년이라는 얘기는 고조선이 망하고도 한참 뒤에야 기록에 등장해요. 일연스님이 삼국유사를 지은 게 서기 1281년경이라고 해요. 그때로부터 3,500년 이상 전에 고조선이 세워졌다는 이야기를 일연 스님이 어딘가에서 보고 옮겨 적은 거예요. 그 3,500년 사이에 여러 기록이 존재하고 그것들이 지금도 전해진다면 일연 스님의 이야기를 역사적 사실로 믿어도 좋겠지만, 기원전 2333년은 사실이 아닐 가능성이 높아요."

"그 얘기는 고조선이 훨씬 이후에 세워졌을 수도 있다는 말인가요?"

"그건 저도 알 수 없고 장담할 수 없어요. 아니, 아무도 모르죠. 하지만 제 생각에 철기문명 없이 나라가 세워질 수는 없다는 거예요."

"거꾸로 말하면, 고조선도 제철기술을 기반으로 건국될 수밖에 없고, 그 구체적인 시기는 기록이 없으니 알 수 없다는 얘기군요?"

"맞아요. 중요한 건 고조선 역시 제철기술을 기반으로 세워진 나라라는 거죠."

"고조선에 제철기술이 있었다는 증거나 기록이 있나요?"

"박사님이 만족할만한 증거는 없어요. 다만 단군신화가 간접적인 증거가 되긴 해요."

"단군신화에 제철기술 이야기가 숨겨져 있다?"

"그래요, 하지만 후대의 이야기들에 비하면 구체성이 떨어지긴 해요."

"곰이 사람으로 변한 얘기가 알에서 태어난 아이가 임금이 되었다는 얘기보다 덜 구체적이라는 뜻인가요?"

"그래요, 제 이야기를 우선 들어보세요. 단군신화에 등장하는 곰과 호랑이는 당시의 두 토착 세력을 상징해요. 맞죠?"

"맞아요, 저도 그렇게 읽었어요. 곰과 호랑이를 신앙하는 두 토착 세력이 있었고, 북방에서 이주해온 환웅의 무리가 이들 중 곰을 숭상하는 무리와 연합하여 고조선을 세웠다고 해석하죠. 그런데 아무리 머리를 굴려봐도 제철기술과 관련된 부분은 없는 것 같아요."

"새로운 이주 세력인 환웅의 무리는 토착 세력인 곰족이나 호랑이족보다 월등한 기술을 가지고 있었을 게 분명해요. 그래서 곰족과 호랑이족도 이들 환웅의 무리에 기꺼이 합류하고 싶어 해요. 사람이 되기를 원했다는 게 그런 의미죠. 그때 환웅이 조건을 걸어요."

"맞아요, 쑥과 마늘을 주고 100일 동안 햇빛을 보지 말라고 하죠."

"문제는 쑥과 마늘이 무엇의 상징인가 하는 거예요. 이제까지 많은 사람들이 이걸 종교적 금기 음식 정도로 생각했어요."

"아니라는 얘긴가요?"

현오는 잠시 미간을 찡그렸다. 하루미의 입에서 어떤 말이 튀어 나오든 놀랄 준비를 미리 해둘 필요가 있다는 표정이었다.

"쑥과 마늘만 먹고 곰이 사람이 되었다고 하면 그건 과학이나 역사와는 아무 상관도 없는 신화나 혹은 전설이에요. 하지만 미개한 곰족이 새로운 이주 세력의 시험을 거쳐 그들 무리와 합류해서 새로운 나라를 열었다면 그건 역사가 돼요."

"그래요, 그건 인정해요. 근데 쑥과 마늘이 대체 뭐냐가 문제죠?"

"좋아요. 우선 쑥부터 생각해봐요. 마른 쑥에 불 번지듯 한다는 얘기가 있어요. 마른 쑥은 그만큼 불이 잘 붙는 연료죠. 지금도 무인도에 갇히거나 했을 때의 생존법에 보면 마른 쑥을 이용해서 불을 피우라는 조언이 있을 정도예요."

"하루미 상의 말대로 하면 단군신화의 쑥은 용광로의 불에 필요한 땔감의 상징이군요."

"맞아요, 저는 그렇게 생각해요. 그렇다면 마늘은 당연히 용출의 원재료인 광석이 되죠. 그게 철광석이든 무엇이든 말이에요."

"찰광석을 캐내면 마늘 크기의 작은 돌멩이로 부서지긴 해요."

"저는 마늘이 그런 철광석을 상징한다고 봐요. 그럼 이들이 햇빛을 피해 숨어든 동굴은 무얼까요?"

"단순한 동굴이 아니라 용광로의 상징이겠군요. 용출을 위해 밤낮없이 불을 피워야 하는……."

"맞아요, 곰족과 호랑이족은 동굴에 숨어서 햇빛을 피해 마늘과 쑥만 먹고 있었던 게 아니에요. 이들은 환웅이 제공한 철광석과 연료를 가지고 용광로에서 쇳물을 생산하는 시험을 거치고 있었던 거예요. 100일을 기한으로 정해놓고 말이죠."

"그런데 곰족은 삼칠일 만에 성공하고 호랑이족은 실패했다?"

"그렇죠. 그래서 곰족이 환웅의 무리와 손잡고 고조선을 세운 거예요. 그때가 언제인지는 정확히 알 수 없지만."

현오는 머리가 맑아지는 느낌이었다. 단군신화는 단순한 신화가 아니었다. 명백한 역사적 사실을 상징에 담아 전하는 또 하나의 기록이었던 것이다. 곰이 사람으로 변신하는 괴이하고도 신비한 상징적 이야기의 형태가 아니었다면 단군신화는 그 오랜 세월을 기록에 의존하지 않은 채 전승되지 못했을 것이 분명했다. 그것은 입에서 입으로 전해지기에 알맞은, 신비롭고 괴이한 이야기의 옷을 입어야만 했던 것이다. 그렇지 않고 있는 그대로의 사실만을 전달하는 이야기로 전승되었더라면 3,500년의 세월을 결코 견디지 못했을 터였다.

X-공법

11월의 마지막 날 아침, 현오는 소장의 호출을 받았다.

"그래, 연구는 잘 진행되고 있나?"

어쩐지 형식적인 질문으로 들렸다. 현오는 조용히 고개만 서너 번 끄덕였다. 잘 되고 있으니 더는 묻지 말라는 뜻이었다. 소장도 현오의 말을 알아들었다.

"오늘 보자고 한 건 사태가 워낙 다급하게 흘러가고 있어서 김 박사에게 특별히 부탁할 게 있어서야."

현오는 또 어떤 요구를 하려고 그러는 것인지 걱정부터 앞섰다. 하루미와의 작업은 나름대로 진도가 나가고 있지만 아직은 이렇다 하게 내놓을 만한 것이 없었다.

"연구소만이 아니라 우리 회사 전체의 발등에 지금 불이 떨어졌어. 어떻게 알았는지 우리가 X-공법 개발 프로젝트 시작한 걸 일본의 철강업계는 물론 정치권에서도 훤히 알고 있는 듯해."

하루미에게서 들은 얘기도 있고 해서 현오는 크게 놀라지는 않았다. 하지만 일본에서 왜 그렇게 관심이 많은지는 여전히 의문이었다. 그래서 소장에게 물었다.

"그런데 우리의 새 프로젝트가 일본과 무슨 상관이 있죠?"

"지금은 총칼로 싸우는 무력의 시대가 아니야. 결국엔 돈과 기술 싸움이지. 일본인들은 이제껏 우리나라를 자기네 시장이자 하청업체 정도로 생각해왔어. 우리 회사에 자금을 지원하고 기술을 이전할 때만 해도 그런 생각이 지배적이었지. 하지만 포항제철이 세워지고 20년이 지나자 그들의 판단이 잘못되었다는 게 증명되고 있어. 우리 회사의 생산성은 세계 최고 수준에 도달했고, 어떤 기술은 오히려 일본을 앞섰지. 그 결과로 우리나라의 조선과 자동차와 건설은 지난 20년 동안 호황을 누렸고, 세계 각국에 우리의 철강과 배들이 수출되고 있네."

"하지만 지금도 일본 기술자들이 우리 회사에 상주하고 있고, 철광석이며 코코스는 죄다 수입에 의존하고 있는 형편인데, 일본은 왜 그렇게 우리를 견제할까요?"

"마지노선 알지? 넘어서는 안 될 선 말이야. 일본은 지금 우리가 그 선을 넘으려 하고 있다고 판단한 모양이야. 그래서 다양한 채널을 동원해 여러 형태의 경고를 보내고 있는 게지."

"경고라고요?"

"그래, 자국의 철강산업을 보호하고 우리를 견제하기 위한 경고지. 지난주에는 일본에서 파견된 자문단과 우리 회사의 기술팀 사이에 꽤 심각한 충돌이 있었다네. 1번 고로에서 이산화탄소를 빼내는 통로의 제어장치에 다소 문제가 있었던 모양인데, 일본에서 온 자문단이 이걸 해결하기 위해서는 고로의 운영을 중지시켜야 한다는 의견을 냈던 모양이야."

"고로 운영을 중단한다고요? 그거 한 번 중단했다가 다시 가동
하려면 시간이며 돈이 얼마나 많이 드는데 그런 주문을?"

"그러게 말이야. 그 사람들이 그걸 모를 리가 있나. 알면서도 어
깃장을 놓는 게지. 자기들 말을 듣지 않으면 사후 어떠한 책임도
질 수 없고 언론에도 폭로하겠다면서 큰소리를 쳤던 모양일세."

"배기가스 제어장치에서 종종 문제가 생긴다는 얘기는 저도
알고 있습니다만, 그렇다고 고로 운영을 중단한다는 게 말이 됩
니까?"

흥분한 현오의 목소리가 점차 커지고 있었다. 소장은 여전히 차
분한 목소리였다.

"저 사람들이 원하는 건 고로의 운영 중단이 아니야."

"그럼?"

"분쟁이고 소란이지. 일단 시끄럽게 만들어놓고 나서 시간도
벌고 자기들 나름의 명분도 쌓자는 속셈이지."

"음, 이제 와서 일본과의 모든 계약을 취소할 수도 없고, 참 난
감하군요."

"우리 사내에서의 문제만이 아니야. 일본 정계는 워싱턴을 들
쑤시기 시작했어. 우리의 철강 제품이 덤핑으로 미국을 비롯한
여러 나라에 수출되고 있다면서 적절한 세금을 부과해야 한다고
백악관이며 의회에 뻔질나게 드나드는 모양일세."

"우리 정부는요?"

"아직은 일본과 직접 맞설 수 없다고 판단하는 모양일세. 가급적 분쟁을 피하려고만 하고 있어. 우리 회사 경영진에도 일본과의 마찰을 일으키지 말라는 경고가 왔다는군."

"음, X-공법의 개발을 서둘러야 할 이유가 한둘이 아니군요."

"그래, 그래서 말인데, 김 박사가 최대한 빠른 시일 안에 회사 경영진들을 모아놓고 브리핑을 한 번 해줬으면 하네."

"브리핑이라구요? 아직 아무것도 발표할만한 게 없는데."

"그래, 아직은 그렇겠지. 하지만 외압에 시달리는 경영진들에게 우리 연구팀이 반드시 무언가를 해낼 수 있다는 자신감만은 보여주는 게 어떨까 싶어서 말이야. 어떤가?"

"글쎄요, 일단 고대 제철의 역사에서 큰 줄기를 잡긴 했는데, 아직 과학적이고 사실적으로 무언가 새로운 방향을 찾아내지는 못했어요. 우리나라 고대의 제철에 관한 연구도 턱없이 부족하고, 이를 지금까지 계승한 사례도 전혀 찾을 수 없구요."

"그래, 한두 연구팀이 고대 제철기술을 시험했다지만 모두 실패하고 있다는 소식은 나도 들었네. 하지만 우리에게 지금 현재 중요한 건 그런 구체적인 기술에 관한 정보가 아닌지도 몰라. 우리 스스로와 경영진, 정책 결정자들에게 자신감과 비전을 보여주는 게 먼저일지도 모른다는 생각이 드네. 그러지 않고는 우리의 프로젝트가 시작도 전에 좌초될 위험이 있어."

"소장님 말씀은 잘 알겠습니다. 하지만 일주일만 더 시간을 주십시오. 언제쯤 브리핑을 할 수 있을지, 일주일 후에 말씀드리죠."

"그래, 자꾸만 재촉하는 것 같아서 미안하네. 하지만 다른 연구원들도 지금 시간에 쫓기는 건 마찬가지라네."

"다른 팀에서는 지금 어떤 연구가 어디까지 진행 중인가요? 전체 연구원이 모이는 회의에 참석한 지 오래 돼서 잘 파악을 못하고 있습니다."

"이제까지 우리 연구소와 회사가 기술 개발에서 중점을 두었던 것은 한 마디로 자동화라고 할 수 있지. 또 설비를 대형화함으로써 생산량을 늘리는 방법도 꾸준히 연구하고 생산에 적용해왔어. 일정한 성과가 있었던 것도 사실이고 말이야. 하지만 지금은 그런 대형화와 자동화 못지않게 중요한 과제가 있다네. 바로 어떻게 하면 생산 공정을 줄여서 비용을 절감하고 효율성을 높일 수 있는가 하는 것이지. 예컨대 지금 냉연강판을 생산하는 공정은 크게 10여 개로 나눌 수 있는데, 이론적으로는 이를 절반 정도로 줄일 수 있다는 오스트리아 연구소의 연구 결과가 최근 발표되었어. 이렇게 되면 비용이며 시간이 획기적으로 줄어들 수 있지."

"그렇겠군요."

"그런데 알아보니 이런 신기술들이 지금 세계 각국에서 중구난방으로 연구되고 있어. 우리처럼 철강회사에서 세운 연구소들은 물론이고 국가나 대학에서 세운 연구소들에서도 여러 연구가 진행 중인데, 이게 다 제각각이란 말일세."

"세계가 철강 신기술에 그렇게 매달리고 있다는 얘기는 아직도 철강이 핵심 산업이라는 얘긴가요?"

"왜 안 그렇겠나? 우리는 여전히 철기시대에 살고 있고, 앞으로도 철의 중요성은 절대 작아지지 않을 걸세. 그래서 회사에서도 우리에게 30년 후까지 사용할 수 있는 독보적인 신기술을 요구하고 있는 것일세."

"그런데 우리는 아직 어떤 방향으로 갈지도 정하지 못하고 있는 거죠?"

"그래, 그래서 우선 세계 각국에 연구원들을 파견한 거지. 일본, 미국, 오스트리아, 프랑스, 호주 등등에 서너 명씩 짝을 지어 내보냈고, 이 사람들이 지금 나름대로 열심히 자료를 수집 중이네. 하지만 아직 신통한 보고가 없어. 기밀이라서 알아내기가 어렵다거나, 아직은 페이퍼 수준의 아이디어 차원이라거나, 소형 모의실험을 하고 있는 단계라거나 하는 보고들이 전부지."

"그래도 여기저기 기웃거리다 보면 무언가 걸리긴 하겠군요."

"글쎄, 나로서도 다른 방법이 생각나지 않아서 이런 방법을 쓰고 있긴 한데, 뭐가 걸릴지는 짐작도 하기 어렵군."

"지금까지 해외에 나간 연구원들로부터 보고된 내용을 제가 좀 볼 수 있을까요?"

"그래, 내일 아침에 다시 들르게. 비서에게 지시해 놓겠네."

현오는 입맛을 다시다 말고 자리에서 일어나 소장실을 나왔다. 갈수록 어깨가 더 무거워지고 있었다.

박혁거세

    현오는 한동안 하루미를 만나지 못했다. 소장의 은근한 채근도
있었지만 스스로 어떻게든 결과물을 내놓아야 한다는 압박감에
주말에도 연구실을 비울 수가 없었던 것이다. 대신 그날그날 읽
고 정리한 이야기들을 저녁마다 전화로 하루미에게 들려주고 그
녀의 의견을 물었다. 때로는 기우식 교수와도 통화를 하거나 같
이 점심을 했다. 역사학자가 아닌 현오로서는 혼자 힘으로 이해
하거나 해석하기 어려운 부분이 너무 많았기 때문이다. 특히 삼
국유사를 비롯한 옛 기록들에 등장하는 알이 제철과 관계된다
는 내용을 설득력 있게 설명해야 했는데, 이것이 생각처럼 쉽지
않았다. 현오는 우선 난생설화와 관련된 인물들을 모두 나열하
고, 이를 시대순으로 다시 정리했다. 가장 앞자리에 놓이는 인물
이 신라를 세운 박혁거세였다. 기록에 따르면 그가 알에서 태어
난 것은 기원전 69년이다. 하지만 박혁거세 이야기는 어디서부
터 어디까지가 진실이고 어디서부터 어디까지가 신화인지 구분
조차 쉽지 않은 매우 혼란스러운 이야기들로 이루어져 있었다.
정사로 인정되는 김부식의 삼국사기는 박혁거세에 대해 이렇게

정리하고 있었다.

"조선(朝鮮)의 유민들이 산곡 사이에 나뉘어 살아 6촌을 이루었다. 첫째가 알천(閼川) 양산촌(楊山村)이다. 둘째가 돌산(突山) 고허촌(高墟村)이다. 셋째가 취산(觜山) 진지촌(珍支村)인데, 간진촌(干珍村)이라고도 한다. 넷째가 무산(茂山) 대수촌(大樹村)이다. 다섯째가 금산(金山) 가리촌(加利村)이다. 여섯째가 명활산(明活山) 고야촌(高耶村)이니, 이것이 진한(辰韓) 6부(六部)가 되었다. 어느 날 고허촌장 소벌공(혹은 소벌도리)이 양산 기슭을 바라보니 나정 곁의 숲 사이에 말 한 마리가 무릎을 꿇고 울고 있었다. 그래서 가보니 갑자기 말은 보이지 않고 큰 알이 한 개 있어 깨뜨려보니 한 아이가 나왔다. 소벌공은 그 아이를 데리고 와서 잘 길렀는데, 10여 세가 되자 유달리 숙성하였다. 6부 사람들은 그 아이의 출생이 신기했으므로 모두 우러러 받들어 왕으로 모셨다. 진한 사람들은 표주박을 박(朴)이라고 하였는데, 혁거세가 난 커다란 알의 모양이 표주박 같이 생겨서 성을 박으로 하였다."

이야기를 읽는 순간 현오는 천마도를 떠올렸다. 고허촌장 소벌도리에게 박혁거세가 태어날 알의 위치를 알려준 존재가 바로 말이었기 때문이다. 그렇다면 이 알은 어디에서 왔을까? 우선은 하늘을 날아다니는 천마가 싣고 내려온 것으로 상상해볼 수 있다. 혹은 말 자신이 낳은 알일 수도 있다. 말이 어떻게 알을 낳느냐고

물을 수도 있지만 이때의 말은 어디까지나 상상의 동물이다. 말이 아니라 용일 수도 있고 이무기일 수도 있는 것이다. 그런데 소벌도리 촌장이 달려갔을 때 갑자기 말은 보이지도 않았다고 했다. 하늘로 날아갔다면 소벌도리 촌장 일행이 오는 도중에 분명 보았을 것이고, 그렇게 기록되어야 마땅했다. 그런데 당연히 말이 있을 것으로 생각했던 위치에 말은 없었다.

"말이 불꽃이고 말이 용광로에요."

하루미는 전에 경주박물관에서 천마도를 보고 했던 말을 다시 해주었다. 소벌도리 촌장이 멀리서 봤던 말은 용광로고, 그가 현장에 갔을 때 그 용광로는 이미 해체되고 없어졌으며, 그 대신 깨어진 알이 무쇠 덩이가 되어 있었다는 의미로 해석해야 한다는 것이었다.

"그럼 알에서 아이가 나왔다는 얘기는 어떤 뜻이죠?"

"아이는 완성된 무쇠예요. 그러면 알은 무쇠로 완성되기 직전의 상태라고 할 수 있죠. 그 알은 엎드린 말의 형상처럼 생긴 가마에서 나온 거고요."

"가마가 말처럼 생겼다고요?"

"고대의 제철 가마가 지금의 용광로처럼 생기지는 않았을 거예요. 처음엔 맨땅에서 노천 소성을 하다가 얕은 굴을 파게 되었을 거고, 나중에야 가마를 만들어야 더 높은 온도를 얻을 수 있다는 걸 알게 됐겠죠. 가마를 만들게 되면서 여러 가지 모양을 시도했을 텐데, 박혁거세 집단이 사용한 가마는 아마 말의 형상이 아니었던가 싶어요."

"박혁거세 집단?"

"당연하지 않아요? 이들은 제철기술을 가진 이주민 집단이에요. 소벌도리 촌장을 비롯한 6부 사람들이 처음 보는 기술이고 처음 보는 무리였을 거예요. 아마도 북방에서 이주해온."

"그러니까 말 울음 소리를 듣고 찾아간 나정 곁의 숲에서 소벌도리 촌장은 제철기술을 가진 새로운 이주민들을 만난 거군요. 그들은 엎드린 말 모양의 가마에서 쇠를 생산했고요."

"그래요, 맞아요. 그러면 소벌도리 촌장이 처음에 들었던 말 울음 소리의 정체도 분명해져요."

"그건 아마도 가마가 폭발하는 소리였을지도 모르겠네요."

"그래요, 폭발하는 소리일 수도 있고, 고대의 제철로를 해체할 때 나는 소리였겠죠."

"그렇다고 해도 여전히 알을 깨서 박혁거세라는 어린아이를 얻었다는 말은 상식적으로 이해가 가지 않아요."

"모든 건 상징이에요. 알을 깨서 아이를 얻은 게 아니라, 반대로 알을 만든 집단의 가장 존귀한 아이를 데려왔다는 뜻으로 읽어야 할 거예요."

"제철기술을 가진 새로운 이주민 집단의 아이를 얻었다는 의미란 말이죠?"

"그래요. 한반도에서 철이 사용되기 시작한 게 기원전 4세기부터라고 학자들이 주장해요. 저는 그 이전부터일 거라고 생각하지만. 실제로 고조선 시기의 철기 유물들이 많이 발굴됐어요. 박혁거세가 태어났다는 기원전 69년이면 경주에도 철이 있었을 거예요. 쇠를 벼리는 대장간도 더러 있었겠죠. 하지만 6부의 촌장들은 아직 쇳물을 용출하는 기술은 없었던 거예요. 북쪽에서 전래되거나 수입된 쇠를 사용하고 있었다고 보면 쉬워요. 그러다가 쇳물을 용출할 줄 아는 무리가 나정의 숲에 나타난 거예요. 박혁거세의 탄생 신화가 바로 이 역사를 상징으로 꾸며서 전하고 있는 거죠."

"음, 추측 말고 좀 더 구체적인 증거나 기록도 있을까요?"

"박혁거세의 신라 건국 시기에 만들어진 고분으로 구정동과 조양동 등 경주의 여러 고분이 있어요. 거기서 모두 철제품과 철제무기가 다량으로 출토됐어요. 특히 눈길을 끄는 게 철제 마구예요."

"말 재갈 말인가요?"

"맞아요. 이 시기의 무덤에서 철제 마구가 많이 발견된다는 것은 박혁거세의 도래 시기에 기마문명과 철기문명이 동시에 이 지역에 들어왔다는 의미죠."

"소벌도리 촌장이 애초에 보았다는 말과도 연관이 있겠군요."

"그래요, 맞아요. 게다가 박혁거세 시기의 고분에서는 청동제 마구가 출토된 적이 없어요. 이건 박혁거세가 경주에 철기문명을 들여왔다는 유력한 증거죠."

"좋아요, 하루미 상의 생각은 이해했어요. 하지만 6부의 촌장들은 왜 박혁거세를 어린 나이에 왕으로까지 추대했을까요? 그래봐야 외부에서 들어온 이주민의 자식일 뿐인데."

"쇠의 중요성을 알았기 때문 아닐까요? 제철기술이 반드시 필요한 단계였던 거고, 그 아이를 왕으로 옹립하지 않으면 6부의 존재 자체가 위협받는 상황일 수도 있고요."

"하긴 당시에 한반도에서 수많은 소국들이 경쟁하고 있었으니 제철기술의 확보가 시급하긴 했겠죠."

"게다가 제철기술을 가진 이주민 집단은 북방에서 온 왕족일 가능성이 높아요. 그렇게 보면 박혁거세의 왕위 등극은 훨씬 쉽게 이해가 되죠."

하루미의 설명을 듣고 있자니 모든 것이 자연스럽게 이해되었다. 그렇게 전화를 끊으려는 순간 하루미가 다시 입을 열었다.

"삼국사기 외에 삼국유사에 박혁거세 이야기가 더 자세하게 실려 있는 건 아실 거예요. 거기엔 박혁거세의 왕후가 되는 알영(아리영)이 계룡의 옆구리에서 태어났다는 전설도 실려 있어요."

"맞아요, 저도 기억해요. 그런데 아리영은 입술이 마치 닭의 부리와 같았고, 사람들이 냇물에 목욕을 시키고 나자 그 부리가 떨어졌다고 했어요. 그래서 그 냇물을 사람들이 발천이라고 불렀다고도 했죠."

"그래요. 그런데 저는 이 아리영도 새로이 이주해온 집단의 대표일 가능성이 높다고 생각해요. 계룡의 왼쪽 갈비뼈 부분에서 나왔다고도 하고, 죽은 용의 배를 가르고 아리영을 얻었다고도

한다고 했는데, 모두 가마를 허물고 굳어진 쇳물을 얻는 과정을
묘사한 거라고 생각되거든요."

"하루미 상의 논리를 따라가다 보면 그렇게 보는 게 자연스럽
겠네요."

"문제는 아리영의 입술이 닭의 부리 같았고, 냇물에 목욕을 시
키자 이게 떨어져 나갔다는 부분이에요. 저도 이 부분은 무슨 의
미인지 도통 감을 잡을 수가 없어요."

"목욕을 시켰다는 건 얻어진 쇠를 다시 물과 불로 벼렸다는 의
미가 아닐까요?"

"저도 그렇게 생각해요. 문제는 닭의 부리와 같은 입술, 벼리면
떨어지는 부리가 무엇인가 하는 거예요."

"알겠어요. 그 부분은 저도 고민을 좀 해볼게요. 고마워요."

그렇게 하루미와 통화를 마친 현오는 즉시 박혁거세 이야기를
다시 정리하기 시작했다. 연오랑세오녀 이야기를 적어둔 노트에
손으로 쓸까 하다가 며칠 전부터 책상 위에 올려진 컴퓨터의 전
원 버튼을 눌렀다. 띠리릭 띠딕, 몇 번의 신호음이 울리더니 이내
깜빡깜빡 움직이는 신기한 커서가 나타났다. 현오는 글자를 하나
하나 쳐나가기 시작했다.

제4부

알의 사람들

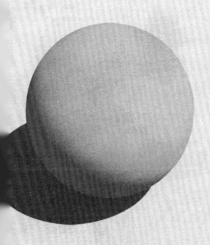

나정의 백마

　기원전 200년경부터 흩어지기 시작한 고조선의 후예들은 살아
남기 위해 긴 방랑을 시작했다. 일단은 기후적으로 따뜻한 남쪽
으로 무리를 이끌었다. 그러다가 정착한 땅이 경주 일원이었다.
산으로 둘러싸인 분지여서 농토가 넓고, 바다가 가까워서 소금이
며 해산물을 쉽게 구할 수 있었다. 이들은 기존에 있던 원주민들
을 철제 무기로 위협하고 철제 농기구로 달래어 백성으로 삼았
다. 그렇게 6부가 형성되었고, 촌장들은 수시로 모여 회의를 하며
일대를 지배하고 다스렸다.
　그런데 세월이 흐르면서 전에 없던 문제가 대두되었다. 이들이
가진 철제 무기와 농기구가 점차 녹슬어 더는 사용할 수 없게 된
것이다. 철기문명의 전파자였지만 이들은 제철기술을 가진 집단
이 아니었다. 철제 무기와 농기구가 사라지고 줄어들자 이들의
권위와 위세도 점차 추락했다.
　6부의 촌장들은 회의를 열고 이에 대한 대책을 논의했다. 회의
에는 6부 촌장의 장자들도 함께 참석했다.
　"우리 촌장들의 힘이 약해져 이제는 산촌이며 바닷가에서 공공

연히 촌장의 명을 거부하는 자들이 생겨나고 있소."

"우리 6부가 다스리는 지역은 아니지만, 먼 곳에서는 촌장이 아니라 왕을 칭하는 자들이 나타나고 있다고도 합니다."

"이런 이유로 일찍이 고조선이 세워지고 왕이 등장했으며, 지금도 중원이며 북방에는 여러 나라들이 생겨나고 있습니다. 우리가 이렇게 좁은 땅에 갇혀 6부 체제로 있는 한 우리의 미래도 장담하기 어려울 것입니다. 이웃에 우리보다 강력한 나라라도 세워지는 날에는 우리가 무슨 힘으로 버틸 수 있겠소."

"맞소. 그러니 우리도 6부의 촌장 위에 다시 왕을 세워 나라를 건설하고 힘을 하나로 모아야 합니다."

"왕을 세우고 나라를 세우는 것은 우리들이 상의해서 정할 수 있는 것이 아니라 하늘의 명이 있어야 하오. 우리에게 왕이 필요하다면 하늘에서 틀림없이 정해 주겠지요."

"언제까지 그런 날을 기다릴 수 있겠소?"

"그렇다면 우선 왕이 아니라 우리 6부의 대표자라도 세웁시다."

"그럽시다."

그리하여 가장 연장자인 고허촌 소벌도리 촌장이 6부 대표의 역할을 맡기로 하였다. 6부에서는 충성의 표시로 저마다 군사들을 선발하여 고허촌으로 보내기로 결의하였다.

대표가 된 소벌도리 촌장은 다시 회의를 소집하였다. 그런데 그의 입에서 뜻밖의 이야기가 나왔다.

"우리 6부의 땅에 왜국이며 북방의 장사치들이 드나든다는 사실은 모두가 잘 알고 있을 것이오. 이들을 통해 백성들이 사사로이 무쇠를 거래한다는 것도 어제오늘의 일이 아니지요. 이런 거래는 엄히 금하는 것이 마땅히 옳겠으나, 호미와 괭이가 없어 농사를 짓지 못하는 백성들의 사정도 살피지 않을 수 없소."

"무슨 방도가 있겠습니까?"

"이런 차에 얼마 전 북방에서 온 장사치 두 무리가 나를 찾아왔소. 함께 온 것은 아니고 저마다 찾아온 것인데 모두 북방에서 왔다고 하오. 그런데 장사치로만 알았던 이 자들이 내게 이상한 제안을 해왔소. 오늘 그 제안에 대해 상의를 할까 하여 회의를 소집한 것이오."

"이상한 제안이라면?"

"이 자들이 모두 무쇠를 만들 줄 안다고 하오."

소벌도리 촌장의 짧은 말이 끝나기 무섭게 여기저기서 질문이 빗발쳤다.

"무쇠라고요?"

"쇳물을 용출할 줄 안단 말입니까?"

"쇠를 얼마나 가지고 있었소이까?"

"정말로 무쇠를 용출했습니까?"

소벌도리 촌장은 팔을 천천히 휘저어 좌중을 조용히 시켰다.

"두 무리 모두 상당한 쇠를 이미 가지고 있었고, 우리 촌의 대장장이에게 이를 벼려보게 한 결과 좋은 쇠라는 말을 들었소. 하지만 그 쇠가 정말로 그 자들이 용출한 것인지 어떤지는 아직 확인하지 못했소."

"그 자들은 지금 어디에 있습니까?"

"한 무리는 나정 근처에 노를 설치하고 싶다기에 우선 그 근처에 움막을 짓도록 허락했소. 그리고 또 한 무리는 알영정 근처에 머무르고 싶다기에 역시 움막을 짓도록 허락했소."

"노라는 게 뭡니까?"

"우리가 알고 있는 가마와 비슷한 것이 아닐까 하오."

"그 자들이 나정과 알영정에 거처를 마련토록 해달라고 한 연유는 무엇이랍니까?"

"거기에 신목이 있기 때문이라 하였소."

"신목이라고요?"

"그렇소. 그 자들은 가시가 달려서 우리가 가시나무라거나 침나무라고 부르는 나무를 신목이라고도 하고 쇠나무라고도 했소."

"쇠나무요?"

"쇠나무인지 소나무인지 정확히는 듣지 못했소. 다만 그 신목의 껍질이 마치 철갑을 두른 형상인 것은 모두 철광석 성분을 먹고 자라기 때문이라 하였소."

"그럼 그 쇠나무인지 소나무인지가 자라는 곳에 사철광이 있다는 말입니까?"

"그렇소. 그 자들의 말에 따르면 쇠나무를 통해 사철광을 찾기도 하지만 다른 방법도 여럿이 있다 하오. 땅속에 묻힌 쇠의 냄새를 맡을 줄 아는 자도 있다고 하오."

"쇠의 냄새라니, 거 참, 이상한 말입니다."

"나도 더 자세히는 모르오."

"그럼 그자들의 숫자는 몇이나 됩니까?"

"실제로 쇳물 용출에 필요한 일을 하는 자들이 30여 명이고, 그식솔들까지 합하면 한 무리에 100여 명쯤이오."

"그들에게 움막을 짓고 거주하게 하셨다면 이제 쇳물 용출을 시켜보면 될 것이 아닙니까? 거짓말이었다면 모두 쫓아내거나 주살하면 되겠지요."

"그게 그렇게 간단치 않소. 우선 저들은 내게 식량 지원을 요청했소. 오랜 기간 방랑을 해온지라 휴대한 식량이 거의 떨어졌고, 우리 6부의 땅에는 모두 주인이 있어 마음대로 농사를 지을 수도 없으니 식량을 마련하기가 어렵다는 것이오."

"그건 그렇겠군요. 그렇다면 소벌도리 촌장께서는 어찌하실 생각이신지?"

"우리 모두가 아는 것처럼 우리 6부에는 무쇠가 반드시 필요하오. 금이나 은을 주고 멀리 북방에서 사오는 쇠가 아니라 우리가 직접 만든 쇠 말이오. 그 쇠가 있어야 더 많은 곡식을 얻을 수 있고 더 많은 고기를 잡을 수 있소. 쇠만 있다면 바다 건너 외국이나 인근의 나라들에도 팔아서 더 많은 재물을 얻을 수 있을 것이오. 그래서 나는 나정과 알영정의 무리들을 적극 지원해주고 이들이 쇳물을 용출할 수 있도록 도와주고자 하는 것이오."

그러자 여기저기서 찬동의 의견이 나왔다.

"용출된 쇳물이 저들의 것이 아니라 우리 촌장들의 것이 된다고 확실히 보장만 된다면 우리 촌에서도 적극 지원하겠습니다."

"우리도 힘이 닿는 데까지 지원하겠소."

다시 소벌도리 촌장이 좌중을 향해 입을 열었다.

"용출된 쇳물은 당연히 우리 6부 촌장들의 차지가 될 것이오. 전에 군사들을 모아두었던 것은 이런 일에 긴히 사용하기 위한 것이기도 하오. 그러나 저들이 우리에게 쇳물 용출의 기술을 가르쳐줄 리가 만무하니 저들을 회유하는 정도의 지원과 합당한 보상은 있어야 할 것으로 생각되오."

"아니 쇳물만 용출된다면 무엇인들 못 하겠습니까? 저들의 우두머리를 왕으로 세울 수도 있겠지요, 허허허."

그렇게 회의가 끝난 후 소벌도리 촌장은 군사들을 불러 나정과 알영정에 움막을 짓고 거주를 시작한 무리들을 세심히 살피도록 일렀다. 동시에 각 부에서 보내온 고기며 곡식, 채소들을 나정과 알영정 무리에게 푸짐하게 싸서 보냈다.

새로운 무리가 나정과 알영정에 각각 자리를 잡은 지 서너 달이 지났을 때의 일이다. 나정을 살피던 군사 하나가 소벌도리 촌장의 방 앞에 급히 달려와 부복하며 고했다.

"촌장님! 나정에 자리 잡은 무리들이 달포 전쯤에 그들이 노라 부르는 가마를 완성했사온데, 대체로 엎드린 말과 비슷한 형상입니다. 황토를 이기고 지푸라기 자른 것을 섞은 뒤에 노천에서 불에 구워 벽돌을 만들고, 그걸로 가마인지 노인지 하는 것을 만들었사옵니다. 그런 뒤에는 붉은 사토를 캐 모으고 단단한 나무를 잘라 숯을 몇 가마니나 만들더니 이것들을 뭉쳐 시루떡같이 쌓고, 다시 그 위에 회와 흙을 섞어 덮어씌웠습니다. 그리고 어제 저녁부터 말의 꼬리 쪽에 난 입구를 통해 불을 때기 시작했사옵니다."

"그래서 쇳물이 나오더냐?"

"아니옵니다. 불을 이틀 이상 때야 한다 하옵니다."

"그렇게 오래 걸린단 말이냐?"

"소인이 듣기로는 그러하옵니다."

"그래 알았다. 내 직접 가서 볼 것이니라."

소벌도리 촌장은 보고를 위해 달려온 군사를 앞세우고 중무장한 병사 십여 명과 함께 양산으로 향했다.

"이 사람들이 풀무를 만들었는데, 우리가 쓰는 것처럼 손으로 돌리는 작은 풀무가 아니라 양쪽에 두 사람이 서서 발로 밟는 아주 큰 풀무였습니다."

양산으로 향하는 도중에도 병사는 그동안 보고 들은 것들을 열심히 설명했다. 저들이 자기들의 대장을 낭오라고 부르거나 간이라고 부른다는 얘기, 가마며 풀무 따위가 이제까지 보던 것과는 전혀 다르다는 얘기 따위였다.

그렇게 나정으로 향하던 소벌도리 촌장 일행이 산모퉁이를 막

돌았을 때였다. 멀찌감치 나정 일대가 훤히 내려다보이는 곳이었는데, 그때 마침 나정에서는 번갯불 같은 것이 하늘로 치솟고 있었다. 그 불빛의 기운이 얼마나 거센지 예사롭지 않았다. 번갯불이 땅에서 하늘로 솟구치는 광경처럼 보였던 것이다.

"참으로 놀랍구나. 어떻게 저런 엄청난 불길을 일으킬 수 있는지. 대체 무슨 일이 일어나고 있는 것인지 어서 가보자."

소벌도리 촌장은 무장한 수하들을 데리고 나정으로 급히 달려갔다. 그들이 나정에 가까워지자 땅을 파헤친 웅덩이가 여기저기 보였다. 흙무더기만 있어 무엇을 캐내었는지는 알 수 없었다. 그런데 그 웅덩이의 흙 색깔이 모두 붉었다.

나정에 닿아보니 알을 품은, 백토로 빚은 큰 형상에서 센 불꽃이 하늘로 솟구치고 있었다. 이제까지 본 적이 없는 모습의 가마였는데, 마치 말이 앞발을 꿇고 엎드려 절을 하는 모양이었다. 회를 발라서 그런지 영락없는 백마 모양이었다. 흰말 형상의 그 가마는 엄청난 열기를 내뿜고 있어 가까이 다가가지도 못할 정도였다. 소벌도리 촌장 일행은 그저 멀리서 바라볼 수밖에 없었다.

그렇게 밤이 깊어지고 다시 다음날 새벽이 다가올 무렵이었다. 말이 내뿜는 불꽃이 더 세어지는가 싶더니 갑자기 가마 안에서 우르릉 쾅쾅 천둥 치는 소리가 나기 시작했다.

"모두 피해라!"

누군가 그렇게 외쳤고, 발물레로 풀무질을 하던 무리를 비롯한 일꾼들이 재빠르게 언덕 뒤로 몸을 피했다. 그리고 몇 초도 지나지 않아 가마는 삽시간에 폭발했다. 불기둥이 어두운 하늘로 치솟고, 고막을 찢는 듯한 굉음이 대지를 울렸다. 불기둥의 열기와 빛이 멀리 떨어져서 보고 있는 소벌도리 촌장 일행의 얼굴에까지 확 끼쳐졌고, 말 울음 소리를 닮은 폭발음도 메아리를 울리며 길게 여운을 남겼다. 그렇게 백마의 형상은 거대한 불덩어리가 되어 하늘로 치솟았다. 참으로 장관이었다.

말이 하늘로 올라가버린 자리에는 시뻘겋게 깨어진 알의 잔해가 남았다. 한참이 지나서 무리의 우두머리인 오랑이 잔해를 쇠작대기로 헤치자 달구어진 둥근 덩어리가 나왔다. 알 모양의 그 덩어리 주변에서는 여전히 불덩이들이 뜨거운 열기를 내뿜고 있었다.

나정의 무리들은 익숙한 솜씨로 오랑을 도왔다. 그들은 소벌도리 촌장이 지켜보고 있는 것도 잊은 채 여전히 불기운을 머금은 붉은 덩어리를 자세히 살피고 있었다, 붉은 덩어리를 살피던 오랑이 두 손을 들고 환호성을 질렀다.

"했소! 했소! 했소!"

그러자 함께 돕던 무리들도 따라서 환호성을 질렀다.

"했소! 했소! 했소!"

소벌도리 촌장이 환호하는 무리들을 밀치고 오랑에게 다가가자, 오랑이 놀라며 그를 맞았다.

"어서 오시지요."

자신을 맞는 오랑에게 촌장이 다짜고짜 물었다.

"성공인가?"

"이 덩어리를 보시지요. 드디어 성공하였습니다."

오랑이 쇠 작대기로 잔해 속에 있는 큰 덩어리를 가리켰다. 덩어리는 여전히 뜨거운 열기에 휩싸여 있었고, 서서히 붉은색에서 자색으로 변하기 시작하고 있었다.

"이게 무쇠인가?"

"그렇습니다. 무쇠의 알입니다. 이것을 대장장이가 벼리면 칼도 되고 호미도 되는 것입니다."

그 말을 듣는 소벌도리 촌장의 얼굴에는 희색이 가득했다.

오랑의 아들

소벌도리 촌장은 신기하고 또 두려웠다. 북방과 중원에서는 무
쇠를 가진 자들이 왕이었다. 자기 조상들의 일이어서 촌장도 이
미 잘 알고 있었다. 그런데 6부에는 그동안 무쇠를 용출할 줄 아
는 자가 없었다. 오랜 세월 여러 시험을 해보았지만 누구도 성공
하지 못했다. 그러다가 새로이 나타난 무리가 무쇠를 만들겠다고
했으나 이렇게 쉽게 성공하리라 믿지는 않았다.

그런데 실제로 용출에 성공한 것이다. 참으로 감격할 일이었다.
그러나 감격만 하고 있을 일은 아니었다. 정신을 가다듬은 소벌
도리 촌장이 오랑에게 말했다.

"내가 긴히 할 말이 있소."

오랑은 소벌도리 촌장을 자신의 움막으로 안내했다. 마주 앉
은 두 사람 사이에 잠시 침묵이 흘렀다. 소벌도리 촌장이 먼저 입
을 열었다.

"모두가 바라던 용출이 일어났소. 참으로 노고가 많았소. 용출
이 일어나 이렇게 무쇠를 얻게 되니, 하늘에 감사할 일이오. 그러
나 우리끼리 우선 해결해야 할 문제가 있소이다. 우리 촌장들은

그대에게 무쇠의 처분권을 줄 수가 없소. 그 이유는 그대가 더 잘 알 것이오. 그렇다고 그대를 해할 수도 없소. 그대가 만들 줄 아는 무쇠가 필요하기 때문이오. 그래서 우리는 그대가 용출을 하게 되면 어떻게 처분할 것인지 미리 의논을 해두었소. 물론 본래 무쇠의 주인을 왕으로 섬기는 것이 중원의 법이고 북방의 법이기도 함을 알고 있소. 허나 우리는 그대를 당장 왕으로 섬길 수는 없소. 우리는 시간을 갖고 그대와 우리가 함께 사는 방도를 마련하려고 하오. 만약 그대가 이 제안을 거부한다면 우리와 함께 살수 없을 것이오. 그대만이 아니라 무리의 안위가 달린 문제요. 우리의 제안을 받아들인다는 약조가 있어야 할 것이오. 물론 그에 상응하는 우리들의 약조도 있을 것이오. 이는 이미 우리 6부 촌장들이 다 함께 논의하고 결정한 사항이오."

"무슨 말씀이신지?"

오랑이 소벌도리 촌장의 말을 듣고는 되물었다.

"그대들이 필요한 모든 것은 우리가 조달해 주겠소. 그 대신 그대들은 용출된 무쇠를 절대 다른 곳으로 유출시켜서는 아니 될 것이오. 그리고 그 증표로 오랑의 아들을 내어주시오."

순간 오랑의 얼굴에 당황하는 빛이 서렸다. 이 말을 듣고 있던 오랑의 아내는 아직 젖먹이인 아들을 안고 있다가 안색이 창백하게 변했다. 잠시 침묵을 지키던 오랑이 말했다.

"다른 방도는 없사옵니까?"

"없소!"

소벌도리 촌장이 단호하게 대답했다. 그러자 오랑이 다시 마지못해 입을 열었다.

"아들의 안전만 보장된다면 제안을 받아들이겠습니다."

오랑은 더는 꼬리를 달지 않았다. 촌장과 맞설 수 없다는 것을 그도 알고 있었던 것이다.

"염려하지 마시오. 우리가 함께 살자는 제안이오. 그리고 저 무쇠 덩이도 가져가겠소."

오랑은 무쇠를 수습하여 소벌도리 촌장의 수하들에게 넘겼다.

참으로 기막힌 일이지만 어쩔 수 없는 노릇이었다. 오랑은 소벌도리 촌장이 야만적이지 않고 정중하게 대하는 것만으로 만족해야 했다.

소벌도리 촌장은 데려온 오랑의 아이에게 거처를 마련해 주고 유모를 붙여주었다.

가지고 온 덩어리를 동천 냇가의 대장장이에게 벼려보라 일렀다. 계곡 동굴에서 솟는 차가운 물이 동천으로 흘렀고, 물이 차서 달군 쇠를 담금질하기 좋아 대장간이 거기 있었다. 대장장이는 작은 구멍들이 무수히 뚫린, 그러나 돌보다는 훨씬 무거운 둥근 덩어리를 이리저리 살폈다. 이어 벌겋게 달아오른 숯불에 그걸 집어넣었다. 그리고는 한동안 풀무질을 계속했다. 시간이 한참 지나자 덩어리가 벌겋게 달아올랐다. 대장장이는 집게로 이를 꺼낸 후 모루 위에 올리고 망치질을 시작했다. 덩어리는 엿가락

처럼 휘어지고 펴졌다. 그렇게 한참 망치질을 한 뒤에는 동천의
차가운 물에 집어넣었다. 뜨거운 쇠가 들어가자 물에서는 피시식
김이 올라왔다. 대장장이는 그 쇠를 다시 숯불에 넣고 달구었다.
그렇게 몇 번의 작업이 진행되는 동안 하루해가 다 지나갔다. 저
녁때가 되어서야 대장장이가 달려와 촌장에게 보고했다.

"틀림없는 무쇠이옵니다. 감축드립니다."

소벌도리 촌장은 이 사실을 알리기 위해 촌장 회의를 소집했다.
촌장들은 동천 대장간에 들러 벼려놓은 무쇠를 들여다보고 만져
보며 감격했다. 소벌도리 촌장은 그들에게 그동안의 경과를 자세
히 설명했고, 촌장들은 고개를 끄떡이며 들었다.

아리영

　그 무렵, 6부에서는 또 하나의 사건이 일어났다. 사량리 알영
정에서도 나정에 이어 쇳물의 용출이 일어났던 것이다. 나정에서
용출에 성공했다는 소식이 알영정에 닿자, 그때까지 무쇠를 용출
하지 못하고 있던 무리들이 자칫하면 이곳에서 쫓겨날지 모른다
는 불안감에 하던 일을 서둘렀다. 이곳의 움직임도 소벌도리 촌
장에게 소상히 보고되었다.

　그런데 알영정의 우두머리는 여인이었다. 처음 소벌도리 촌장
에게 이곳에 살기를 청할 때도 우두머리는 얼굴을 가린 여인이었
는데, 이곳 말을 할 줄 몰라 수행하는 자가 대신 말을 건넸었다.
모두가 여인이 무쇠를 용출한다니 믿으려 하지 않았었다.

　믿을 수 없는 얘기는 또 있었다. 우두머리 여인은 나이도 적지
않고 딸린 여식도 있었는데, 남편은 없다고 했다. 남편이 죽은 게
아니라 처음부터 없었다는 것이었다.

　"그 무슨 괴이한 말이냐?"

　소벌도리 촌장은 기가 막혀 수하에게 다시 자세히 살펴보라 일
렀다. 북방에 그런 풍습을 가진 무리가 있다는 말을 얼핏 들은 적

은 있지만 쉽사리 믿기지 않았다. 며칠 뒤 수하가 다시 알아보고 보고를 올렸다.

"저들은 여인을 중심으로 하는 가계를 가지고 있습니다. 전에 우두머리 여인이 아들을 낳았는데, 그 아들은 아비가 키우고 있답니다. 물론 그 아비와 아들은 우두머리 여인과는 따로 떨어져 살고 있습니다. 얼마 전에는 여자아이도 하나 낳았는데, 이 아이는 우두머리 여인이 직접 키우고 있습니다. 그 여자아이를 낳았을 때 무리들은 여인의 후계자가 태어났다며 돼지를 잡아 잔치를 했답니다."

그들은 그들대로의 풍습이 있으려니 생각했다. 여인이라고 우두머리가 되지 말란 법도 없고, 여인이라고 왕이 되지 말란 법도 없을 터였다.

이어 알영정의 쇳물 용출에 대한 보고도 속속 소벌도리 촌장에게 올라왔다. 그런데 알영정의 무리들은 개울 바닥에서 사철을 건져낸다고 했다. 또 나정에서 사철과 숯을 백토로 버무려 불을 지피는 것과 달리, 알영정에서는 비탈에 노를 만들고 그 속에 사철과 연료를 채워 넣는다고 했다. 노는 인근에서 많이 나는 고령토와 백토를 섞어 만든다고 했다. 그렇게 만들어진 노는 용의 형상과 흡사하고 닭의 벼슬 같은 부분도 있다고 병사들이 보고했다.

알영정의 노에 불을 지피기 시작한 지 이틀이 지났을 때 소벌도리 촌장은 다시 알영정으로 나갔다. 과연 알영정에서는 어떤 일이 벌어지는지 직접 눈으로 확인하기 위해서였다.

촌장이 도착했을 때 노에서는 불길이 이글이글 솟구치고 있었다. 노는 병사의 보고대로 닭 머리를 한 용의 형상과 같았다. 촌장은 계룡을 닮은 가마가 폭발할 순간을 기다리며 멀찌감치 떨어져서 상황 돌아가는 모습을 자세히 지켜보았다. 그런데 어느 순간이 되자 우두머리 여인이 일꾼들을 다그치기 시작했다. 촌장은 몸을 움츠렸다. 마침내 폭발의 순간이 다가온 것이라 여겼던 것이다. 그런데 어쩐 일인지 일꾼들은 가마에서 멀리 피하는 것이 아니라 저마다 쇠꼬챙이 따위의 도구를 들고 가마 곁으로 몰려들고 있었다. 촌장은 눈을 더욱 크게 뜨고 지켜보았다. 그 순간 우두머리 여인이 들고 있던 팔을 힘차게 아래로 끌어내렸다. 이를 신호로 서너 명의 남정네들이 가마 가까이 바짝 다가가더니 가마의 아래쪽 옆구리를 쇠꼬챙이로 찌르고 벽돌을 헐어내기 시작했다. 하지만 열기 때문에 일꾼들은 곧바로 교체되었고, 다시 투입된 일꾼들은 고무래 같은 도구로 가마 안에서 무언가를 긁어내기 시작했다. 뜨거운 불에 녹아내린 쇳물이었다. 벌겋게 달아오른 쇳물이 가마 안에서 흘러나와 동그랗게 파인 구덩이에 고였다. 그러면서 서서히 식고 굳어갔다. 이렇게 흘러나온 쇳물을 퍼내는 일꾼 곁에는 흙도 아니고 쇠도 아닌 찌꺼기를 파내는 자도 따로 있었다. 작업은 일사불란하게 진행되었고, 얼마 지나지 않아 쇳물은 자색을 거쳐 푸른 덩어리로 구덩이 안에 뭉쳐졌다. 가마 안에서 흘러나와 땅 위의 구덩이 안에서 굳은지라 마지막 흘러내린 쇳물이 부리처럼 덩어리 한쪽에 붙어 있는 형상이 되었다. 그리고 마지막 쇳물에는 불순물이 많아서인지 색깔도 다른 부분과 달리 거무튀튀했다.

그렇게 작업이 끝나자 무리들은 손을 치켜들며 무언가 부르짖고 있었는데, 촌장으로서는 처음 듣는 소리였다.

"쇠오! 쇠오! 쇠오!"

그들은 그렇게 환호하고 있었다. 아무래도 용출의 성공을 축하하며 그들의 우두머리인 여인을 칭송하는 소리인 모양이었다. 그들은 실제로 자신들의 우두머리를 '쇠오'라고 칭한다고 했다. 소벌도리 촌장은 나정의 우두머리를 '오랑'이라고 부르는 것은 알고 있었지만, 알영정의 우두머리를 '쇠오'라고 부르는 것은 처음 알게 되었다.

소벌도리 촌장은 앞으로 나아가 흩어진 불덩어리 사이로 굳어 있는 용출물을 보고 정중히 절을 한 뒤 물러섰다. 무리는 소벌도리 촌장을 막사로 안내했다. 촌장의 병사들이 막사를 둘러쌌다. 나정 때와 마찬가지로 알영정의 우두머리 여인과 마주 앉은 소벌도리 촌장이 먼저 말을 꺼냈다.

"참으로 노고가 많았소. 그러나 쇠와 관계된 일은 한두 사람이 마음대로 할 수 있는 것이 아니오. 나 역시 혼자서 앞으로의 일을 결정할 처지가 아니오. 지금 여섯 촌장을 대신해서 내가 이곳에 온 것뿐이오."

그녀는 용출의 성공에 한껏 들떠 있다가 소벌도리 촌장의 굳어진 표정을 보고 긴장하는 기색이 역력했다.

"나정에서 사내아이를 데려왔다는 소식은 들었을 것으로 아오. 그러나 이것은 포로나 그런 것이 아니고 예로부터 취하는 맹약의 상징일 뿐이오. 그대들이 용출한 신물은 내가 가서 벼려보겠소. 그리고 온 김에 아이도 데려가야겠소."

"아이라니요?"

우두머리 여인의 수하가 놀라 물었다.

"쇠오가 키우는 여식을 말하는 것이오."

"그건 아니 됩니다. 나정에서는 남아를 데려갔다고 들었소. 남아를 데려가면 아니 되겠소?"

예상한 일이었지만, 당황하는 빛이 보였다.

"나는 이미 이곳의 사정을 알고 있소. 다른 방책은 없소."

"아이의 안전은 보장됩니까?"

그들 중 한 자가 아이의 안전을 물었다.

"그건 이 소벌도리의 목을 걸고 약조하지. 신물에 대한 대가도 응당 알맞게 할 것이오."

어쩔 도리가 없었다. 그들은 쉬이 자신들이 처한 운명을 받아들였다.

소벌도리 촌장은 알열정에서 가져온 쇠를 벼리도록 지시했다. 그런데 나정의 것은 용탕이 고인 채로 굳어 있어 덩어리 모양이었지만, 알영정의 것은 용탕의 옆에 구멍을 내어 쇳물이 흘러나오게 한 것이다 보니 용탕에서 흘러나온 쇳물이 식으면서 부리(꼭지)가 달린 모양이 되었다. 알영정의 용출 방법이 나정의 그것과는 달랐기 때문이다.

월성 북쪽의 냇가에 있는 대장장이를 시켜 부리가 달린 덩이를 벼리라 하니, 그 덩어리에 붙어 있던 불순물 부리가 떨어져 나갔다. 덩이를 벼려본 대장장이가 훌륭한 쇠라 아뢰었다. 이 내를 부리가 떨어져 나간 냇물이라는 의미에서 발천(撥川)이라 했다.

얼마 지나지 않아 나정과 알영정에서 두 번째 용출도 성공했다는 보고가 올라왔다. 무쇠가 연이어 공급되자 작은 대장간이 큰 대장간으로 변했다. 주변에 이를 챙겨 넣는 창고도 생기고 일꾼들의 거처와 주막도 생겼다.

촌장들은 상당히 고무되었다. 무쇠가 넘쳐나니 엄청난 부가 6부에 쌓였고, 어디에서 온 것인지 알 수 없는 백성들의 숫자도 나날이 불어났다. 그러던 어느 날 소벌도리 촌장이 회의를 소집했다.

"다들 무쇠를 얻기 전에 우리가 어떤 처지였는지 기억할 것이오. 백성들의 원망과 반란을 걱정하지 않은 날이 없었고, 굶어 죽는 자들이 실제로 거리에 넘쳐났소. 그런데 지금은 어떻소? 촌장들의 집은 물론 백성들의 집에까지 곡식과 재물이 쌓이고 있소. 이것은 모두 쇳물의 용출 덕분이오. 나는 우리가 애초에 계획했던 대로 하늘이 점지해준 분들을 우리의 왕으로 세워 나라를 건설할 때가 왔다고 생각하오."

"하늘이 점지해준 왕이 누굽니까?"

"나정에서 온 아이와 알영정에서 온 아이요. 두 아이가 이미 성장하여 십 세를 한참 넘겼으니 왕과 왕비로 삼아도 충분할 것이오."

쉬운 문제가 아니었다. 몇 날 며칠의 회의 끝에 소벌도리 촌장의 의견을 추인하기로 결정했다. 이로써 박혁거세와 아리영은 왕과 왕비가 되고, 6부의 촌장들은 귀족이 되었다.

유화의 알과 주몽

박혁거세와 아리영의 이야기를 읽어본 하루미는 이번에도 칭찬 일색이었다. 두 무리의 서로 다른 제철기술을 삼국유사의 기록에 어긋나지 않게 잘 구분한 대목이 특히 마음에 든다고 했다. 자신은 같은 부분을 읽고도 두 무리의 제철기술이 어떻게 다른 것인지 전혀 감을 잡지 못했다는 것이었다.

"그건 사실 제가 구분을 한 게 아니에요. 자세히 읽어보면 삼국유사가 이미 그렇게 명확히 구분해서 기술하고 있는 거죠."

"흐음, 겸손하기까지."

"아니, 겸손해서가 아니에요. 정말로 제가 한 건 일연스님이 적은 얘기를 그대로 풀어쓴 거밖에 없다니까요."

"그럼 혹시 일연스님도 제철기술에 관한 전문가가 아니었을까요? 그래서 현오 씨 얘기처럼 박혁거세 당시의 제철기술 두 가지를 명확히 구분해서 기술할 수 있었던 게 아닐까요?"

"글쎄요, 거기까진 아직 모르겠어요. 하지만 연오랑세오녀 부분도 그렇고, 삼국유사가 제철 관련 이야기를 수없이 많이 담고 있다는 느낌은 확 들어요. 이제까지 우리가 그렇게 읽지 않아서 몰랐던 거죠."

그렇게 말하면서도 사실 현오는 가슴 한 켠에 의문이 일었다. 제철에 너무 목을 맨 나머지 제철과 아무 관련도 없는 이야기까지 억지로 그렇게 해석하고 있는 것은 아닌가 하는 의구심이었다. 하지만 하루미의 반응은 전혀 달랐다.

"맞아요. 이제까지 우리는 삼국유사를 완전히 잘못 읽고 있었던 것인지도 몰라요. 연오랑세오녀 이야기, 단군신화 이야기, 박혁거세와 아리영 이야기가 모두 제철과 관련된 기록이라고 전제하면 모든 이야기의 앞뒤가 척척 들어맞잖아요. 신기할 정도로 말이에요."

그건 최근 들어 현오도 느끼고 있는 바였다. 하지만 정말 그런지 백 퍼센트 확신이 서는 것은 아니었다. 현오가 그런 의구심에 잠겨 있을 때 이를 눈치라도 챈 듯 하루미가 다시 입을 열었다.

"저도 삼국유사에 나오는 모든 이야기가 제철과 관련된 역사적 사실을 반영한 것이라고는 생각하지 않아요."

"예를 들면요?"

현오의 다그치는 듯한 질문에 잠깐 엷은 미소를 지은 뒤 하루미가 다시 말을 이었다.

"박혁거세와 더불어 신라를 세우는 다른 성씨의 두 임금이 있어요."

"석탈해와 김알지잖아요."

"맞아요. 삼국유사에 따르면 이들 두 임금도 모두 알에서 태어났어요. 심지어 석탈해는 신라 땅이 아니라 머나먼 외국에서 온 사람인데도 알에서 태어났다고 해요.”

“역시 제철과 관련된 집단의 우두머리였다거나 하는 역사적 사실을 반영한 이야기가 아닐까요?”

“물론 그렇게 볼 수 있어요. 하지만 저는 어쩐지 석탈해와 김알지의 난생설화 이야기는 박혁거세 못지않은 훌륭한 분들이었다는 사실을 강조하기 위해 나중에 누군가가 꾸며낸 이야기가 아닌가 싶어요.”

“음……”

현오는 하루미의 말에 더 갈피를 잡기가 어려웠다. 알에서 아이가 나와 왕이 되었다는 이야기는 박혁거세든 석탈해든 김알지든 일견 황당하기는 마찬가지다. 그런데 하루미는 박혁거세의 이야기는 제철과 관련된 역사적 사실의 상징이라 하고, 석탈해나 김알지는 그야말로 지어진 이야기로 본다는 얘기였다.

“나도 확실한 근거가 있는 건 아니에요. 그러니 짬이 되면 현오 씨가 좀 더 연구해 보는 걸로 하고, 이제 고구려 이야기로 넘어가 볼까요?”

“고구려 이야기라면 시조 주몽에 대한 것이겠죠?”

“맞아요, 동명성왕 고주몽. 그런데 우리의 이야기에서는 주몽이 아니라 유화가 주인공이에요.”

“주몽이 태어날 알을 낳은 여인이 유화니까, 그건 당연할 수도 있겠네요.”

"맞아요."

모처럼 하루미와 현오의 생각이 일치하는 모양이었다. 하루미가 사이를 두지 않고 설명을 이어갔다.

"그런데 주몽 이야기는 사실 북부여에서 시작돼요. 북부여를 세운 사람은 해모수인데, 하늘에서 내려온 천제예요. 사람이 아니었죠. 그 아들이 해부루고, 해부루 때 북부여는 도읍을 옮겨서 동부여가 돼요. 그런데 해부루는 늙도록 아들을 얻지 못해요. 그러다가 곤연이라는 곳의 바위 밑에서 금빛 개구리 모양의 아이를 하나 얻어요. 이 아이가 자라 해부루의 뒤를 이어 왕이 된 금와왕이죠. 여기까지 이야기 중에서 제철과 관련되어 짐작되는 부분이 있나요?"

현오는 잠시 생각에 잠겼다가 대답했다. 며칠 전에 스스로 묻고 답해본 문제였지만 신중을 기하고 싶었다.

"해모수가 북부여를 세운 게 기원전 58년, 그러니까 박혁거세가 신라를 세울 때와 거의 비슷한 무렵이에요. 그렇다면 해모수 무리는 제철기술을 익힌 집단이었을 거고, 그래서 북부여라는 나라도 세웠겠죠. 하지만 그 아들인 해부루는 아들이 없었어요. 말하자면 제철기술을 전수할 후계자가 없었던 거죠. 그런데 금빛 개구리 모양의 양자를 들이게 돼요. 이건 제철기술이 아니라 금을 추출하는 정도의 단순한 기술을 가진 무리를 받아들였다는 의미로 볼 수 있어요."

"오, 맞아요. 부여의 입장에서 보자면 기술의 퇴보예요. 그리고 실제로 얼마 지나지 않아 부여는 고구려에게 멸망을 당하죠."

"황금이 쇠를 이길 수는 없으니까."

"그래요. 그런데 더 재밌는 건 나중에 일어나는 금와왕과 유화의 만남이에요. 유화 자신의 소개에 따르면 그녀는 하백의 딸인데, 해모수의 꾐에 빠져 웅신산 아래 압록강 가의 집에까지 따라가서 정을 통하게 돼요. 그리고 결과적으로 나중에는 해모수가 떠나버리고 유화는 혼자서 알을 낳게 돼요."

"그 알에서 주몽이 나오는 거잖아요."

"맞아요. 그런데 금와왕과 해모수와 유화 사이에는 묘한 인연이 있어요."

"묘한 인연이라구요?"

"음, 해모수의 입장에서 한번 생각해봐요. 해모수는 자기 아들 부루에게 아들이 없을 걸 알았어요. 대신 금으로 상징되는 청동기술 집단의 양자를 들일 걸 알았죠. 대가 끊어지고 제철기술도 단절되는 거니까 자기가 세운 나라도 끝인 거죠. 그런 상황에서 유화를 꾀어 임신을 시켜요. 이건 단순한 사랑 얘기가 아니라 제철기술과 관련된 얘기에요. 해모수가 유화에게 제철기술을 전수한 거죠. 이건 유화의 아버지인 하백도 모르던 기술이에요. 그래서 유화의 아버지는 딸을 쫓아내 버리죠. 그러자 유화는 금와왕을 찾아가요. 금와왕이 해모수의 아들 해부루의 뒤를 이어 부여의 왕이 되었으니, 해모수의 아이를 임신한 자기를 보살펴줄 거라고 생각한 거죠. 해모수는 처음부터 이걸 노렸을 거예요. 손자에 해당하는 금와에게 제철기술이 없으니 제철기술을 전수한 유화와 동맹을 맺게 하려던 거죠."

"맙소사. 그런데 금와왕은 유화의 진면목을 전혀 몰랐던 거군요."

"맞아요. 그래서 유화가 낳은 알을 내다 버리게 하죠. 이건 금와가 제철기술에 대해 전혀 모르고 있었다는 의미예요."

"그렇게 버려진 알을 개나 돼지가 먹지 않고, 소나 말은 피해 다니고, 새와 짐승은 덮어주었다는 거죠?"

"당연하죠. 그건 먹는 게 아니고, 함부로 다룰 수 있는 게 아니라 무쇠의 알이니까요. 금와는 하는 수 없이 이 알을 다시 유화에게 돌려주는데, 유화는 이 알을 따뜻하게 품어요."

이 대목에서 현오는 갑자기 뒷머리가 아프기 시작했다. 금와는 왜 알의 정체를 몰랐을까 하는 의문이 갑자기 심각하게 들었기 때문이다. 금와는 정말 그렇게 바보였던 것일까?

"하루미 상, 잠깐만요. 근데 금와는 왜 유화가 낳은 알의 정체를 그렇게 짐작조차 못했을까요? 바보였나요?"

현오의 질문에 하루미도 조금 당황하는 기색이었다. 시간이 얼마쯤 지체된 후에야 입을 열었다.

"아마, 그 알이 자기가 알던 쇠처럼 보이지 않기 때문일 거예요. 구체적으로 어떤 모양인지는 알기 어렵지만 우리가 상상하는 둥근 무쇠 덩어리는 아니었겠죠."

하루미의 설명을 들으며 현오는 속으로 무릎을 쳤다. 삼국유사의 여러 이야기에 나오는 알의 정체가 점점 분명해지는 기분이었다. 현오는 머릿속에 떠오른 생각을 두서없이 하루미에게 털어놓기 시작했다.

"유화가 낳은 알, 그러니까 유화가 처음 만들어낸 것은 아직 환원은 일어나지 않고 용융만 된 철이었을 거 같아요. 아니, 아직 철이라고 부르기에도 어색한 단계죠. 거기서 환원 과정을 거쳐야 철이 되는 거니까."

하지만 현오의 설명을 하루미는 잘 알아듣지 못하는 분위기였다. 하는 수 없이 추가 설명이 필요했다.

"철광석을 녹여서 쇳물을 얻으려면 크게 두 가지 과정을 거쳐야 해요. 우선 하나는 철광석을 고열로 녹여서 필요한 성분을 얻고 불필요한 성분은 버리는데, 이걸 용융이라고 해요. 다른 하나는 환원이에요. 우리가 알고 있는 철광석 안의 철은 사실 순수한 철이 아니라 산소와 결합된 산화철이에요. 거기서 산소를 없애야 진짜 철이 되죠. 이렇게 산화철에서 산소를 제거하는 과정을 환원이라고 하는 거죠."

그제야 하루미도 현오가 무슨 말을 하려는지 눈치를 챈 모양이었다.

"용광로에서는 그 두 개의 과정이 동시에 일어나는데, 유화가 쇠를 얻은 과정은 그 두 과정이 각각 따로따로 일어났다는 얘기가 되는군요?"

현오는 하루미 쪽으로 바투 다가앉으며 다시 설명을 덧붙였다.

"맞아요. 처음에 유화가 얻은 알은 용융만 된 상태의 철이에요. 환원이 일어나지 않았으니 사실 철이라고 하기도 어렵죠. 그래서 금와도 그 가치를 전혀 알아볼 수 없었을 거예요."

"그렇군요. 현오 씨 말이 맞는 거 같아요. 그래서 유화는 나중에 그 알을 다시 따뜻하게 품었다고 했어요. 그게 바로 환원 과정이었던 거네요."

"맞아요. 유화는 일단 용융 과정을 통해 알을 얻고, 나중에 다시 환원 과정을 거쳐 무쇠를 얻었던 거예요. 지금의 고로공법을 생각하면 한 번에 할 수 있는 일을 쓸데없이 두 번에 나누어서 한 거라고 생각할 수도 있어요. 그런데 우리는 지금 고로를 없애겠다는 발상을 하고 있고, 그렇다면 유화의 알에서 어떤 힌트를 얻을 수 있을지도 몰라요. 유화가 사용한 방식이 고로 없이 쇳물을 얻는 방식이었으니까."

현오가 거기까지 말하고 났을 때 하루미는 놀란 표정에 눈이 한껏 커져 있었다.

"드디어 구체적인 아이디어가 만들어진 건가요? 현오 씨의 프로젝트에 도움이 되는?"

"모르겠어요. 하지만 무언가 빛이 보이기 시작하는 느낌은 들어요."

현오는 그것이 아직 무엇인지 구체적으로 말할 수는 없었다. 하지만 삼국유사의 기록이 거부할 수 없는 힘으로 그를 끌어당기고 있는 것만은 분명했다. 마치 자석처럼.

그때 하루미가 다시 질문을 던져왔다.

"그래도 사람들을 설득하려면 고구려를 비롯한 삼국이 건국 당시부터 철을 생산하고 이용했다는 구체적인 증거 같은 게 필요할텐데, 혹시 찾아본 게 있어요?"

다행히 그건 현오가 곧바로 대답할 수 있는 질문이었다.

"네, 있어요. 우선 고구려 얘기를 해볼게요. 고구려의 시조 동명성왕의 어머니 유화가 제철 기술자였다는 얘기는 지금까지 했어요. 고구려는 북방에 터를 잡았기 때문에 그 이전부터 있던 철광석 산지들을 그대로 물려받았고, 또 처음부터 제철기술이 있었으니 출발이 아주 용이했어요. 나중에 밝혀진 바에 따르면 졸본성(환인) 부근과 국내성(집안)을 중심으로 한 압록강 중류 일대가 중요한 철광업 지역이었다고 해요. 또 고구려 초기에는 철제 무기나 농기구에 대한 사회적 수요가 급격히 늘어나서 철광업이 빠르게 발전했는데, 삼국사기에는 서기 246년에 위나라 관구검이 쳐들어 왔을 때 고구려에서는 '철제 무기로 무장한 기마병 5천 명이 나가서 적을 물리쳤'는 기록이 있어요. 제철기술의 뒷받침 없이는 불가능한 얘기죠. 중국의 사료 중에는 '고구려의 무기로 갑옷, 화살, 쌍가지창, 긴 창, 세모진 창, 작은 창 등이 있다'는 기록도 있어요. 중국인들이 두려워할 만큼 강력한 철기문명을 이루었단 의미죠. 평양 천도 이후에도 고구려의 제철기술 발전은 계속되었던 게 분명해요. 쇠보습, 쇠낫, 쇠호미 등 여러 가지 철제 농기구 유물이 발굴되었죠."

"백제는요?"

"백제는 고구려의 동생 나라예요. 당연히 제철기술이 있었어요. 다만 기록이 너무 적어요. 그래도 일본의 자료에는 백제의 철광산에 대한 기록이 남아 있대요. 서기 181년쯤, 그러니까 초고왕 때 곡나철산(谷那鐵山)에서 산출된 철을 일본으로 가져간 사실이 서술되어 있대요. 곡나철산이 어디였는지는 분명치 않은데 현재의 홍천이 아닐까 하는 추정도 있어요."

"그건 나중에 제가 좀 더 기록을 찾아볼게요. 그럼 신라는요?"

"연오랑세오녀 이야기도 신라 초기의 역사지만, 그보다 앞선 기록도 있어요. 삼국지에는 '변한과 진한에서 철이 생산되는데 마한과 예, 왜 등이 여기서 사다 쓴다'는 기록이 있어요. 학자들은 이때가 기원전 100년에서 대략 서기 300년 사이일 거라고 추정해요. 신라가 생기기도 전부터 그 일대에서 철이 생산되어 수출까지 되고 있었다는 얘기죠. 경주 부근에는 관영 또는 민영 형태의 철광산들과 제철로들이 많이 있었다고 하고, 김해를 중심으로 한 경상남도 남부지방이 주요한 철 생산지였다고 해요."

"정말 공부 열심히 하셨네요."

"열심히 한 건지는 모르겠지만, 우리나라의 고대사 시작 부분이 제철과 연관되어 있고, 당시의 우리나라 제철 기술력이 세계 최고 수준이었다는 건 확실히 믿을 수 있게 됐어요. 지금의 만주와 한반도, 그리고 일본열도에까지 우리의 제철기술이 보급되지 않은 곳이 없다는 것도 알았어요. 그러고 보면 전국 방방곡곡에 당시의 철광석 산지와 제철 유적들이 남아 있을 텐데, 아직도 그런 정리나 발굴이 제대로 이루어지지 못하는 것 같아 정말 안타까워요. 우리 회사가 좀 더 여유가 생긴다면 그런 연구나 발굴사업을 지원해도 참 좋을 텐데…….”

“아마 그런 날이 곧 올 거예요. 저는 확신해요.”

“그걸 외부인인 하루미 상이 어떻게 확신해요?”

“아직은 한국이 먹고사는 문제 때문에 바쁘지만 조만간 과거도 현재 삶의 일부라는 걸 모든 사람들이 알게 될 테니까요.”

“음, 그런 날이 빨리 왔으면 좋겠네요.”

그렇게 말하는 현오의 머릿속에는 또 하나의 이야기가 서서히 구체적인 형태를 잡아가고 있었다.

구지가와 김수로

구지가와 수로왕의 탄생 이야기를 다룬 가락국기는 삼국유사에 실려 전하는데, 고려 문종 때 금관, 곧 지금의 김해지역 수령을 지낸 사람이 지은 것을 일연스님이 요약하여 소개하는 것이라고 밝히고 있다.

이에 따르면 당시의 이 지역에는 왕도 나라도 신하도 따로 없었고, 아도간 혹은 여도간 따위의 명칭으로 불리는 아홉 명의 간(干)이 있을 뿐이었다.

그러던 서기 42년 3월에 이들이 살고 있던 지역의 북쪽에 위치한 산봉우리에서 무언가를 부르는 듯한 이상한 소리가 연이어 들렸다. 마을 사람 이삼백 명이 모여들었는데 모습은 보이지 않고 사람의 말소리만 들렸다.

"여기에 사람이 있느냐?"

구간들이 대답했다.

"우리가 있습니다."

또 말했다.

"내가 있는 곳이 어디인가?"

"구지입니다."

"하늘이 나에게 명하여 이곳에 나라를 세우고 임금이 되라 하므로 내가 온 것이다. 너희는 모름지기 산봉우리 위에서 흙을 파며 '거북아 거북아 머리를 내밀어라, 내밀지 않으면 구워서 먹으리라'라고 노래를 부르면서 뛰고 춤을 추어라."

구간들이 이 말을 좇아 모두 기뻐하면서 노래하고 춤추었다. 얼마 안 되어 우러러 쳐다보니 한 줄기 자주색 빛이 하늘로부터 드리워져 땅에 닿아 있었다. 줄 끝을 보니 붉은 보자기에 금 합이 싸여 있었다. 열어보니 해처럼 둥근 황금빛 알 여섯 개가 있었다.

여러 사람들은 모두 놀라고 기뻐하여 다 함께 수없이 절을 했다. 조금 있다가 다시 싸가지고 아도간의 집으로 돌아와 걸상 위에 놓아두고 여러 사람은 각기 흩어졌다가 그다음 날 다시 모였다. 그 합을 여니 여섯 개의 알이 변하여 아기가 되어 있었는데 용모가 매우 깨끗하였으며 이내 평상 위에 앉았다. 사람들이 모두 절하고 하례하면서 극진히 공경했다. 그중 한 사람인 수로가 왕이 되어 대가야를 세웠고, 나머지 다섯 사람도 저마다 흩어져 가야를 세우니 모두 여섯 가야가 되었다.

현오는 당시의 상황을 눈을 감고 조용히 떠올려 보았다. 당시의 사람들이 들은 것은 산에서 누군가 환호성을 지르는 소리이거나 누군가를 부르는 소리였을 것이다. 소리의 정체를 확인하러 가기 위해 마을 사람 2~3백 명이 모였다고 했다. 이는 소리가 워낙 괴

이해서 한두 사람이 나설 사태가 아님을 의미하는 것일 터였다. 여차하면 전투가 벌어질지도 모르는 상황을 염두에 두고 마을 사람들은 구지봉에 올랐던 것이고, 소리의 정체는 그만큼 크고 기이한 것이어야 했다.

그런데 산에 올라보니 소리는 여전히 들리는데 그 모습은 보이지 않았다고 했다. 이는 소리의 발신자가 땅속에 있다는 의미다. 다시 말해 이들 보이지 않는 무리는 갱도 안에서 소리를 치고 있었던 것이다. 어느 한 무리가 산에서 땅을 파다가 마침내 자기들이 찾던 무언가를 발견한 상황으로 볼 수 있다. 그 감격과 기쁨에 함성을 질렀던 것이고, 이 소리를 마을 사람들이 들었던 것이다.

갱도 안에서 무언가를 파내던 이들 무리들은 9촌 사람들이 몰려오는 줄도 모르고 작업에 열중하고 있었을 것이다. 그러다가 아도간을 비롯한 마을 사람들이 소리를 지르자 그제야 작업을 멈추고 굴 밖으로 모습을 드러냈을 것이다. 이어 대화가 이어지고, 기존에 있던 원주민과 새로운 이주민 집단 사이에 타협이 이루어진다. 가락국기는 그 과정을 상징에 담아 전하는 이야기인 것이다. 그렇다면 어떤 대화와 타협이 이루어졌을까?

먼저 땅을 파던 낯선 자들은 원주민들에게 갱도에서 파낸 붉은 흙을 보여주었다. 그리고 자신들이 가지고 있는 땅을 파는 연장도 같이 보여주면서 그 붉은 흙으로 그 연장들을 만들었다고 말해주었다. 그들이 가진 연장은 원주민들이 그때까지 한 번도 본 적이 없는 이상한 것들이었다.

이어 9촌의 촌장들과 이주민의 우두머리 사이에 긴 회의가 열렸다. 이주민의 우두머리는 아직 젊었다. 그는 9촌의 촌장들에게 자신이 하는 일을 도우라고 요구했다. 그러면 붉은 흙으로 자신들이 가진 연장과 똑같은 것을 만들어 주겠다는 제안이었다. 촌장들은 돌보다 단단하고 세상의 그 무엇보다 날카로운 연장들에 매료되었고, 이내 이주민 우두머리의 제안을 수용했다.

그리하여 원주민들이 처음 조력한 것이 산에 묻혀 있는 철광을 캐내는 것이었다. 갱도를 파고 지하로 들어가야 하는 힘든 작업이었지만 신이 나서 노래를 부르며 일했다. 그때 부른 노래가 구지가다.

그렇다면 구지가에 등장하는 거북은 기존의 일반적인 해석대로 왕이나 제사장을 상징하는 게 아니라 명백히 철광을 상징하는 것일 터였다. '철광아 나와라 철광아 나와라, 안 나오면 파내서 불에다 구우리라.' 구지가는 그런 의미의 노래였던 것이다.

그렇다면 철광석을 왜 거북이라 표현했을까? 우선 쉽게는 표토에 거북의 등껍질 문양으로 존재하는 철광석의 존재를 가정해 볼 수 있다. 이에서 철광석을 거북으로 상징화한 것이라고 이해할 수 있다. 또 하나는 거북과 뱀은 하늘을 날아다니는 용과 사촌지간이되, 지하세계를 상징하는 동물이기 때문일 수 있다. 지하자원으로서의 철광석을 물속에 잠겨 있는 거북으로 상징화한 것이라는 얘기다.

그 뒤의 이야기, 그러니까 하늘과 땅 사이에 오색영롱한 빛이

드리워지고, 알이 나오고, 거기서 나온 아이가 왕이 된다는 이야기는 다른 난생설화와 하등 다를 게 없어 보였다. 하늘과 땅을 잇는 영롱한 빛은 용광로의 불빛을 말한 것이고, 거기서 알이 나왔는데 하루 만에 부화하여 아이가 되었다는 것은 용광로에서 만들어진 용융물 상태의 철을 환원시켜 무쇠로 완성했다는 이야기에 다름 아니었다. 그리고 그런 기술을 가진 무리의 우두머리가 대가야의 왕이 되고 나머지 다섯 가야의 왕도 되었다는 이야기다.

이렇게 시작된 가야의 제철기술은 이후 급속도로 발전하였고, 가야 자체는 물론 신라의 역사를 써나가는 핵심 재료가 되었다.

제5부
용융환원 제선법

보이지 않는 전쟁

"충분한 시간을 벌어주지 못해 미안하네."

소장실에 들어서자마자 연구소장은 현오에게 사과부터 했다. 사태가 더욱 급박하게 돌아가는 모양이었다.

"구체적인 연구 방향이나 계획이 세워지지 않으면 이번 프로젝트 자체를 중단시키겠다는데, 나로서도 더는 경영진의 압박을 막아내기가 힘들군."

포항제철의 경영진은 박태준 회장 혼자만이 아니었다. 물론 박 회장의 심복이자 처음부터 같이 회사를 만들고 키워온 임원들도 있었지만, 서울에서 낙하산을 타고 내려온 임원들도 적지 않았다. 이들은 부회장이나 감사 등등의 타이틀을 달고 내려와 몇 년씩 자리를 지키다가 다음 사람에게 인계하고 떠나는 게 일종의 관례였다. 말하자면 국영기업답게 청와대와 정부의 입김을 대변하는 임원들의 자리가 적지 않았다. 이들이 모두 나서서 반대한다면 박태준 회장이 아무리 의지를 갖고 추진하는 사업이라 해도 끝까지 진행하기가 쉽지 않았다.

"제가 어떻게 하면 될까요?"

미간을 잔뜩 찡그리고 있는 소장에게 현오는 기어드는 목소리로 물었다.

"연구소에서는 대체 무슨 연구를 어떻게 진행하고 있는 것이냐는 성화가 빗발치고 있네. 그래서 사흘 뒤에 경영진이 참석하는 X-공법 개발 프로젝트 일차 발표회를 개최하려고 해."

"그렇게 급하게 해야 합니까?"

"사실은 나도 선택권이 별로 없어."

"서울에서 온 임원들이 노리는 건 프로젝트의 완성이 아니라 중단 아닐까요?"

"동의하네. 직접적으로 말은 안 하지만, 불필요한 일에 예산을 낭비하고 있다는 게 그 사람들의 판단이야. 아마 청와대와 일본 철강업계의 압력이 있었을 거고, 청와대는 일본 정계의 압력을 받고 있겠지."

"아니, 우리가 신기술을 좀 개발하겠다는데, 다들 왜 그렇게 반대를 하는 거죠? 자기들더러 도와달라는 것도 아닌데."

"이건 전쟁이라네. 총칼이 아니라 돈과 기술을 놓고 벌이는 전쟁이지. 지난 20년 동안 우리 회사가 이룬 성과를 보게. 애초에 일본 철강업계와 정치인들이 우려했던 일들이 모두 현실이 되었어. 유조선을 비롯한 대형 선박들을 수주하는 데 있어서 일본 업계의 입장에서 가장 큰 경쟁자가 바로 우리나라일세. 건설도 마찬가지야. 고층건물과 대단위 도시를 세우는 세계 각국의 프로젝트가 진행될 때마다 일본의 가장 큰 경쟁상대가 바로 우리일세. 아직은 우리가 일본을 앞서지 못하지만, 10년 안에 역전될 가능성이 높지. 자동차라고 예외가 아니고 반도체라고 예외가 아닐세."

"자동차는 알겠는데, 반도체까지도 그렇단 말입니까?"

"삼성그룹이 휴대전화 개발과 반도체 사업을 핵심사업으로 정하고 엄청난 투자를 결정했다네. 그 소식이 일본 업계에 전해지자 일본도 바짝 긴장을 하고 있지. 아직은 걸음마 수준이지만 언제 일본을 따돌릴지 모른다고 염려하고 있다네."

"이해가 안 가는 건 아닙니다. 여러 분야에서 일본과 우리나라가 경쟁하고 있고, 이런 상황은 사실 20년 전이라면 피차 상상도하지 못했을 테니까요."

"그래, 일본 쪽에서는 괜히 호랑이 새끼를 키웠다는 말들이 떠돌고 있다네. 그 시작이 바로 포항제철 건설 지원이었다고 말하는 사람도 적지 않고."

"하지만 우리나라의 산업화 과정에서 일본도 만만치 않은 과실을 챙겼잖아요. 일본산 기계와 부품들이 여전히 엄청나게 수입되고 있고, 철강만 하더라도 특수기술이 필요한 핵심 소재들은 거의 다 일본에서 들여오고 있는 게 현실인데, 너무 욕심이 많은 거 아닌가요?"

"그래, 우리 입장에서는 당연히 그런 생각이 들지. 하지만 아까도 말한 것처럼 이건 일종의 전쟁일세. 일본과 한국이 여러 분야에서 경쟁을 하고 있는 현재 상황을 그대로 방치할 경우 조만간 전세가 역전되고, 일본의 기술 선진국 지위도 한국에 빼앗길

게 분명하다고 저들은 생각하는 걸세. 그러니, 그런 사태를 방지하려면 우선 우리 포항제철부터 손을 좀 봐줄 필요가 있다고 생각하는 게지."

"너무 과도한 억측인 거 같은데요."

"자라 보고 놀란 사람이 솥뚜껑 보고도 놀라는 격이지."

"일본은 그렇다 치고, 청와대와 서울 사람들은 대체 어떤 생각인 겁니까?"

"우리나라는 지금 단군 이래 최고의 호황을 누리고 있는 게 사실일세. 아시안 게임은 물론 올림픽까지 훌륭하게 치러냈지. 3년 안에 우리나라 국민소득이 1만 불을 돌파할 거란 예측까지 나돌고 있어. 이런 상황에서 일본과 경제 전쟁을 치른다면 그동안의 성과가 모두 물거품이 될 수 있다고 생각하는 모양일세."

"하긴, 지금 상태에서 일본과 우리가 직접 맞부딪친다면 여러 산업에서 타격이 엄청나겠죠."

"그래, 아직은 일본의 상대가 되기 어려운 게 우리 현실이야."

"그렇다고 언제까지 일본의 눈치를 보잔 겁니까? 그렇게 눈치만 보고 있다간 영원히 일본을 따라잡지 못할 텐데요."

답답한 마음에 현오의 목소리가 조금 커졌다. 소장의 고민이나 고충을 이해하지 못하는 건 아니지만 답답하기는 매한가지였다.

"내 말이 그 말일세. 하지만 정치하는 사람들의 생각은 다른 모양이더군. 그렇지 않아도 여전히 대학생들의 시위가 끊이지 않는 상황에서 다른 골치 아픈 문제를 더 만들고 싶지 않은 게야."

"음……."

현오는 길게 한숨을 내쉬었다. 소장과 토론을 벌인다고 달라질 건 아무것도 없음을 그도 잘 알고 있었다. 그래서 다시 본론으로 말머리를 돌렸다.

"사흘 후에 열린다는 일차 발표회에서 제가 지금까지 찾아내고 분석한 우리나라 고대 제철기술 관련 내용을 요약해서 발표해보겠습니다. 하지만 큰 기대는 하지 않으시는 게 좋겠습니다. 사실 저도 정리가 다 된 건 아니라서요."

"그래, 이해하네. 처음에도 말했지만, 시간을 충분히 벌어주지 못해 오히려 내가 미안하군. 가능한 선에서만 정리를 좀 해주게."

"알겠습니다. 그런데 저 말고 누가 또 그날 발표를 하게 됩니까?"

"일본에 나가 있는 장춘일 연구원 팀과 오스트리아에 나가 있는 최선근 연구원 팀을 급히 돌아오도록 지시했네. 두 팀 모두 일본과 오스트리아에서 현재 진행하고 있는 신기술의 동향에 대해 상당한 정도의 정보와 자료를 모은 모양이야. 그 결과도 그날 같이 발표될 걸세."

"알겠습니다. 저도 이만 돌아가서 자료를 정리해보겠습니다."

현오는 식은 커피잔을 놔둔 채 소장실의 문을 열고 나왔다. 걸음이 천근만근이었지만 머리는 오히려 맑아지는 느낌이었다.

코렉스 공법

사흘 후, 계획대로 X-공법 개발 프로젝트 제1차 발표회가 열렸다. 이름조차 지어지지 않은 연구 프로젝트의 내용이 궁금한 수십 명의 연구원들이 참석했고, 그보다 많은 경영진과 부서장들이 발표회장을 찾았으며, 재경부와 과학기술처를 비롯한 정부 부처의 사람들과 청와대에서 내려온 게 분명한 외부인들도 여럿 참석했다. 하지만 발표회는 시작부터 제대로 진행되지 못하였다. 짧은 개회사 겸 인사말에 이어 소장이 느닷없는 말을 꺼냈기 때문이다.

"오늘 발표회의 첫 번째 순서는 일본의 최근 철강산업 기술 동향에 대해 발표하는 것이었습니다. 하지만 이 첫 번째 순서는 부득이 다음 기회를 기다려야 할 것 같습니다."

대체 무슨 일인지 알 수 없는 참가자들의 웅성거림이 여기저기서 들려왔다. 수백 개의 눈동자가 단상에 선 소장의 입으로 모여들었다.

"일본의 최근 철강산업 기술 동향에 대해 보고할 사람은 장춘일 수석연구원이었고, 장춘일 연구원과 배진우 연구원이 약 한 달 전부터 일본에 출장을 나가 관련 자료를 모으고 업체들을 방문하며 아이디어를 청취해 왔습니다. 그리고 오늘 발표회에서 그 결과를 발표하기로 예정되어 있었던 것입니다. 그런데 이틀 전, 하네다 공항에서 이 두 사람의 연구원이 스파이로 긴급 체포되는 초유의 사태가 벌어졌습니다."

소장의 말에 장내는 순식간에 아수라장이 되었다. 두 사람과 같이 매일 한 사무실에 들락거리던 연구원들은 물론이고 참석한 사람들 전원이 난데없는 소식에 넋이 나간 형국이었다.

"스파이라면 간첩이란 말입니까?"

"그래서 어떻게 됐습니까?"

"일본 감옥에 갇혔단 말입니까?"

여기저기서 고함과 괴성이 쏟아졌다. 소장은 잠시 침묵을 지켰고, 장내가 조용해지자 그제야 다시 입을 열었다.

"두 연구원이 공항에서 긴급 체포된 게 그저께입니다. 그날 귀국하기로 약속한 두 사람이 비행기에 탑승하지 않았다는 사실을 파악한 회사에서는 급하게 외교부에 연락을 했고, 외교부에서 일본 대사관을 거쳐 두 사람이 일본 경시청에 구류 중이라는 사실을 파악한 게 어제저녁입니다. 오늘 아침 우리나라 영사가 일본 경시청을 방문하여 두 사람과의 면담을 요청했지만 거부당했다고 합니다. 두 사람이 산업스파이로 체포되었다는 사실만을 확인할 수 있었습니다. 따라서 저희도 현재로서는 이들이 구체적으로 어떤 죄목으로 체포되었는지, 어떻게 처리될 것인지 알 수가 없습니다. 회사 관리부서와 보안부서, 그리고 우리 연구소와 외교부가 오늘 아침부터 대책반을 가동하기 시작했으니 조만간 소식을 전해드릴 수 있을 겁니다."

"기술자들이 간첩이라니, 가당치 않은 얘기 아닙니까?"

"그 사람들이 모으려던 정보가 대체 뭡니까?"

소장의 말이 끝나자 다시 여기저기서 질문이 쏟아졌다. 소장은 시작부터 지친 표정이 역력했다.

"두 연구원이 일본에서 수행하던 연구는 사실 자료 수집에 지나지 않는 것이었습니다. 일본의 철강신문이나 잡지, 학술회의의 보고서와 자료들 정도고, 평소 안면이 있는 철강업계 인사들을 만났을 뿐입니다. 제가 파악하기로는 그렇습니다. 간첩 혐의는 천부당만부당하다고 저도 믿고 있습니다."

"그럼 일본에 강력 항의를 해야 하는 거 아닙니까?"

"연구원들이 두 사람이나 일본에서 체포되었는데 오늘 이 발표회를 꼭 진행해야 합니까? 두 사람을 데려오는 일부터 해야 하는 거 아닙니까?"

다시 그런 질문들이 쏟아지기 시작했을 때 연구소의 행정을 담당하는 부소장이 연단으로 올라가 소장과 잠시 귓속말을 나누더니 마이크를 잡았다. 장내는 순식간에 조용해졌다.

"여러분, 부소장입니다. 두 가지 말씀만 짧게 드리겠습니다. 하나는 일본에 억류된 두 사람의 연구원을 데려오기 위해 아까 소장님께서 말씀하신 것처럼 이미 정부 부처와 회사의 관련 부서에서 대책반을 꾸렸습니다. 그 일은 그 대책반에 일단 맡겨두고 추이를 지켜볼 필요가 있겠습니다. 다른 한 가지는, 오늘 나온 두 사람의 일본 억류 건에 대해서는 절대로 언론에 그 사실이 알려져서는 안 된다는 것입니다. 우리 회사 보안팀과 외교부의 공통 의견이고, 따라서 지금 현재 이 회의장에 앉아계신 모든 분은 퇴장할 때 입구에 있는 보안각서에 서명을 하셔야 합니다. 절대로 두 연구원의 일본 억류 사실을 발설하지 않겠다는 각서입니다. 이상입니다."

부소장이 마이크를 내려놓자 장내는 다시 삽시간에 아수라장 분위기가 되었다.

"아니 왜 우리 입을 막으려는 겁니까?"

"두 연구원의 가족들에게는 소식이 전해졌습니까?"

기자회견장도 아닌데 여기저기서 질문이 쉴 새 없이 쏟아졌다. 그러나 부소장은 어떤 대답도 하지 않은 채 연단을 내려갔고, 소장이 다시 마이크를 잡았다.

"두 연구원을 데려오는 문제는 회사의 관리부서와 외교부에 맡겨두는 것이 좋겠습니다. 우리가 여기서 떠든다고 해결될 문제가 아니고, 현재로서는 언론에 알려서 좋을 것도 없을 것으로 여겨집니다. 그러니 그 문제는 이쯤에서 정리하고, 본래의 계획대로 나머지 발표회를 진행할까 합니다. 오늘 총 세 사람의 연구원이 발표를 계획하고 있었는데, 결과적으로 남은 발표는 두 가지입니다. 우선 오스트리아에서 이틀 전 돌아온 최선근 수석연구원이 그동안의 활동 결과를 정리해서 발표하겠습니다. 다들 경청을 부탁드립니다."

소장이 연단에서 내려오고 최선근 연구원이 마이크를 잡았다. 이어 연단에 대형 스크린이 세워지고 장내의 조명이 어두워지는 가 싶더니 등사기의 불빛이 스크린에 비치기 시작했다. 하지만 장내는 여전히 어수선하고 정돈이 되지 않는 분위기였다.

"최선근 연구원입니다."

발표자의 인사가 있었지만 박수 소리는 시늉뿐이었다. 다들 저마다의 다른 생각에 빠져 옆 사람과 대화를 주고받느라 정신이 없었다. 그런 어수선한 분위기에도 불구하고 최선근 연구원은 차분하게 발표를 진행했다.

"결과적으로 제가 첫 발표를 맡게 되어 어깨가 무겁습니다. 게다가 아직은 신기술에 대한 구체적이고 명쾌한 방향을 제시할 정도로 연구가 진척된 것도 아니어서 송구스럽게 생각합니다. 하지만 천만 다행히도 저희 연구팀은 오스트리아의 푀스트-알피네사(VAI)로부터 상당한 기술자료를 얻을 수 있었습니다. 이제부터 발표할 내용의 핵심이 이것입니다."

이어 발표자가 단추를 누르자 '오스트리아 철강업계의 최근 신기술 연구 동향'이라는 발표 제목이 사라지고, 그다음 슬라이드의 내용이 스크린에 나타났다. '코렉스─유일하게 상업화된 신기술'이라는 새로운 타이틀이었다. 낯선 단어의 등장에 여기저기서 작은 웅성거림이 일었다.

"연구원들은 다들 아실 텐데, 현재 세계 여러 나라에서 새로운 제선 기술을 연구하고 있습니다. 말하자면 지금은 제철기술의 르네상스 시대라고도 할 수 있을 정도입니다. 그 구체적인 내용은 모르더라도 디오스(DIOS), 히스멜트(HISMELT), 씨씨에프(CCF) 공법 등의 이름을 다들 들어보셨을 겁니다. 그런데 이런 새로운 공법들은 아직까지 모두 페이퍼 상태의 이론적인 수준이거나 실험실에서 연구실험을 거치고 있는 단계에 불과합니다. 말하자면 정립된 이론도 없고 상업성이 인정된 것도 아닙니다. 반면에 오스트리아 푀스트사의 코렉스(COREX) 공법은 현재 유일하게 상업 운전이 시도되고 있는 공법입니다."

여기저기서 다시 웅성거림이 일었다. 상업 운전이 시도되고 있는 신기술이 있다는 얘기는 참석자 대부분이 처음 들어보는 얘기였던 것이다. 소장만이 이미 알고 있는 내용이라는 듯 표정의 변화 없이 최선근 연구원의 입을 바라보고 있었다. 그때 발표자가 다시 버튼을 눌렀고, 이번에는 '프레토리아 연산 30만 톤 규모 제철소 최근 완공'이라는 글자가 나타났다. 다시 여기저기서 작은 소란이 일었다.

"프레토리아는 남아프리카공화국의 이스코르라는 지역에 있는 제철소입니다. 푀스트사가 개발한 코렉스 공법을 채택하여 연산 30만 톤 규모의 제철소로 지난해인 1987년 11월에 완공했습니다. 하지만 아직도 실험이 계속되고 있고, 상업 생산은 조만간 시도될 예정이라고 합니다. 그 조만간이 언제인지는 아직 파악되지 않았습니다. 이달부터 시작될 거라는 말도 있고 해를 넘길 것이라는 예상도 있습니다. 저희 연구팀은 푀스트사의 주선으로 이 제철소에 직접 방문할 계획을 세웠으나 아쉽게도 오늘 발표회가 급히 결정되면서 현장 방문은 다음 기회로 연기했습니다. 이 자리에서 저는 경영진과 연구소장님께 제안합니다. 빠른 시간 안에 방문단을 조직하여 남아프리카공화국의 프레토리아를 직접 시찰해보자고 말입니다."

최선근 연구원은 코렉스 공법에 대하여 상당한 신뢰를 나타내고 있는 눈치였다. 하지만 다른 사람들이 보기에는 여전히 미심쩍은 부분이 한둘이 아니었다. 남아공에 상업 제철소가 문을 열었다지만 실제로 얼마나 순조롭게 생산이 진행되고 있는지에 대해서는 아무런 정보도 없었던 것이다.

"그럼 지금부터는 코렉스 공법의 핵심적인 원리에 대해 설명드리겠습니다."

발표자의 말에 장내는 삽시간에 찬물을 끼얹은 듯 다시 조용해졌다.

"코렉스 공법이 우리 회사와 현재 세계의 모든 제철소가 채택하고 있는 고로공법과 가장 크게 다른 점은 한 마디로 고로가 없다는 것입니다."

최선근 연구원의 말에 장내가 다시 술렁이기 시작했다. 아니 그야말로 갑자기 뜨거운 물을 뒤집어쓴 것처럼 들끓기 시작했다. 더 이상 궁금증을 참지 못한 연구원들과 경영진들이 갑자기 질문을 쏟아내기 시작했다. 전에 없던 일이고, 발표가 끝난 뒤에 질의 응답을 진행한다는 상식에도 맞지 않는 반응들이었다.

"고로 없이 쇳물을 생산한다는 게 무슨 말입니까? 솥 없이 밥을 짓는 기술이라도 있다는 겁니까?"

"고로도 없이 철광석을 어떻게 녹인단 말이오? 무슨 화공약품이 따로 개발된 겁니까?"

"고로공법은 수백 년, 아니 수천 년 전부터 유일하게 쇳물을 생산하던 기술인데, 용광로 없이 쇳물을 생산한다는 게 말이 됩니까?"

중구난방으로 질문이 쏟아졌지만 최선근 연구원은 듣기만 할 뿐 일일이 대답하지 않았다. 그러다가 다시 장내가 조금 조용해지자 그제야 마이크의 스위치를 올리고 발표를 이어갔다.

"현재 오스트리아를 비롯한 선진국들이 개발하고 있는 신기술의 핵심 목표는 제철의 공정을 최대한 단순화하는 방향으로 진행되고 있습니다. 보다 구체적으로 말씀드리면, 가루 상태의 철광석을 덩어리 상태로 만드는 소결 공정과 유연탄을 구워 코크스로 만드는 공정을 없애거나 단순화하자는 것입니다."

고로 없는 제철소 이야기가 처음 나왔을 때 못지않게 다시 소란이 일었다.

"소결공장과 코크스공장이 없는 제철소가 있을 수 있단 말이오?"

"고로도 없다고 하고, 소결공장과 코크스 생산 공장도 없다고 하면, 그게 대체 무슨 제철소란 말입니까?"

"소결 공정이나 코크스 생산 공정을 거치지 않으면 철광석과 유연탄 가루가 용광로 안에서 떡처럼 뭉쳐져서 용광로 자체가 못 쓰게 된다는 건 상식 아닙니까? 아무리 신기술이라지만 수천 년 동안 이어져 온 기본 원리를 벗어난다면 실패할 게 분명합니다."

질문인지 비난인지 구분하기 어려운 말들이 여기저기서 터져 나왔다. 발표회라기보다는 난상토론의 장으로 점점 변하는 분위기였다. 한참이 지나서야 최선근 연구원이 다시 마이크를 입으로 가져갔다.

"가루 상태의 철광석을 덩어리로 만들기 위한 소결공장과 유연탄을 굽는 코크스공장에 얼마나 많은 비용이 들어가는지는 여러분도 잘 아실 겁니다. 만약 이 두 공정을 없앨 수만 있다면 시설의 간소화는 물론 엄청난 비용 절감 효과를 거둘 수 있습니다. 코렉스 공법이 실제로 그런 성과를 낼 수 있을지 현재로서는 저도 장담할 수 없습니다. 하지만 알아보고 연구할 가치는 충분하다고 생각합니다."

그렇게 서두를 시작한 최선근 연구원은 계속해서 코렉스 공법의 핵심기술에 대해 설명해 나갔다.

"먼저 유연탄을 구워내서 코크스로 만드는 코크스공장의 경우 유연탄의 직접 사용이 가능한 용융로를 개발한다면 쉽게 그 공정을 대체할 수 있습니다. 이론적으로는 그렇습니다. 또 현재의 고로는 가루 상태의 철광석을 덩어리로 뭉쳐주는 소결 공정을 거친 뒤에 환원을 시키는데, 이건 애초부터 덩어리 상태의 철광석을 이용하면 쉽게 해결할 수 있습니다."

발표자의 한 마디 한 마디가 청중들에게는 충격적인 반응을 불러일으켰다. 웅성거림과 질문들이 연이어 쏟아졌다. 도무지 상식적이지 않다는 생각이 들었던 것이다. 하지만 현오는 최선근 연구원의 코렉스 공법에 대한 발표가 진행되는 사이, 그동안 머릿속을 맴돌기만 하던 어떤 아이디어가 점점 그 모양을 갖추어간다는 것을 직감할 수 있었다. 하지만 아직은 그게 무엇인지 구체적으로 설명하기 어려웠다. 최선근 연구원의 발표는 계속 이어졌다.

"저희 연구원들이 할 몫은 아니지만, 오스트리아의 푀스트사에 방문한 김에 저희는 푀스트사와 우리 포철이 합작을 할 수 있는지의 여부에 대해서도 타진을 해보았습니다. 그 결과 푀스트사가 가진 이론으로서의 기술력과 우리 포철이 지난 20년 동안 쌓아온 현장에서의 경험을 결합한다면 틀림없이 세상에 없던 코렉스 용융환원로를 건설할 수 있을 것이라는 긍정적인 답변을 들었습니다. 경영진에서 참고로 해주시면 감사하겠습니다. 코렉스 공법에 대한 보다 자세한 기술적 설명들은 빠른 시일 안에 저희 연구팀이 보고서 형태로 정리하여 제출하겠습니다. 오늘은 이 정도의 개념 설명으로 대신하고자 하며, 한두 분만 질문을 받겠습니다."

발표자가 발표를 마치자마자 여기저기서 손이 올라갔다. 최선근 연구원은 우선 그날 참석한 최고위직 경영진인 부회장을 지목

했다. 예의상 어쩔 수 없는 선택이었다.

"발표자는 코렉스 공법을 적용한 제철소의 손익계산을 염두에 두고 그 공법에 대한 진지한 검토를 제안하는 것입니까?"

짧은 질문에 최선근 연구원은 대답을 한참이나 망설였다. 대답을 해야 옳을지 차라리 거기까지는 생각을 해보지 않았다고 해야 옳을지 고민하는 눈치였다. 한참이 지나서야 겨우 입을 열었다.

"남아공 프레토리아 제철소의 사업기획안 일부를 입수할 수 있어서 나름대로 검토를 하긴 했습니다. 그런데 연산 30만 톤 규모의 이 공장으로는 충분한 수익을 내기 어렵다는 판단이 들었습니다. 프레토리아와 같이 작은 제철소로서는 연간 300억 원의 순익이 작은 돈이 아닐 테지만, 우리 회사의 규모를 생각했을 때 이 정도 수익을 추가로 올리기 위해 그 열 배가 투자될지도 모르는 신사업을 전개하기는 쉽지 않다고 여겨졌습니다."

"아니 그럼 수익성도 없는 사업을 지금 제안하고 있다는 얘깁니까? 이 바쁜 사람들을 모아 놓고 말이오."

누군가가 나서서 노골적으로 발표자를 힐난하고 있었다. 최선근 연구원이 다시 마이크를 입으로 가져갔다.

"그런 게 아닙니다. 저는 연산 30만 톤이 아니라 60만 톤 규모를 검토하자고 제안 드리는 겁니다."

장내가 다시 찬물을 뒤집어쓴 듯 조용해졌다. 대부분 어이가 없다는 표정들이었다.

"아직 검증되지도 않은 기술, 이제 겨우 아프리카 한쪽 구석에서 겨우 첫 삽을 뜨고 있는 기술을, 그 사람들보다 두 배 규모로 추진하자는 말입니까? 우리 회사가 그렇게 돈이 많은 회삽니까?"

이번에도 누군가가 지명도 받지 않은 채 큰 소리로 외쳤다. 명백히 질문이 아니라 비난이었다.

"손익계산이나 규모의 문제에 대해서는 앞으로도 충분히 검토할 시간이 있다고 생각합니다. 저는 다만 우리가 검토할 중요한 신기술 가운데 한 가지로 코렉스 공법을 제안하는 것이고, 이를 채택할지의 여부는 연구소와 경영진이 다각도로 검토를 거칠 일이라고 생각합니다. 이제 다음 질문 받겠습니다."

그때 연구소장이 갑자기 번쩍 손을 들었다. 발표자가 소장을 지목했다.

"이론적 검토와 실험, 실험용 데모 설비와 파이로트 설비 건설, 시험 생산 등등의 과정을 거쳐 실제 양산 체제를 갖추기까지 얼마나 시간이 걸릴 거라고 예상하십니까?"

이번에도 발표자는 한참 뜸을 들였다. 그러다가 아주 천천히 마이크를 다시 입으로 가져갔다.

"푀스트사가 코렉스 공법의 이론을 완성한 게 85년 초입니다. 그 해에 남아공에 제철소 건설을 시작했고, 완공까지 2년이 걸렸습니다. 그리고 다시 지금까지 1년이 더 지났지만 아직 상업 생산 성공 소식은 없습니다."

"아니 그럼 공장을 완공하고도 1년이 넘도록 실험만 계속하고 있다는 겁니까?"

"그렇습니다. 안타깝지만 이론을 현장에 적용하는데 그만큼의 시간이 걸리는 모양입니다."

"그렇다면 최 연구원이 제안한 연산 60만 톤 규모의 공장은 그보다 훨씬 더 긴 시간이 필요할 게 아닙니까?"

"그건 그렇지 않습니다. 앞서도 말씀드린 것처럼 푀스트사의 기술력과 우리의 경험이 결합된다면 저희는 공장 완공 후 1년 안에 실제로 상업 생산을 시작할 수 있을 것으로 예측합니다. 다만 그러기 위해서는 사전에 철저한 실험을 거쳐야 하고, 이를 위해 데모 플랜트 건설에 차라리 시간을 더 투자할 필요가 있다고 생각합니다."

그렇게 발표자가 발표를 마무리하려던 순간, 연구소장이 다시 단상으로 올라가 마이크를 잡았다.

"여러분, 이쯤에서 질의응답과 토론을 마치는 게 좋겠습니다. 최선근 연구원이 제안한 코렉스 공법은 우리 연구소의 공식 제안이 아니고, 한 연구팀이 검토를 제안한 정도로 생각하시면 됩니다. 다만 저는 최 연구원의 발표를 들으면서 회사에서 이를 적극적으로 검토할 필요는 있겠다고 생각했습니다. 그러니 최선근 박사 연구팀의 보고서가 올라오는 대로 진지하게 검토해주실 것을 당부드리는 것으로 첫 번째 발표를 마치고자 합니다."

그렇게 그날의 첫 발표는 다소 어수선하고 소란스러운 분위기 속에서 마무리되었다. 다음은 현오의 차례였다.

삼국유사

"두 번째 발표를 맡은 김현오 연구원입니다. 첫 번째 발표 주제
와 달리 오늘 제가 여러분께 발표할 내용은 사실 새로운 제철기
술과는 별로 관계가 없는 내용입니다."

소장의 소개에 이어 현오는 그렇게 서두를 꺼냈다. 다들 그가
무슨 이야기를 꺼내려는 것인지 답답하다는 표정이었다. 현오는
슬라이드를 돌려 사진 한 장을 스크린에 비추었다. 글은 전혀 없
고 달랑 사진 한 장이었다.

"여러분, 이것은 대한민국 사람이라면 모르는 사람이 없는 첨
성대 사진입니다."

그렇게 짧게 설명하고는 다시 슬라이드를 넘겼다. 이번에는 하
루미가 보내준 사진, 마오쩌둥이 농민들을 동원하여 건설했다가
오히려 민폐만 끼치다가 사라진 토법고로의 바로 그 사진이었다.

"이것은 마오쩌둥의 중국이 제철강국의 꿈을 실현하겠다며 전
국 곳곳에 세웠던 토법고로의 사진입니다. 아까 보신 첨성대와
너무나 흡사하다는 걸 눈치채셨을 겁니다."

현오가 거기까지 말했을 때 장내는 벌써 술렁이기 시작하고

있었다.

"저는 첨성대가 신라 시대의 용광로였다고 생각합니다."

현오의 말이 떨어지기 무섭게 여기저기서 한숨과 허탈한 웃음소리가 들불 번지듯 번지기 시작했다. 누가 시작했는지 알 수 없고 얼마나 번질지 알 수 없는 술렁임이었다.

"서울에서 오신 분들도 많고 다들 바쁜 시간을 쪼개서 참석한 것인데, 갑자기 첨성대가 용광로라니, 그 무슨 해괴한 주장입니까?"

"이상한 소리 말고 신기술 개발 얘기나 해보쇼."

시작부터 비난과 조롱이 난무했다. 현오는 맥이 빠져 당장이라도 집어치우고 연단에서 내려가고 싶었다. 그때 소장이 자리에서 일어나 좌중을 둘러보며 입을 열었다. 마이크가 없는 탓에 목소리가 크기도 했지만 장내는 순식간에 조용해졌다.

"제가 이번 발표 주제에 대해 제대로 소개를 하지 못해서 여러분이 이해를 못하시는 것 같습니다. 괜찮다면 한두 마디만 하겠습니다."

그리고는 다시 연단으로 올라와 현오가 들고 있던 마이크를 건네받았다.

"여러분, 김현오 연구원이 지금부터 보고할 내용은 기술적인 부분이 아니라 우리가 왜 신기술을 개발해야 하는지, 그리고 신기술을 개발한다면 어떤 방향을 추구해야 하는지에 대한 것입니다. 그 구체적인 방법으로 저는 김 연구원에게 우리의 고대 제철기술에 관한 검토를 부탁했고, 아직 연구가 진행 중임에도 불구하고 부득이 오늘 발표를 해달라고 제가 간청해서 다소 급하게 자리가 마련된 것입니다. 그러니 여러분은 일종의 재미있는 인문학 특강을 잠깐 듣는 것이라고 생각하셔도 나쁘지 않겠습니다. 심각한 기술 문제가 아니고, 이번 X-공법 개발 프로젝트의 핵심과 관련된 내용도 아닙니다. 저는 다만 우리가 기술 자체에만 너무 매몰된다든가, 모든 것을 손익계산에 의거해서만 사업을 추진해서는 안 된다고 생각했던 것이고, 그래서 김현오 박사에게 아주 특이할 수도 있는 연구를 맡겼던 것입니다. 그러니 발표 내용의 엄밀성이나 객관성에 지나치게 매달리지 마시고 가벼운 마음으로 들어주시면 좋겠습니다. 이상입니다."

소장의 당부가 먹혔는지 장내는 이내 조용해졌다. 현오는 다시 설명을 이어가기 시작했다.

"소장님께서 이미 말씀하셨지만 저는 과학적인 연구나 실험을 진행한 것이 아닙니다. 우리 고대의 제철 관련 이야기들을 모아서 검토하고, 그 과정에서 아직 이름도 없는 우리의 신기술 개발 프로젝트에 도움이 될만한 어떤 작은 단서 같은 것이라도 찾아내고 싶었습니다. 그런데 바로 앞서 발표한 최선근 박사님의 코렉스 공법에 관한 설명을 듣다가, 어제까지도 미처 깨닫지 못했던 내용 하나를 알게 되었습니다."

"오늘 갑자기 깨우쳤다는 그게 뭡니까?"

이번엔 그래도 비난의 기운은 없는 질문이었다.

"그 얘기는 마지막에 따로 드리겠습니다. 우선은 제가 읽고 찾아내고 깨달은 우리나라의 고대 제철 이야기를 간략하게 정리해서 들려드리겠습니다. 소장님 말씀처럼 흥미로운 해석, 특이한 견해라고 생각하셔도 좋습니다. 그럼 우선 단군신화부터 시작하겠습니다."

그러자 다시 작은 소란이 일었다. 단군신화와 제철이 무슨 관련이 있느냐는 핀잔의 말들이 여기저기서 들려왔다. 하지만 소장의 당부 덕분인지 처음처럼 노골적이지는 않았다.

현오는 환웅이 북방에서 이주해온 철기 문명의 보유자이고, 곰족과 호랑이족의 두 토착민 가운데 시험을 거쳐 쇳물 용출에 성공한 곰족을 파트너로 삼아 고조선을 세웠다는 고대의 이야기를 상징적으로 각색한 것이 바로 단군신화라는 자신의 생각을 짧게 설명했다. 그러면서 쑥이 불이고 마늘이 철광석이라는 새로운 해석도 덧붙였다. 그러자 여기저기서 피식피식 웃는 소리들이 들려왔다. 하지만 현오는 더 이상 그런 반응들에 신경을 쓰지 않기로 하고, 자신의 설명을 계속 이어갔다.

"제가 이번 연구를 수행하면서 가장 크게 놀란 것은 사실 삼국유사 그 자체입니다. 우리는 학교에서 삼국유사가 우리 고대사와 관련하여 매우 중요한 사실들을 전해주고는 있지만, 역사적 팩트를 다룬 정사는 아니라고 배웠습니다. 기이한 사람과 사건들을 모아놓은 일종의 설화집으로 보는 견해도 있습니다. 하지만 삼국유사에 담긴 수많은 이야기들이 실제 역사와 부합하는 경우도 적지 않습니다. 게다가 저자인 일연스님은 정사로 평가되는 김부식의 삼국사기에 나온 내용들 가운데 일부를 이 책에 그대로 소개하고 있고, 더러는 비판을 하기도 합니다. 말하자면 저자인 일연스님은 자신이 엄밀한 역사책을 쓰고 있다는 인식 하에 삼국유사를 저술한 것입니다."

어려운 얘기나 뜬금없는 주장은 아니어서 그런지 장내는 제법 조용하고 학구적인 분위기마저 풍기기 시작하고 있었다.

"그러나 한편으로 삼국유사는 수많은 상징들의 집합체이기도 합니다. 앞에서 단군신화 이야기는 철기문명의 도래에서 비롯된 고조선 건국사라고 말씀드렸는데, 다른 많은 이야기들 역시 마찬가지입니다. 대표적으로 알에서 태어나 고대국가를 세운 김수로왕과 박혁거세, 동명성왕 등의 이야기가 있습니다."

이어서 현오는 수로왕과 구지가 이야기를 설명했다. 남방에서 바닷길을 통해 지금의 김해 지역에 도착한 수로왕 일행이 사실은 철기 문명의 전파자였고, 이들이 당시 9촌의 우두머리들을 규합하고 제압하여 가야를 건국하였으며, 그 결과로 가야는 한반도 고대국가 가운데 최고의 철기문명을 이루어 철을 수출까지 하게 되었다는 이야기를 차례로 들려주었다.

"구지가에 등장하는 거북은 왕이나 우두머리, 제사장을 상징하는 게 아니라 땅에 묻힌 철광석을 말하는 것입니다. 여기에 불이 닿으면 철이 된다는 걸 구지가는 명백하게 보여주고 있습니다. 그런데도 우리는 여전히 구지가를 군왕을 기다리는 백성들의 절절한 열망을 표현한 노래로만 알고 있는 것입니다."

구지가의 새로운 해석에 대해 설명하자 여기저기서 작은 탄성이 흘러나왔다. 현오는 멋대로 제법 그럴듯한 해석이어서 사람들이 수긍하기 시작한 신호라고 해석했다. 이에 나름대로 힘을 얻어 경주에 있는 나정과 알영정을 통해 들어온 북방 철기문명의 전파자들에 대해서도 설명했다.

"지금의 경주는 당시 경상도 최대의 곡창지대이기도 하지만 철광석과 제철에 필요한 숯, 석회, 점토, 백토, 조개껍질 등을 모두 인근에서 구할 수 있는 최고의 제철소 입지조건을 갖춘 곳이었습니다. 곡창지대에서 이미 농사를 짓고 있던 토착민들과 이들 북방에서 온 철기문명 보유자들의 만남과 결합의 과정을 사실적으로 보여주는 것이 박혁거세 탄생 이야기입니다."

이어서 현오는 난생설화에 대한 자신의 새로운 해석도 소개했다.

"소벌도리 촌장이 나정에 방문한 것은 흰 말의 울음소리, 혹은 말이 앞발을 구부린 자세로 절을 하고 있는 듯한 신기한 모습을 보았기 때문입니다. 푸른 알을 품고 있던 그 말은 긴 울음소리를 내며 하늘로 날아갑니다. 하늘로 날아가는 흰 말, 이렇게 말하면 많은 분들이 천마총에서 발견된 천마도를 떠올리실 겁니다. 저는 실제로 천마도가 박혁거세의 이 탄생 이야기를 그림으로 그린 것이라고 생각합니다. 신라 사람들에게 이것은 자기 나라의 탄생, 자기 조상의 탄생과 관련된 그림입니다. 당연히 신성하고 귀중한

것이었습니다. 그런데 우리는 이 말이 사실은 용광로, 쇳물의 용
출을 마치면 해체되는 고대의 일회성 용광로를 상징한다는 데 주
목해야 합니다. 그러면 이 이야기에서 도저히 과학적으로 납득할
수 없었던 이야기들이 순식간에 이해될 수 있습니다. 말의 흰색
은 가마 혹은 용광로의 외벽이 흰 백토로 칠해져 있었음을 말하
는 것이고, 말의 울음소리는 쇳물의 용출 순간에 터지는 용광로
의 폭음이며, 하늘로 솟구치는 빛줄기와 날아가는 백마는 용광로
의 불빛을 상징하는 것입니다. 그 이상도 그 이하도 아닙니다. 그
렇다면 거기서 나온 둥근 알이란 무엇이겠습니까? 백마가 날아
간 자리에 남은 알은 무엇이겠습니까?"

좌중을 돌아보지만 아무도 나서서 대답하는 사람은 없었다.

"바로 해체된 용광로 바닥에 남은 환원된 쇳덩이입니다. 그것
이 고대의 용광로가 낳은 무쇠의 알이었습니다. 그 알에서 박혁
거세가 나왔다고 삼국유사는 기록하고 있는데, 이는 역으로 그
무쇠를 만든 자가 박혁거세 집단이라는 말에 다름 아닙니다. 박
혁거세가 무쇠를 만들었으니 그는 무쇠의 사람입니다. 그래서 무
쇠가 낳은 사람이 된 거고, 알이 낳은 사람이 된 것입니다."

책에 기록된 알이 사실은 철광석 용융물을 말하는 것이라는 현
오의 설명에 다시 장내에서는 작은 소란이 일었다.

"잠깐만요, 도저히 그냥 계속 듣고 있기가 답답해서 중간에 질
문 하나 하겠습니다. 일연스님이 실제 일어났던 역사 이야기를
용광로와 환원물로 그대로 기록하지 않고 백마며 알이라는 상징

으로 꾸며서 기록한 이유가 대체 뭡니까? 무슨 종교집단의 비밀을 전수하는 것도 아닌데 말이죠."

현오는 쩝, 하고 입맛을 한 번 다셨다. 하지만 언젠가 대답해야 할 질문이란 걸 그도 예상하고는 있었다. 다만 질문이 너무 빨리 나온 것일 뿐이었다. 망설이는 현오에게 그 자리에 참석한 모든 이들의 눈동자가 집중되었다. 그만큼 다들 궁금하고 이해가 가지 않는다는 의미였다.

"질문자께서 종교적 비밀을 말씀하셨는데, 저는 그것도 하나의 중요한 이유일 수 있다고 생각합니다. 일연스님이 삼국유사를 저술하던 때는 고려가 몽골의 침략을 받던 때입니다. 일연스님의 입장에서는 우리 고대사 가운데 민족의 자긍심을 키워줄 만한 이야기들을 되도록 많이 담고 싶었을 겁니다. 특히 철기문명의 시작과 고대국가의 시작을 연결 지어 우리 민족이 얼마나 제철의 선진국이었는지를 알리고 싶었을지도 모르겠습니다. 하지만 몽골의 지배라는 현실은 이를 허용치 않았을 수도 있습니다. 철기문명의 발상지와 제철이 크게 일어났던 지역의 역사 등을 곧이곧대로 책에 서술했다가는 몽골로부터 어떤 제재와 압박, 혹은 파괴를 당할지 걱정해야 했을 것입니다. 실제로 경주의 황룡사 같은 곳은 몽골군에 의해 사찰 전체가 전소되었습니다. 이곳도 신라의 제철과 관련이 있던 곳이고, 신라 최대의 사찰인데 말입니다. 엄청나게 큰 쇠 종까지 몽골군이 가져다가 어딘가에 버려서 지금도 찾지 못하고 있습니다. 이런 상황에서 일연스님은 구지봉에서의 제철 역사와 나정에서의 제철 역사를 그대로 썼다가는 이 성지들이 몽골군의 또 다른 파괴 대상지가 될 수도 있음을 걱정하지 않을 수 없었을 것입니다. 그런 염려에서 일연스님이 짐짓 이야기를 꾸미고 비틀어서 기록했을 수도 있습니다."

"하지만 난생설화는 우리나라에만 있는 것도 아니고, 삼국유사에만 기록된 것도 아니지 않습니까?"

앞서와는 다른 연구원이 나서서 추가로 물었다. 여전히 해명이 부족하다는 말이었다. 현오는 입술을 축이고 다시 말을 이었다.

"저도 일연스님이 몽골군을 속이기 위한 목적 하나로 실제 역사를 꾸미고 장식했다고만 생각하지는 않습니다. 건국 시조의 탄생을 신격화하고 과장하는 것은 모든 시대와 문명에서 공통되는 것입니다. 현재의 북한에서도 그런 일이 일어나고 있을 정돕니다."

현오의 말에 좌중에서는 잠시 웃음이 퍼져나갔다.

"그러니 건국 시조가 알에서 나왔다는 등의 신격화는 오래전부터 있었을 것이고, 일연스님은 당시 전해지던 이런 이야기를 그대로 옮긴 것일 수도 있습니다. 하지만 왜 하필 알인가 하는 점을 생각할 때 저는 이 이야기의 창작자나 전승자가 틀림없이 건국 시조와 철기문명을 연결지어 생각했던 것이라고 확신합니다. 게다가 역사학계에서도 고구려, 백제, 신라, 가야 등 우리나라 고대국가의 성립이 모두 철기문명이나 기마문명과 연관되어 있다고 인정하고 있습니다. 이를 입증하는 유적과 유물들도 끊임없이 발굴되고 있습니다. 그런데 저는 그런 유적이나 유물보다는 차라리 삼국유사의 기록 자체가 고대국가와 철기문명의 관계를 보다 더 직접적으로 서술하고 있다고 주장하는 것입니다. 고대국가의 시조들이 탄생했다는 알이 바로 용광로에서 나온 쇳덩이라는 사실만 인정한다면, 삼국유사는 명명백백하게 우리 고대 제철기술의 도래와 고대국가의 성립 관계를 있는 사실 그대로 정확히 전달하는 기록임을 알 수 있습니다. 나아가 단군신화를 검토할 때 이 당시의 문명은 역사학계의 일반적인 주장처럼 청동기문명을 기반으로 한 것이 아니라 이 역시 철기문명과 연관되어 있다는 사실을 알 수 있습니다. 문제는 고조선이 세워졌다는 기원전 2333년에는 지구상 어디에도 제철기술이 있을 수 없었다는 주장입니다. 저는 두 가지 반박이 가능하다고 생각합니다. 하나는 기원전 2333년에 제철기술이 존재하지 않았다는 증거도 없다는 것이고, 다른 하나는 고조선의 실제 성립 연대가 기원전 2333년은 아니라는 것입니다. 고조선의 기원전 2333년 건국설은 실제로 역사학계에서도 정설로 인정하지 않고 있습니다. 저는 이보다는 훨씬 늦은 시기에 고조선이 성립되었고, 그렇지만 철기문명을 기반으로 건국된 것은 분명하다고 생각합니다."

현오는 조금 숨이 찼다. 천천히 컵을 들어 찬물을 반이나 마신 후에야 다시 마이크를 잡았다. 그런데 장내 분위기가 아까와는 사뭇 달라져 있었다. 진지하고 다소 엄숙하기까지 한 공기가 장내를 가득 메우고 있는 느낌이었다.

"이제 유화 부인과 그가 낳은 알, 그리고 거기서 태어난 동명성왕 이야기를 해볼까 합니다."

다시 그렇게 주제를 바꾼 현오의 설명이 계속 이어졌다. 해모수가 부여를 건국한 이야기, 그의 아들 해부루에게 자식이 없어 금와왕을 양자로 들인 이야기, 다른 한편으로 해모수가 바람을 피워 유화 부인을 임신시키고, 유화가 친정에서 쫓겨나 금와를 찾아가 알을 낳고, 거기서 주몽이 태어나는 이야기를 줄줄이 들려주었다. 역사에 대해 어지간한 지식이 있는 사람들이라면 대부분 아는 이야기였다.

"이 이야기에서도 핵심은 유화 부인이 낳은 알입니다. 해모수가 부여를 세울 수 있었던 건 그가 삼국유사에 기록된 대로 천제의 아들이어서가 아니라 사실은 제철기술을 보유하고 있었기 때문입니다. 이 기술은 아들 해부루에게 이어집니다. 하지만 해부루는 이를 후대에 전승하지 못했고, 금와왕을 양자로 들입니다. 짐작하시겠지만 금빛 개구리를 닮은 금와왕은 철기문명이 아니라 청동기문명의 상징입니다. 이렇게 일연스님은 조금만 생각을 달리해서 생각하면 금방 알 수 있는 방식으로 고대사를 정리해서 서술했던 것입니다. 그런데도 우리는 이제까지 부여의 역사에서 철기문명이 청동기문명으로 되돌아간 퇴보의 역사를 읽지 못하고, 그저 신기한 전설만 보고 있었던 겁니다."

이어서 현오는 해모수와 유화 부인의 간통이 철기문명의 전수를 의미하는 것이며, 이로써 제철기술은 부여를 떠나 고구려로 넘어가는 계기가 되는 것이라고 설명했다.

"부여를 물려받은 금와왕이 어리석고 욕심이 많아 부여가 망한 게 아닙니다. 철기문명에서 청동기문명으로 퇴보했기 때문에 망한 것입니다. 반면에 무쇠의 알을 낳은 유화부인을 거쳐 제철기술은 주몽에게 이어졌고, 주몽은 고구려를 세우게 됩니다. 이것이 실제 역사의 진행 경과입니다. 우리가 신화로만 읽던 고대사보다는 덜 드라마틱하고 흥미도 떨어질지 모르지만, 이것이 실제의 역사인 것입니다. 그리고 일연스님은 신화와 전설을 역사에 버무려 여전히 신성하면서도 드라마틱하고, 실제의 역사에서도 벗어나지 않는 기록을 남긴 것입니다. 우리가 이제까지 그렇게 읽지 않았을 뿐입니다."

현오는 정말로 자기가 역사 관련 인문학 특강을 하고 있는 듯한 기분이 들기 시작했다. 청중들도 아마 그렇게 듣고 있는 눈치였다. 마지막에 수많은 비판과 질문들이 쏟아지긴 하겠지만 그건 나중 문제였다. 현오는 설명을 계속해나갔다.

"이상에서 설명드린 것처럼 한반도와 만주지역의 고대국가들은 하나 같이 철기문명을 등에 업고 출발했습니다. 고조선이 그랬고 부여가 그랬고 고구려와 신라와 가야가 그랬습니다. 주몽의 동생이 세운 백제 역시 마찬가집니다. 그런데 여기서 고조선의 건국이 철기문명을 바탕으로 했다는 사실까지 인정된다면 우리는 퍽 중요한 사실 한 가지를 새로 깨달을 수 있습니다. 바로 우리나라의 고대 제철 역사가 한반도와 일본열도는 물론이고 동아시아 전체에서도 가장 빨랐다는 것입니다. 물론 역사학계에서는 고조선 중후기의 철기문명이나 제철기술은 인정하지만, 고조선이 처음부터 철기문명을 기반으로 건국되었다고는 인정하지 않습니다. 하지만 저는 단군신화는 명백히 철기문명의 도래를 보여주는 것이라고 생각합니다. 게다가 단군신화를 제외하고 부여와 고구려, 신라와 가야의 제철 역사만 놓고 보더라도 동아시아에서 가장 빠른 것이라고 할 수 있습니다. 이들 나라의 철기가 섬나라 일본에 전해졌고, 이들의 제철기술이 전래되면서 그제야 일본에서도 고대국가의 건국이 본격적으로 시작되었던 것입니다."

"우리나라의 제철기술 전수가 일본의 고대국가 건설을 가능하게 했다는 겁니까?"

현오의 긴 설명이 조금 답답했던지 누군가가 손도 들지 않은 채 틈을 노려 질문을 던져왔다. 현오는 다시 물 한 모금을 마신 뒤 질문에 대한 답을 시작했다.

"그렇습니다. 이제부터 그 이야기를 해보려고 합니다. 20년 전 일본은 우리에게 현대식 제철소의 건설과 운영 기술을 전수해 주었습니다. 덕분에 오늘의 우리 회사가 있을 수 있었습니다. 하지만 고대사로 거슬러 올라가면 일본 제철기술의 원류는 명백히 한반도에서 건너간 것이고, 일본이라는 나라 자체가 처음 세워진 것도 이런 제철기술의 전래와 무관한 것이 아닙니다. 신라에서 일본으로 건너가 왕이 된 부부 이야기, 바로 연오랑세오녀 이야기가 이런 역사를 명백하게 보여주고 있습니다."

"연오랑세오녀 전설이 제철기술의 일본 전래를 보여주는 역사 기록이라는 말입니까? 연오랑세오녀 이야기에 철과 관련된 부분은 전혀 없는 것으로 아는데."

질문을 던졌던 사람이 재차 반론을 제기해왔다. 역사 관련 상식이 꽤 풍부한 연구원인 듯했다. 현오는 조금 긴 설명이 필요하겠다는 생각이 들었다.

"연오랑세오녀 이야기에서 우리가 대수롭지 않게 여기고 간과하는 부분이 하나 있습니다. 바로 신라인인 이들 부부가 일본에 가자마자 왕이 되고 왕비가 되었다는 부분입니다. 물론 이때의 왕은 일본 전체의 왕은 아닙니다. 당시의 일본에는 우리의 삼국과 같은 고대국가가 아직 없었고, 따라서 연오랑은 일부 지역의 지배자가 된 것이라고 이해할 수 있습니다. 그런데 아무리 좁은 지역의 왕이라고 해도, 이들 부부가 특별한 재능이나 기능을 보유하지 않았더라면 원주민들이 왕으로 추대했을 리가 없을 것입니다. 당시의 일본인들은 이미 한반도에 드나들며 철기를 수입하고 있었고, 그만큼 철기문명에 대해서도 눈을 뜨고 있었습니다. 이런 상황에서 신라인 부부를 왕으로 삼았다는 것은 무슨 의미이겠습니까? 저는 연오랑과 세오녀가 제철기술의 보유자일 수밖에 없다고 생각합니다."

이어서 현오는 연오랑과 세오녀가 일본으로 간 뒤에 신라의 일월지정이 빛을 잃었다는 것은 실제 해와 달이 빛을 잃은 게 아니라 신라에 있던 제철소의 용광로 불빛이 꺼진 것을 의미하는 것이고, 세오녀의 비단은 최고급 일제 비단이 아니라 제철 관련 시설의 설계도와 운용법이 상세히 서술된 일종의 기술서였을 것이라고 설명했다.

"그 비단을 걸어놓고 제사를 지낸 곳이 영일현입니다. 지금 우리가 회의를 하고 있는 이곳, 우리 회사가 들어선 이 곳이 바로 그 자리입니다. 우리 포항제철이 여기에 들어선 것은 결코 우연이 아닙니다. 신라 때에도 이곳은 최고의 제철소 자리였고, 지금도 이곳은 최고의 제철소 자리입니다. 지금 우리 고로에서 쏟아지는 저 붉은 쇳물은 천년, 아니 천오백 년 전부터 바로 이 자리에서 쏟아지던 바로 그 쇳물입니다. 우리 용광로의 불빛은 20년 전에 일본인들의 도움으로 점화된 것이 아니라, 이미 천오백 년 전에 연오랑과 세오녀 무리에 의해 지펴진 것입니다. 그 불빛이 일본으로 건너가 저들의 나라를 세우게 만들었고, 문명을 건설하게 만들었고, 일본의 이후 천년 역사를 쓰게 만들었던 것입니다. 그러다가 참으로 오랜 세월을 지나 20년 전에 그 불씨 하나가 다시 일본에서 우리 회사에 전달된 것입니다. 박혁거세와 김수로왕 때 시작된 불꽃이 연오랑세오녀에 의해 활활 타오르다가 바다를 건넜고, 그 불꽃이 다시 고향으로 돌아와 지금 우리의 고로 안에서 타오르고 있는 것입니다. 그러니 우리 제철소의 불꽃은 말하자면 천년의 불꽃입니다. 천년을 이어온 불꽃이고 앞으로도 천년을 이어가야 할 불꽃입니다. 이걸 다시 꺼뜨린다면 우리나라도 마침내는 금와왕의 부여처럼 될 것입니다. 실제로 그랬던 역사도 있습니다. 그러나 그런 경험은 한 번으로 족합니다. 우리는 이 천년의 불꽃을 반드시 지켜내야 하고, 그러자면 코렉스든 무엇이든 일본이 따라올 수 없고 세계가 부러워할 신기술을 반드시 개발해야 합니다. 이것은 선택의 문제가 아니라 의무요 사명이라고 생각합니다. 박태준 회장께서 이 회사를 처음 세울 때도 그런 심정이었을 것이고, 지금의 우리도 그런 각오와 책임을 내려놓아서는 절대 안 될 것이라고 생각합니다."

그때였다. 어디서 시작된 것인지 모르지만 느리고 힘찬 박수 소리가 서너 번 짝짝짝 하고 고요해진 실내를 울렸다. 그러자 여기저기서 다시 박수 소리가 이어지기 시작했다. 이내 박수는 갈채가 되었고, 머지않아 장내의 불이 환하게 다시 밝아졌다.

용융환원 제선법

"발표자께서는 처음에 코렉스 공법에 대한 오늘의 발표를 듣다가 무언가를 깨우치게 되었다고 했는데, 그 구체적인 내용이 뭡니까?"

이제는 현오의 말이 허무맹랑한 소리로만 들리지는 않는 모양이었다. 질문자의 태도가 자못 조심스러웠다. 현오는 아직 채 정리되지 않은 말을 꺼내자니 몹시 조심스러웠다.

"그 부분에 대한 답변에 앞서 잠깐 추가 설명을 드리도록 하겠습니다. 앞서 박혁거세와 나정에서의 쇳물 용출에 대해서는 대강 말씀을 드렸습니다. 용광로가 엎드린 백마 형상이고, 용출이 끝난 뒤에 노를 해체한 다음 뭉친 철을 얻는 방식의 제철이 이루어졌을 것이라는 설명도 드렸습니다. 그런데 같은 시기에 알영정에서 이루어진 용출에 대해서는 미처 기술적인 설명을 드리지 못했습니다. 그런데 알영정 관련 기록을 보면, 이곳의 용광로는 말이 아니라 용으로 묘사되고 있습니다. 이는 언덕의 경사면을 따라 길게 지어진 가마, 오늘날 전통 도자기를 만드는 분들이 많이 짓는 오름가마의 모습을 연상케 합니다. 아래쪽에서 불을 때고 위쪽으로 갈수록 열기가 세지며, 제일 위에 연통이 있는 방식입니다. 저는 용의 형상을 한 가마는 바로 이런 형태의 용광로였을 것이라고 생각합니다."

"그럼 나정의 용광로와는 다른 방식의 제철기술을 적용한 용광로란 겁니까?"

누군가 중간에 끼어들어 질문을 던졌다.

"그렇습니다. 용광로의 형태가 전혀 다릅니다. 게다가 이 용광로는 용출이 끝난 후에 해체해서 굳어 있는 무쇠 알을 얻는 방식이 아니라, 용출이 일어나는 순간에 용광로의 한쪽 벽을 헐어내고 용탕을 그대로 밖으로 뽑아내는 방식을 채택하고 있습니다. 용의 옆구리를 갈라서 알을 얻었다는 기록은 이런 용출 방식을 정확히 묘사한 것입니다. 세상에 존재하지도 않는 용의 옆구리를 갈라서 사람이 든 알을 얻었다는 신화적인 이야기가 아닙니다. 아니, 신화적인 이야기인 동시에 사실적인 묘사입니다. 삼국유사의 위대한 점은 이런 데에도 있다고 생각합니다."

그때였다. 갑자기 연구소장이 자리에서 벌떡 일어났다. 그러더니 틈도 주지 않고 다짜고짜 질문을 퍼부었다.

"나도 질문이 있소. 발표자께서는 나정과 알영정의 용출법이 다르다고 하셨고, 나도 동감입니다. 그렇다면 구지봉의 용출법과 해모수의 용출법도 달랐을 듯한데, 구체적인 설명이 가능합니까? 또, 첨성대가 용광로였다고 아주 파격적인 주장도 하셨는데, 구체적인 용출법을 설명해줄 수 있습니까?"

현오는 잠시 머리를 숙이고 있었다. 나오지 않기를 바랐던 질문들이었던 것이다.

"죄송합니다. 나정과 알영정의 용출법도 아주 세부적인 내용이 밝혀진 것은 아니고, 그저 두 기술 사이에 현격한 차이가 있다는 정도만 분명해진 상황입니다. 다른 지역의 용출법에 대해서는 기록이 자세하지 않아 저로서도 짐작하기가 몹시 어렵습니다. 아직까지도 우리나라 역사학계와 고고학계에서는 옛 제철 유적들에 대한 연구가 거의 없다시피 한 실정입니다. 삼국시대의 제철기술이 면면히 이어지면서 발전했을 텐데, 일제강점기를 거치면서 이제는 그 최후의 모습을 알지 못하니 원초적인 모습도 그리기가 어렵게 되었습니다. 아마도 일연스님은 전통 제철기술에 대해 해박했을 것이고, 당시의 사람들도 이에 관해 상당한 지식이 있었기 때문에 더 구체적인 기술을 남기지는 않았던 것으로 생각됩니다. 하지만 조선시대를 거치고 일제강점기를 거치는 동안 우리 전통 제철기술의 맥이 끊어졌고, 이제는 그 유적의 발굴조차 제대로 이루어지지 못하는 상황이 되고 말았으니 참으로 안타까운 일입니다."

"그렇다면 우리 전통 제철기술에서 우리가 새로 진행하려는 신기술 개발의 방향에 대해 어떠한 힌트도 얻을 수 없다는 것입니까?"

소장이 아닌 다른 누군가가 이어서 질문을 던졌다. 그야말로 질문 공세였다.

"저는 그렇지는 않을 거라고 생각합니다. 이제까지 겨우 두 달의 연구 기간을 통해 저는 제 나름으로 우리 고대 제철기술의 맥을 확인했다고 생각합니다. 여기서 연구를 더 진행시키고, 앞서 발표된 코렉스 공법 등의 최신 기술과의 연관성을 조금씩 밝혀 나간다면 틀림없이 좋은 힌트와 아이디어를 얻을 수 있을 것으로 확신합니다."

"발표자께서 오늘 우리 전통 제철기술에 대한 긍지와 자긍심을 우리에게 새삼 일깨워준 것은 감사한 일입니다. 하지만 구체적이지도 않고 분명하지도 않은 고대의 제철기술에서 신기술에 대한 힌트와 아이디어를 얻을 수 있다는 발표자의 확신에는 동의를 표하기가 어렵습니다. 어째서 그런 생각을 하신 것인지 설명해줄 수 있습니까?"

현오는 마이크를 입가로 들어 올렸지만 한동안 뜸을 들일 수밖에 없었다. 한참 만에야 겨우 입을 열었다.

"이제 처음 이야기로 다시 돌아가야 할 것 같습니다. 서두에 저는 코렉스 공법에 대한 최선근 연구원의 발표를 들으며 우리의 프로젝트가 나아갈 방향에 대해 제 나름대로 생각을 정리할 기회가 되었다고 말씀드렸습니다."

장내가 다시 쥐 죽은 듯 조용해졌다. 현오는 잠시 말을 끊었다가 다시 이었다.

"조금 전에는 우리 고대의 제철기술도 한 가지가 아니었다는 말씀을 드렸습니다. 그렇다면 현재의 고로공법, 지금 모든 나라의 모든 제철소가 채택하고 있는 이 최신식, 서양식, 과학적 공법도 절대적이고 유일한 공법일 수는 없다는 생각을 해보지 않을수 없습니다. 실제로 우리의 고대 제철 공정에 소결 공정이나 코크스를 만드는 공정이 있었을까요? 있었다고 하더라도 지금과는많이 달랐을 것입니다."

다시 잠깐의 침묵을 거친 뒤에 현오가 입을 열었다.

"게다가 현재 우리 제철소는 모든 원료를 수입에 의존하고 있습니다. 유연탄도 수입산이고 철광석도 수입산입니다. 그런데 이런 초대형의 현대적 설비와 기술이 없던 고대에는 우리 땅에서나는 철광석과 숯만으로도 쇳물을 용출해 냈습니다. 우리가 현재세계에서 가장 뛰어난 설비와 기술력을 갖고도 하지 못하는 일을조상들은 수천 년 전에 이미 해냈던 것입니다. 운이 좋아서가 아니라 기술이 있었기 때문입니다. 그런데 그 기술이 지금은 전해지지 않습니다. 하지만 앞에서 말씀드린 것처럼 몇 가지 힌트는있습니다. 예를 들어 소결공장이나 코크스공장 없이도 쇳물을 생산할 수 있다는 것입니다. 우리 땅에서 나는 철광석으로도 쇳물을 생산할 수 있다는 것입니다. 저는 이런 방향으로 우리의 신기술 개발 프로젝트가 나아가야 한다고 생각합니다."

그때 다시 연구소장이 자리에서 일어났다.

"자네 말은 코렉스 공법의 주장처럼 소결 공정과 코크스 생산공정을 없애고, 국산 철광석과 석탄으로 쇳물을 생산하는 공법을개발하자는 것인가?"

어지간히 흥분한 모양이었다. 둘이 있는 자리가 아닌데도 소장은 현오를 자네라고 부르며 반말을 하고 있었다.

"아직 강력하게 주장할 단계는 아니라고 생각합니다. 하지만 심각하게 검토할 필요는 있다고 판단됩니다. 앞서 최선근 박사님의 발표에 따르자면 코렉스 공법이란 것은 용광로를 없애고 용융로와 환원로를 별도로 운영하는 공법이라고 짐작됩니다. 그런데 철광석을 고온에서 녹이되 여전히 불순물이 완전히 제거되지 않고 탄소 함량도 낮은 철을 얻은 뒤, 이를 다시 여러 차례 담금질하여 무쇠를 얻는 전통 제철법도 이와 맥을 같이하는 게 아닌가 하는 것이 저의 짐작입니다. 알영정에서 생산된 무쇠의 알에는 부리가 달려 있었다고 기록에 전하는데, 이는 용융은 일어났으나 환원은 충분히 일어나지 않은 결과물일 수도 있겠다는 생각이 듭니다. 이런 아이디어와 짐작들을 토대로 좀 더 연구를 진행한다면 차차 구체적인 지침들도 충분히 마련될 것으로 판단됩니다."

현오가 말을 마치자 소장이 자리에서 일어나더니 다시 장내가 울리도록 박수를 치기 시작했다. 느리지만 큰 소리의 박수였다. 그러자 여기저기서 다시 박수가 이어졌다. 현오는 큰 한숨을 몰아쉰 뒤 고개를 깊이 숙여 인사를 하고 연단에서 내려왔다. 이어 소장이 다시 연단에 올라 마이크를 잡았다.

"최선근 박사와 김현오 박사, 두 분 모두 고생 많으셨습니다. 저는 오늘이 우리의 첫 발표고 해서 사실 큰 기대를 하지 않았습니다. 그런데 의외로 큰 성과가 나왔다고 생각합니다. 두 분이 발표를 하시는 동안 저도 나름대로 이런저런 궁리를 하게 되었고, 오늘 발표회를 마치면서 그 소감을 한두 마디 정리해볼까 합니다."

장내는 다시 쥐 죽은 듯이 고요해졌다. 소장의 서두는 그가 무언가 방향과 갈피를 잡았다는 의미처럼 들렸던 것이다.

"여러분도 아시는 것처럼 지난 두 달 동안 우리가 수행한 프로젝트의 이름은 X-공법 개발 프로젝트였습니다. 뭔가 신비하고 감추어야 할 게 많아서 X가 아닙니다. 아무것도 잡히는 것이 없는 백지상태여서 X였습니다. 그런데 저는 이제부터 우리의 프로젝트를 용융환원 제선법 개발 프로젝트라고 불러도 좋지 않을까 생각합니다. 우선 최선근 박사께서는 코렉스 공법에 대해 소개를 해주셨는데, 저는 이 공법의 핵심이 용융환원이라고 이해했습니다. 그런데 두 번째 발표를 맡은 김현오 박사는 여기서 한 걸음 더 나아가는 아이디어를 제공했습니다. 용융환원 제선법을 지향하되, 우리 땅에서 나는 철광석과 석탄을 사용할 수 있는 공법을 개발해야 한다는 것입니다. 아직은 저도 코렉스의 상세한 내용을 이해하지 못했기 때문에 이 공법의 장단점과 한계에 대해서 알지 못합니다. 하지만 우리 땅에서 나는 원료를 활용할 수 있어야 한다는 방향만은 실로 옳은 것이라고 생각합니다. 그래서 마지막으로 두 분 박사님께 공식적으로 부탁드립니다. 우선 최선근 박사님의 연구팀은 하루 속히 코렉스 공법의 세부 기술 내용을 정리해서 보고해 주시기 바랍니다. 제가 책임지고 이사회에 안건으로 상정하겠습니다. 또 김현오 박사님은 본래 계획했던 연구를 끝까지 완성해주시기 바랍니다. 모든 연구원과 우리 포항 제철의 전 직원이 그 보고서를 읽도록 할 것입니다. 비웃는 사람이 있고 중간에 던져버리는 사람도 있겠지만, 눈 밝은 사람이라면 반드시 지혜를 얻고 소명의식을 갖게 될 것이라고 확신합니다. 이상으로 제 말을 마치고 오늘의 보고회도 마치겠습니다. 모두 수고하셨습니다."

그렇게 첫 보고회가 마무리되었고, 동료 연구원들과 밤늦도록 축하주를 기울이느라 현오는 새벽이 되어서야 고주망태가 되어 숙소로 돌아올 수 있었다.

황룡사 옛터

다음 날 아침, 현오는 잠에서 깨자마자 머릿속에서 누군가 망치로 종을 울리는 소리를 들은 것만 같았다. 그야말로 머리가 깨질 듯이 아프고 속에서 구역질이 올라왔다. 과음을 한 정도가 아니라 폭음을 한 탓이었다. 화장실 변기를 붙잡고 한참이나 신물을 토해낸 후에야 겨우 샤워기 앞에 설 수 있었다.

"야 이 자식아, 포석정은 임금이랑 신하들이 술잔 돌리며 놀던 놀이터가 아니라 무쇠를 담금질하던 대장간 유적이라고, 그걸 왜 몰라?"

"너희들 석빙고가 뭔지 알아? 임금이 여름에 화채 해 먹으려고 만든 냉장고가 아니야. 한여름에도 쇠를 생산하려면 찬물이 필요하고, 찬물을 만들기 위한 얼음을 보관하던 창고가 석빙고라고, 알아 이것들아?"

"에밀레종 알지? 기록에만 남은 황룡사의 30톤짜리 대종도 있어. 이것들이 그냥 만들어진 게 아니야. 다 신라의 엄청난 제철 산업이 있어서 가능했던 거라구."

미지근한 물줄기 밑에 몸을 맡기고 있자니 간밤에 동료들과 나누웠던, 아니 싸움이나 진배없는 말씨름 중에 자신이 내뱉었던 고성들이 띄엄띄엄 떠올랐다. 보는 사람이 없는데도 얼굴이 화끈거릴 정도로 겸연쩍었다. 발표회에서 사람들이 박수갈채를 보내고 소장이 극찬을 했다고는 하지만 아직 현오의 주장을 그대로 받아들이는 사람은 많지 않을 터였다. 그런데도 현오는 합리적인 설명도 없이 자기 생각을 술자리에서 또 기고만장 내뱉었던 것이다.

"잘났다, 김현오. 아이디어는 전부 하루미한테서 나온 건데."

그렇게 물줄기 속에서 혼자 뇌까리고 있자니 갑자기 미친 듯이 하루미가 보고 싶었다. 그런데 그날은 이상하게 회사에 출근해서도 하루미에 대한 생각이 끊이지 않았다. 숙취 탓에 일다운 일에 매달릴 형편도 아니었다. 현오는 수화기를 집어 들고 무작정 하루미의 전화번호를 눌렀다. 신호가 세 번째 울릴 때 저쪽에서 수화기 집어 드는 소리가 났다.

"하루미 교수님 연구실입니다."

앳된 목소리의 여성이 수화기 너머에서 말하고 있었다. 하루미의 제자이거나 조교일 터였다.

"저는 포항제철기술연구소의 김현오란 사람입니다. 하루미 교수님과는 언제 통화가 가능할까요?"

무엇을 망설이는지 대답이 늦어졌다.

"아침에 연구실에 잠깐 들르셨다가, 황룡사 터에 가보겠다고, 나가셨습니다. 오늘은 돌아오지 못할 거라고 하셨습니다. 내일

오전에 다시 전화를 주시면…….”

“네, 알겠습니다. 고맙습니다.”

상대의 말이 다 끝나기도 전에 현오는 그렇게 대답하고 수화기를 내려놓았다. 대체 황룡사 터엔 왜 간 것일까? 궁금증이 일었지만 짐작은 어려웠다. 현오는 연구소의 관리부장에게 조퇴를 하고 싶다고 말하고는 밖으로 나왔다. 눈이라도 쏟아지려는지 하늘이 잔뜩 찌푸려 있었다.

“음, 꼭 누구 머릿속 같군.”

듣는 사람도 없이 혼자 중얼거린 현오는 택시를 잡아타고 시외버스 터미널로 향했다. 어떻게든 하루미를 만나보지 않고는 깨질 듯한 두통이 가실 것 같지가 않았다. 버스를 타고 포항에서 경주로 간 현오는 다시 택시를 잡아타고 황룡사 터로 향했다.

그렇게 도착한 황룡사 터는 한참 발굴이 진행 중이었다. 벌판처럼 드넓게 펼쳐진 절터의 여기저기가 파헤쳐져 있고, 건물의 초석들이었을 게 분명한 석재들이 가지런히 혹은 무질서하게 여기저기 나뒹굴고 있었다. 작업이 중단된 것인지 발굴하는 인부들의 모습은 보이지 않고, 대신 초소인지 관리실인지 알기 어려운 컨테이너 하나가 한쪽 구석에 자리를 차지하고 있었다.

“누구십니까?”

컨테이너로 만들어진 사무실의 문에 노크를 하자 안에서 남자의 굵직한 목소리가 들려왔다. 딱히 발굴단 사무실에 볼일이 있는 것도 아닌데 일단 문부터 두드린 현오였다. 안에 있는 남자가 문을 열고 나오면 무슨 말을 해야 할지 대책이 없었다.

"저, 죄송합니다만 여기가……."

그렇게 우물거리며 열린 문틈으로 안을 들여다보던 현오는 한 여인과 순간적으로 눈이 마주쳤다. 혹시나 했는데 역시나 하루미였다.

"아니, 현오 씨가 여길 어떻게?"

난롯가에 앉아 불을 쬐고 있던 하루미가 벌떡 일어나 문가로 다가왔고, 문을 열어준 중년의 사내가 자리를 비켜주었다. 호리호리한 체구에 백발이 성성한 학자풍의 인물이었다.

"황룡사 터에 갔다길래……, 일단은 뭐 별생각 없이……."

연결되지 않는 말을 억지로 이어붙이자니 말끝이 절로 흐려졌다.

"그러지 말고 두 분 다 우선 들어오세요."

뒤로 물러나 난롯가로 돌아간 남자가 문 쪽을 향해 그렇게 말했다. 그러고 보니 현오는 여전히 문밖에 서 있는 상태였다.

"그럴까요."

현오는 마지못한 듯 컨테이너 사무실 안으로 발을 들여놓았다. 하루미가 다시 길을 비켜주었고, 이어 뒤에서 문을 닫았다. 그렇게 세 사람은 난롯가에 둘러앉아 서로 수인사를 나누었다. 하루미와 함께 있던 남자는 같은 학교의 고고학 전공 교수이자 황룡사 터 발굴사업단의 부단장이라고 했다.

"발굴이 한참 진행 중인 모양인데, 오늘은 왜 작업을 하지 않는 거죠?"

수인사 끝에 현오가 물었다. 부단장이라는 교수가 난로 위에서
뜨거운 김을 내뿜고 있는 주전자를 기울이더니 보리차 한 잔을
따라 현오에게 건네주었다.

"사실은 발굴이 임시 중단되었습니다. 발굴을 하면 할수록 애
초의 예상보다 엄청난 유물이 쏟아져 나오고 있어서 발굴 계획
자체를 처음부터 다시 세워야 할 판이거든요."

그러면서 그는 지금까지 밝혀진 사실들에 대해 몇 가지를 알려
주었다. 그의 말에 따르면 절터의 면적만 2만 5천 평 정도라고 했
고, 기록에 따르면 진흥왕 때 세워진 신라의 대표적인 국찰이 황
룡사였다고 했다.

"지금은 초석밖에 남아 있지 않지만 본래는 경주에서도 가장
크고 높고 우람한 건물들이 이 빈 터를 가득 메우고 있었죠. 터가
대략 가로세로 각 400미터 정도 되는데, 이건 불국사의 여덟 배
나 되는 규모죠. 이 큰 가람에서도 가장 눈에 띄는 것은, 잘 아실
테지만, 황룡사 9층 목탑입니다. 그 원형이 어땠는지 아직 학계에
서도 의견이 분분하긴 한데, 높이가 최소한 15층 아파트 두 배에
달했을 것으로 추정됩니다."

"그럼 아파트 30층 높이란 말씀인가요?"

현오가 놀라서 되물었다. 30층짜리 아파트를 아직 본 적은 없
지만, 대략 제철소에 있는 초대형 고로와 비슷한 높이겠거니 싶
었다. 천년 전에 신라 사람들이 그런 높이의 건물을 지을 수 있었

다는 사실 자체가 놀라웠다. 그것도 목재로 말이다.

"그래요. 15층 아파트 두 배 높이, 대략 80미터 정도로 봅니다. 우리나라에서 이보다 높은 건물이 세워진 건 1969년의 일인데, 한진빌딩이 82미터 높이로 지어졌죠. 그러니까 황룡사 9층 목탑은 1969년 이전에 한반도에 존재했던 최고층 건물이었던 겁니다. 고려와 조선시대에는 이런 초고층 건물이 세워진 적이 전혀 없었어요."

"놀랍네요. 당시에 그런 마천루가 있었다니."

현오는 쉽게 입을 다물 수가 없었다. 부단장이라는 교수의 설명은 계속 이어졌다.

"게다가 황룡사엔 장륙존상이라는 불상과 솔거가 그린 금당벽화도 있었어요. 장륙존상에서 장륙은 불상의 높이가 1장 6척이었다는 말인데, 지금 계산법으로 하면 4미터에서 5미터정도 됩니다. 철로 만들고 금박을 입힌 불상이었죠. 물론 지금은 사라지고 없지만."

"건물이 화재로 소실되는 건 흔한 일이어서 이해가 가는데, 철로 만든 그런 초대형 불상은 어디로 간 것일까요? 누군가 도굴을 해갔을까요?"

"알 수 없어요. 황룡사가 완전히 폐사된 게 1238년, 몽골군이 고려에 침입하여 이 절 전체를 불태워 버렸을 때죠. 그때 사라진 또 하나의 초대형 유물이 있는데, 바로 황룡사 종이에요. 지금 경주박물관 마당에 설치된 성덕대왕신종, 일명 에밀레종의 네 배

크기였다고 하고, 에밀레종보다 17년 먼저 주조되었다는 종이죠. 잘 아시겠지만."

벌어진 입이 다물어지지 않았다. 그런 초대형 건물과 유물들이 있었다는 사실도 놀랍지만, 그런 유물들이 한순간에 어딘가로 사라졌다는 사실 또한 쉽사리 믿기지 않았다. 쇠로 만든 초대형 불상과 종이 불에 탔을 리도 없고, 한두 사람이 훔쳐갈 수도 없었을 것이니 틀림없이 몽골군에 의한 의도적인 훼손이 있었을 터였다.

"여기 절터 어딘가에 깊숙이 묻혀 있는 건 아닐까요?"

현오는 안타까운 마음에 그렇게 물어보았다.

"그랬으면 좋겠는데, 각종 정밀기기를 동원해서 조사를 해봐도 아직 흔적을 찾을 수 없어요. 땅속이 아니라 동해 깊은 바닷속에 던져버렸는지도 모르죠."

현오는 머리를 조금 끄덕였다. 하지만 수긍이 간다고 해서 안타까움이 덜어지는 것은 아니었다.

"휴, 참 답답한 얘기네요."

현오의 입에서 자기도 모르게 한숨이 비어져 나왔다.

"현오 씨, 그럼 답답한 속도 달랠 겸 우리 절터나 한 바퀴 돌아볼까요?"

그렇게 말하며 자리에서 먼저 일어선 건 하루미였다.

"그러세요, 두 분. 저는 한두 시간 더 여기서 서류를 정리할 게 있으니까. 그리고 그때쯤이면 난로도 꺼질 거예요."

현오와 하루미는 알겠다고 대답하고 나란히 컨테이너 사무실의 문을 나섰다. 다시 차가운 겨울바람이 두 사람의 얼굴을 할퀴고 지나갔다. 둘은 각자의 주머니에 손을 찔러 넣었다.

9층탑의 지하터널

"근데 여긴 왜 온 거예요, 하루미 상은?"

문을 나서 들판처럼 황량한 빈 절터로 걸음을 옮기며 현오가 먼저 물었다.

"제가 현오 씨의 고대 제철기술에 관한 연구를 돕는 자문위원이잖아요. 그런데 기록을 읽다가 이 절의 이름에서 좀 이상한 걸 보게 된 거예요."

"황룡사라는 이름이 이상하다고요?"

현오는 다시 제철 이야기인가 싶었지만, 그것도 엄연히 자신이 해야 할 일이었다. 하루미가 오히려 더 적극적인 게 고마울 뿐이었다.

"황룡사에 관한 이야기도 삼국유사의 기록이 가장 자세해요. 거기엔 많은 이야기들이 적혀 있는데, 그중의 하나가 이 절의 탄생에 관한 거예요. 그 이야기에 따르면 황룡사는 처음부터 절로 지어진 게 아니었어요."

"그 얘긴 나도 읽었어요. 처음엔 새로운 궁궐을 지으려고 했던 것인데, 땅을 파다가 황룡이 나타나자 신기하게 생각해서 궁궐이 아니라 사찰로 바꾼 거죠."

"맞아요. 그런데 만약 그게 실제 사실이라면, 나중에 다른 곳에 다시 궁궐을 지었어야 하는데, 그런 이야기는 없어요. 궁궐을 짓다가 용이 나타나서 절로 바꾸었다는 대목까지는 수긍할 수 있지만, 애초 지으려던 궁궐은 그럼 어찌 된 걸까요? 스님들에게는 이런 크고 화려하고 육중한 사찰을 지어주고, 왕은 그냥 원래의 비좁고 옹색하고 낡은 궁궐에 계속 살았던 걸까요?"

"……."

"저는 궁궐을 지으려다 절로 바꾸었다는 이야기가 사실이 아닐 가능성이 높다고 생각해요."

"그럼 원래부터 절을 지으려고 했다는 건데, 왜 군이 궁궐 공사 이야기를 만들어낸 거죠? 그냥 처음부터 절을 짓기 시작했는데, 중간에 황룡이 나타나서 절 이름을 황룡사라고 했다고만 해도 충분하잖아요."

"맞아요. 그래서 저는 더 이상하게 생각해요. 무언가 우리가 쉽게 알 수 없는, 어떤 내막이 있지 않을까 싶은 거죠."

"그래서 오늘 직접 현장 답사를 나오신 거군요? 사무라이 사내들이 지켜보고 있을지도 모르는데 말이에요."

현오는 실제로 주변을 휘익 둘러보았다. 아무도 눈에 들어오지 않았다.

"저는 누군가 우리를 감시한다면, 제가 아니라 현오 씨가 표적일 거라고 생각해요. 어쨌든 포항제철 안에서 프로젝트를 추진하는 건 현오 씨고, 저는 그냥 현오 씨의 여자친구에 불과하니까."

손을 잡지는 않았지만 조금이라도 찬바람을 막으려면 어쩔 수 없이 바짝 붙어서 걸을 수밖에 없었다. 하루미는 휘날리는 머리칼 때문에 연신 주머니에서 손을 꺼내 머리를 매만져야 했다.

"그렇게 생각한다니 한결 마음이 놓여요. 그리고 고마워요."

"후훗!"

하루미는 대답 대신 기분 좋게 웃어주었다. 현오가 다시 말을 이었다.

"소득은요?"

언제나 대답을 머뭇거리는 적이 없는 하루미였지만 이번엔 제법 침묵이 길었다.

"별로예요. 교수님과 두 시간 넘게 질문과 대답을 주고받았는데 제가 궁금해하던 문제와 관련된 답은 전혀 듣지 못했어요."

"그야 뭐, 하루미 상이나 제가 워낙 학계의 통설과는 다른 생각을 하고 있으니까."

"그래요, 그래서 기존의 학자들에게서는 새로운 아이디어를 얻기가 더 어려운 거 같아요. 차라리 아무것도 모르는 사람이라면 대화가 더 쉬울 텐데."

그러면서 하루미는 잠시 걸음을 멈추었다. 차가운 날씨와 거센 바람 속에서 계속 절터를 둘러보는 게 무슨 소용이 있을지 고민하는 듯한 눈치였다.

"이만 돌아갈까요?"

현오가 묻자 하루미는 고개를 치켜들더니 살짝 미소를 띠었다. 찬성이라는 의미였다. 두 사람은 그렇게 다시 걸어온 길을 되짚어 걷기 시작했다. 그러다가 현오는 커다란 구덩이를 파놓은 곳에서 갑자기 걸음을 멈추었다. 아까 올 때는 미처 보지 못한 무언가가 거기에 있었다. 현오는 구덩이에서 파낸 흙 한 줌을 손에 쥐어보았다. 어디서나 볼 수 있을법한 흔한 흙이었다.

　"무슨 일이에요? 손 더러워질 텐데."

　하루미가 장난치는 아이를 나무라는 젊은 엄마 같은 표정으로 현오를 흘겨보며 말했다. 현오는 쥐고 있던 흙을 하루미의 얼굴 가까이 들이밀었다.

　"잘 봐요. 이건 그냥 흙이 아니라 철광석이 섞인 흙이에요."

　"역시 그런 건가요?"

　하루미의 눈이 갑자기 빛을 내기 시작했다. 그녀는 현오가 손에 쥔 흙에 눈길을 고정시키는가 싶더니 이내 자기도 손으로 그 흙을 만져보기 시작했다.

　"이게 철광석이군요. 사실 철광석이 어떻게 생긴 돌인지 지금까지 본 적이 없어요."

　현오는 그런 하루미를 그윽한 눈길로 바라보았다. 모처럼 자신이 하루미에게 설명해 줄 이야기가 생기는 순간이었다.

　"잘 보세요. 일반 흙보다 붉은 부분이 많죠? 그리고 저기 쌓인 흙더미를 보세요. 아랫부분의 흙, 그러니까 먼저 파낸 흙이 뒤에 파낸 윗부분의 흙보다 상대적으로 더 붉어 보이죠?"

"……"

하루미는 현오의 입술과 손에 쥔 흙, 그리고 흙더미를 차례로 살펴보고 있었다.

"아랫부분의 흙이 더 붉은 건 먼저 파낸 철광석이 산소와 더 오래 만나서 그만큼 더 많이 산화되었기 때문이에요. 아마 며칠이 지나면 위에 쌓인 흙도 더 붉어질 거예요. 그게 철광석이죠. 일반인은 구분하기 힘들겠지만 말이에요."

현오가 설명을 마치려는 순간, 하루미는 손에 들고 있던 흙을 휙 집어던지고는 갑자기 현오의 팔을 다급하게 잡아끌기 시작했다.

"여기서 이럴 게 아니에요. 얼른 가요, 우리."

두 사람은 걸음을 재촉하여 다시 컨테이너 사무실에 도착했다. 하루미는 문을 열고 안으로 들어가는 대신 부단장을 맡고 있다는 교수를 밖으로 불러냈다.

"교수님, 저기 저 흙더미가 쌓여 있는 부분, 저기가 바로 9층 목탑이 있던 자리죠?"

하루미는 방금 전 현오가 철광석을 발견한 곳에 쌓인 흙더미를 손으로 가리키며 교수에게 물었다. 교수는 선선히 그렇다고 대답했다.

"대단하네요, 하루미 교수. 주춧돌 놓인 것만 보고도 가람의 배치를 훤히 꿰다니."

"그런 건 아니에요, 교수님."

교수의 칭찬에 하루미는 손사래를 쳤다.

"아무튼, 오늘 여러 가지로 고맙습니다. 내일 학교에서 뵙기로 해요."

하루미는 그렇게 사내에게 급히 인사를 하고는 다시 현오의 팔을 잡아끌었다. 어서 가자는 신호였다. 현오도 고개를 숙여 인사하고 하루미의 뒤를 쫓았다.

따뜻한 커피숍으로 찾아든 두 사람은 코트를 벗고 커피를 주문했다. 하루미의 얼굴은 여전히 발갛게 상기되어 있었다. 그녀는 가방을 뒤적이더니 노트 하나를 꺼내 빈 페이지를 펼쳤다. 무언가 본격적으로 설명을 시작하려는 모양이었다.

"현오 씨, 일단 거기 앉지 말고 제 옆자리로 오세요. 그래야 같이 보기 편하니까."

현오는 재빨리 하루미의 옆자리로 자리를 옮겼다. 아침부터 눈에 밟히던 그녀가 먼저 자청해서 그에게 곁을 내주고 있는 것이다.

하루미는 노트 맨 윗줄에 한글로 '황룡'이라고 적었다. 현오는 '황룡?' 하고 소리 내어 그걸 읽었다.

"궁궐을 지으려고 땅을 팠는데 황룡이 나왔어요. 그래서 절로 고쳐 짓고 이름을 황룡사라고 했어요. 맞죠?"

하루미는 고개를 돌려 현오를 바라보며 확인을 하려는 듯 물었다. 하마터면 두 사람의 얼굴이 맞닿을 뻔했다. 현오는 고개를 조금 뒤로 젖히며 대답했다.

"맞아요. 삼국유사에 있는 얘기잖아요."

"그래요, 그럼 황룡이 뭘까요? 진짜 용이라고 생각하는 건 아닐 테죠?"

신중한 대답이 필요한 순간이었고 쉽게 대답할 수 있는 질문이 아니었다. 현오가 머뭇거리자 다시 하루미가 말을 이었다.

"구지가 기억하시죠? 거북아 거북아, 머리를 내밀어라, 하는 그 노래."

"네, 기억해요. 그때의 거북이는 철광석을 말하는 거였죠."

"빙고, 맞아요. 그렇다면 황룡사의 황룡도 진짜 용이 아니라 철광석인지 몰라요."

현오는 재빨리 머리를 굴려야 했다. 그러고 보니 황룡사 터에서 현오가 철광석을 보여주었을 때 하루미가 그처럼 깜짝 놀란 이유를 짐작할 수 있었다.

"이번엔 황룡사가 초대형 제철소였다는 얘길 하려는 건가요?"

현오가 앞서 나가며 물었다.

"제철소가 아니에요. 철광석을 캐던 철장이었을 가능성이 아주 높아요. 그리고 그 광산은 노천광이 아니라 수직으로 깊이 땅을 파고 들어가야 하는 갱도 형태였을 거예요."

"수직 갱도가 있는 철광석 광산? 구지봉의 그 광산 같은?"

"네, 그래요. 일단 이걸 한번 보세요."

그러면서 하루미는 노트의 앞부분으로 다시 페이지를 넘겼다. 거기에는 이런 메모가 적혀 있었다.

'찰주기 철반(鐵盤) 이상 높이 42척, 철반 이하 183척'

현오는 그 메모를 읽었지만 무슨 의미인지 알기 어려웠다. 하루미가 잠시 기다렸다가 설명을 해주었다.

"이건 삼국유사에 있는 내용인데, 찰주기라는 기록을 보고 옮겨 적는다고 했어요. 일연스님이 그냥 지어낸 얘기가 아니에요. 황룡사 9층 목탑의 구조에 대한 설명인데, 탑 아랫부분에 철로 만든 기반시설이 있었다는 얘기에요. 그리고 그 구조물의 윗부분이 42척이고 아랫부분이 183척이라는 의미죠."

"42척이면 12미터가 넘고, 183척이면 50미터가 훨씬 넘어요. 철로 된 그런 기반시설이라는 게 탑 안에 왜 필요하죠?"

현오는 점점 미궁 속으로 빠져드는 기분이었다.

"차차 설명해드릴 테니 일단 이 철반이라는 구조물에 집중해주세요. 위로 12미터, 지하로 50미터 깊이까지 설치된 철반이란 게 대체 뭘까요?"

하루미가 물었지만 현오는 여전히 쉽게 답을 찾을 수가 없었다.

"황룡사가 철광석을 캐는 철장이었다고 생각하면 쉬워요. 그것도 수직 갱도를 파고 들어가는 철장. 그럼 이 철반이란 시설은 일종의 도르래, 요즘 말로 하면 엘리베이터 설치를 위한 기반시설일 수밖에 없어요."

"엘리베이터?"

현오는 노트에서 눈을 떼며 등을 뒤로 휙 젖혔다. 나가도 너무 나가는 거 아니냐는 의미였다. 하루미는 후훗, 하고는 예의 그 밝은 미소를 지었다.

"물론 요즘 같은 엘리베이터는 아니에요. 그보다는 도르래 시설에 가까웠겠죠. 지하 깊은 갱도에서 파낸 철광석을 지상으로 끌어올리기 위한 도르래 시설, 인부들이 타고 내려갔다가 올라올 수도 있는 그런 승강기 시설이었던 거예요."

현오는 하루미의 설명에 뭐라 딱히 답할 말이 없었다. 맞는 말이라고 맞장구를 치자니 상식과 너무 동떨어진 느낌이고, 그럴 리 없다고 반박을 하자니 근거가 없었다.

"황룡사가 철과 매우 깊은 관련이 있던 절이었던 건 분명해요. 우선 9층 목탑이란 건물 자체가 철 없이는 불가능해요. 80미터 높이인데, 목재만으로 그런 건물을 세울 수는 없죠. 물론 기둥이며 창문 따위는 목재로 했겠지만, 목재와 목재를 잇는 재료 따위는 철이 아니면 그 무게를 도저히 감당할 수 없어요."

"그건 그럴 거예요. 아무리 기술이 좋아도 철 없이 그런 마천루를 짓기는 어렵죠."

"게다가 에밀레종의 네 배나 되는 크기의 종이 있었고, 장륙존상을 비롯해서 엄청난 크기의 철불들도 있었어요. 장륙존상은 무게가 3만 5천 근이고, 그 옆에 나란히 모셔진 보살상 둘도 각각 1만 2천 근이었다고 일연스님은 자세히 적었어요."

현오는 하루미가 무슨 얘기를 하고 싶은지 그제야 감이 잡히기 시작했다. 현오의 대답이나 질문을 기다리지 않고 하루미가 계속 설명을 이어갔다.

"황룡사는 한마디로 경주, 아니 신라 최대의 철광산이었을 거예요. 그런데 정치적이라거나 대외적인 이유로 이를 숨길 필요가 있었던 거고, 그래서 대외적으로는 사찰을 표방한 거죠."

"사실은 절도 아니었다는 얘기군요?"

"절이 아니었던 건 아니에요. 절인 건 맞아요. 절이면서 철장이고 철장이면서 절이었던 거죠. 9층 탑 아래는 갱도였고, 9층 탑 안에는 겹겹이 쇠사슬로 이어지고 연결된 도르래들이 설치되어 있었을 거예요."

현오는 머릿속에 얼핏 9층 목탑의 내부 모습이 그려지는 듯도 하였다. 하지만 아직은 황룡사가 철장이었다는 사실을 선선히 수긍하기가 쉽지 않았다.

"불교 사찰과 제철 시설이 하나로 합쳐질 수 있다는 것도 좀 이해하기에 쉽지 않아요."

현오는 하루미의 허를 찔러보는 심정이었다. 하지만 그녀는 이번에도 대수롭지 않은 질문이라는 표정이었다.

"처음엔 나도 그랬어요. 머리 깎은 스님들이 곡괭이를 들고 철광석을 캐내는 모습을 상상하고 있자니 너무나 어색했어요. 하지만 나중엔 깨달았죠. 그건 우리의 선입견일 뿐이에요. 임진왜란이 일어났을 때 스님들은 절 마당을 연병장 삼아 군사 훈련을 했어요. 무기를 만들고 적의 목을 베는 연습을 했어요. 절 마당에서."

"하지만 그건 전쟁통의 얘기고, 이건 경우가 좀 다르지 않나요?"

이번에도 현오는 쉽게 수긍할 수 없다는 의견을 냈다. 하루미는 동의하지 않는 눈치였다.

　"그렇지 않아요. 삼국시대나 고려시대의 불교는 조선시대의 그것보다 훨씬 더 호국의 성격이 강했어요. 당시 스님들은 최고의 엘리트이자 귀족이었고, 자신들이 왕과 나라를 이끌고 돌보아야 한다고 생각했어요. 스님들만 스스로 그렇게 생각한 게 아니라 백성들 모두가 그렇게 인정했죠. 그러니 스님들이 나서서 국가의 최고 기밀에 해당하는 제철기술을 관리하고, 철산과 야철장을 관리하는 것도 너무나 당연했을 수 있어요. 게다가 그것이 국가의 안위와 관계되는 문제라면 스님들이 관여했을 가능성이 더욱 높아지죠."

　그러고 보니 언젠가 하루미가 불교와 제철이 무관치 않다고 했던 말도 떠올랐다. 그래서 물었다.

　"정말로 불교와 제철은 한 몸이었을까요?"

　하루미의 대답은 명쾌했다.

　"저는 그렇게 생각해요. 신라 이후 지어진 주요 사찰은 철산이거나 제철장이었을 거라고 믿어요. 삼국유사를 읽으면 읽을수록 그런 생각이 들어요. 절이 제철소고 철장이 절이다, 하는 생각이요."

　"그럼 스님들은 제철 기술자나 감독쯤 되는 건가요?"

　"그래요. 예를 들어 신라의 자장율사는 당나라에 들어가서 깨달음을 얻고 신라에 돌아와 이 황룡사를 완성해요. 그가 당나라에 있을 때 신인이 나타나서 황룡사를 세우면 주변의 아홉 나라가 신라에 조공해올 것이라는 예언을 하죠. 저는 이때 자장율사가 얻은 깨달음은 제철과 관련된 신기술일 거라고 생각해요."

"제철 신기술?"

"그래요. 예를 들면 그 이전에는 소나무나 참나무 숯을 이용해서 쇳물을 얻었어요. 용광로도 한 번 쓰고 버리는 일회용이었죠. 그런데 자장율사 활동 무렵에는 신라의 힘이 많이 약해져요. 이건 쇳물의 생산이 어려워졌다는 얘기고, 저는 그 이유가 소나무의 남벌에 있지 않았을까 생각해요."

더 이상 숯을 구하기가 어려워서 쇳물의 용출도 줄어들었다는 얘기였다.

"그런데 자장율사는 당나라에서 돌아와 여러 곳에 절들을 세웠고, 실제로 신라의 국세는 이때부터 다시 커지기 시작해요. 쉽게 생각하면 쇳물의 용출이 다시 활발하게 이루어지기 시작한 거예요."

"나무가 없는데?"

"그래서 자장율사가 당에서 신기술을 가져온 게 아닌가 짐작하는 거예요."

그렇다면 이때의 신기술이란 연료, 즉 석탄의 활용법일 수밖에 없었다. 들으면 들을수록 놀라운 얘기였다.

"나무숯에서 석탄숯으로의 기술 발전이 자장율사 때 이루어졌다는 얘긴가요?"

현오의 질문에 하루미는 조용히 머리만 깊이 숙여 보였다. 두 사람의 가슴에는 서서히 비밀의 불꽃이 다시 일기 시작하고 있었다.

천년의 불꽃

크리스마스 이틀 후, 테스크포스 팀의 두 번째 보고회 자리가 마련되었다. 그 며칠 전에 연구소에는 두 가지 희소식이 전해졌다. 하나는 일본에서 스파이로 몰려 구금되었던 장춘일 박사와 배우진 박사가 무사히 풀려나 귀국했다는 소식이었다. 일본에서는 그들이 지니고 있던 자료와 문서들을 일일이 확인하고 그 출처를 밝히는 작업을 진행했다고 했다. 하지만 대부분은 이미 언론이나 논문에 실려 세상에 공표된 것이었고, 연구원들이 별도로 메모한 것들에서는 기밀이라고 할 만한 것이 별로 나오지 않았다. 그런데도 일본은 시간을 질질 끌면서 이들의 석방을 늦추었고, 결국에는 마지못해 풀어주면서도 추방이라는 형식을 취했다. 이들이 다시는 일본 땅에 발을 들일 수 없다는 의미였다.

"오히려 우리 쪽의 연구가 어떻게 진행되는지 캐묻더군요."

돌아온 장춘일 박사는 그렇게 보고했다. 두 사람에게는 한 달간의 휴가가 주어졌다.

다른 소식 하나는 청와대가 당분간 박태준 회장의 거취에 대해 일절 간여하지 않기로 했다는 소식이었다. 말하자면 당분간은 박 회장이 계속 포철을 지휘할 수 있게 되었다는 것이고, 이는 그가 역점을 두고 추진하는 신기술 개발 프로젝트에 더욱 힘이 실리게 되었다는 의미이기도 했다.

그렇게 시작된 두 번째 보고회에는 지난번보다 훨씬 많은 사람들이 참석했다. 일단 연구소의 연구원들 대부분이 참석했다. 이들의 숫자만도 삼백 명이 넘었다. 회사의 중역이며 주요 간부들도 모두 참석했다. 회장이 참석한다는 공지가 났으니 어쩌면 당연한 일인지도 몰랐다. 여기에 당연히 청와대와 재경부에서 내려온 관리들의 모습도 보였다. 연구소의 연구원들이 일본에서 간첩으로 몰려 구금되는 등 정부 차원에서도 신경 쓸 일이 생긴 데다가, 포항제철이라는 국영기업이 사활을 걸고 추진하는 사업이 무엇인지 파악해둘 필요가 있기 때문이었다.

그리하여 두 번째 보고회는 이래저래 엄청난 규모로 치러지게 되었다. 회장이 직접 나와 인사말을 한 뒤 맨 앞자리에 앉았다. 그의 참석만으로도 보고회 자리의 위상은 갑자기 높아지는 분위기였다. 하루미도 일찌감치 와서 한쪽에 자리를 잡고 앉아있었다.

그렇게 시작된 보고회는 여러 팀에서 발표준비를 했기 때문에 오후 2시부터 6시까지 네 시간 동안이나 쉬는 시간도 없이 연달아 이어졌다. 우선 해외 개발 동향을 수집하고 분석하는 팀들에서 순서대로 두 시간 넘게 발표를 했다. 이번에는 각국에서 진행되는 연구 동향들이 비교적 자세히 소개되었고, 마지막에 총책임자인 최선근 박사가 나와 그런 연구 동향들을 일목요연하게 비교도 해주었다. 마지막 부분에서 최선근 박사가 말했다.

"이상에서 보고한 여러 연구 동향 중에 가장 주목할 것은 역시 코렉스 공법이라고 할 수 있습니다. 푀스트사의 기술로 남아공에 세워진 프레토리아 제철소는 작년에 완공되어 이미 운전을 시작했고, 아직 상업 운전은 아니지만 실험적인 생산에는 성공을 거둔 상태입니다. 저희 연구팀이 지난 주에 남아공까지 가서 직접 눈으로 확인하고 돌아온 사실입니다. 앞에서도 말씀드린 것처럼 이 코렉스 공법의 핵심은 철광석을 덩어리 형태로 만들어 주는 화성 공정과 코크스 생산 공정을 없앴다는 것입니다. 그 대신 철광석의 경우 애초에 덩어리 형태의 괴탄을 채광하여 이용합니다. 원재료인 철광석이 조금 비싸긴 하지만 화성 공정을 거치지 않기 때문에 전체적으로는 생산비용을 낮출 수 있습니다. 여기에 무연탄을 함께 넣고, 우리가 지금 사용하는 고로와는 형태가 다른 용융환원로에서 태워서 쇳물을 얻는 방식입니다. 이 기술을 도입하게 되면 한 마디로 화성공장과 소결공장이 없어지게 되는 것입니다. 지금 현재 저희 연구팀에서는 이 코렉스 공법의 원천기술 개발자인 푀스트사와 지속적으로 접촉하면서 한국형 용융환원로의 개발 여부를 탐색하고 있습니다. 이 개발이 성공한다면 엄청난 비용 절감은 물론 친환경적인 제철소 건설이 가능해질 것으로 짐작하고 있습니다. 일본을 비롯한 다른 나라들에서도 유사한 연구를 진행 중이지만 아직 실험 단계 이상의 성공을 거둔 곳이 없습니다. 반면에 코렉스 공법은 일차 검증을 마친 공법이라고 할 수 있습니다. 따라서 이 기술을 활용하는 것이 현재로서는 가장 지름길이 될 것으로 여겨집니다."

많은 연구원들이 고개를 끄덕이며 그의 말을 경청했다. 하지만 서울에서 내려온 사람들도 말뜻을 알아듣는지 어떤지는 알 수 없었다.

이어 다른 연구팀들이 제철에서 핵심이 되는 용융과 환원 과정에 이론적으로 어떤 신기술들의 적용이 가능한가를 검토한 결과를 발표했다. 연구소의 연구원들이라 해도 그쪽 분야의 전문가들이 아니면 알아듣기 어려운 내용이었다. 현오 역시 알아듣지 못했다. 이어 제철의 기본 원료가 되는 철광석과 무연탄의 국산화 방안을 검토한 연구 결과도 발표되었다. 발표는 퍽 길었으나 역시 결론이 없어 아쉬웠다. 새로운 공법이 정해지지 않은 상태에서 이런저런 가능성을 탐색한 연구였으니 한계가 있을 수밖에 없었다.

마지막은 다시 현오의 순서였다. 일차 발표회 때 참석했던 사람들은 현오가 어떤 연구를 진행하고 어떤 방향으로 나아가고 있는지 알고 있었지만, 처음 참석하는 사람들은 그가 무슨 내용을 발표할지 전혀 짐작조차 하지 못했다.

"여러분, 이것은 첨성대 사진입니다."

현오는 처음부터 다시 시작하는 수밖에 없었다.

"이것은 중국의 농촌에서 만들어졌던 토법고로 관련 사진입니다."

그렇게 설명을 시작한 현오는 단군신화와 삼국의 건국신화를 거쳐 연오랑세오녀 이야기를 길게 설명했다. 이어 나정과 알영정의 제철기술이 서로 다른 점을 비교하여 설명하고, 황룡사가 철광석 산지였다는 주장으로 넘어갔다.

  "주변의 아홉 나라가 조공할 것이라는 얘기는 어떤 의미일까요? 당시의 고대사회는 전쟁이 끊이지 않는 전란의 시기였습니다. 역사 연표를 들춰보면 중원이든 한반도든 일본열도든 온통 전쟁의 도가니였습니다. 신라 역시 마찬가지였습니다. 고구려와 백제의 침공은 물론 내부의 반란도 끊이지 않았습니다. 이런 상황에서 왕과 최고위 귀족인 승려들은 황룡사의 건설에 매달립니다. 어마어마한 대역사였죠. 부처님의 가피를 빌어 전쟁을 끝내고 싶었기 때문이라고 생각할 수 있습니다. 하지만 당시의 신라 임금과 귀족들, 그리고 승려들이 바보가 아닌 이상 전쟁통에 이런 대공사에 매달린 데에는 현실적인 이유도 있었을 것입니다. 그리고 저는 그게 이 절터에서 나왔다는 용 때문이라고 생각입니다. 앞에서 구지가 말씀을 드릴 때 저는 거북이가 철광석의 의미라고 해석했습니다. 황룡사의 용도 철광석입니다. 신라의 왕과 지배층들은 여기서 엄청난 양과 질의 철광석을 찾아낸 것이고, 이것이 주변의 아홉 나라를 굴복시킬 수 있는 힘의 핵심이라는 것을 알았습니다. 그래서 9층 목탑을 세웁니다. 높이 80미터의 어마어마한 마천루입니다. 전쟁으로 나라가 멸망할지도 모르는데 국력을 기울여 이런 마천루를 지은 이유가 무엇일까요? 비바람과 밤낮에 상관없이 용을 캐내기 위해서였습니다. 그렇게 채굴된 용은 첨성대로 옮겨졌고, 거기서 쇳물이 되어 흘러나왔던 것입니다. 그리고 신라는 실제로 이런 국력의 신장을 바탕으로 삼국통일의 위업을 달성하고 마침내 한반도에서 당나라 세력도 몰아냈던 것입니다. 고대사에서 쇠는 곧 국가였습니다. 제철 기술자가 왕이 되었고, 제철기술을 확보한 나라가 그렇지 못한 나라를 흡수했습니다. 아홉 나라의 조공을 받기 위해서는 이들 아홉 나라보다 뛰어난 제철기술이 있어야 하고, 이들 아홉 나라보다 많은 무쇠를 생산해야 했습니다. 신라의 지배층은 그걸 알았습니다. 자장율사가 당나라의 곳곳을 떠돌며 배운 것은 단순한 불법이 아니라 최첨단 제철기술이었습니다. 소나무 숯 대신 석탄을 이용하는 방법, 반영구적으로 사용할 수 있는 용광로를 만드는 방법을 배웠던 것입니다. 그리고 이것은 실제로 불교의 깨달음과 다르지 않습니다. 여기서 제가 해탈과 제철기술의 관계를 다 설명할 수는 없지만, 자장율사는 그걸 깨쳤던 것입니다."

현오는 시간이 너무 많이 지나가고 있다는 걸 알았다. 대강 정리를 하지 않으면 안 될 시간이었다.

"이상의 제 검토에서 우리가 배울 것들이 몇 가지 있습니다. 그걸 정리해서 말씀드리도록 하겠습니다. 첫째는 우리의 선배들은 이미 2천 년도 더 전에 이 땅에서, 이 땅의 재료와 연료를 가지고 쇳물을 생산했다는 것입니다. 그런 점에서 우리의 신기술 개발 프로젝트는 원료와 연료의 국산화를 달성하는 방향으로 추진되어야 한다고 저는 믿습니다. 둘째는 다양한 제철기술이 가능했다는 것입니다. 어떤 이는 냇물의 사철에서 쇳물을 얻었고, 어떤 이는 언덕을 이룬 토철에서 쇳물을 얻었으며, 어떤 이는 깊은 갱도를 파고 용을 캐내어 쇳물을 얻었습니다. 어떤 이는 소나무 숯을 이용했고, 어떤 이는 갈탄을 이용했습니다. 어떤 이는 흙으로 용광로를 만들었고 어떤 이는 흙을 구운 벽돌로 만들었으며 어떤 이는 아예 돌을 잘라 벽돌을 만들었습니다. 이처럼 다양한 재료와 방식이 구사되면서 제철의 방법 또한 수십 가지, 아니 수백 가지 갈래로 발전했을 것입니다. 그러나 분명한 한 가지는, 그것이 항상 최첨단 기술이었다는 것입니다. 그래서 이 기술이 한반도를 넘어 일본으로도 전파되고, 이 기술로 생산된 무쇠들이 여러 나라로 수출될 수 있었습니다. 지금 세계에 없던 새로운 제철기술이 어딘가에서 탄생한다면, 그것은 김수로왕과 박혁거세와 고주몽의 후예이자 연오랑세오녀의 자손들이 사는 바로 이 나라여야 할 것입니다. 조상들이, 선배들이 보여준 모범이 있습니다. 그 DNA가 여전히 우리 몸속에 흐르고 있습니다. 그러므로 우리는 지금 세계가 매달리는 용융환원 제선법이나 코렉스 공법을 넘어서는 또 다른 공법까지도 염두에 두고 이번 신기술 개발 프로젝트를 진행해야 한다고 생각합니다. 마지막 세 번째는 우리의 신기술 개발이 30년이나 백 년짜리 신기술을 지향해서는 안 된다는 것입니다. 앞으로 천년을 갈 수 있는 기술의 개발을 지향해야 한다고 저는 생각합니다. 흙에 볏짚을 섞어 노천에 사람 키 높이의 가마를 만들던 수준에서 우리 선조들은 돌을 깎아 반영구적으로 사용할 수 있는 고로를 만들어냈습니다. 이런 것이 천년을 가는 기술입니다. 만약 세상에 그런 기술이 있을 수 있다면 저는 우리만이 그걸 개발할 수 있다고 확신합니다. 단군 이래 무수한 우리 조상들이 해온 일이 그것이었습니다. 우리 역사의 갈피갈피에 그 흔적들이 남아 있습니다. 그 창조력으로 우리 조상들은 철의 왕국을 만들고 황금의 나라를 세웠습니다. 하지만 아쉽게도 우리의 2천년 철강사에서 뒤쪽의 천년은 그다지 황금기가 아니었습니다. 고려와 조선은 최고의 철강 제국이 아니었습니다. 그래서 허약했고 그래서 외적의 침입 때마다 나라가 기울어지는 위기를 겪었습니다. 그리고 결국에는 망국의 슬픔을 겪어야 했습니다. 지금의 우리는 그 앞에 있던 천년, 신라와 가야와 고구려가 피워올린 불꽃을 기억해야 합니다. 그 불꽃을 지금 우리가 다시 피워올려야 합니다. 그러면 그 불꽃은 다시 천년을 타오를 것으로 저는 확신합니다."

거기까지 말하고 현오는 마이크를 껐다. 이어 청중들을 향해 허리를 깊이 숙였다. 그 자리에 앉아있는 동료들과 참석자들이 진심으로 형제처럼 느껴졌다. 그리고 그 순간, 가장 앞줄에서부터 박수가 터지기 시작했다. 회장이 자리에서 일어나 박수를 치기 시작했고, 누구랄 것도 없이 사방으로 박수가 퍼져 나갔다. 현오는 하루미 쪽을 건너다보았다. 다시 활짝 커진 조명 아래 하루미의 눈가에 물방울 어린 모습이 쨍하고 아프게 현오의 눈동자에 들어와 박혔다.

파이넥스 공법

두 번째 보고회 이후에도 테스크포스 팀의 회의와 연구는 계속되었다. 아니 전보다 훨씬 더 조직이 커지고 세밀한 부분들에 대한 구체적인 연구가 본격적으로 시작되었다. 이듬해 2월에 열린 정기이사회에서는 용융환원 제선법 개발 프로젝트가 공식 안건으로 올라 추인되었다. X공법 개발 프로젝트로 시작된 사업이 마침내 이름을 얻고 공식 추인되는 순간이었다. 회사에서는 첫해의 사업비로 100억 원을 책정했다.

하지만 이사회 이후 공식화된 연구개발 프로젝트에서 현오의 자리는 없었다. 사실 그가 더 해야 할 일도 없었다. 어차피 힌트와 아이디어를 제공하는 외에 과거의 제철기술에서 새로운 신기술에 필요한 구체적인 데이터와 방법론을 찾기는 불가능할 터였다. 현오는 본래의 자기 자리로 돌아갔다. 그러면서도 주말마다 하루미와 만나 고대의 제철기술에 대해 검토하는 일은 멈추지 않았다. 회사에서 요구한 것은 아니지만 한번 시작한 일이라서 멈출 수가 없었던 것이다.

그러는 사이, 새로 조직된 용융환원 제선법 개발팀에서는 새로운 사업 계획도 내놓았다. 사업 계획의 수립에만 거의 1년이 걸렸다. 현오의 제안이 통했는지 회사는 이 프로젝트의 추진을 회사 내부의 사업이 아니라 국책과제로 추진해 보기로 결정했고, 실제로 이 사업은 1990년에 국책과제로 선정되었다. 소장은 현오에게 그 소식을 전하며 치하했다.

이후에는 프로젝트의 진행에 더욱 가속도가 붙었다. 오스트리아의 푀스트사가 기술협력사로 선정되었고, 곧바로 시험설비인 파이로트 플랜트 구축이 결정되고 시작되었다. 이 시험설비에서 상업화에 필요한 기술을 확보하기 위한 다양한 실험들이 행해졌다. 시험설비의 설계는 푀스트사의 기술진이 맡고 포철의 기술진은 제작과 운영을 담당하기로 했다. 이처럼 사전에 다양한 실험을 거침으로써 공장 착공 전에 상업적 운용에 요구되는 다양한 기술들이 실제로 개발되었다.

1992년 말에는 신제선기술팀이라는 새로운 조직이 태어나 실제 공장의 건설에 착수했다. 이들은 연산 60만톤 규모의 공장을 건설하기로 하고 1993년 말에 본격적으로 공사를 시작하여 1995년 말에 공장을 완공했다. 이 새로운 공장을 사람들은 신제선공장이라고 불렀다. 포항제철에 전에 없는 새로운 방식의 제철공장이 다시 생겨난 것이었다.

하지만 실제 상업적 생산이 이루어지기까지는 여전히 많은 난관이 기다리고 있었다. 가장 큰 문제는 환원로 안에서 철광석이 굳어지는 바람에 자주 용융로까지 작업을 중단해야 한다는 것이었다. 이럴 때마다 연구원들이 방열복을 입고 환원로 안에 들어가 구멍에 막힌 철광석 찌꺼기를 긁어내야 했다. 이런 일이 3개월 동안 여섯 번이나 반복되자 임원들 가운데 일부에서는 이 사업을 중단해야 한다는 목소리도 흘러나왔다. 하지만 다행히도 이런 문제의 발생 빈도가 낮아지면서 사업은 계속 진행될 수 있었다. 그리고 1996년 말에는 이를 예방할 수 있는 기술이 축적되어 마침내 본격적인 생산에 돌입할 수 있었다. 기존의 용광로가 없는 제철소, 소결공장과 코크스 생산 공장이 없는 제철소가 마침내 상업 생산을 시작한 것이었다. 현오가 소장의 방에 처음 불려 갔던 때로부터 어느새 8년이 지나고 있었다.

1998년 초에는 코렉스 방식 용융환원로 운용기술을 남아프리카공화국과 인도에 수출하는 계약이 체결되었다. 포항제철이 첫 삽을 뜬 지 30년 만이고, 현오가 소장의 방에 처음 불려간 지 채 10년이 되지 않았을 때의 일이었다.

이 무렵 연구소에서는 코렉스 공법의 한계를 넘어서는 신기술 개발도 도모되고 있었다. 코렉스 공법의 경우 가장 큰 단점이 크기 8mm 이상의 덩어리 형태 괴탄만 사용할 수 있고 그보다 작은 가루 형태의 분탄은 사용할 수 없다는 것이었다. 하지만 이런 괴탄의 매장량은 한정된 것이었다.

이에 연구소에서는 8mm보다 작은 크기의 가루 철광석을 활용할 수 있는 새로운 공법의 개발에 착수하게 되었고, 이 공법을 미세한 가루탄을 사용한다는 의미에서 파이넥스(FINEX)라 명명했다. 이를 위해 연구원들은 기존 코렉스 공법의 수직 환원로를 여러 단계로 구성된 유동환원로로 대체하는 방안을 찾아냈고, 이를 실험하는 여러 단계의 과정이 차례로 진행되었다. 모델 플랜트, 파이로트 플랜트, 데모 플랜트가 차례로 건설되고 365일 각종 실험과 기술 개발이 진행되었다. 1997년 말에 IMF가 닥치면서 일시 소강상태에 빠지기도 했으나 파이넥스 공법 개발을 위한 연구소의 노력은 멈추지 않았다. 그리하여 마침내 가루 상태의 철광석을 그대로 용융시켜 성형철을 만드는 공정, 일반탄을 성형탄으로 가공하는 공정, 그리고 성형철을 성형탄으로 환원시켜 쇳물을 생산하는 공정으로 체계화된 파이넥스 공법이 마침내 완성되었다.

2004년부터 연산 150만톤 규모의 상용화 설비가 건설되기 시작하여 2007년 5월에 완공되었다. 현오가 소장의 방에 처음 불려 갔던 때로부터 꼬박 20년이 걸린 셈이었다. 첫 모델 플랜트를 만든 때로부터도 자그마치 10년의 세월이 걸렸다. 그 사이 포철의 회장도, 연구소의 소장도 다른 사람으로 바뀌었으나 연구 자체만은 중단되지 않고 지속되었다.

세월이 이렇게 오래 걸린 것은 교과서에만 나오는 이론을 실험을 통해 확인할 수밖에 없었기 때문이다. 화학교과서에 따르면 가루 상태의 철광석이라도 적정한 온도와 압력만 가해지면 환원이 일어날 수 있다고 했다. 하지만 그 온도와 압력이 얼마인지는 누구도 알지 못했다. 결국 수백 번의 실험을 거쳐 알아내야 했는데, 온도가 너무 높으면 가루 상태의 철광석이 환원로에 눌러 붙고 너무 낮으면 환원 자체가 이루어지지 않았다.

이런 우여곡절 끝에 완성된 파이넥스 공법 공장은 가동 2개월 만에 애초 목표로 했던 연산 150만톤 규모 생산이 가능한 조업 속도에 마침내 도달했다. 이로써 새로운 천년을 밝힐 불꽃이 마침내 포항제철 안에서 다시 피어오르기 시작했다.

2천년 전에 포항에서 처음 시작된 불꽃, 일본으로 건너갔다가 최근에야 돌아온 불꽃이 다시 제자리를 찾아 타오르기 시작한 것이었다. 앞으로 천년을 다시 이어갈 불꽃이었다.

에필로그

2002년 1월 1일 새벽, 현오는 어느새 중학생이 된 딸 시우와 호미곶 해변에서 해를 기다리고 있었다. 그 옆에는 목도리로 얼굴까지 감싼 하루미가 함께 서 있었다.

6시가 얼마 남지 않은 시각, 해는 아직 솟아날 기미가 보이지 않는데 해변에는 해돋이를 기다리는 사람들로 이미 인산인해였다. 음악 소리가 들리고 그 사이로 파도 소리도 우렁차게 들려왔다.

"파이넥스 공장을 수출한다는 게 사실이에요?"

하루미가 바람 속에서 현오의 귓가에 질문을 던졌다.

"그래, 아직 결정된 건 아닌데, 중국이랑 베트남과 협상을 진행하고 있대. 아마도 수출 계약이 곧 체결될 것 같아."

"잘됐네요."

하루미는 더 말이 없었다. 하지만 현오는 그녀가 속으로 얼마나 기뻐할지 잘 알고 있었다. 사실 파이넥스의 개발에 현오가 실질적으로 기여한 건 얼마 되지 않았다. 하지만 고대의 제철기술에서 천년의 불꽃을 찾아내고, 그 씨앗을 처음 퍼뜨린 건 현오였다.

그리고 그 일은 하루미와 현오 둘이서 함께 이룬 것이었다. 최근 입사한 사람들은 몰라도, 파이넥스의 역사를 아는 사람들은 모두가 인정하는 사실이었다.

그때 시우가 현오의 손을 잡아 흔들며 물었다.

"아빠, 그런데 왜 올해 월드컵은 일본이랑 우리나라에서 동시에 개최해? 혼자 하면 더 좋을텐데……."

갑작스런 질문이었다. 아마도 새해의 가장 큰 일을 생각하다가 월드컵을 떠올린 모양이었다.

"그건 두 나라가 힘을 합치면, 어느 한 나라가 하는 것보다 훨씬 멋지게 월드컵을 치를 수 있기 때문이야."

그렇게 말하는 현오를 바라보는 하루미의 얼굴에는 흐뭇한 미소가 번지고 있었다. 하지만 그녀의 입에서 나온 말은 뜻밖의 것이었다.

"옛날 생각이 나요. 우리가 삼국유사 연구에 매달리고 있을 때, 일본회의나 영사관에서 우리 전화를 도청하고, 우리를 미행하고, 연구소의 연구원들을 일본 공항에서 체포하고 했던 일들 말이에요."

하루미의 얼굴에는 어느새 회한의 그림자가 드리우고 있었다. 그런 하루미를 현오는 물끄러미 건너다보았다.

"당신은 몰랐겠지만, 나 그때, 사실은 엄청 무서웠어요. 일본회의 사람들이 얼마나 무서운지 아니까."

현오는 하루미의 어깨를 그러 안았다.

"그랬군. 그런데 왜 그땐 말하지 않았지?"

"당신도 겁을 낼까 봐. 겁난다고 일을 중단하면 안 되니까."

현오는 하루미를 끌어안은 팔에 힘을 주었다. 그때 딸 시우가 두 사람 사이로 파고들며 외쳤다.

"저기 봐요. 하늘이 빨개져요."

그랬다. 어느새 해가 떠오르려고 동쪽 먼바다가 붉게 물들기 시작하고 있었다. 그때 바다 쪽을 보고 있던 사람들이 갑자기 함성을 지르기 시작했다.

"야~!"

세 사람도 사람들 틈에 섞여 손나팔을 하고 힘껏 함성을 내질 렀다. 현오는 목청을 최대한 높여 몇 번이나 함성을 질렀다. 일본 에까지 들리라고, 해 속으로 사라진 연오랑세오녀에게까지 들리 라고 기도하면서.

그렇게 해가, 새해 첫날의 붉은 해가, 용광로에서 쏟아지는 쇳 물보다 붉은 새해의 첫 해가 서서히 고개를 내밀고 있었다. 그것 은 천년 만에 다시 돌아온 불꽃이기도 했다.

작가 후기

태고 때부터 인류는 한정된 지구상에서 돌며 방랑했다. 생존을 위해 따뜻한 기후를 찾아가기도 하고, 무서운 맹수를 피해 다른 곳으로 옮겨가기도 하고, 적을 피해서 달아나기도 했다. 어찌했든 살기 위해서 이동하는 과정에서 문화적 요소도 함께했다.

곰이 사람이 되고, 박혁거세가 알에서 태어나고, 아리영이 계룡 옆구리에서 나왔다고 했다. 그뿐 아니라 연오랑이 바위를 타고 갔다니, 그건 아무래도 아니었다. 《삼국유사》라는 우리 민족의 성전에 기록된 명백한 역사 기록을, 내가 어렸을 적에는 그렇게만 배웠다. 아무도 더 이상 가르쳐주지 않았다. 그래서 찾아 나섰다.

길은 보이지 않는 곳에도 있었다. 영성도 우주의 균형을 잡아주고 있듯이, 이 위대한 기록의 무거운 질량이 우리를 지탱해 주고 있었다. 고대뿐 아니라 근대에 있어서도 제철은 철저한 비밀을 유지해야 하는 영역이었다.

제철은 역사의 벼리로 항상 그 몫을 다하고 있었다. 그것을 등한시함으로써 나라가 망해 유린당하곤 했다. 그러한 이야기가 돌 속에 숨겨진 광물처럼 고스란히 글 속에 숨어 있었다. 2천년 전,

해 속으로 간 연오랑세오녀를 찾아 나선 작업이기도 했다.

이 이야기가 세상 밖으로 나가게 된다니, 아무래도 일연스님이 기뻐하실 것 같다. 어디 스님뿐이겠는가! 그러나 무엇보다도 연구실에서, 현장에서, 피나는 노력을 기울여 천년의 불꽃 '파이넥스'를 성공시킨 영웅들이 가장 기뻐할 것이다.

천년의 불꽃

초 판 인 쇄 2019년 11월 25일
초 판 발 행 2019년 11월 30일

지 은 이 안병호

펴 낸 이 김환기
펴 낸 곳 도서출판 이른아침
주   소 경기도 파주시 회동길 445-1 경인빌딩 B동 2층
전   화 02-3143-7995
팩   스 02-3143-7996
이 메 일 booksorie@naver.com
등   록 2003년 9월 30일 제313-2003-00324호

I S B N 978-89-6745-094-6 03810